www.bbulmedia.com

www.bbulmedia.com

그림
자

DAHYANG ROMANCE STORY

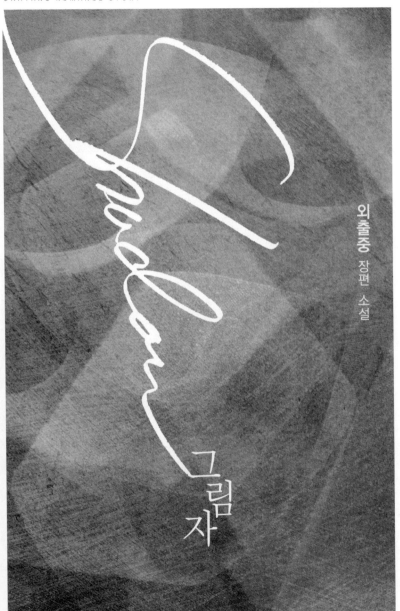

외출중 장편 소설

그림자

contents

1화

한여름 날의 찐득한 공기가 온몸을 감쌌다. 기분마저도 찝찝하게 만드는 습윤한 공기가 한곳으로 향하는 발걸음을 무겁게 짓누르며 폐부 깊숙이 스미자, 이윽고 탁한 호흡으로 내뱉어졌다. 처량하게 내리는 빗줄기만큼이나 묵직한 습기는 어느새 축축이 빗물에 젖어 드는 어깨마저도 힘없이 아래로 처지게 만들었다.

강율은 잠시 걸음을 멈춰, 사람들이 모여 있는 장소에 시선을 던졌다. 넓은 강가에 자리한 도심 속 공원은 낮이건 밤이건 사람들의 발길이 끊이지 않는 곳이었다. 특히나 자전거가 하나의 트렌드로 자리매김하면서 공원을 이용하는 인구는 배로 늘어났다.

그로 인해 사건 사고는 늘 끊이지 않고 꼬리표처럼 따라붙었다. 하지만, 오늘처럼 살인 사건은 처음이었다. 그것도 버젓이 가장 많은 인구가 드나드는 공원 중심에서 말이다.

복잡한 감정으로 흔들리는 눈동자를 따라, 시선이 멈춘 곳은 늘 봐 오던 익숙한 풍경에서였다. 네모난 모양으로 쳐진 노란색 폴리스 라인 안으로 하얀 방진복을 갖춰 입은 수사관 셋이 연신 한곳을 향해 카메라 셔터를 눌러 대고 있었다. 뒤로 자리한 한가로운 강가의 풍경과는 확연히 다른 이질적인 모습이었다.

라인 밖으론 알록달록 색색의 옷들을 입고 다들 심각한 얼굴로 수첩에 뭘 적어 넣으며 자신들끼리 토론을 벌여 대는 형사들 열댓 명이 자리했고, 그들을 신기한 눈과 경악에 찬 얼굴로 바라보는 시민들이 주변을 에워싸고 있었다.

순간 밀려드는 저릿한 통증에 눈을 질끈 감은 그의 잇새로 나른한 신음이 흘렀다.

머리가 지끈거린다. 이상하게도 사람들의 심란한 시선을 한 몸에 받고 있는 하나의 존재 때문에 편두통이 오고 있었다. 비록 숨은 끊어졌지만 어제까지만 해도 저들과 별반 다르지 않게 살았을 그 존재가, 지금은 공포의 대상이 되어 모두를 뜻 모를 불안에 잠기게 하고 있었다.

검시관과 형사들은 단서를 찾으려 그녀에게 무참히도 많은 난도질을 해 댈 것이다. 당연히 여론은 그들을 향해 용의자조차 색출해 내지 못하는 무력함을 꼬집으며 불만을 터트릴 테고.

애당초 이들에게 하루아침에 숨을 거둘 수밖에 없었던 생명의 죽음을 애도하는 행위 따위는 사치였다. 어차피 각자의 이기심에 비비며 살아가는 세상이었으니까. 그저 서로를 향해 비난을 퍼부어 대는 것에만 열을 올릴 터였다.

그래서 서글픈 것이다. 죽은 자는 말이 없어 서글픔도 많았다. 인간으로서의 기본적인 대우마저 박탈당하고 말았으니 말이다. 풀밭에 누워 있는 여자처럼, 연쇄살인의 피해자는 사람이었던 도구에 지나지 않았다. 사람들의 실속과 불안을 잠재우기 위한 도구, 서로를 헐뜯고 공격하기 위한 도구, 개인의 우월함을 과시하기 위한 도구.

궁지에 몰린 인간만큼 적나라한 것도 없다. 그만큼 무서운 것도 없었다. 아무 감정 없이 그저 자신이 겪지 않은 것에 안도하는 차가운 표정이, 이기심이 무서웠다.

누가 살인자고, 누가 피해자인지 모를 상황이 매일매일 반복되고 있다. 저들의 마음속에 자리한 살인자는 과연 어떤 무기를 들고 있을까? 망연한 눈으로 뒤엉켜 모여 있는 사람들을 훑는 강율의 얼굴이 딱딱하게 굳어 갔다.

나직한 한숨이 흐르는 얼굴을 마른세수하며, 무력감을 버텨 낸 발걸음이 풀숲으로 향했다. 짙은 안개 때문인지 마치 회색의 지옥불로 뛰어드는 것만 같았다. 답답하고 숨쉬기조차 불가능한 지독한 갈증이 온몸을 휘어 감았다.

"뭐, 좀 발견된 거 있어?"

노란색의 폴리스 라인 밑으로 몸을 구겨 넣으며 강율이 매끈한 미간에 주름을 잡았다. 그러나 그의 질문을 받은 신입 형사는 하얗게 질린 얼굴로 작은 눈만 바삐 굴릴 뿐이었다.

"어……. 저, 그, 그러니까……. 죄, 죄송! 우읍!"

기어이 속에서 치미는 욕지기를 버티지 못한 그는 황급한 발걸음보다 먼저 쏟아져 나오는 토사물에 어쩔 줄 몰라, 식은땀만 흘려 댔다. 그런 그를 뒤에서 마뜩잖은 눈으로 흘겨보던 희락이 강율에게 다가오며 다른 형사에게 데리고 갈 것을 손짓했다.

"야, 얘 좀 데리고 가라. 증거물 다 훼손되겠다."

방금 전의 험악한 얼굴과는 달리 이내 강율을 향해 멋쩍게 웃어 보이던 희락은 난감함에 일그러진 눈썹을 엄지손가락으로 벅벅 긁으며 신음 비슷한 숨을 내쉬었다.

"강율아…… 이거 큰일이다."

"뭐가?"

"그게……."

"뭔데 그렇게 뜸을 들여. 어차피 알게 될 거 속 시원히 좀 말해봐."

"아무래도 이번엔 진짜인 거 같다."

"뭐?"

"십 년 전, 그림자 연쇄 살인 사건. 이번엔 진범이 나타난 것 같다."

희락의 말을 들은 강율의 얼굴이 불쾌감으로 일그러졌다.

"이번엔 단순한 모방 범죄가 아니란 거야?"

"너도 지금 사체 상태를 보면 알겠지만 수법이 너무 동일해. 손발을 리본으로 포박한 거 하며 치아도 전부 뽑혀 있고. 아, 손톱 발톱 또한 찾을 수가 없어. 이 주변 일대를 수색하고는 있지만 발견 가능성도 희박하고."

"그 정도의 모방 범죄는 늘 있어 왔어."

"알아. 하지만 빗속에 버려진 거라 이미 우리가 확보 가능한 증거는 전부 씻겨 내려가고 없는 상태야. 더구나 사체에 아무런 흔적이 없어. 입술에 번진 립스틱과 손목 발목에 있는 긴박의 흔적 말고는 아무것도."

강율은 잠시 희락의 얼굴을 멍하니 바라봤다.

"검시관들은 뭐래?"

"우리 의견과 같아. 우리도 처음엔 설마 했는데 국과수 쪽에서 먼저 의견이 나왔어. 부검을 해 봐야 정확하겠지만 육안상으론 거의 확실한 것 같다."

어디선가 둥둥둥…… 소리 없는 메아리가 발끝을 타고 서서히 올라오는 느낌이었다. 처음 초동 수사의 미비했던 태도 탓에 지금까지 흔적조차 발견하지 못하고 있는 '그'가 나타났다. 이제야 맨 처음 형사가 되고자 했던 이유이자 목표가, 떠들썩하게 언론사별 1면에 대서특필될 터였다.

검은 그림자의 등장.

흐릿했던 시야가 맑아지고 답답했던 마음속 갈증이 풀려 간다. 베일에 감춰졌던 '그'가 나타난 지금 이 순간만큼은 형사로서의 삶이 그렇게 갑갑하지만은 않다는 것을 여실이 보여 주는 것만 같았다.

궁극의 목표를 향해서 나아갈 일만 남았다. 이제부터 시작이다. 흔들림 없는 눈동자로 차갑게 식어 버린 여인의 사체를 바라보는 얼굴에 언뜻 결연의 빛이 스쳤다.

□ ◆ □

아침부터 우중충한 날씨 탓에 어느덧 정오가 훨씬 지난 시간임에도 밖은 어두웠다. 세상의 모든 색은 오로지 회색밖에 존재하지 않는 것처럼, 밖은 한가하게 움직이는 사람들로 고즈넉했다.

아무런 의지도, 목표도, 그럴 만한 가치도 남아 있지 않은 종이 인형과 닮아 있는 도헌은 무감각한 얼굴로 연신 창밖에 머무는 시선에 고개를 따라 움직였다. 그저 자꾸만 머릿속을 메워 드는 상념에 자각하지 못한 의미 없는 움직임이었지만, 온통 흰색의 공간 때문인지 등 뒤로 풍겨 오는 분위기는 사뭇 살을 에는 얼음장보다 더 날카로웠다.

흰색의 벽과 천장, 그리고 흰색의 대리석 바닥. 어찌 보면 세련된 이미지의 공간일 수도 있었다. 하지만 보호색을 띠듯 그 안의 모든 집기와 가구들조차 흰색의 것들이라 이 공간에 처음 발을 들인 사람들은 모두들 특유의 기이한 분위기에 질려 버리곤 했다.

작가 관리 차원에서 직접 계약서를 들고 찾아온 출판사 직원이 거실 바닥에 흘리고 간 붉은색의 머리카락을 들고 항의 전화를 하던 도헌의 모습은 흡사 광적이기까지 했을 정도니 말이다.

하지만 그는 과도한 결벽증도, 정리벽이 심한 것도 아니었다. 단지 모든 흔적들에 집요한 집착을 보이는 것뿐이었다. 갑작스러운 '김나리'라는 존재의 증발이 가져온 커다란 후유증이었지만, 아직도 그것에서 벗어나지 못한 채 괴로워하고 있다는 반증이기도 했다.

도헌은 무심한 눈으로 하얀 온기가 피어오르던 커피 잔을 바라봤다. 손에 들린 커피가 어느새 차갑게 식어 있었다. 십 년 전, 싸늘히 사라져 간 나리의 온기를 닮은 잔을 바라보고 있으니 온몸에 소름이 이는 것만 같았다. 곁에 아무것도 남아 있지 않은 현재의 외로움만큼이나 시리고 아팠다.

그녀를 무자비한 괴물의 손에 잃고 단 하루도 제정신으로 살았던 적이 없었다. 늘 수면제를 먹어야 쪽잠이라도 잘 수 있었고, 주변의 흔적을 잘 볼 수 있게 자신의 모든 것을 흰색으로 바꿔 놓는 습관 또한 날이 갈수록 강박증에 가까워져 갔다.

그럴 때마다 하나둘…… 그나마 남아 있던 지인들도 떠나고, 이제는 누가 죽은 자이고 산 자인지 구분이 서지 않게 자신을 조그만 새장에 가두며 살아가는 것에 익숙해져 가고 있었다.

덧없이 시간이 흐를수록, 하나뿐인 연인 나리가 사람들의 기억 속에서 잊혀 갈수록, 그는 더욱더 십 년 전의 그때로 되돌아가 자신에게 생채기를 내며 고통스러운 나날을 이어 갔다.

그때였다. 부드러운 클래식 음악이 어지러운 상념들을 부수며 소란스럽게 울어 댔다. 책상 위에 아무렇게나 놓인 휴대전화에서 밝은 빛이 퍼지며 드릴로 박아 대는 진동 소리까지 더해지자 도헌은 저도 모르게 미간을 구겼다. '박강율'이란 이름이 액정에 둥둥 떠오르는 것을 확인함과 동시에 이내 마뜩잖은 기분을 떨쳐 낸 얼굴이 아까완 달리 조금은 편안해졌다.

"어. 형."

— 작업하고 있었냐?

"아니. 잠깐 쉬고 있었어. 무슨 일이야?"

— 오늘 시간 좀 내라.

"전화상으로 할 수 없는 이야기야?"

— 좀 복잡한 사건이 터졌다. 이번에는 내 느낌도 달라.

수화기 너머로 간간이 들리는 강율의 깊은 숨소리에 도헌의 입매가 딱딱하게 굳었다.

"······이번엔, 모방 범죄가 아니란 거야?"

— 응.

"알겠어. 이따 저녁에 잠깐 봐."

끊어진 전화를 복잡한 눈으로 훑던 그는 이내 냉장고로 빠르게 향했다. 혼자 생활하는 공간을 작업실 겸용으로 사용하고 있어서 겉으로 보기엔 그저 평범한 가정집에 불과했다. 그랬기에 반쯤 열린 문을 벗어나자 이내 널따란 거실이 나왔다. 복도식으로 이뤄진 그곳을 지나쳐 싱크대와 식탁이 놓인 식당에 이르자 흰색뿐인 공간과는 어울리지 않는 검은색의 냉장고가 우두커니 서 있었다.

도헌은 잠시 그 앞에 서서 혼란에 흔들리는 자신의 모습을 바라봤다.

쫄 거 없어. 십 년 만에 나타났다고 해도 변하는 건 아무것도 없을 테니까. 하지만…… 사람들은 계속 죽어 나가겠지. 모방 범죄든 그림자가 저질렀든, 나리처럼…….

나리를 떠올리자 또다시 격하게 요동치는 감정에 저도 모르게 떨리는 손을 들어 냉장고 문을 열어젖혔다. 그러자 너무 거친 몸짓에 벌컥 열려 버린 냉장고가 쿠웅 소리를 내며 요란스레 진동했다. 마치 갑작스러운 전화 한 통에 깨어진 평온처럼 주변의 고요가 삽시간에 전율하는 것 같았다.

도헌은 차가운 기운과 함께, 텅 비어 있는 내부에 시선을 던졌다. 안을 살펴볼 것도 없이 유일하게 자리를 차지하고 있는 생수병으로 손을 가져갔다.

벌컥벌컥. 관자놀이가 뻐근해질 정도로 차가운 냉수 탓에, 어지러웠던 머릿속이 조금은 진정이 된 것 같았다. 하지만 찰나의 평정도 잠시였다. 긴 복도를 지나 서둘러 책상으로 향한 발걸음은 서랍을 뒤적이며 빠르게 황색 파일들을 꺼내 놓기 시작했다.

두 개의 길고 넓은 책상을 붙여 모니터 두 대를 놓고 남은 공간은 전부 작은 책꽂이를 두어 각종 자료집을 정리해 놓은 곳에, 남은 자리라곤 태블릿 옆의 세 뼘 정도의 틈이 전부였다. 그마저도 법의학 서적들로 그득해 빈 곳이라고는 눈을 씻고 봐도 없었다. 하지만 용케도 여분의 틈 사이 위로 간략한 라벨링이 전부인 서류철들을 쏙쏙 얹어 놓고 있었다.

하지만 책상 밑 열쇠로 걸어 잠근 서랍의 첫 번째 칸을 전부 들어내도, 뒤이어 두 번째 칸을 비워 내도 원하는 자료는 쉬이 눈에 띄지 않았다. 그로 인해 도헌의 조급증은 점점 중증을 넘어서고 있는 중이었다. 마침내 중요 파일을 보관하는 서랍 여섯 개 중 다섯 개를 모두 바닥에 쏟아 놓고는 마지막 남은 서랍을 흔들리는 눈빛으로 노려봤다.

도대체 그 전화가 뭐라고. 냉철하기로는 전국 톱을 달리는 자신을 어쩌면 이렇게 멍청하게 만들어 놓는지 당최 모를 일이었다. 분명 한눈에 알아보기 쉽도록 일목요연하게 정리되어 있는 자료가 왜 지금은 모래사장에서 바늘을 찾아내는 것보다 어려운지 이해가 가지 않았다. 늘 빠릿빠릿하던 몸짓은 오늘따라 더디고 굼떠 속이 터질 지경이기도 했고.

정작 본인은 이런 다급한 모습을 모르고 있겠지만, 그를 마주하고 있는 진수는 달랐다. 도헌의 모습에 놀라 그저 동그란 눈을 들어 그를 직시하고만 있을 뿐이었다.

"작가님. 뭐 하세요?"

"자료 찾아."

"세이브 콘티까지 전부 끝난 마당에 갑자기 무슨 자료요?"

진수의 물음에 도헌은 짜증스레 고개를 들어 그를 노려봤다.

"자료에 이름이라도 붙었냐? 뭔 말이 많아. 신경 꺼."

"그래도 명색이 어시인데 그냥 보고만 있을 순 없죠."

거들먹거리는 대답에 도헌은 서랍을 향해 숙였던 허리를 다시 들어 차가운 눈초리로 진수를 직시했다.

"지난달부터 이제 네 이름도 올라간다 이거냐?"

"그렇죠. 이제 저도 어엿한 프로가 아니겠습니까?"

"그럼 프로답게 원고에나 신경 써. 너, 채색 한 번만 더 그따위로 하면 당장에 잘라 버릴 거야."

도헌의 으름장에 진수는 눈을 동그랗게 뜨며 어깨를 으쓱였다.

"딱히 문제가 있어 보이진 않습니다만."

황당한 얼굴로 진수의 행동거지를 지켜보고 있던 도헌은 한 손으로 흘러내린 머리를 쓸어 올리며 작게 숨을 골랐다.

"하! 문제가 없다? 그럼 지난주 연재분에 주인공이 입고 있던 옷, 컷마다 디자인이 전부 달라지는데 옷 색깔은 그대로인 건 어떻게 설명할 거지? 내가 웹하드에 올리기 전에 한 번 더 검토하지 않았으면 그대로 네가 무서워 벌벌 떠는 악플이 백만 개는 달렸을 거다."

"그, 그거야. 디자인은 달라도 옷 색깔은 똑같을 수도 있는 거죠."

당황함에 말을 더듬는 진수를 심드렁한 얼굴로 바라보던 도헌은 깊은숨을 내쉬었다.

"내가 지금 너랑 입씨름해서 뭐하겠냐. 하지만 한 가지만 확실히 해 두자. 한 번만 더 클럽 가느라 일 소홀히 하면 정말 아웃이야."

"혀, 혀엉. 히잉. 그렇게 매서운 눈초리는 너무 무서운데……."

서랍을 향해 허리를 숙였던 도헌은 진수의 울먹거림에 미간을 구기며 다시금 허리를 곧게 폈다.

"형이 아니고 작가님. 이것도 다시 한 번 실수하면 얄짤없다."

경고하듯 낮게 읊조리는 그의 귓가로 날카로운 초인종이 울렸다. 딱히 택배가 올 것도 없고, 손님이 오기로 한 것도 아니었던지라 깔끔하게 무시하기로 한 손길은 책상 위를 가득 메운 서류철들로 향했다.

애당초 자신과 깊은 관련이 없는 일엔 관심이 없는 성격 탓도 있었지만, 지금은 이런 거 저런 거 따질 시간이 없었다. 강율과의 전화가 온 신경을 한곳으로 집중시키고 있었기 때문이었다. 하지만 이런 복잡한 내면을 알 길이 없던 진수는 비죽 튀어나온 입술을 달싹이며 가늘게 뜬 눈으로 도헌을 흘겨봤다.

"하여간 차가운 건 알아줘야 해요. 누가 왔는지 궁금하지도 않아요?"

"관심 없다."

"제가 나가 봐요?"

"죽고 싶지 않으면 그냥 얌전히 원고 채색이나 해라."

가지런하게 손안에서 정리되는 황색 파일에 시선을 고정한 입에서 무미건조한 대답이 흘렀다. '피이' 불만 가득한 얼굴로 모니터를 향해 돌아앉은 진수를 슬쩍 곁눈질한 그의 귓가로 또다시 초인종이 울리기 시작했다.

처음엔 한 번만 울리고 잠잠했던 그 소리는 이윽고 온 집 안을 뒤흔들 듯 거세게 요동치며 과격한 소음을 만들어 냈다. 그 바람에 귀에서 먹먹한 통증을 느끼던 도헌은 미간을 구기며 입으로 짧은 신음을 내뱉었다. 도저히 현관으로 발걸음을 향하지 않으면 안 되게 하는 지독한 문밖의 존재에게 짙은 살의마저 느껴지는 것 같았다.

"누구세요."

불퉁하게 입을 웅얼거렸다. 귀찮음이 뚝뚝 흐르는 얼굴로 거실화를 직직 끌며 아이보리색의 4인용 소파와 테이블이 놓인 거실을 지나쳐 현관으로 이어진 복도를 향해 다가갔다. 하지만 물음을 듣지 못한 것인지, 시끄럽게 울려 대는 여자의 고함 소리가 부서질 듯 흔들리는 현관문과 함께 귓가로 파고들었다.

"작가님! 작가님! 무슨 일 있으세요? 무슨 일 있더라도 원고는 끝마치시고 생기셔야 해요! 제 말 무슨 뜻인지 아세요? 작가님! 혹시 쓰러지신 건 아니죠? 쓰러지셨더라도 원고는 끝내신 거죠? 작가님! 이러면 안 돼요! 작가님 원고에 제 목숨이 달렸다고요! 이번에도 마감 펑크 내시면 제 밥줄 끊긴다고요! 그건 알고 계시는 거죠? 뭐라 말 좀 해 보세요! 말하기 곤란하면 공이라도 문을 향해 던져 보시든가요! 제발요! 저 진짜 죽을 만큼 간절해요!"

이 여자가 진짜.

신경질적으로 벌컥 열려 버린 문 탓에 순간 정적이 감돌았다. 그 바람에 당장에라도 터질 듯 요동치던 귓가가 고요해지며 반쯤 열린 문틈으로 가느다란 여자의 실루엣이 시야에 들어왔다. 갑작스러운 그의 반응에 적잖이 놀랐는지 두 눈만 껌뻑이는 여자의 얼굴은 어딘지 멍해 보였다. 하지만 멍청한 표정은 문고리를 잡고 있는 도헌 또한 만만치 않았다.

십 년 만에 마주한 얼굴이었다. 그토록 애달프게 그리며 이젠 눈물도 말라 버린…… 꿈속에서조차 제대로 보여 주지 않던 얼굴이 바로 지금, 눈앞에 되살아났다.

뚝뚝. 호흡마저 간헐적으로 끊어지는 잇새로 남자의 짙은 감정이 묻어나는 목소리가 도헌의 입에서 휘몰아쳤다.

"……나……리야……."

□ ◆ □

우중충한 회색 하늘은 사람의 기분까지 무채색으로 만들어 버리

18

는 경향이 있다. 그것이 유진에게만 그런 것인지는 몰라도…….
그래서인지 그녀는 비가 오는 날을 치 떨리게 싫어하는 부류 중
하나였다. 그리고 이런 성향에 플러스 요인을 만들어 주는 것이 바
로 징크스였다. 늘 이런 우울한 날씨엔 어김없이 하루 일과가 꼬여
버리곤 했으니까.

아침부터 책상에 바짝 엎드려 팀장의 눈치만을 살피던 유진은
애꿎은 하늘에게 원망의 화살을 돌렸다. 그렇지 않아도 출근하는
내내 '조심하자.'를 입에 달고 바쁜 걸음을 옮겼건만, 오늘따라 유
독 까다롭기로 소문난 팀장의 기분이 심상치 않았다. 잔뜩 뚱하게
굳어 있는 얼굴에서 곧 피바람이 불어닥칠 거라고 예고하고 있었
기 때문이다.

파티션 너머로 빠르게 눈동자를 굴리며 팀장의 안색을 살피던
유진은 저도 모르게 깊은숨을 내쉬었다. 아무래도 그녀의 심기를
이토록 어지럽힌 가장 큰 원인은 자신에게 있을 것이란 확신이 점
점 강해지는 탓이었다. 그리고 우려하던 일이 일어나고 말았다. 찰
랑거리는 단발머리를 휘날리며 표독스러운 눈으로 팀장이 자리에
서 일어나 편집 팀을 날카롭게 훑기 시작했다.

"오전 회의 시작하죠."

순간 온몸에 소름이 돋을 정도로 차가운 기운이 팀원들의 입에
서 짧은 신음을 흐르게 했다. 저마다 회의실로 향하는 발걸음이 도
살장에 끌려가는 가축처럼 한없이 늘어졌다. 그 중심에 선 유진은
핏기가 가신 얼굴로 힘겹게 심호흡을 하고 있었다.

회의실이라 해 봐야 창가와 마주 서 있는 벽의 빈 공간을 불투
명한 유리로 경계를 지은 곳이어서 성인 걸음으로 열 걸음 남짓한
거리였다. 광활한 공간에 각각의 부서들이 나뉘어져 있었지만 가

장 가깝고 효율성이 좋은 이곳 회의실은 출판사에서도 파워가 막강한 웹툰 팀의 전담이라 해도 과언이 아니었다.

차라리 다른 층의 회의실이라면 마음의 준비가 조금은 남달랐을까.

유진은 부질없는 생각을 하며 축 처진 어깨로 코앞에 있는 회의실을 향해 걸음을 옮겼다. 계속 이어지던 발걸음이 얼마 가지 않아 커다란 원형의 회의 탁자에 막혀 멈췄고, 모두 팀장과 최대한 멀리 떨어져 앉으려고 눈동자를 바삐 굴려 댔다. 하지만 유진은 이미 모든 걸 내려놓았는지 팀장의 눈에 가장 잘 띄는 자리에 먼저 엉덩이를 붙이고 앉았다.

그것을 기다리기라도 한 것처럼 직원들은 그녀가 앉자마자 재빠르게 자리 잡기 시작했다. 그와 동시에 팀장은 특유의 콧소리 섞인 헛기침으로 으스스한 회의의 서막을 알리는 신호탄을 쏘아 올렸다.

"우리 팀은 가장 실적이 좋기로 유명합니다. 그건 다들 아시겠죠. 그래서 더욱 사장님의 애틋한 관심을 많이 받고 있기도 합니다. 그렇다면 직원분들의 마음가짐이 어때야 한다고 생각하십니까, 다들?"

"……."

"……."

주변을 휘휘 둘러보는 팀장의 시선에도 팀원들은 서로 아무런 말이 없었다. 그것이 또 마뜩지 않은지 날카롭게 안경을 밀어 올리는 그녀의 손끝이 미세하게 떨렸다.

"다들 아무런 대답이 없군요. 그렇다면 질문을 바꿔 보겠습니다. 날짜와 기한은 왜 정해져 있다고 생각하십니까?"

"……."

"……."

여전히 침묵으로 일관하는 회의 분위기에 팀장인 기량의 얼굴이 딱딱하게 굳었다.

"제가 대신 대답해 드리죠. 지키라고 있는 겁니다. 하나의 신뢰이자, 믿음이죠. 그래서 마감은 피를 토하는 한이 있어도 지켜야 하는 겁니다. 그래야 회사의 피해가 적어지죠."

유진은 몸을 움찔 떨었다. 왠지 기량이 자신을 뚫어지게 직시하며 말을 내뱉고 있다는 느낌이 강하게 든 탓이었다. 하지만 오금이 저려서인지 고개를 들어 아까부터 따갑게 느껴지는 시선을 확인할 용기는 생기지 않았다. 그저 어서 이 시간이 지나가기만을 바랄 뿐이었다.

비 맞은 강아지처럼 최대한 불쌍한 척 앉아 있어 봐도 여전히 귓가를 까랑까랑 울려 대는 기량의 목소리가 쉬이 끝나지 않을 현실을 드러내고 있었다. 그러나 그럼에도 작은 희망에 모든 걸 기대고 있을 수밖에 없었다.

제길. 이놈의 징크스.

두 눈을 질끈 감고 속으로 욕지거리를 읊조리는 그녀의 귓가엔 여전히 버거운 기량의 목소리가 파고들고 있었다.

"작가분들의 마감이 늦어질수록 인쇄소와의 협상도 길어지고 그렇게 되면 또다시 빠져나가야 하는 게 바로 돈입니다. 여러분들이 힘겹게 일해서 회사에 이익을 남긴 바로 그 돈 말입니다. 회사의 손해가 커질수록 이곳에 몸담고 있는 여러분에게도 좋지 않은 일이 일어날 것임엔 분명하다 이 말입니다."

썩어 들어가는 사람들의 표정과는 달리 기량의 얼굴은 조금 후련해 보였다. 저마다 수첩에 시선을 고정하고 있느라 아래로 향해 있는 고개를 한 명씩 차례대로 훑는 그녀의 눈빛이 처음보단 조금, 누그러져 있었다.

"이제 제게 어떤 말들을 해야 하는지 그 대답이 떠오르셨습니까? 여러분들의 무거운 입술을 제가 가볍게 해 드린 게 맞습니까?"

작은 한숨들이 허공에 메아리치자 조금은 만족스러운 미소를 입가에 건 기량은 몸을 의자 등받이에 기대며 여섯 명이 나란히 앉아 있는 회의실 내부에 시선을 던졌다.

"자, 그럼 본격적인 회의를 시작해 보죠. 먼저 이세라 씨."

"네."

"지금 한창 인기가 오르고 있는 한량 작가의 '벗어라, 그대여'는 진행 상황이 어떻게 돼 가고 있습니까?"

"아……. 19금인만큼 채색에도 신경을…… 신인 작가분이셔서…… 이번에는 마감일을…….."

유진은 무릎 위에 올려 두었던 손을 움켜쥐었다. 분명 가장 잘 보이는 자리에 앉았음에도 기량의 질문은 전혀 다른 곳으로 옮겨 갔다. 갑자기 눈앞이 흐릿해지고 숨이 턱턱 막혀 오는 것만 같다. 이것은, 그랬다. 팀장 특유의 사람 피 말리기가 시작된 것이다.

출판사에서도 가장 실적이 좋은 웹툰 팀은 사내에서도 관심이 높았다. 그만큼 보수도 세고, 이곳을 지원하는 직원 또한 많았다. 당연히 만화가가 꿈이었던 유진은 이곳에 지원했고 기량의 적극적인 추천에 한 번에 합격이란 달콤함을 맛봤다. 하지만 행복은 거기까지였다.

생각과는 달리 만화계는 마감일의 연속적인 소모전이 계속되는 곳이었다. 아프다, 급한 일이 생겼다, 갑자기 아이가 입원했다 등 등의 핑계들로 마감을 늦추려는 작가들과의 씨름은 언제나 그녀를 힘겹게 만들기에 충분했다. 차라리 잠수를 타지 않는 것에 감사해 야 할 정도였으니 말이다.

그러나 유독 그녀를 괴롭히는 건 작가들도 아니고, 그렇다고 촉박한 마감일도 아니었다. 언제나 제일 문제가 되는 직원을 맨 마지막 질문자로 몰아넣고 서서히 피를 말려 죽이는 박기량 팀장 특유의 고약한 취미가 제일 골치라면 골칫거리였다. 더구나 당장에 잘라 버리겠다고 윽박지를 땐 저승에서 막 올라온 악마와도 같아 보였다.

유진은 고개를 힘없이 아래로 떨궜다. 하필 입사하자마자 업무에 적응할 새도 없이 가장 인기가 높다는 웹툰을 담당하게 되어 이런 호사 아닌 호사를 누리고 있음에 두 주먹 불끈 쥐고 감사를 표해야 할 듯싶었다.

눈물을 머금고 멍하니 수첩을 내려다보는 그녀를 의미심장한 눈으로 좇던 기량이 천천히 턱을 치켜들었다.

"그럼 마지막으로 오유진 씨."

갑작스러운 부름에 놀란 유진은 그 자리에서 벌떡 일어났다.

"네?"

"뭐. 굳이 일어나서 브리핑할 건 없고."

기량의 미소에 머쓱해진 그녀는 멍한 표정을 애써 덤덤히 감추며 조용히 자리에 앉았다. 그 모습을 하나도 놓치지 않은 기량의 입술이 위로 치켜지며 날카로운 인상을 더욱 차갑게 얼려 버렸다.

"그나저나 어서 일어나고 싶었나 봐요? 재빠르게 일어나는 걸 보니. 어지간히 이 시간이 싫었나 봐?"

"아뇨. 아닙니다. 그런 건 아니고……."

"그런 게 아니다. 그렇다면 달리 찔리는 게 있나 보죠? 내가 보기엔 충분히 많아 보이는데."

"……."

뭐가 그리 좋은지 달리 아무런 대답을 하지 못하는 유진에게 싱긋 웃어 보인 기량은 자신의 손에 들린 서류에 시선을 고정했다.

"지금까지 회의 내용 어떻게 들었나요? 다들 이번 마감은 늦지 않겠다고 하는데. 오유진 씨도 가능한 이야기겠죠?"

"아, 저…… 그게……."

"즉답을 하지 못하는 걸 보니 또 딜레이되는 건가요? 지금 오유진 씨가 맡고 있는 웹툰이 모두 몇 가지죠?"

"다, 다섯 가지입니다."

"네. 그렇죠. 그렇다면 담당하고 있는 작가는 모두 메인 작가 다섯이네요. 아, 컬러가 취약한 작가 둘 때문에 따로 컬러 팀 두 곳도 관리를 하고 있겠고. 그렇죠?"

"……네."

"그렇다면 말입니다. 출근해서 퇴근까지 작가분들 관리에 시간이 촉박하다고 생각되어지진 않습니다. 그런데 매번 마감일에 늦는 이유가 뭘까요?"

"이번 마감의 제 담당 원고는 세 가지입니다. 그중에 두 개는 마감 원고를 어제 새벽에 받아 놓은 상태입니다."

유진의 말에 고개를 작게 끄덕이던 기량은 본격적인 질문을 위해 손에 들린 서류를 탁자 위에 내려놓았다.

"그건 당연히 해야 할 일을 마무리하신 거고요. 저희 팀에서 가장 높은 수익을 내는 작품이 바로 오유진 씨가 담당하고 있는 작품, 김도헌 작가의 '숨겨진 진실'이 아닙니까?"

"……네. 그렇죠."

"그런데 어떻게 매번 마감일에 늦을 수가 있을까요? 도대체 작가 관리를 어떻게 하면 이런 결과가 나올 수 있는 겁니까?"

"하지만 도통 연락이 되지 않아서……."

"작가가 마감 목전에 두고 증발하는 거 하루 이틀입니까? 오유진 씨의 당찬 모습에 반해 사장님께 적극 추천드려 입사를 시킨 겁니다. 그렇지만 갈수록 사장님 앞에서 면이 서질 않아요. 이런 일이 계속 반복되면 오유진 씨의 사내에서의 입지는 갈수록 좁아지기만 할 겁니다. 아시겠습니까? 연락이 되지 않는다면 두 손 놓고 하늘만 바라볼 게 아니라 작가가 있을 만한 곳을 찾아가셔야죠."

말을 하다 말고 기량이 전체 팀원들을 훑었다.

"그게 여기 앉아 있는 팀원분들이 해 주셔야 하는 일입니다. 어떻게든지 원고를 받아 오세요. 연재는 계속 올라오고 있으니 적어도 작가분들에게 별다른 지장은 없단 증거입니다. 그러니 무슨 수를 써서라도 제시간에 받아 오시길 바랍니다."

주변을 둘러보던 기량의 시선이 유진에게 내리꽂혔다.

"그리고 오유진 씨. '숨겨진 진실'은 내일까지가 마감일인 건 아시겠죠. 앞으로 일주일의 시간을 더 드리겠습니다. 그때까지 원고 받아 올 자신이 없으면 앞으로 출근하지 않으셔도 됩니다."

하얗게 질린 유진의 얼굴을 심드렁하게 바라보는 기량의 입이 쉬지 않고 달싹였다.

"그리고 일주일의 시간 동안 출근하지 않아도 상관없습니다. 저와 약속한 기간에 맞춰 원고만 가져오세요. 그렇게만 된다면 비정규직 사원에서 정규직 사원으로 전환될 겁니다."

저, 정규직? 순간 유진의 눈동자가 커다래졌다. 남들처럼 높은 스펙이나 그렇다고 이름 있는 좋은 대학을 나온 게 아닌지라, 이런 큰 회사의 정식 사원이 될 수 있는 기회가 생각보다 빨리 찾아온 것에 모든 피로와 스트레스가 한 번에 날아가 버리는 기분이었다.

없던 의욕마저 솟게 만드는 힘. 정규직.

두 주먹을 불끈 움켜쥔 유진은 그 어느 때보다, 아니 심지어 입사 확정 때보다 더 커다란 열정에 타올랐다. '꼭 쟁취하고 말겠다.' 라는 강력한 의지 앞에 자신의 먼 미래가 찬란히 빛나고 있는 것만 같았다.

"네! 꼭 원고를 두 손 가득 들고 사무실 땅을 밟겠습니다!"

달콤한 당근 앞에 와르르 무너져 내린 한 마리의 당나귀처럼 붉게 상기된 얼굴로 회의실을 벗어났다. 그녀의 이런 모습을 의미심장한 눈으로 바라보는 기량의 시선을 뒤로한 채 자리로 돌아가 싱글벙글 웃으며 가방에 소지품을 챙기는 손길이 서글프도록 밝고 경쾌했다.

쾅쾅쾅! 손아귀에 진득이 배어 나오는 땀을 닦을 새도 없이 차디찬 철제문을 두드리는 우악스러운 손길은 쉽게 멈출 생각이 없어 보였다. 숨이 턱턱 막히는 높은 습도를 뒤로하고, 꽉꽉 들어찬 만원 버스에 몸을 실으며, 가파른 오르막길을 올라온 몰골은 심히 지쳐 보였지만 그 얼굴 위에 떠오른 희망은 모든 것들을 잠재우기에 충분했다.

꿈에 그리던 정규직이 이 문 너머에 있다.

생각만으로도 가슴이 벅차오르는 기분이다. 오늘은 무사히 하루를 마치기를, 오늘은 무사히 내 책상을 지킬 수 있기를, 오늘은 무사히 내일을 기약할 수 있기를.

얼마나 바라고 바라 왔던가. 생각보다 비정규직이란 타이틀은 험난해서 타사의 경력이 있는 유진일지라도 쉬이 내버려 두지 않았다. 늘 자신의 자리가 없어질까 노심초사, 잠 못 이루는 밤이 헤아릴 수 없이 많았던 그런 나날들이었다. 하지만 그것도 이 조그만 문 너머에 있을 원고만 받아 낸다면 간절히 원하던 불안들과의 다디단 이별을 맛볼 수 있을 것이다.

유진은 다시금 호흡을 차분하게 가다듬었다. 이 건물은 이상하게도 복도에 집으로 보이는 문이라곤 지금 눈앞의 문이 전부였다. 주변을 둘러봐도 비상계단으로 통하는 철제문 이외에 문이라고는 달랑 이거 하나뿐이었다. 그래서 다른 이웃들에게 끼칠 피해까지 생각하지 않아도 돼서 편하긴 했지만, 문제는 아무리 문을 두드리고 초인종을 눌러 봐도 안에선 조그만 인기척조차 들리지 않는다는 것이었다.

뭔가 불길하다. 갑자기 사색이 된 얼굴로 떨리는 손을 문에 조심스레 가져다 대었다. 그러곤 귀를 바짝 붙여 정말 아무도 없는 건지 확인했다.

"뭔가 이상한데?"

안에서 대화 소리가 어렴풋이 들리자, 현관문에 바짝 붙었던 고개가 갸우뚱거렸다.

"호, 혹시…… 서, 설마!"

왜 이 상황에서 기량의 날카로운 목소리가 허공에 둥둥 떠오르는 건지 모르겠지만, 이상하게도 등골이 서늘해지며 날 선 목소리가 점점 크게 귓가를 파고들었다.

'적어도 작가분들에게 별다른 지장은 없단 증거입니다…… 별
다른 지장은 없단…… 별다른…….'

어제가 '숨겨진 진실'의 새 연재분이 올라오는 날이었다. 하지
만 무슨 이유에선지 개인 사정으로 하루 연재를 미루었고, 아직까
지 새 연재물은 올라오지 않고 있었다. 유진은 바삐 눈동자를 굴리
기 시작했다.

"혹시…… 컴퓨터가 갑자기 꺼져서 원고를 날려 먹은 바람에
건강상의 이유를 빌미로……."

뭔가를 알아냈다는 듯 눈동자가 커지며 위로 치떠졌다.

"며칠 잠수 타려는 거 아냐?"

순간 눈앞이 아득해지는 것을 느낀 그녀는 휘청거리는 다리를
들어 젖 먹던 힘까지 짜냈다. 쿠궁쾅쾅! 문이 부서져라 발길질을
해 대던 그녀는 이윽고 다시 주먹으로 세차게 두드리며 고함을 지
르기 시작했다.

"작가님! 작가님! 무슨 일 있으세요? 무슨 일 있더라도 원고는
끝마치고 생기셔야 해요! 제 말 무슨 뜻인지 아세요? 작가님! 혹
시 쓰러지신 건 아니죠? 쓰러지셨더라도 원고는 끝내신 거죠? 작
가님! 이러면 안 돼요! 작가님 원고에 제 목숨이 달렸다고요! 이번
에도 마감 펑크 내시면 제 밥줄 끊긴다고요! 그건 알고 계시는 거
죠? 뭐라 말 좀 해 보세요! 말하기 곤란하면 공이라도 문을 향해
던져 보시든가요! 제발요! 저 진짜 죽을 만큼 간절해요!"

순간 벌컥 열려 버린 문에 할 말을 잃고 멍해진 유진은 초점 없
는 시선을 들어 짜증스레 서 있는 남자를 바라봤다. 그러곤 알 수

없는 적막이 둘 사이를 가르며 휘감겼다.

피곤에 절어 까칠한 얼굴엔 거뭇거뭇한 수염이 자라 있었다. 언제 미용실을 갔는지 짐작하기도 힘든 머리는 이미 눈을 반쯤 덮어 날카로운 눈매를 차분히 누르고 있었고, 바람이 불어올 때마다 흔들리는 검은 머리칼에선 언뜻 싱그러운 향기가 퍼지는 것 같다.

붉게 반짝이는 입술에선 생기가 돌았지만 머리색과 닮은 칠흑 같은 눈동자에는 그 어떤 온기도 자리하지 않았다. 그 모든 것들을 뒷받침하고 있는 하얀 피부는 이런 것들에 차가운 인상을 더해 주고 있는 것만 같았다.

마치 밀랍 인형처럼. 그리고…… 종이 인형과 다를 바 없는 만화 속의 인물을 바라보고 있는 기분이었다.

감정 없는 인형이 뚫어지게 직시한다. 공허한 두 눈에선 경악에 찬 놀라움이 들어차고, 유일하게 생기로 얼룩진 붉은 입술이 조금씩 달싹이기 시작했다.

"……나……리야……."

무미건조한 도헌의 음성에 제정신을 차린 유진은 몸을 움찔 떨었다. 그러곤 형언할 수 없는 수많은 감정이 뒤섞인 눈으로 그를 똑바로 응시했다.

"……작가님."

대략 세 걸음 사이로 둘은 무수히도 많은 시선을 주고받았다. 서로의 감정이야 생각하기 나름이겠지만, 적어도 유진은 확고하게 복잡한 머릿속을 정리해 나갔다.

절대 휘둘리는 일은 없을 것이다. 흔들리는 눈동자 사이로 굳건한 마음이 스쳤다.

"정신 나간 척 연기하셔도 소용없어요."

"뭐?"

멀뚱한 도헌의 시선을 무시하며 유진은 그를 지나쳐 작업실 안으로 몸을 밀어 넣었다.

"이야. 이런 식으로 진정한 프로의 작업실을 오게 될 줄은 몰랐네요. 우리 초면이죠? 항상 업무는 통화로만 이루어졌으니까요."

유진은 온통 화이트 톤의 내부를 둘러보며 여전히 문고리를 잡은 채, 이해하기 어렵다는 표정을 짓는 도헌을 돌아봤다.

"처음 뵙겠습니다. 김도헌 작가님. 두 달 전에 새로 바뀐 담당자 오유진입니다."

"하……!"

"마감 원고를 직접 받으러 왔어요. 하도 연락이 안 되셔서. 그런데 아니나 다를까, 절 보자마자 수준급의 연기를 보여 주시고. 정말 몸 둘 바를 모르겠네요. 그런데 이걸 어쩌죠. 그렇게 정신 나간 척하셔도…… 마감은 늦춰 드릴 수 없겠는데요."

점점 사색이 되어 가는 도헌과는 달리 심드렁한 유진의 얼굴은 평온하기 그지없었다. 항상 주눅 들어 있던 모습은 사라지고 당당한 커리어 우먼이 된 것만 같았다. 그때였다. 자신이 생각하기에도 한없이 올라간 자존감 때문에 높이 턱을 치켜든 콧대 위로 검은 그림자가 천천히 드리워졌다.

뭐, 뭐야? 어, 엄지? 흠칫 놀란 그녀의 눈앞에 도헌과는 또 다른 허여멀건 비주얼이 서서히 선명해졌다. 매끈한 이목구비로 눈부신 미소를 흘리며 쌍 엄지를 허공에 둥둥 치켜든다.

"이야. 담당자님 기세 하난 최고네요! 감사합니다! 덕분에 살았어요! 사랑해요!"

난데없는 사랑 고백으로 어안이 벙벙한 귓가에 잔뜩 독이 오른 도헌의 목소리가 울렸다.

"야! 강진수! 야! 야, 인마!"

"작가님 저 새벽 4시까지만 놀고 올게요! 오늘은 진짜 빠지기 힘든 모임이라 그래요! 사랑해요!"

"저, 저 새끼……."

힘없이 잦아든 도헌의 목소리에 정신을 차린 유진은 컴퓨터가 놓여 있는 방으로 서둘러 발걸음을 옮겼다. 그런 그녀의 뒤를 빠르게 따라붙으며 작게 욕지거리를 씹어뱉은 그는 제멋대로 뻗어 있는 머리칼을 신경질적으로 헝클이며 낮게 으르렁거렸다.

"나가."

"네?"

"그래. 잠시 다른 사람으로 착각한 거 사과할게. 그러니까 조용히 사라져. 지금 당장."

"아까 제가 한 말 못 들으셨어요?"

"그 원고, 지금 웹하드에 올릴 테니까 꺼지라고."

도헌의 강경한 태도에 살짝 주춤한 유진은 빠르게 눈을 깜박였다.

"그, 그 원고가 연재분인지 출판용인지 제가 어떻게 알고 확인도 안 하고 가요? 아까도 제가 말했죠? 작가님 원고에 제 목숨이 달렸다고요."

"자꾸 아까부터란 말로 말꼬리 잡는데 그만하지? 상당히 거슬리거든."

"그러니까 제가 직접 무슨 원고인지 눈으로 확인하겠다고요."

마뜩잖은 시선에도 아랑곳 않던 그녀가 획 몸을 돌려 방으로 향했다. 김도헌 작가가 까칠하다는 건 이 바닥에 하루만 있어도 모두가 아는 사실이다. 그러니 딱히 이런 태도를 보인다고 해서 바짝 졸아들 유진이 아니었다.

이미 사무실을 벗어날 때부터 마음의 준비도 해 왔고, 박 팀장 밑에서 두 달 동안 눈칫밥 먹으며 맷집을 길러 온 영향도 컸다. 하지만 도헌은 달랐다. 점점 화가 머리끝까지 치솟는지 붉어진 얼굴은 어느새 험악해져 있었다.

"이 여자가 진짜!"

사내의 힘에 거칠게 잡힌 가녀린 손목이 비명을 지르듯 빨갛게 달아올랐다.

"아야!"

순식간에 휘청거린 몸이 방과 거실 중간에 놓인 선반 위의 조그만 연필꽂이를 건드리고 지나갔다. 그 바람에 가지런하게 정리되어 있던 안의 내용물들이 와르르 쏟아지며 바닥으로 떨어져 내렸고, 그 사이에 숨어 있던 커터 칼이 유진의 다리를 그으며 선명한 핏줄기를 만들어 냈다.

그 순간이었다. 하얀 다리 위에 검게 흐르는 피를 보자 모든 것들이 아득히 멀어졌다. 활활 불타던 의욕도, 금방이라도 정규직이 된 듯 흥분으로 들뜬 기분도, 모든 것들이 가능할 것 같기만 한 치솟은 자신감까지.

그리고 알 수 있었다. 망아지처럼 날뛰고 있는 자신의 모습을. 과도한 흥분으로 인해 기본적인 매너까지도 잊어버린 과한 행동들이 순간적으로나마 창피했다.

오유진. 진정하자.

앙다문 잇새로 거칠게 흐르는 호흡을 뒤로하며 천천히 눈을 감았다. 흥분된 마음을 가라앉힐 필요가 있었다. 너무 업되어 버린 기분 탓에 마음마저 허공에 붕 떠올랐다.

이래선 안 된다. 한발 뒤로 물러서야 할 때다.

작게 숨을 고르자, 어느 순간 고요해진 주변에 마치 덩그러니 혼자가 되어 버린 기분이었다. 심호흡하듯 천천히 눈을 떠 보니 매서운 눈초리로 자신을 노려보던 도헌이 사라지고 없었다. 처음부터 그가 존재하지 않았던 것처럼 주변은 고요했고, 온통 흰색뿐이었다.

천천히 고개를 돌려 흐르듯 주변을 둘러보자, 한쪽에서 바스락거리는 소리와 함께 구급상자를 들고 있는 그의 모습이 보였다.

"그러게 가라고 할 때 갔으면 이렇게 다칠 일도 없었잖아요."

"병 주고 약 줘요? 작가님이 잠수 안 타고 전화만 잘 받았어도 내가 여기까지 찾아올 일은 없었다고요."

"네네. 알겠습니다. 다리 좀 이쪽으로 뻗어 봐요."

얼떨결에 그의 손길에 의해 소파에 몸을 묻은 유진은 그가 자신의 앞에 무릎 꿇고 앉아서 소독약을 꺼내는 모습에 놀라 눈만 동그랗게 떴다.

"뭐 하시게요?"

"칼날에 베였잖아요. 저거 다용도로 쓰는 거라 소독해야 돼요. 다리 좀 저한테 뻗어 봐요. 약 바르게."

"아…… 저, 저기."

빨개진 얼굴에 말까지 더듬는 그녀를 심드렁하게 올려 보던 도헌은 작은 숨을 내쉬었다.

"아무것도 안 봐요. 그리고 종아린데 발목만 살짝 잡고 약만 바를게요. 저 그렇게 추잡한 놈 아닙니다."

"아니 그런 게 아니라……."

어느새 알싸한 소독약의 냄새와 따끔거리는 통증에 말끝을 흐린 유진은 그에게 잡혀 있는 발목이 뜨거워지는 것을 느꼈다. 방금 전까진 서로 죽일 듯이 노려보며 언성을 높였는데 언제 이렇게 수그러든 것인지 신기할 따름이었다.

그러고 보니 손의 감촉이 부드럽고 얼굴만큼이나 흰 것 같다. 손이 따뜻한 남자는 마음이 차다던데……. 차가운 남자만큼 섹시한 것도 없지. 멍하니 그의 긴 기럭지를 훑어 내리던 그녀는 군침을 삼켰다. 그러곤 붉게 반짝이는 입술을 바라보며 살며시 입을 오물거렸다.

"원고는 다 끝내신 거예요?"

"아뇨."

"아, 다 못 끝내셨…… 잠깐만요! 다 안 됐다고요?"

머리를 강하게 얻어맞은 충격에 휩싸인 유진은 놀란 눈으로 도헌을 바라봤다.

"아까는 웹하드에 올리겠다고 하셨잖아요?"

"마감 일주일 연장됐잖아요. 그 안엔 마무리해서 올릴 수 있다는 말이었어요. 자, 밴드까지 붙였으니 응급처치는 끝났네요."

너무나 아무렇지 않게 말하는 그를 보며 유진의 입이 쩌억 벌어졌다.

"여, 연장된 건 어떻게 아셨어요?"

"문자요. 아까 박기량 팀장한테 마감 연장됐다는 문자 받았어요. 아, 그리고 저 원래 전화는 잘 안 받습니다. 자꾸 전화하시는데 앞으론 문자로 해 주세요."

사그라지지 않는 분노에 휩싸인 유진은 자리를 박차고 일어났다. 그동안 연락이 안 된다고 쩔쩔매었던 일이 주마등처럼 스쳐 지나가는 것 같다. 분명 박기량 팀장에게 업무를 인수인계받을 때만 해도 김도헌 작가는 전화 외엔 아무런 연락 방법이 없다고 들었는데, 그동안 담당자인 자신만을 제외하고 서로 문자로 상황을 주고받았단 사실에 울화가 치밀었다.

혼자 삽질해 댔구나. 두 눈에 그렁그렁 눈물이 차올랐다. 사람을 바보로 만들어도 유분수지 한순간에 이렇듯 무기력하게 만들어 놓다니 기가 막혀서 말이 나오질 않았다.

하지만 그녀의 복잡한 속사정을 알 리 없던 도헌은 안색이 순식간에 변하는 그녀를 이상한 눈으로 바라보며 입술을 달싹였다.

"저, 지금 나가 봐야 하는데. 가시는 데까지 태워 드릴까요?"

"태우려면 박기량이나 활활 태워 버려요! 그리고 원고 받을 때까지 여기서 한 발자국도 안 움직인다고 했잖아요!"

버럭 소리를 질러 댄 유진은 아직도 가시지 않은 화를 주체 못해 황량한 거실을 휘휘 배회했다.

"내가, 기필코 원고 제대로 받아 내서 그 높은 콧대를 꺾어 버리고 말겠어! 진짜 이번에 사람 바보 만든 거 제대로 후회하게 해 줄 거야!"

□ ◆ □

주홍빛의 은은한 조명이 조그만 공간 속에 스미며 부드럽게 퍼져 나갔다. 그 속에 뜻을 알아듣지 못할 일본 가요가 조그만 소리로 낮게 울렸고, 마음마저 편안하게 풀어지는 향긋한 음식 냄새에 이곳에 앉아 있는 사람들의 얼굴엔 해맑은 미소가 떠올랐다.

시원스레 오픈된 주방 안은 온통 활기로 가득했다. 머리에 두건을 두른 젊은 주방장이 열심히 육수를 우려내며 가게를 오고 가는 사람들을 향해 '이랏샤이마세!'를 외치자 주방에 고여 있던 활력들이 가게 전체로 퍼져 나가는 것만 같았다.

주변은 전부 서로에 대한 반가움과 즐거움으로 가득하다. 하지만 도헌이 앉아 있는 테이블만은 마치 저들과 별개의 세상 속에 존재하고 있는 것만 같았다. 어둡고, 음침한…… 검은 그림자가 스멀스멀 기어 나와 온몸을 옥죄는 답답함이 목구멍까지 이어져 숨 쉬는 것조차 버거웠다.

절로 입 밖으로 새어 나오는 한숨에 도헌은 마른세수를 했다. 뜻 모를 피로가 어깨를 짓누르는 기분이었다. 뻐근해진 눈가를 엄지로 누르면서도 좀처럼 미간에 잡힌 주름은 펴지질 않았다.

"이 사진들이 오늘 전화한 이유란 거야?"

테이블 위에 가지런히 놓인 변사체의 사진을 바라보던 도헌의 입매가 딱딱하게 굳었다. 익숙한 기시감에 절로 소름이 돋아나는 기분이었다. 잊고 싶어도 절대로 잊히지 않는 하나의 장면이 눈앞에 잔상으로 스쳐 지나가며, 어김없이 지독한 두통을 만들어 냈다.

사진의 모든 부분을 놓치지 않으려 천천히 훑어가는 눈동자는 형태도 없는 고통에 일그러져 갔다. 싸늘히 식어 버린 여인의 알몸이 몸서리치도록 무섭고 애틋하다. 도망치고 싶도록, 이 자리를 벗어나고 싶도록, 그리고 끌어안고 싶도록……. 강하게 시선을 잡아끄는 그것에 차마 어떤 말도 덧붙일 수 없었다.

나리가 아님에도 나리가 차갑게 굳어 있는 기분. 마치 오늘 아침에서야 사랑하는 연인의 죽음을 맞닥트린 사람 같은 모습이었다. 얼굴이 형편없이 어두워질 때마다 마주 앉은 강율의 잇새로 나른한 호흡이 흘렀다.

"또, 나리…… 생각 하나?"

강율의 물음에 도헌의 몸이 움찔 떨렸다. 그러곤 입가에 피식, 힘없는 미소가 걸렸다.

"뭐…… 나도 어쩔 수 없는 거니까."

"잊으라고는 차마 못 하겠다만 이제는 놓아줄 때도 되지 않았냐? 그게 죽은 사람도 편할 거 같다고 생각하지 않아?"

"머리론 이미 십 년 전에 정리했어. 마음이 문제지."

"그래그래. 너라고 고통 속에 살고 싶진 않겠지. 그렇지만 말이다. 이거 하나만 알아 둬."

조금은 딱딱한 나무 의자 등받이에 몸을 기댄 강율이 천천히 도헌의 말간 얼굴을 훑었다. 생기 있던 십 년 전에 비해 많이 야윈 현재의 얼굴. 시간의 흐름이 할퀴고 간 얼굴은 참담하리만치 마음속 상처와 닮아 있었다.

하지만 정작 도헌은 변해 버린 자신의 변화에 무덤덤했다. 아니, 오히려 마음에 들어 했다. 얼굴에 드러난 상처만큼 그녀를 사랑했던 자신이 적나라하게 드러나는 기분이었다. 넌 이만큼 한 여자를 사랑했다고 인정받는 느낌이 그나마 텅 비어 버린 마음의 공허감을 조금이나마 달래 주고 있었다. 그런 도헌을 전혀 이해하지 못하는 강율만이 늘 지금처럼 답답한 눈빛으로 바라봤지만 말이다.

강율은 여전히 변할 기색이 보이지 않는 도헌을 향해 피곤으로 쩍쩍 갈라진 입술을 달싹였다.

"나리는 해결된 사건이야. 내 말 무슨 뜻인지 알아?"

"……."

"너도 잘 알겠지만 하루에 팀 하나가 할당받는 사체 수는 세 구 정도 돼. 대략적으로 그중에 두 구는 자살이고, 한 구는 살인이야. 그 많은 피해자들 중 진범을 잡아 수사가 시원하게 끝나 버리는 사건이 몇이나 된다고 생각해? 물론 거의 용의자는 잡아들이지. 하지만 알려지지 않은 미제 사건이 훨씬 많아. 과학 수사 기술이 좋다고는 해도 원인을 밝히지 못하는 사인이 그만큼 많고, 증거가 불충분한 사체도 셀 수 없이 많다는 거야."

"범인을 잡은 것만으로 만족해라?"

도헌의 반문에 강율의 미간이 들썩였다.

"꼭 그렇다는 건 아니지만……."

"형."

강율의 말을 자르며 도헌이 테이블로 향했던 시선을 들어 앞에 앉은 그를 바라봤다.

"그래. 차라리 미제 사건으로 끝나는 수많은 연쇄 살인 사건들보다 모방 범죄로 밝혀져 용의자를 잡아들인 편이 더 행복할지도 몰라. 그렇지만 그건 그놈들이 자신의 죄에 맞는 죗값을 받고 있다는 가정하에 생각할 수 있는 문제고, 난 다르잖아. 난 그 자식이 죄를 뉘우치는 것도 보지 못했어. 형이 잡기 전에 이미 자살했으니까. 형이야말로 내 말이 무슨 뜻인지 알겠어?"

"……도헌아."

"난 아직도 용서가 안 돼. 마치 어제 일처럼 눈앞에 생생해서 하루에도 몇 번씩 돌아 버리겠다고."

작은 숨을 후, 하고 내뱉은 강율은 뒷목을 긁적이며 고개를 저었다.

"물론 그 점은 형사로서 미안해. 미리 잡아들이지 못했으니까. 하지만 달리 생각해 보면 좋은 점도 있어. 네가 웹툰을 그린다는 거. 더 이상 세상에 알려지지 못해 범인을 묻어 버리는 사건들이 늘지 않도록 네가 세상 속에 그것들을 꺼내 놓고 있잖아. 그것만으로 만족하는 건 어떨까? 분명 나리도 하늘에서 널 자랑스러워할 거야. 너로 인해 사장될 뻔했다가 해결된 사건들이 꽤 많잖아. 그 덕에 우리 서에서도 고마워하고 있고."

"그래. 형 말은 무슨 뜻인지 잘 알겠어. 맨날 얼굴 맞대면 열띠게 펼치는 과거 얘기는 이쯤 하고, 여기로 불러들인 본격적인 이야기나 시작하자."

도헌은 강율이 가져온 황색 사건 파일을 펼치며 화제를 돌렸다. 솔직히 말하자면 강율을 직접적으로 만나는 게 썩 달갑진 않았다. 그와의 만남은 늘 십 년 전 과거로 모든 걸 되돌려 놓기도 했지만, 끝나지 않는 언쟁을 벌여야 하는 피로가 날이 갈수록 더 크게 다가왔다.

어차피 바뀌지 않아. 행복하게 살아갈 생각 따위 해 본 적 없으니까.

지금도 이 모습이듯이 앞으로의 십 년, 이십 년도 별반 다르지 않을 것이라는 뿌리 깊은 생각을 억지로 바꾸고 싶진 않았다. 더욱이 그것들이 남들의 시선에 의한 것이라면 말이다.

도헌은 아무런 대답도 하지 않고 씁쓸한 얼굴로 자신을 바라보는 강율을 향해 아래로 향했던 시선을 던졌다.

"왜? 내 멋대로 하는 거 한두 번이야? 오늘따라 유독 날카롭다."

"그냥……. 너나 나나 똑같은 거 같아서."

"싱겁긴."

피식. 헛웃음을 짓던 눈동자가 다시금 파일들 속의 사진을 훑어 내렸다.

까만 어둠이 깔린 도시의 밤은 화려했다. 은은하게 번지는 별빛들은 무지막지한 네온사인의 강렬한 빛 앞에 힘없이 밀려났고, 언제부터인가 하늘을 잊어버린 사람들은 저마다 원하는 행선지로 가기 위해 바삐 움직였다.

별로 특별하지 않은 일상의 모습들. 어찌 보면 당연했고, 어찌 보면 평범했다. 하지만 별다를 것 없는 밤의 거리에 시선을 두던 도헌은 망연한 마음의 먹먹함에 쓴 입맛을 다셨다.

힘이 없으면 자연히 잊히게 되고, 사라지게 되는 논리가 이 거리에도 선명하게 존재하고 있었다. 강한 것에 자연히 흡수되는 것은 당연한 이치였지만, 그것을 직접 경험한 사람들에겐 그 당연함이 상처가 되고 아픔으로 돌아왔다.

힘없이 반짝이다 이내 네온사인에 가로막혀 숨어 버린 무수히도 많은 별빛들이 마치 조수석에 자리하고 있는 황색 파일 속의 이름 모를 사람들 같았다. 그 속에 가장 밝게 타오르는 '나리'라는 별이 파일 속에 갇혀, 흔들리는 차의 진동에 따라 움직이며 바닥으로 떨어졌다.

"후우……."

피곤에 절은 숨이 폐부 깊숙이에서 흘러나왔다. 어느새 작업실 앞에 도착한 차를 아무렇게나 주차하곤 조수석의 문을 열어 여러 파일을 갈무리하는 손길은 아까완 달리 기력 없이 축 처져 있었다. 나리의 사진이 바닥에 떨어져 있는 것도 발견하지 못한 그는 서둘러 차의 문을 닫으며 작업실을 향해 발걸음을 돌렸다.

요즘 부쩍 힘이 든다. 나리의 사진 앞에서 했던 맹세대로 살아가는 것이 점점 힘에 겨워지고 있었다. 자꾸만 어깨가 처지고 입에선 끊임없는 긴 한숨이 자신도 모르게 새어 나왔다. 그럴 때마다 마음을 다잡으려고 노력하지만 어째서인지 뜻대로 몸이 움직여지진 않았다.

푹 수그린 고개 너머, 묵직한 발걸음이 투명한 유리문으로 향하자 발아래 있던 자갈들이 자박거리며 흔들렸다. 그런데……. 뭔가 이상하다. 이미 어둠이 내려앉은 밖은 자신 외엔 지나가는 사람도, 근처를 배회하는 사람도 없었다. 하지만 등 뒤로 나지막하게 울리는 발걸음 소리가 자신의 움직임에 맞춰 똑같이 울리는 기분이었다.

차갑고 음침한 공기가 바람을 타고 등 뒤에서 밀려왔다. 온몸을 옥죄는 피비린내가 살갗을 태우고 눈을 멀게 만들어 버리는 것만 같다.

주르륵. 등골을 타고 흘러내리는 식은땀을 떨쳐 내듯, 굳었던 몸을 돌려 뒤를 돌아봤다. 황량한 바람만이 가득한 공허. 시야엔 아무것도 없는 그저 어둠뿐인 공간이었지만 이상하게도 희미한 빛이 닿지 않는 공간 속에 자신을 노려보는 눈동자가 번득이는 것만 같았다.

뭐지? 기이한 감각을 잠재우기 위해서라도 미간을 좁혀 가며 사물을 명확히 보기 위해 천천히 주위의 모든 것들을 훑기 시작했다.

깊은 어둠에 잠겨 눈에 보이는 것이라곤 자갈이 깔린 야외 주차장과 그 주변을 에워싸고 있는 어린나무들이 전부였다. 왼쪽으로 보이는 자신의 차 이외에 맞은편에 주차된 검은색의 벤, 그리고 하얀 경차를 살펴봤지만 별다른 점은 없었다.

그러다 주차장의 안쪽 끝, 녹이 슨 낡은 파란색의 1.5톤 트럭이 시야에 걸렸다. 붉은 녹이 군데군데 엉겨 붙은 그것은 마치 차갑게 굳어 버린 핏덩이를 연상하게 하는 묘한 섬뜩함이 있었다. 그래서인지 차 시트를 감고 있는 붉은 벨벳천이 더욱 기괴하게 느껴졌다.

시트의 헤드 아래에 귀엽게 그려진 하얀색의 강아지마저 생기를 잃고 꺼져 간 사자(死者)의 안광처럼 느껴졌다. 공포에 질린 한기가 캐릭터의 시선과 함께 밀려들었다. 시선을 돌리면 그대로 강아지의 귀여운 미소 속에 날카로운 이빨이 목을 뚫고 들어올 것만 같았다.

도헌은 서둘러 이곳을 벗어나고 싶었다. 하지만 냉기에 절여진 다리는 덜그럭거리며 더디게 움직일 뿐이었다. 마음처럼 몸이 따라 주질 않자 차분하던 호흡이 끊어질 듯 옥죄는 긴장감으로 인해 가파르게 빨라지고 있었다.

이곳에, 아니 저 트럭에 뭔가가 있다.

확실히 눈으로 확인을 한 것은 아니었지만 분명히 알 수 있었다. 눈이 아닌 피부로 느껴지는 예민한 감각이 그를 위험에서 끄집어내듯 서둘러 이 자릴 벗어날 것을 종용하고 있었다. 그래서인지도 몰랐다. 움직일 생각을 않던 다리에 변화가 느껴졌다. 살고자 하는 생존 욕구가 공포를 밀어 버린 것이다.

팽팽하게 당겨진 고무줄이 갑작스러운 해방을 맞은 것처럼 뻣뻣하던 몸의 감각이 돌아오는 것을 느꼈다. 그것에 감격할 새도 없이 순식간에 거칠어진 호흡을 내뱉으며 빠르게 건물 안으로 향했다. 발걸음에 상대를 알지 못하는 공포가 서려 있었다. 사물이 구분되지 않을 정도로 눈앞이 아득해지고 모든 신경이 끊어져 버린 듯 아무것도 생각해 낼 수 없었다.

서둘러 오르는 계단 사이로 조그만 창문이 부연 시야에 들어왔다. 마른침을 넘기며 천천히 창가로 다가가자 트럭 옆으로 비죽 튀어나온 검은 그림자가 어른거리는 것이 보였다. 순간, 다리에 힘이 탁 풀어진 도헌은 어지러운 머리를 세차게 가로저으며 이내 현관

키를 눌러 작업실 안으로 몸을 밀어 넣었다.

"헉헉……."

턱 끝까지 차오른 숨은 현관문이 닫힘과 동시에 안에서 은은히 퍼지는 따뜻한 온기에 점차 차분히 가라앉았다.

검은 그림자는 뭐였을까.

단순히 길을 지나던 고양이일 수도 있고, 바람결에 흔들리는 나뭇가지였을 수도 있다. 하지만 분명한 건, 순식간에 느껴진 자신을 향한 짙은 살의만큼은 진짜였다는 것이다.

거실에 들어서서 냉수를 벌컥벌컥 들이켜던 도헌은 그동안 수를 헤아릴 수도 없이 자신을 괴롭혀 오던 협박 메일들을 떠올렸다. 단순히 상상에 치우친 스토리를 웹툰으로 그리는 것이 아닌, 실제 사건들을 바탕으로 그려진 작업물이기 때문에 사건의 용의자들과 그와 관련된 가족들에게 입에 담기도 버거운 협박들을 많이 받아 왔었다.

그로 인해 거의 인터넷이란 가상 공간에 숨어 일을 하고 있긴 했지만, 여러모로 자신을 숨겨야 한다는 강박증은 그의 내면에 항상 자리하고 있었다. 어쩌면 나리를 잃은 충격으로 히스테릭하게 변해 버린 것이 아니라, 세상에 진실을 밝히겠다고 나선 순간부터 자신을 곤경에 빠트린 걸지도 몰랐다.

"젠장."

또다시 시작된 위의 통증에 도헌의 입에서 작은 욕지거리가 흘러나왔다. 과도한 스트레스를 받다 보니 꼬리표처럼 스트레스성 위염을 달고 사는 그였지만, 한 번씩 찾아오는 위통은 적응하기 힘들었다.

그런데 그때였다. 약을 찾기 위해 짜증스레 식탁에 손을 뻗는 그 순간이었다.

"컥! 커헉! 힘! 흐윽."

작업실에서 들려오는 간헐적인 신음 소리가 정확히 그의 귓가를 파고들었다.

호, 혹시…….

관자놀이를 지나 또르르 떨어지는 식은땀을 닦을 새도 없이 긴장으로 떨리는 눈이 식탁 옆에 방범용으로 놓아둔 야구 방망이를 재빠르게 훑었다.

이것을 사면서도 쓸 일이 생길 거라 생각하지 않았는데.

알루미늄 배트와 나무 배트 사이를 배회하던 손이 이내 나무 배트를 휘어잡는 것과 동시에 차분한 걸음걸이로 작업실을 향해 다가갔다.

"누구……."

조용히 방문을 밀어 나지막하게 묻는 목소리는 이내 하나의 존재에 의해 막혀 버렸다.

의자 위에 흐르는 검은 폭포처럼 온통 산발 된 머리, 위로 꺾인 고개 탓에 반쯤 떠진 눈은 뒤에 서 있는 자신에게로 향해 있지만 널브러진 채 의자 위에 아슬아슬하게 걸쳐져 있는 몸은 건조대에 널어놓은 수건과 같았다.

코와 입을 덮어 버린 머리칼이 상대의 호흡에 따라 부풀었다, 잦아들었다를 반복하는 걸 보니 생명엔 그다지 지장은 없어 보였다. 하지만 피가 잘 통하지 않아 하얗게 질려 버린 손등은 애처로울 정도로 몸에 눌려 힘없이 펄떡였다. 아크로바틱을 하는 것도 아닐진대 어째서 팔 하나를 등 뒤로 꺾어서 자는 건지 정말 미스터리였다.

한번씩 '푸르르' 하는 이상한 소리와 함께 거친 드럼통 소리가 조그만 입술을 타고 터져 나왔지만 어쩐지 한순간에 긴장이 풀어진 도헌은 그저 이 상황을 보며 웃을 수밖에 없었다.

"하, 이 대책 없는 생명체는 뭐야."

기괴하게 잠들어 있는 유진에게 조용히 다가간 도헌은 살며시 손을 올려 뽀얀 얼굴을 반쯤 덮고 있는 머리칼을 조심스레 치워냈다. 그러자 한눈에도 나리와 많이 닮은 얼굴이 그대로 그의 눈에 아리게 박혔다.

"너의 정체는 뭐냐. 뭐 때문에 내 앞에 나타난 거냐."

천천히 그녀의 볼에 손가락을 가져가자 이내 전해져 오는 따뜻한 온기에 참을 수 없는 슬픔이 울컥 치밀었다. 갖고 싶어도 절대 가질 수 없는……. 울며 애원해도 결국엔 차디찬 한 줌의 재로 돌아온 나리가 다시금 눈앞에 두 볼을 붉히며 잠들어 있다.

오유진이 아니라 김나리다.

자신에게 화를 낼 때도 나리였고, 순식간에 차분해지는 모습도 나리였다. 허무하게 한숨 쉬다 이내 다시 기운을 차리는 모습도 그녀였고, 자신으로 인해 다리에 상처를 입은 것도 그녀였다. 도헌과 나리의 처음 시작이 그랬고, 첫 인연의 만남도 그랬다.

마치 십오 년 전, 김나리라는 운명을 만나게 된 그날처럼.

오늘의 우연이 그날과 똑같이 겹쳤고, 모든 상황들이 데칼코마니처럼 닮아 있었다. 그래서 더 그녀에게 화를 낼 수 없었고, 그녀의 다리에 난 상처를 소독하며 십 년 만에 처음으로 행복이란 감정을 느낄 수 있었다. 또다시 미간에 주름 잡고 고래고래 고함치는 그녀를 보고 싶었고, 또 한 번 힘없이 미소 짓는 웃음을 보고 싶었다.

그렇게…… 도헌에게 나리가 다시 찾아왔다. 이제는 절대로 놓아 버릴 수 없는, 절대로 놓아주지 않을, 소중한 그녀가 생기 가득한 모습으로 밝게 웃음 짓는다. 행복하다고. 널 사랑한다고. 저 작은 입술로 자신의 마음을 담아 전해 줄 것이다.

"김나리. 나리야…… 다시 찾아와 줘서 고맙다. 이제 네 손, 놓지 않아. 절대로."

잠든 유진의 이마에 가볍게 입을 맞춘 도헌의 얼굴에 희미한 미소가 번졌다. 그렁그렁 눈물 맺힌 눈동자에 가득 찬 그녀의 모습이 벅찬 감정에 요동치듯 떨렸다.

2화

조용하기만 하던 작업실이 작은 소란으로 들썩였다. 문을 열면 바로 보이는 자리에 도헌의 책상이 마주 놓여 있었고, 그것을 중심으로 벽을 향해 둥그렇게 놓인 책상에는 여러 대의 모니터들이 줄지어 자리하고 있었다. 힘들이지 않고 그의 자리에서 둘러보면 바로 작업 사항이 확인되는 효율성 높은 배치였다.

비록 사생활이 침해된다, 뒤통수가 따갑다, 누가 자꾸 쳐다보는 것 같아서 집중이 되지 않는다, 등등의 갖가지 이유들로 불만을 토로하는 진수가 있었지만 말이다.

독특한 배치 때문에 방의 한가운데는 거의 공터나 다름없었다. 텅 비어 있는 그곳에 가슴 아래로 팔짱을 끼고 서서 불퉁한 표정을 짓고 있는 유진은 안색이 점차 창백해져 가고 있었다. 반면, 작업실이 늘 절간 같다고 투덜대던 진수의 얼굴엔 오늘따라 밝은 미소가 그려져 있어 두 사람의 얼굴이 상당히 대조되었다.

유진은 도무지 이 상황을 이해할 수가 없었다. 일주일 연장된 마감일까지 원고를 마무리할 수 있다고 장담했던 도헌의 말이 사실이라면 지금쯤 채색은 거의 끝나 가야 정상이었다. 기량이 선심 쓰듯 늘려 준 일주일의 기간 중 벌써 하루 하고도 반이 지나가고 있었으니까.

하지만 상황은 정반대였다. 미리 그려 둔 배경만 채색이 끝나 있고, 나머지 인물들은 그저 백지였다. 말 그대로 백지. 멍하니 벌어진 입에선 거친 숨만이 드나들고 있는 유진의 얼굴과 같은 빛깔이다.

그리 수학에 밝지 못한 유진은 빠르게 머리를 굴렸다. 출판용 원고를 지금에서야 그리고 있는 도헌과 이런 상황에 여유를 부리고 있는 진수. 둘 중 누구를 족쳐야 제대로 된 기간 안에 원고를 받을 수 있을는지. 삐걱거리는 머리를 굴려 봐도 뾰족한 수는 떠오르지 않았다. 지금 상황 같아선 성질대로 전부 뒤엎고 싶다는 강력한 본능을 제어하기에도 벅찼기 때문이다.

하지만 이런 상황을 제대로 인지하지 못한 눈치 없는 진수는 여전히 그녀 앞에서 허여멀건 미소를 흘려 대며 실실 웃고 있었다.

"금방 끝나요. 제가 이래 봬도 빛의 속도를 가진 사나이거든요."

"그 말에 신빙성이 있다고 생각되진 않네요."

경련이 이는 입꼬리를 억지로 밀어 올리며 단어 하나하나에 힘을 주어 말하던 유진은 이내 자신의 뒤를 스쳐 지나가는 도헌에게 시선을 던졌다.

"작가님은 데생 어디까지 되셨어요?"

"음…… 반?"

"바, 반이요?"

"그러게 누가 다 된 원고를 수정하랍니까? 열심히 피땀 흘려 가며 그린 건데, 수정을 하라니 기운 빠져서 작업이 되겠어요?"

너무나 남 일처럼 말하는 도헌의 태도에 어이가 없어진 유진은 헛기침을 토했다.

"흐흠. 무, 물론 수정을 해야 하는 불가피한 상황에 짜증이 날 수도 있으시겠죠. 하지만 워낙에 연재분에도 '자극적이다, 선정적이다, 잔인하다.'라는 의견이 빗발치고 있는 상황이고 또 말 그대로 출판용이면 인터넷 연재와는 차별화가 있어야 독자들이 사서 보지 않을까요?"

"그래서 연재하지 않은 새로운 사건도 4화나 들어가고 있잖아요. 그리고 잔인하긴 뭐가 잔인하고 선정적? 개뿔. 시체가 야하다는 소린 처음 들어 보겠네."

도헌의 말을 가만히 듣던 진수는 격하게 공감한다는 듯이 고개를 끄덕였다. 이 모습을 잔뜩 성이 난 눈으로 노려보던 유진은 어떻게든 작업 시간 단축을 위해 도헌을 설득하려 책상 위에 있던 물컵을 원샷하고는 투지에 불탄 얼굴로 그를 향해 마주 섰다.

"솔직히 잔인하긴 하잖아요. 실제 살인 사건을 그대로 원고에 옮겨 그리고 있으니까. 뉴스에서도 이 정도로 자세하게 다루지는 않아요. 따져 보면 모방 범죄의 위험성도 있고 하니까 출판용 원고는 조금 수위를 누르자는 거죠."

"잔인한 건 내 만화가 아니라 사람들입니다. 정말 잔인한 걸 모르시네. 사람들의 무관심과 이기심이 칼을 든 살인범보다 더 지독하고 무섭다는 걸 정말 몰라서 이러시는 겁니까? 그리고 모방 범죄의 위험성은 제 만화보다 느와르 영화가 더 높다고 생각하지 않아요?"

"그래도 책만이 주는 감성적 느낌이라는 게 더 크지 않을까요?"

"이게 소설입니까? 사람들 상상력을 자극하게?"

"아, 진짜!"

결국 입씨름에서 도헌에게 밀린 유진은 빨갛게 상기된 얼굴에 연신 손부채질을 해 대며 열을 삭였다. 원래가 유난히 자신의 원고에 손대는 걸 싫어하는 작가들이 많다지만 유독 그는 수정에 예민하게 반응했다. 지금이야 서로 같은 공간에 얼굴을 마주 보고 있으니 제멋대로 잠수 타는 짓은 못 할 테지만 그래도 화가 치솟는 건 어쩔 도리가 없었다.

무려 두 달 동안 이런 싸움을 한두 차례 겪었음에도 전혀 진행 상황이 나아진다거나 그와 자신과의 어떤 합의점을 찾았다거나 하는 일은 없었으니, 담당자인 유진으로서는 정말 미칠 노릇이었다.

결국, 냉골이 따로 없는 작업실 분위기를 다시 훈훈하게 데우기 위해 둘 사이에서 눈동자만 바삐 굴려 대던 진수가 슬그머니 고개를 쭉 빼 들었다.

"저…… 누님."

"네."

"괜찮으시다면 채색 작업을 저와 같이 하는 건 어떨까요?"

"채, 채색을요?"

유진은 자신을 향해 싱글벙글 웃으며 고개만 끄덕이는 진수를 멍한 눈으로 바라보다, 한동안 가만히 서 있었다. 그러곤 이내 정신을 차렸는지 한 발자국 뒤로 물러서며 손사래를 치기 시작했다.

"그, 그러다 원고 망쳐요……."

"에이. 뭘 그렇게 약한 소릴. 누님 전공, 만화라는 거 다 알고 있어요. 그리고 그림은 두각을 못 나타냈지만 컬러감은 좋다면서요. 더욱이 인물들 프로필에 각자 많이 들어가는 색상 찍어 둬서 그 색 그대로만 칠해 주면 되는 아주 간단한 작업이에요."

"저에 대해 어떻게 그렇게 잘 아세요?"

자신에 대해 모든 걸 알고 있는 진수를 놀라움 반, 무서움 반의 감정이 뒤섞인 눈으로 바라보며 되묻자, 그녀를 향해 능글맞은 웃음을 흘린 그는 손에서 휴대전화를 들어 흔들었다.

"박기량 팀장님이요. 어제 작가님한테 강펀치 날리시는 거 보고 반해서 바로 물밑 작업 들어갔었죠."

"하…… 하하……."

어이가 없어 말이 나오지 않던 유진은 헛웃음을 지었다. 아무리 자신의 밑에 있는 부하 직원이라도 함부로 아무에게나 개인 정보를 흘리다니. 어제에 이어 오늘마저 기량에게 물 먹은 것 같아 잠깐 수그러들었던 화가 다시 치솟는 기분이었다.

"그렇다면…… 정말 열심히…… 최선을 다해서 원고 채색을 도와 드려야겠네요. 그렇죠?"

악을 담아 말 한 마디마다 분노를 씹어뱉자 기량에 대한 투지가 더 활활 타오르는 것 같았다. 내 기필코 어마어마한 원고를 당신의 눈앞에 흩날려 주리라. 그녀의 불끈 쥔 주먹을 흐뭇하게 바라보는 진수와 달리 어안이 벙벙한 얼굴로 이 상황을 지켜보던 도헌이 참다못해 의자에서 일어났다.

"야 강진수. 왜 그걸 네가 판단해? 돈은 내 주머니에서 나오는데?"

도헌을 향해 어깨를 으쓱이던 진수는 책상 위에 거울을 집어 들어 샛노란 자신의 앞머리를 옆으로 우아하게 넘겼다. 그러곤 작은 미소를 기막혀하는 그에게 아주 농염한 눈빛으로 흘려보냈다.

"제 담당 일이니 제 재량이지 않나요? 작. 가. 님? 우후."

팔에 돋은 닭살을 슥슥, 손으로 문지르던 도헌을 향해 유진이 돌아서며 입을 달싹였다. 어차피 모 아니면 도다.

"이건 작가님 원고이기도 하지만 제 자존심도 걸려 있어요. 컬러비 내놓으라고 하지 않을 테니까 저도 도울 수 있게 해 주세요."

정규직이 날아가든 말든 지금은 그런 거 생각하고 싶지 않았다. 오로지 사람을 가지고 논 박기량이란 인간에게 강펀치를 날리고 싶다는 생각뿐. 지금 이렇게 불타오르는 모습이야말로 기량의 손바닥에서 그녀 뜻대로 놀아나고 있다는 사실을 전혀 알 길이 없는 유진이기에 가능한 투지였다.

어느새 창밖은 검푸른 어둠에 깔려 가고 있었다. 얼마나 집중을 했는지 뻐근한 눈동자엔 붉은 핏발이 서 있었고, 모처럼 펜 마우스를 쥔 손은 오랜만의 재회에 젖어 작은 마찰음만을 남기며 미끄러지듯 태블릿 판 위를 날아다녔다.

어수선할 것이라는 예상과는 달리, 껄렁거리던 진수도, 불평불만을 늘어놓던 도헌도 그리고 감회에 물든 유진까지도…… 모두 약속이라도 한 것처럼 저마다 모니터를 바라보는 시선엔 장난이나 여유는 깃들어 있지 않았다.

얼마의 시간이 흐른 걸까. 무겁게 이어지는 고요와 작은 숨소리만이 감도는 주변 탓에 시간 가는 줄 모르고 원고를 완성해 나가는 손길은 점점 더 속도를 올리며 제 구색을 갖춰 가기 시작했다.

유진은 할당량을 마치고 잠깐의 여유를 느끼며 손에 쥔 펜 마우스를 내려놨다. 피곤으로 경직된 어깨를 풀기 위해 기지개를 켜는 그녀의 눈에 진수의 옆얼굴이 들어왔다. 전체적으로 흰색에 가깝게 탈색된 머리 탓에 불량스럽게 보이는 건 사실이었다. 하는 행동도 가벼웠고, 언행도 상대방을 향한 조롱이 섞여 있는 것 같은 느낌을 여러 번 받아 왔었다.

차가운 성향의 도헌과는 절대로 어울릴 것 같지 않은 그가 왜 이 자리에 있는 건지 한편으론 궁금하기도 했다. 하지만 그 의문은 이렇게 무언가에 빠져 일하고 있는 모습을 발견하자마자 사라져 버렸다. 진지하게 일에 몰두해 있는 지금에서야 그도 프로임을 생각하게 했다.

무언가에 홀려 버린 듯 멍하니 진수를 바라보던 유진은 자신을 향해 있는 또 다른 시선에 고개를 돌렸다. 그 순간 저도 모르게 벌어진 입에서 작은 탄식이 터져 나왔다.

"아……."

짙은 슬픔이나 애달픔을 담고 있는 눈빛이 아니었다. 끝을 알 수 없는 진한 갈망의 감정이 칠흑의 어둠 속에서 번득이며 자신을 직시하고 있었다. 왜 도헌이 이토록 강한 감정으로 자신을 바라보고 있는 건지 모르겠다. 언제부터 저런 눈으로 바라보고 있었는지도.

하지만 그 눈빛에 매료되어 버린 사람처럼 그의 눈길을 피하고 싶지 않았다. 계속 나만을 바라봐 줬으면 하는 소망이 마음 한구석에서 점차 커져 갔다. 자신도 모르게 빠져 버린 상념에 유진의 눈동자가 깊게 물들어 갔다.

단조로운 시선 속엔 서로의 감정이 복잡하게 얽혀 있었다. 마음속의 여러 말들이 눈동자의 떨림에 그대로 전해져 왔지만 그것들의 모든 것을 서로는 알고 있지 않았다. 그저 그 감정의 무게만을 피부로 느꼈을 뿐.

그의 모든 걸 알고 싶고, 그의 모든 상처까지 보듬고 싶다. 유진은 그렇게 생각했다. 왜 이런 순간에 그런 생각이 드는 건지는 몰라도 그의 쓸쓸함이 매서운 겨울바람보다 혹독하게 다가왔다.

그러나 지금의 거친 마음속 동요도 곧 끝을 맺었다. 도헌의 시선이 그녀의 눈이 아닌 다른 곳으로 향하자, 방금 전까지의 이상한 기분들도 털어 낸 먼지처럼 가볍게 흩어져 버렸다. 그녀는 순간의 떨림을 날려 버리듯 자리에서 벌떡 일어났다.

"오늘은 왠지 파이팅이 넘치네요. 저녁은 제가 쏠게요."

기분만큼이나 카랑카랑한 목소리가 허공에 울렸다. 그녀는 진심으로 즐거움을 느끼고 있었다. 이곳에 앉아 사람들과 섞여 원고를 바라보고 있으니 예전의 자신이 떠올라 뿌듯하고 행복했다. 간절히 바랐지만 간절함만으론 될 수 없다는 현실의 벽을 깨닫고 접어 버린 헛된 희망이 다시금 몽글몽글 피어오르는 기분이었다.

도헌도 그녀의 이런 상태를 눈치챘는지 옅게 미소 지으며 고개를 들었다.

"마감까지 시간이 없을 텐데요?"

"아! 마감이 있었지……. 그럼 제가 실력 발휘 좀 해 볼게요."

그녀의 대답에 흥분을 가라앉히지 못한 진수의 얼굴 위로 장난기가 가득 어리기 시작했다.

"이야. 누님이 직접 저녁을 차려 주신다고요? 이게 얼마 만에 먹는 집 밥이야. 우리 엄마 밥이랑 똑같이 해 주시는 거예요?"

진수의 입에서 흘러나오는 '엄마'라는 단어에 순간 식은땀이 흐르던 유진은 당혹감에 손부채질을 해 댔다.

"어, 엄마 밥만큼은 아니라도…… 자취생의 손맛은 낼 수 있어요."

"누님의 손맛을 기대해 보겠습니다."

"하하……. 뭐 그렇게까지 기대할 건 없고……."

이게 아닌데……. 유진의 낯빛은 점점 어두워져 갔다. 끽해야 볶음밥이나 라면 정도만 할 줄 아는 미비한 실력인데…… 난데없이 엄마 밥이라니. 치마만 두르면 전부 음식을 잘하는 게 아니라고요. 속으로 울음을 삼켰지만 입 밖으론 저도 모르게 한숨이 흐르고 있었다.

지금이 바로 말로만 듣던 웃고 있어도 눈물이 나는 그런 상황인 것 같았다. 하지만 시련은 여기서 그치지 않았다. 그녀의 당황한 모습이 재미있는지 도헌도 진수에 이어 눈에 한가득 장난을 담아 싱긋 웃었다.

"매일 밖의 음식만 먹었더니 나도 집 밥이 당기긴 하네. 라면이나 볶음밥 같은 늘 달고 사는 거 말고 오랜만에 된장찌개나 먹어 보죠."

"되, 된장……."

젠장. 지금 내 기분이 된장이다 짜샤. 움츠러드는 자신감과 함께 목소리도 기어들어 가던 유진은 흘깃 도헌을 노려봤다. 이왕 이렇게 된 거 질러 보자.

"까, 까짓것 어렵지 않죠. 금방 끓여 드릴게요. 호호호호호."

어디선가 이런 말을 들은 적이 있는 것 같다. 사람은 입이 화구라고. 유진은 제멋대로 움직인 입술을 이로 질겅거리며 싱크대로 향했다. 발휘할 실력이 있어야 뭐라도 해 보겠는데, 기본 밑바탕이 깔려 있지 않으니 어디서부터 건드려야 할지 막막하기만 했다.

"된장찌개에 뭐가 들어갔더라……."

얼마 전, 식당에서 먹었던 백반을 떠올리며 냉장고 문을 열던 그녀의 잇새로 헛기침이 터져 나왔다.

"새, 생수……."

텅 비어 있는 내부에 그나마 한자리를 차지하고 있는 건 오로지 생수밖에 없었다. 흔한 김치 통이나 곰팡이 핀 반찬 통조차 보이지 않는 광경에 어이가 없어, 순간 영혼이 빠져나간 듯 정신이 몽롱해졌다. 하지만 망연자실한 모습도 얼마 가지 않아 끝이 났다. 한 줄기의 섬광이 등줄기를 타고 내리쬐자 사색이 된 낯빛이 금세 제자리로 돌아왔다.

벅찬 기쁨으로 헤벌쭉 벌어진 입매 때문에 표정이 한결 느슨해진 유진은 가방에서 지갑을 챙겨 들고는 작업실을 향해 소리쳤다.

"저, 장 좀 보고 올게요!"

안에서 무어라 소리가 울리는 것 같다. 그러나 콧노래를 흥얼거리는 그녀의 귓가에까지 닿기엔 조금은 무리가 있어 보였다.

시대의 흐름을 살짝 빗겨 간 옛 가요가 유진의 조그만 입술 사이를 비집고 새어 나왔다. 한때 자신의 모든 걸 걸었다고 생각할 만큼 좋아했던 아이돌의 노래를 웅얼거리니 절로 흥이 나, 발걸음은 더욱 가벼웠다.

타다닥. 빠른 걸음으로 계단을 내려왔다. 건물을 나서자마자 그녀를 반기는 적막한 어둠이 평소처럼 무섭진 않았다. 어둠만이 주는 고요를 조금 더 느끼고 싶어, 빨라진 보폭을 천천히 늦췄다.

그런데 그때였다. 나직이 숨을 고르는 그녀의 시야로 가로등 밑, 낯선 그림자가 길게 드리워져 있는 게 들어왔다. 왜인지는 모르겠으나, 그의 어두운 그림자 속에 서 있는 기분이 들었다. 불안하다. 유진은 떨리는 손끝을 마주 잡으며 그곳을 벗어나려 걸음을 서둘렀다.

주변에 원룸이 많아서인지 백반집은 흔했다. 다행히 유진은 별다른 어려움 없이 된장찌개 3인분을 포장해 서둘러 작업실로 향할 수 있었다.

그녀가 걷는 거리는 작업실이 있는 곳보다 눈에 띄게 지나다니는 사람들이 많았다. 식당가로 북적이는 골목은 여기저기 젊은 대학생들의 수다 소리로 시끌벅적했고, 지금이 한밤중이라는 사실을 잊을 만큼 활기로 가득했다. 왁자하게 웃어 재끼는 소리가 있는 반면, 집기들을 깨부수며 고함치는 언쟁도 간간이 들렸다.

마치 거대한 혼란 속에 혼자만 덩그러니 떨어져 있는 느낌이었다. 왠지 모를 이질감이 그녀 속에서 점점 커져 갔다. 그런 어색함은 아까의 정체 모를 그림자와 마주한 순간부터 시작되었다.

목에 가시가 걸린 듯 갑갑하다. 누군가가 자신을 지켜보고 있는 기분. 등 뒤로 전해 오는 서늘한 공기의 감촉이 한여름의 후텁지근한 불쾌감을 지워 버릴 만큼 소름 끼쳤다.

획. 뒤를 돌아본다. 하지만 눈에 들어오는 건 형형색색의 네온사인과 비틀거리는 사람들뿐이었다. 아까의 모든 것을 집어삼킬 듯 검게 일렁이는 그림자의 존재는 그 어디에서도 찾을 수 없었다.

유진은 내딛는 발걸음에 힘을 주었다. 조금이라도 더 빨리 작업실에 도착하고 싶었다. 아직 그 자리에 검은 존재가 서 있을지도 모를 일이지만, 지금은 그저 어지러운 이곳을 벗어나고 싶었다.

재촉하는 발걸음이 계속될수록, 눈앞의 풍경은 파노라마 사진처럼 빠르게 뒤로 넘어갔다. 그와 동시에 산 정상에서 고요하게 퍼져 나가는 메아리가 잦아들듯 거리의 소란도 차츰 옅어져 갔다. 주변이 고요해지자 서두르던 발걸음은 조금씩 무뎌져 갔고, 입에선 거친 호흡이 잇따라 터져 나왔다.

"헉헉……."

정신없이 달리던 몸을 세우고 멀리 한눈에 들어오는 작업실을 바라봤다. 그러곤 자연스레 시선이 가로등으로 옮겨 갔다.

아무것도 없다. 황망한 거리를 비추는 주홍빛의 파장에 보이는 것이라곤 우둘투둘한 거리의 맨바닥뿐이었다. 순간 다리에 힘이 풀린 유진의 입에서 긴 한숨이 흘러나왔다.

풀썩, 힘없이 꺾인 다리 탓에 그대로 주저앉은 그녀는 손목에서 달랑거리던 비닐봉지가 바닥에 나뒹구는 걸 발견했다. 서둘러 다가가 안의 내용물을 들춰 보니 터지거나 이상이 생긴 것 같진 않았다. 유진은 또다시 안도의 긴 숨을 내뱉으며 조금은 원망 섞인 눈으로 아까의 가로등을 노려봤다.

"하아……. 뭐야. 별것도 아니었네."

구시렁거리던 그녀는 바닥에 떨어트린 비닐봉지를 집어 들었다. 마지막 남은 한숨까지 '후' 내뱉고는 몸을 일으켰다.

그런데 그 순간. 눈앞에 검은 후드티가 스치더니 몸을 일으킨 반동으로 인해 기우뚱 뒤로 넘어졌다.

"어?"

곧 바닥에 크게 고꾸라질 것을 예상한 그녀는 눈을 질끈 감았다. 그러나 예상과는 달리 아무런 충격도 느껴지지 않자, 슬그머니 눈을 떠 눈앞의 검은 후드티를 바라봤다.

"에? 작가님? 여기서 뭐 하세요?"

잔뜩 미간을 구기고 서 있는 도헌을 발견하자 반가움 반, 놀라움 반이 된 눈동자가 동그래졌다. 하지만 이런 마음을 알 리 없던 도헌은 말없이 그녀의 손에 들린 비닐봉지를 들고는 돌아섰다. 아직 이 상황이 이해가 가지 않던 유진은 멀뚱히 그 광경을 지켜보고만 있었고, 그를 따라갈 생각도 하지 않은 채 망부석처럼 우두커니 서 있었다.

따라오는 발소리가 들리지 않자, 더욱 심기가 불편해진 도헌이 짜증스레 돌아봤다.

"안 갑니까?"

"아⋯⋯. 가야죠."

그제야 유진이 어영부영 발걸음 옮기는 것을 확인한 도헌은 다시 몸을 돌려 앞장서 걷기 시작했다. 타다다다. 뒤늦게 잰걸음으로 그를 따라나선 유진은 이게 어찌 된 영문인가 싶어 흘깃, 무표정한 옆얼굴을 훑었다.

"그런데 여긴 어쩐 일이세요?"

"내 동네에 마음대로 돌아다니지도 못합니까?"

"아⋯⋯."

그건 그렇네. 속말을 숨긴 그녀는 짧게 고개를 끄덕였다. 그러곤 느릿한 걸음으로 바닥을 바라보며 그의 그림자를 따라 걸었다.

참 이상하다. 아까완 다른 느낌. 가로등 밑에 서 있었던 사내도 같은 검은 후드티를 입고 있었고, 도헌과 비슷한 체격이었다. 유진에 비해 머리 하나 반이 더 올라온 훤칠한 키에 모든 걸 가릴 만큼 벌어진 어깨, 상당히 다져진 몸이라는 걸 한눈에 봐도 느낄 수 있을 만큼의 건장한 체격이다.

하지만 풍기는 느낌은 전혀 달랐다. 아까의 차디찬 소름의 흔적은 전혀 느껴지지 않았다. 오히려 안심이 되고 따듯했다. 유진은 둘의 차이를 곰곰이 곱씹으며 생각했다.

그러느라 바로 앞에 뭐가 있는지도 확인하지 못했다. 지척에 돌부리가 있는지 쓰레기 더미가 있는지 그보다 더한 것이 있는지도 모른 채 오로지 땅에 시선을 박고 걷고 있었다.

쿵. 앞서 걷던 도헌이 멈춘 것도 모르고 그의 등에 그대로 고개를 박은 그녀는 잠시 주춤거렸다.

"아…….. 죄, 죄송……."

사과를 하려고 고개를 든 순간 도헌의 눈과 마주쳤다. 살짝 고개를 비틀고 자신을 바라보는 검은 눈동자가 모든 걸 꿰뚫듯 직시하고 있다. 꿀꺽, 목 뒤로 마른침이 넘어갔다.

"오유진 씨는 둔한 겁니까, 아니면 생각이 짧은 겁니까?"

"그게 무슨 말씀이세요?"

"제가 같이 가자고 했던 말 못 들었어요?"

"언제요?"

"그렇게 매사에 성격이 급하니까 실수도 잦고 사고도 나죠."

이 인간이 진짜. 갑작스러운 시비에 유진의 미간이 일그러졌다.

"갑자기 왜 그러는 건데요? 작업하시다 제대로 안 풀리셨나요? 아니면 배가 고파서 예민해진 거예요? 생뚱맞게 나타나서는 왜 애먼 사람한테 시비를 걸어요?"

"그러게!"

도헌이 언성을 높이며 유진을 향해 뒤돌아섰다.

"이렇게 어두운 밤에 혼자 돌아다니지 말라고! 알아들어? 조심성 없이 행동하지 말란 이야기야. 네가 다치면 너 하나만 아픈 게 아니라고. 제발 부탁이니까 생각 없이 이런 길 혼자 다니지 마."

덜덜. 그의 손끝이 떨리고 있다. 가만히 보니 눈에 선 핏발이 애처로울 만큼 물기에 젖어 있는 것 같았다.

지금 걱정해 주고 있는 건가? 유진은 어깨까지 들썩이며 거칠게 숨을 몰아쉬는 도헌을 물끄러미 바라봤다.

무례한 듯하면서도 어느새 따뜻해진다. 날카롭게 쏘아붙이다가도 이내 부드럽게 풀어져 버린다. 그게 짧은 시간 동안 느낀 김도헌이란 남자였다. 처음 만났을 때도 언성을 높이다 이내 따뜻해졌듯이…… 지금도 그녀를 향한 배려가 내뿜는 숨결에까지 고스란히 녹아 있었다.

'흠흠' 헛기침을 한 유진은 아까보단 누그러든 표정으로 그를 향해 조그맣게 입술을 오물거렸다.

"미, 미안해요……. 그렇다고 뭘 그렇게까지 흥분을 하시고……."

유진은 말없이 앞서 걷기 시작하는 도헌의 뒷모습을 보며 하려던 말을 멈추곤 종종걸음을 옮겼다.

마지막으로 물을 썼던 게 언제인지도 모를 싱크대에 여기저기 물방울이 튀었다. 그저 무늬로만 자리를 차지하고 있는 가스레인지는 처음으로 제 역할을 하며 냄비 안의 된장찌개를 보글보글 끓여 냈고, 순백의 하얀 식탁 위론 포장해 온 깍두기와 두 가지의 나물 반찬이 가지런히 놓였다. '취사가 완료되었습니다.' 란 멘트와 함께 수저와 밥그릇도 각자의 의자 앞에 나란히 자리를 잡으니 한눈에도 꽤 그럴싸한 저녁상이 차려졌다.

이 모습을 흐뭇한 눈으로 훑던 유진은 된장찌개를 식탁 위에 내려놓으며 작업실을 향해 고개를 돌렸다.

"저녁 드세요!"

그녀의 말이 떨어지기가 무섭게 제일 먼저 진수가 쪼르르 달려 나왔다. 코를 킁킁거리며 감격에 젖은 얼굴로 마른 눈가를 닦는다. 그러곤 빠르게 식탁 위에 김이 모락모락 나는 밥을 훑었다.

"이게 얼마 만의 집 밥 냄새예요? 히야. 된장찌개 비주얼 끝내

준다. 하긴 얼마 만이라고 할 것도 없다. 작업실에서 음식 냄새가
난 적이 없었으니까."

자리에 앉으며 쉬지 않고 입을 놀리던 진수의 뒤로 심드렁한 얼
굴의 도헌이 보였다. 왜인지 유진은 아까의 일이 떠올라 의식적으
로 그의 눈치를 살폈지만 별다른 기색은 보이지 않았다. 하지만 그
는 이런 시선에도 아래로 향한 고개를 들지 않았고, 식탁 의자를
빼며 진수의 정수리에 주먹을 가했다.

"호들갑 좀 그만 떨어라."

"아야! 사실을 있는 그대로 말한 것뿐입니다!"

"오, 요즘 좀 반항이 심해졌다? 조금 컸다 이거냐?"

도헌의 비아냥거림에 진수는 어깨를 으쓱이며 그를 향해 미소
지었다.

"원래 받을 인정을 조금 빠르게 받았을 뿐이죠. 저처럼 프로 작
가로의 전향이 빠른 어시 있으면 나와 보라고 해요. 내 작품으로도
바쁜 와중에 말이야, 의리 지키겠다고 형님 어시 겸용으로 있고.
이런 고급 인력이 또 어디 있습니까. 안 그래요?"

"아아, 십 년이 너에겐 찰나의 시간이구나. 그렇게 짧은 시간인
줄 처음 알았네. 그리고 매번 농땡이 피우느라 원고는 반년 째 프
롤로그를 전전하고 있다는 것 같은데, 아닌가."

덤덤한 얼굴로 비꼬던 도헌이 무심한 눈을 들어 진수를 바라봤
다. 그러곤 살짝 미간을 구기며 덧붙였다.

"나나 되니까 널 참고 있는 건 알고 있냐? 고마운 줄이나 알아.
어떤 작가가 일할 생각은 않고 맨 놀 생각만 하는 어시를 받아 주
냐. 안 그래?"

힘없이 의자 위로 털썩 앉는 도헌을 못마땅한 얼굴로 바라보던

진수는 더 이상의 언쟁이 무의미하다고 생각됐는지 의외로 쉽게 물러나며 수저를 들었다.

유진은 그 모습을 놓치지 않았다. 깊은 염원이 담긴 눈동자는 끈질기게 수저에 꽂혀 있었다. 제발 아무것도 알아차리지 않기를. 많고 많은 백반집 중, 오늘 사 온 집만은 맛보지 않았기를. 꿀꺽. 진수의 목구멍으로 넘어가는 찌개와 함께 유진의 마른침도 뒤로 넘어갔다. 그러곤 뒤이어 도헌의 수저가 찌개를 떠 입속으로 들어갔다.

너무도 간절했다. 그 마음이 도를 지나쳐 이글거리는 눈빛으로 뻗어 나오고 있었지만 어쩔 수 없었다. 오늘의 이 일이 탄로 나지 말아야 앞으로의 계획을 밀어붙일 수 있었으니까. 그녀의 이런 마음을 아는지 모르는지 진수의 말간 얼굴에 조금씩 미소가 드리워졌다.

"오! 누님. 정말 맛있는데요?"

휴. 다행이다. 유진은 생각보다 격렬한 반응의 진수를 보며 안도의 숨을 내쉬었다.

"그래요? 맛있다고 해 주니 고맙네요."

별일 아닌 듯 대수롭지 않게 말하며 슬쩍 도헌을 바라봤다. 그러나 그의 얼굴엔 어떤 표정도 담겨 있지 않아 속마음을 읽을 수 없었다. 유진은 아까부터 저 덤덤한 표정이 마음에 걸렸다. 뭔가가 꼬여 있는데 그게 뭔지 도무지 알 길이 없다. 더구나 그와 마주친 거리가 식당가로 들어가는 골목 어귀였기 때문에 이미 그는 이 모든 일의 전말을 알고 있을 가능성도 컸다.

좀 전의 잔뜩 화가 난 모습도 그렇고, 확실히 자신이 원하는 방향으로 흘러가고 있지 않음은 분명한 것 같았다. '후' 저도 모르

게 입술을 비집고 나온 작은 한숨 탓에 정신없이 먹던 진수가 그
녀를 바라봤다. 그러곤 시선을 따라 도헌을 훑으며 은근히 그의 옆
으로 조금씩 몸을 기울였다.

"누님이랑 싸웠죠?"

난데없는 진수의 물음에 도헌은 멀뚱히 그를 바라만 봤다. 그러
나 이런 반응이 심중에 더욱 확고한 무언가를 실어 주었는지 확신
에 찬 눈동자는 흥미로 가득했다.

"아까 누님 혼자 나갔다고 하니까 얼굴 새하얗게 질려서 뛰어나
가지 않았어요? 딱 보니까 한판 할 태세던데."

"무, 무슨 봉창 두드리는 소리야."

"에. 이거 봐, 말까지 더듬고. 맞네, 맞아. 실컷 퍼붓고 맛있는
음식 먹으려니 미안하지 않아요?"

"……."

순간 할 말을 잃은 도헌은 입만 벙끗거리며 아무런 대답을 하지
못했다. 하지만 진수는 문득 떠오르는 궁금증에 방금까지 흥미로
가득했던 시선을 내려 밥 한술을 떠먹었다.

"그런데 혼자 장 보러 간 게 왜 화가 날 일이지?"

"밥이나 먹어 인마."

귀까지 빨개진 도헌은 다급하게 손에 들려 있는 수저로 진수의
정수리를 가격했다. 진수는 청아한 소리와 함께 밀려드는 고통에
의자에서 떨어져 비명을 질러 댔고, 유진은 이 모습을 심드렁한 얼
굴로 바라봤다. 그러곤 마른 입술을 혀로 축이며 슬며시 도헌을 향
해 고개를 빼 들었다.

"작가님. 입에 맞으세요?"

"네."

눈이라도 마주치면 어디 덧나냐. 자신을 향해 고개조차 들지 않는 도헌을 향해 입술을 비죽이던 그녀는 이내 살며시 미소를 머금으며 최대한 목을 가다듬었다.

"저, 이거 매일 해 드릴 수도 있어요."

뜻 모를 그녀의 말에 고통에 울부짖던 진수도, 밥 먹던 도헌도 동그란 눈을 들어 유진을 바라봤다.

"그게 무슨 말이에요?"

동시에 같은 말로 물어본 게 거북했는지 도헌과 진수는 서로를 노려봤다. 그러나 유진은 그들의 이런 모습에도 미소를 잃지 않으며 천천히 붉은 입술을 달싹였다.

"아까 잠깐 해 보니까 이 일 재밌더라고요. 옛날 생각도 나서 반갑기도 했고요. 어차피 일손 부족해서 매달 마감에 늦으시니까 제가 그 부담을 좀 덜어 드리면 어떨까 해서요. 아, 물론 무급으로 돈은 받지 않을게요. 어디까지나 퀄리티 높은 원고를 생각하는 마음에서 드리는 제안이니까요."

상큼한 미소, 너무나 맑은 목소리, 거기에 여유를 잃지 않은 자세까지. 모든 게 완벽했다. 아니, 완벽하다고 생각했다. 더욱이 이런 고급 인력이 돈을 받지 않고 무급으로 일을 해 주겠다는데 마다할 사람이 있을까.

컬러감은 탁월하다고 학교 내에서도 소문이 자자했던 자신이다. 그걸 프로인 도헌이 모를 리가 없었다. 채색하는 모습만 봐도 이미 그의 안에선 답이 나왔을 터였다.

그러나 그녀의 이런 기대와는 반대로 도헌의 얼굴은 어두웠다. 미간에 잡힌 주름이 그의 심기를 단단히 건드렸다는 걸 보여 주고 있었다.

"오유진 씨. 한 가지만 묻겠습니다."

"네."

"이 일이 우스워 보입니까?"

갑작스러운 도헌의 질문에 유진의 입꼬리가 가늘게 떨렸다.

"우, 우습다니요……."

"지금 그 태도가 그렇게 보인다고 말하고 있는 겁니다. 쓸데없는 생각 말고 본분에나 충실하세요."

밥을 다 먹지도 않고 자리에서 일어나는 도헌을 바라보는 유진의 얼굴에 당황이 스쳤다. 절대로 이 일이 우스워 보인 건 아니었다. 그저 여기서 원고를 만지고 있으니 억지로 접을 수밖에 없었던 꿈에 한 발자국 다가간 것 같아 자신도 모르는 새, 헛된 기대를 품었던 것뿐이었다.

그러나 그를 오해하게 만들어 버렸다. 위험할 정도로 업되어 버린 기분 탓에 상대방의 마음은 생각하지도 않고 가볍게 행동했다. 아마 자신이 도헌이였어도 똑같이 기분이 상했을 것이다.

유진은 스멀스멀 기어 올라오는 미안함에 어떡해야 좋을지 난감했다.

□　◆　□

오랜만의 고요가 작업실 안을 가득 메웠다. 너무도 적막한 공간이 몸서리치게 숨 막혔다. 불과 삼 일이다. 삼 일의 시간 동안 도헌은 많이도 변해 있었다. 자신의 공간이 흐트러지는 걸 누구보다 싫어했던 그가 지금은 유진의 빈자리를 보며 쓸쓸해하고 있었다.

입술을 비집고 피식, 헛웃음이 새어 나왔다. 찰나의 시간과도 같은 삼 일이 십 년 동안 같은 모습으로 일관하던 것들을 무너트려 버렸단 사실에 허무하면서도 한편으론 자극이 되었다. 지루하고 한없이 힘겹기만 하던 하루가, 그리고 일상이, 이젠 기다려지고 있었다. 그것만으로도 속에서 얼마나 거센 폭풍우가 휘몰아치고 있는지 짐작이 갔다.

밝은 빛을 내뿜으며 책상을 비추는 스탠드를 바라보던 도헌은 뻐근한 목을 돌리며 의자 등받이에 몸을 기댔다. 그러자 앞에 앉은 진수가 기지개를 하곤 자리에서 일어났다.

"으아. 누님 덕에 일이 줄어서 좋네요. 채색하는 거 보니 아마가 아니고 프로예요."

"그러게 자만하지 말고 늘 노력해."

"또, 또. 영감 소리 낸다. 알겠습니다. 지금도 보이지 않는 곳에서 죽어라 연습하고 있다고요. 제 습작 노트 보면 놀라 까무러칠걸요? 그러니 이만 눈 좀 붙이고 와야겠어요. 저 먼저 들어갈게요, 형."

"그래."

총총걸음으로 멀어지는 진수를 보며 도헌은 살며시 눈을 감았다.

"하아……."

폐부 깊숙이에서 짙은 감정이 밀려 나왔다. 아까의 장면들이 잔상으로 흐르자 또다시 시작된 불안에 눈동자가 거칠게 떨렸다. 스륵, 눈을 감으니 검은 어둠이 드리우며 다시금 환영을 끌어내었다.

구겨진 미간 사이로 나리의 환하게 웃는 모습이 떠올랐다. 보고 또 봐도 질리지 않는 미소에 머리가 텅 비어 버린 것만 같았다. 그래서인지 흔들리는 동공은 주변의 변화에 아무런 반응을 보이지 못하고 있었다. 멍한 시선은 눈앞의 나리에게 서둘러 다가서는 것조차 잊은 채 그저 바라보고만 있는 게 전부였다. 자신을 향해 가까이 다가오라는 손짓을 보고도 이상하리만치 다가갈 수가 없었다.

'조금만 기다려.'

그렇게 말했던 거 같다. 나리를 향해 다가가려고 느릿한 발걸음을 떼는데 이상하게도 그녀와의 거리는 좁혀지지 않았다. 왠지 빨리 그녀에게 가야만 할 것 같아, 그제야 조금 더 속도를 내려 다리에 힘을 줬다. 그런데 어디선가 갑자기 밝은 햇살이 기괴하게 일그러지며 이내 칠흑처럼 검은 어둠을 불러냈다. 그리고…….

그 속에 이창수가 서 있었다. 원망의 빛이 가득한 눈동자. 그것에 자신의 모습이 가득 담겨 있었다. 이상하게도 도헌은 창수에게서 시선을 뗄 수가 없었다. 그렇게 된다면 원치 않은 사고가…… 생길 것만 같았다. 알고 있는, 뼈저리게 잘 알고 있는 그 일이 일어나지 않기를.

너무도 간절함이 담긴 얼굴로 창수를 바라봤다.

'그러지 마. 제발.'

하지만 창수는 기어이 간절한 바람을 무시했다. 아무런 감정이 실리지 않은 얼굴을 돌렸고, 그가 도헌을 외면하며 바라본 자리엔 환하게 웃는 나리가 서 있었다.

휘청.

갑자기 이는 현기증에 몸이 휘청거리자 눈앞의 모든 것들이 흔들리는 것 같았다. 마치 주변의 모든 사물들도 슬퍼하며 흐느끼고 있는 것처럼. 그러나 창수는 이곳과는 풍기는 느낌부터가 달랐다. 다른 모양, 다른 종류의 인형을 덩그러니 놓아둔 느낌이랄까. 전혀 어울리지 않는 그의 이질적인 모습이 도헌을 더욱 혼란스럽게 만들었다. 답답한 갈증으로 온몸에 식은땀이 흥건했다.

그리고 이어지는 장면에 도헌은 마치 십 년 전의 그때로 되돌아가 있는 착각으로 숨이 막혔다. 그를 이토록 긴장하게 만든 건 삽시간에 변해 버린 창수의 표정이었다. 나리를 담는 창수의 얼굴에 욕망의 감정이 어른거리자 온몸이 굳어 버리는 것만 같았다. 어서 나리를 다른 곳으로 보내야 했다. 다급한 지금 이 순간, 그녀를 덩그러니 내버려 둘 수가 없었다.

고함치듯 나리를 불렀다. 하지만 입 밖으론 아무런 소리도 나오지 않았다. 결국 가까이 다가가는 창수와 함께 점점 어둠 속으로 빨려 들어가는 그녀의 그림자를 보며 또다시 황망한 공간에 홀로 남아 버렸다.

도헌은 거칠게 눈을 떴다. 그러곤 식은땀이 흐르는 얼굴에 마른 세수를 하며 몸을 웅크렸다.

"젠장……."

악다문 입에서 욕지거리가 흘렀다. 너무도 생생한 그들의 모습에 가슴이 찢어지듯 아파 왔다.

이창수. 한때는 도헌과 가장 막역한 사이였었다. 친구가 아니라 가족이라 여길 만큼 서로에게 늘 힘이 되는 존재였다. 그러나 창수가 나리를 좋아한다는 사실을 알아 버린 뒤론 조금씩 둘 사이에 금이 가기 시작했다. 더욱이, 나리를 죽인 용의자가 그로 밝혀졌을 땐 세상의 모든 것들이 적으로 보였다.

'잡아야 해. 아니, 잡히지 마.'

두 가지 마음속에서 치열하게 싸우고 있을 때쯤이었다. 그때까지도 창수가 범인이 아닐 수도 있다는 희망이 작게나마 남아 있었던 것 같다. 하지만 이내 그 한 가닥의 믿음은 산산조각이 나고 말았다.

너무도 지지부진한 수사, 그리고 미흡했던 용의자 검거 때 수사관들의 태도가 결국 창수를 죽음으로 내몰았다. 그때의 절망감은 지금까지도 가장 큰 마음의 상처로 남아 있었다.

도헌은 아무것도 듣지 못했다. 정말로 그가 나리를 죽였는지, 그가 우발적인 자신의 행동에 대해 깊은 속죄를 하고 있었는지, 왜 그녀의 숨을 앗아 갈 수밖에 없었던 건지. 이 모든 의문을 남기고 떠나 버린 그가 나리만큼이나 아프게 마음속 가시로 박혀 있다. 하지만······.

이상하다. 분명히 그때 창수는 죽었다. 분신자살한 모습을 사진으로 확인했었다. 그 당시 담당 형사는 강율이였기 때문에 그 사건의 내막을 누구보다 자세하게 알고 있었다.

그러나 그를 봤다. 유진이 홀로 밖으로 나갔을 때, 다급한 마음에 창가로 달려가 그녀의 뒷모습을 확인할 때였다. 가로등 밑에서 자신을 올려 보고 있는 그와 눈이 마주쳤다. 그러곤 이내 그녀의 뒤를 따르는 그의 모습을 정확히 눈에 담았다.

그 뒤론 자신이 무얼 했는지 선명히 기억나지 않았다. 그저 또 잃지 않겠다는 하나의 생각만이 끊임없이 리플레이되는 테이프처럼 머릿속을 가득 메웠다는 것 말고는.

그리고 나서 얼마 지나지 않아 유진을 발견했다. 그때 또렷한 시야로 확인할 수 있었다. 그녀의 뒤에 서 있는 이창수를. 자신을 바라보는 눈동자에 가득 담긴 원망을.

뚜렷한 모습을 확인한 건 아니었다. 다만 자신을 응시하는 감정 없는 눈빛이 분명 이창수일 거라 직감케 했다.

도헌은 복잡한 머릿속을 털어 내려 고개를 저었다. 단순히 피곤에 의해 환영을 본 것이지 않을까. 다시 마음을 가다듬고 바라봤을 때 그 자리에 아무것도 없었던 것처럼, 너무 예민한 나머지 다른 사람과 착각한 것은 아니었을까.

하지만 그럼에도 그의 불안은 잦아들 생각을 하지 않았다. 결국 책상 위에 있는 휴대전화를 들어 유진의 번호를 누르기 시작했다. 아무렇지도 않은 목소리를 들으면 왠지 안심이 될 것만 같다. 더욱이 숨통을 틀어막는 이 상념 속에서 벗어나고 싶었다.

신호가 얼마 가지 않아 달칵이는 소리와 함께 평온한 목소리가 흘렀다.

— 네.

"어디야?"

— 이젠 말도 막 놓으시기로 한 거예요?

"아…….. 그냥 내가 더 나이 많잖아. 원래 작가랑 친해지면 담당자한텐 좋은 거 아닌가."

— 저랑 친해지고 싶은 마음은 있으세요? 전혀 안 그래 보이는데.

"물론, 없지. 집이야?"

— 아뇨. 사무실입니다.

"사무실?"

유진의 카랑카랑한 목소리에 마음이 조금 놓였던 도헌은 집이 아닌 사무실이란 말에 또다시 심장이 발 아래로 떨어져 내리는 것만 같았다. 그러나 그녀는 이런 사실을 아는지 모르는지 여전히 심드렁한 태도로 말을 이었다.

— 어느 유명한 작가분께서 마감을 펑크 내는 바람에 옴팡 업무

를 뒤집어쓰고 이 새벽에 퇴근도 못 하고 있답니다. 그분께 전해 드리고 싶네요. 정말 감사하다고. 아마 수명이 오백 년은 늘었을 거예요. 원래 욕 많이 먹을수록 오래 산다잖아요.

"혹시…… 사무실에 혼자 있는 거야?"

말을 하면서 도헌은 시간을 확인했다. 새벽 1시 반. 여자 혼자 있기엔 너무 늦은 시각이다. 그의 마음이 점점 다급해졌다. 이윽고 대수롭지 않다는 듯 유진의 덤덤한 대답이 수화기 너머로 흘렀다.

— 네. 다들 의리도 없이 먼저 가 버렸네요. 이제 저도 가 보려 합니다. 작가님도 남은 원고는 부디 펑크 내지 마시길.

"자, 잠깐만!"

긴장으로 목소리가 떨렸다. 평소답지 않게 어느새 일어선 몸은 허둥지둥, 작업실을 휘휘 배회하고 있었다.

"지금 급히 할 말이 있으니 사무실에서 얌전히 기다려. 절대 어딜 나간다거나, 커피를 산다거나 하지 말고 무조건 그 자리에 그대로 앉아 있어."

수화기 너머로 무어라 웅얼거리는 유진의 목소리가 들렸지만 지금 그것들을 다 듣고 있을 여유가 없었다. 이마에 흐르는 식은땀을 닦아 내며 책상 위에 놓인 차 키를 집어 드는 손길엔 불안이 짙게 드리워져 있었다.

□ ◆ □

손에 들린 휴대전화의 액정이 꺼졌다. 그것을 멍하니 바라보던 유진은 '뭐지?' 라는 궁금증에 고개를 갸웃거렸다. 밀린 업무를 처리하다 보니 어느새 시간은 자정을 훌쩍 넘어서고 있었다. 그런데 이런 늦은 시간에 급하게 할 말이라니. 아무리 생각해 봐도 딱히 짐작이 가는 건 없었다.

유진은 어둠이 깊어진 하늘을 보기 위해 창가로 다가갔다. 그런데 그 순간 검은 하늘빛과 닮은 휴대전화 액정에 갑자기 환하게 불이 켜지며 벨소리가 울렸다.

발신자 표시 제한.

문구를 확인하자마자 찜찜한 생각이 들긴 했지만 그래도 무슨 전화인가 싶어 귓가에 슬며시 가져갔다.

"여보세요."

— …….

"여보세요."

— …….

아무런 대답이 없었다. 수화기 너머로 울리는 스산한 바람 소리가 아직 전화가 끊긴 것이 아님을 대변해 주고 있었지만 상대에게선 어떤 대답도 돌아오지 않았다. 익숙한 기시감이 밀려들었다. 어디선가 느꼈던 공포가 서서히 그녀의 등 뒤를 덮쳐 오고 있다. 유진은 떨리는 목소리를 가다듬으며 입술을 달싹였다.

"저…… 하실 말씀 없으시면 이만 전화 끊겠습니다."

— ……차.

불편한 통화를 어서 끝내고 싶어 전화를 끊으려 하자, 이윽고 상대에게서 어떤 단어가 힘겹게 새어 나왔다. 이상하게도 전화를 일방적으로 끊으면 안 될 것 같은 예감에 유진은 반대쪽 귀로 휴대전화를 옮겨 받았다.

"다시 한 번 말씀해 주시겠어요?"

— 차 좀 빼 달라고요…….

"차요?"

되물으며 창가의 블라인드를 살짝 들췄다. 그러자 회사 정문 입구에 검은 후드를 눌러쓰고 있는 사내가 어렴풋이 서 있는 게 보였다. 순간 다리에 힘이 풀리며 몸이 중심을 잃고 휘청거렸다.

바로 그자다. 가로등 밑에서 자신을 응시하고 있던 그 남자. 그가 어떻게 알았는지는 몰라도, 지금 이곳에 서 있었다.

유진은 떨리는 걸음으로 겨우 자신의 자리로 가서 앉았다. 그러곤 차분히 숨을 가다듬었다.

"무슨 말씀이신지…… 잘 모르겠는데요. 차는 주차장 라인에 세워 놔서 딱히 빼야 할 이유를 모르겠어요."

— 주차를 어디다 했건 간에 지금 그쪽 차 때문에 제가 옴짝달싹도 하지 못하고 있어요. 그러면 빼 줘야 하는 게 맞는 거 아닌가요?

"아……."

달리 할 말을 찾지 못했다. 뭔가가 이상하지만 어쨌거나 심증일 뿐이었다. 유진은 빠르게 머리를 굴렸다.

도현이 오고 있다고 했다. 작업실과 사무실은 불과 차로 이십여 분 남짓밖에 안 걸리는 거리였다. 그렇다면 무슨 일이 생긴다 하더라도 그가 도착하기 전까지 시간을 끌어 볼 수도 있을 것 같았다.

유진은 주섬주섬 가방에 물건들을 챙겼다. 아예 퇴근 준비를 하고 나가는 게 더 나을 것 같았기 때문이다. 그리고 만일의 사태에 대비해 가방 속에 서류 봉투를 자르기 위해 넣어 둔 커터 칼을 다시 확인했다. 이 정도면 웬만큼 방어는 할 수 있겠지. 생각을 마친 그녀는 가방을 어깨에 걸치며 자리에서 일어섰다. 그러곤 다시금 창가로 다가가 블라인드를 들추며 밖을 바라봤다.

"흡!"

갑자기 눈이 마주친 검은 후드티의 상대 때문에 숨을 들이켠 그녀는 이내 승강기로 발걸음을 돌리며 휴대전화를 고쳐 잡았다.

"아……. 지, 지금 나가요. 잠시만 기다리세요."

전에도 한 번 느꼈던 거지만 그의 시선은 소름이 끼쳤다. 한 점의 빛도 보이지 않는 어두운 그림자 속에 서 있는 기분이다. 아무리 발버둥 쳐도 절대로 벗어날 수 없는……. 그래서인지 그의 눈빛만 떠올려도 등 뒤로 식은땀이 흐르는 것 같았다.

유진은 자꾸만 떠오르는 불안에 고개를 세차게 저었다. 벌써부터 이렇게 다리가 후들거려서는 제대로 된 반항도 못 해 보고 끌려갈지도 모를 일이었다. 그가 왜 여기까지 자신을 따라왔는지는 몰라도 만일의 사태에 대비를 해야 하는데 지금 상황 같아선 이도 저도 안 될 것 같았다. 그녀는 승강기 벽에 붙어 있는 거울을 바라봤다.

"오유진, 정신 차리자!"

단단히 기합을 넣고 승강기에서 내렸다. 그러곤 떨리는 걸음걸이를 고쳐 잡으며 천천히 문을 열고 주차장으로 향했다.

밖을 나서자, 아직은 여름임에도 기분 탓인지 싸늘한 바람이 덮쳐 왔다. 잔뜩 몸을 웅크린 그녀는 고개를 돌리며 주변을 둘러봤다. 하지만 뭔가 이상했다. 방금 전까지 이곳에 서 있던 검은 존재는 아무리 둘러봐도 흔적조차 보이지 않았다. 유진은 이상한 기분에 휴대전화를 들어 통화 목록을 살폈다.

"아, 발신자 표시 제한으로 걸려 왔었지."

미처 생각하지 못한 것을 떠올린 그녀는 다시금 휴대전화를 가방 속에 밀어 넣었다. 그러곤 한껏 긴장이 가신 얼굴로 가로등 빛이 닿지 않는 주차장 쪽으로 고개를 빼 들었다. 그런데 갑자기 차도에서 거칠게 액셀러레이터를 밟는 소리가 들리더니 이내 '끼익!' 거리는 요란한 소음이 황량한 새벽 거리 전체를 가득 메웠다.

귀청이 떨어져 나갈 듯 날카롭게 울리는 소음으로 인해 인상을 팍 구긴 유진은 두 손으로 귀를 틀어막고 짜증스레 뒤를 돌아봤다. 눈을 찌르듯 밝게 쬐는 자동차 라이트 불빛 사이로 어렴풋이 도헌의 실루엣이 어른거리는 것 같다. 순간, 모든 불안들이 한꺼번에 날아간 그녀는 조금은 반가운 생각에 희미한 그림자를 향해 입을 달싹였다.

"갑자기 무슨 일이에요?"

"왜 나와 있어? 사무실에 틀어박혀 있으라고 했잖아!"

"아…… 누가 차를……."

"방금까지 여기 서 있던 사람, 아는 사람이야?"

자신의 말을 자르며 다급히 되묻는 도헌을 물끄러미 바라봤다. 사람이 이토록 당황스러운 모습을 보일 수 있을까 싶을 정도로 그는 많이 흐트러져 있었다. 더욱이 조금 전까지 자신이 자세히 들여다보기 위해 고개를 빼 들었던, 빛이 닿지 않는 어두운 그곳에 서서 뭔가에 홀린 듯 되묻는 모습이 많이 생소했다.

늘 냉소적으로 정돈된 모습만 보일 것이라는 편견을 그는 이로써 두 번이나 깨 버렸다. 유진은 이래서 사람은 겪어 봐야 아는 거구나, 라고 생각하며 조금은 어안이 벙벙한 얼굴로 그를 바라봤다.

"아는 사람은 아니고요. 전화로 차 빼 달라고 해서 나왔어요……."

"분명히 죽었는데……. 분명히 죽었는데……."

죽어? 누가? 이 사람이 자다가 꿈을 꿨나. 초점 없이 흔들리는 눈으로 끊임없이 혼잣말을 되뇌는 그를 이상하게 바라보던 그녀가 그에게 조금 더 가까이 다가섰다. 그와 마주 보고 서자 한눈에도 창백한 안색이 더욱 도드라져 보였다.

"작가님. 정신 차리세요. 어차피 마감도 연장됐는데 이제 정신 나간 척 연기 안 하셔도 되잖아요."

기분 탓이었을까. 찰나의 순간, 어렴풋이 그의 눈에 서린 물기를 본 것 같았다. 이리저리 헝클어진 머리칼이 바람에 덧없이 흔들린다. 하얀 피부 위로 그림자를 드리우다 이내 사라지는 모습이 초연하다 못해 처량했다.

"작가님?"

숨도 쉬지 않는 것 같았다. 엄습하는 불안감이 그녀의 등 뒤로 밀려들었다. 무엇이 그를 저만큼이나 옥죄는 건지, 무엇 때문에 저렇게 사시나무 떨듯 떨고 있는지, 알 길이 없어 더욱 답답했다.

"작가님. 괜찮……?"

"전화……."

넋 놓고 허공을 배회하던 눈동자가 안색을 살피는 유진에게 날아들었다.

"전화가 왔었다고 했지?"

"네."

"번호 찍혔어?"

"아뇨. 발신자 표시 제한으로 걸려 왔었어요."

"하……. 미치겠군."

이마를 짚는 손끝이 미세하게 떨리고 있었다. 유진은 저도 모르게 한 발자국 더 다가서서 차분한 몸짓으로 떨리는 그의 손목을 그러쥐었다.

"무슨 일인지는 모르겠지만, 일단 진정 좀 하세요."

"진정?"

조금은 신경질적으로 되묻는 그의 음성에 히스테릭함이 묻어났다.

"지금 나보고 하는 소리야? 이런 상황에 진정을 해라?"

"이 상황이 어떤 상황인지는 모르겠어요. 하지만 적어도 이렇게 흥분할 만한 일은 아닌 것 같아요."

"어떻게 침착할 수가 있어! 어떻게! 네가! 네가!"

유진은 미간을 찌푸렸다. 자신의 어깨를 거칠게 움켜잡는 힘에 저절로 비명이 터져 나올 것만 같았다. 하지만 도헌은 쉽사리 손에서 힘을 뺄 기미가 보이지 않았다. 눈에 선 핏발이 불안하게 흔들리는 동공을 더욱 기괴하게 일그러트렸다.

"네가 없어질 수도 있었어. 또다시…… 널 잃어버릴 수도 있었다고."

알아듣지 못할 말을 읊조리며 힘없이 무너지는 그의 앞에서 그저 두 눈을 깜박이는 것 말고는 할 수 있는 게 없었다. 힘내라고 그의 어깨를 토닥일 수도 없었고, 좌절하지 말라며 그를 위로할 수도 없었다. 그녀로서는 그의 아픔도, 슬픔도, 기쁨도 그 무엇도 나누지 못했다.

하지만 한 가지는 확실히 알 것 같았다. 그저 이렇게 그의 앞에 서 있는 것만으로도 조금은 힘이 되고 있다는 것. 그 한 가지 확신이 그의 앞에 담담히 서 있을 수 있게 만들었다.

"저, 아무 데도 가지 않아요."

"뭐?"

"제가 가면 어딜 가겠어요. 끽해야 집 아니면 회사죠. 안 그래요?"

"아……."

당황함에 말끝을 흐리는 도헌을 물끄러미 보던 유진이 살며시 미소 지으며 입을 달싹였다.

"이제 정신이 드셨어요?"

"지금 나한테 하는 소리야?"

"그럼 여기에 작가님 말고 또 누가 있는데요? 아깐 정말 무서웠다고요. 뭐, 악몽이라도 꾸신 거예요?"

"그런 거 취급 안 해."

"어머. 꿈을 뭐 선택해서 꾸나요."

"그러니까. 그런 거 취급 안 한다고. 애야? 악몽 꿨다고 쪼르르 달려오게."

피이. 장난스럽게 입술을 비죽이던 유진을 향해 도헌이 이제야 생각났다는 듯 말을 이었다.

"아. 그리고 무슨 일을 이 시간까지 해?"

"네?"

"아무리 야근 수당 챙겨 준다고 해도 너무 늦게까지 있는 거 아니야? 다 큰 처녀가."

"직장인이 하던 업무가 마무리 안 됐음 야근도 하고 그러는 거죠. 거기서 처녀 이야기가 왜 나와요?"

유진의 물음에 달리 할 말이 없어진 도헌은 짜증스레 자신의 머리를 헝클며 나직이 읊조렸다.

"박 팀장한테 이야기 좀 해야겠어."

"무, 무슨 소릴 하려고 그래요……?"

이 인간이 아까부터 뭘 잘못 먹었나. 유진의 미간이 불안함으로 일그러졌다. 자신의 전임자도 도헌의 지랄 같은 성격 때문에 퇴사한 것을 익히 들어 알고 있었다. 담당자가 너무 답답하다나 뭐라나. 속 터져서 제대로 일을 할 수가 없다고 편집 팀에 항의해서 갈아 치운 담당자만 다섯이 넘었다.

그런데 또 어떤 불만을 터트리려고 아닌 밤중에 이러고 있느냐는 말이다. 유진은 벌렁거리는 심장을 달래기 위해 빠르게 호흡을 가다듬었다. 그러나 이런 그녀의 마음을 아는지 모르는지 도헌은 아무렇지도 않은 표정으로 그녀를 내려 보며 입을 달싹였다.

"가자."

"가긴 어딜 가요? 팀장님한테 뭐라고 하실 건데요?"

"그걸 알아 뭐하게."

대수롭지 않게 대꾸하는 도헌을 보자 유진은 피가 거꾸로 솟는 것 같았다.

"알아 뭐하긴요! 당연히 제 미래가 걸린 일인데 알아야죠!"

"시간이 많이 늦었다. 이쯤 하고 가자."

"작가님!"

빼액. 새된 소리가 유진의 입에서 터져 나왔다. 보자 보자 하니까 누굴 보자기로 아나. 열이 받을 대로 받은 그녀의 눈에 붉은 핏발이 일었다.

"정말 너무하신 거 아니에요? 제가 못 미더우세요? 저에게 불만이 있음 저한테 푸시면 되지 굳이 팀장님께 따로 연락하는 건 뭐예요?"

"불만 같은 거 없어."

흥분할 대로 흥분한 자신과는 달리 너무나 태연한 그의 태도에 유진은 현기증이 일 정도로 화가 나는 것 같았다.

"그럼 뭔데요? 도대체 뭐 때문에 팀장님하고 연락을 하겠단 건데요?"

"……야근."

"네?"

되묻는 그녀를 조금은 귀찮다는 듯 바라보던 그가 돌아서며 말을 이었다.

"아 됐고, 이만 가자고."

두 사람은 유진의 차를 타고 그곳을 벗어났다. 주변에 무엇이 있는지도 알아채지 못한 채, 그렇게 그들은 황망한 장소에서 자취를 감췄다.

새벽바람이 허공을 스치며 지나간다. 아쉬운 미련을 남기듯 길게 뻗은 꼬리 어귀에 스산한 그림자가 우뚝 서 있었다.

□ ◆ □

도헌은 아까부터 뭐 마려운 강아지처럼 안절부절못한 채, 작업실 이곳저곳을 배회하고 있었다. 무어라 중얼거리다가 이내 신경질적으로 머리를 긁적였고, 불안한 얼굴로 손톱을 잘근잘근 씹어대다 갑자기 버럭 소리를 내질러 댔다. 그럴 때마다 아무 죄 없는 진수는 겁을 잔뜩 집어먹으며 목을 움츠릴 수밖에 없었다.

"……저, 저기 작가님."

"아니, 사람이 쌩을 까도 유분수지 원고 다 받아 냈다 이건가?"

"……혀, 혀엉."

"지금 시간이 몇 신데 연락이 안 되냐고 연락이!"

"……아, 아저씨."

"작가가 갑자기 무슨 일이 생길 줄 알고 잠수를 타!"

"야! 이 미친놈아!"

목소리를 크게 낼 용기는 없었던지 진수는 모기만 한 목소리로 나직이 소리쳤다. 하지만 재수가 없는 놈은 뒤로 넘어져도 코가 깨진다고 했던가. 어느새 싸늘한 눈으로 자신을 바라보고 있는 도헌의 살기에 그대로 숨이 멎어 버리는 것만 같았다.

회색의 지옥 불을 머금은 저승사자가 푸른 이를 드러내며 그를 향해 입을 달싹인다.

"뭐라고, 인마?"

"아, 아니 그게 아니고요. 그, 그러니까 제 말은…… 크읍!"

걷어차인 정강이를 손으로 박박 문지르며 호소하는 진수의 눈에 고통의 눈물이 차올랐다.

"아, 그럼! 무슨 일인지는 알고나 있자고요!"

"뭐?"

도헌의 눈썹이 꿈틀거렸다. 하지만 이런 그의 불편한 심기를 애써 외면하며 진수는 눈가의 눈물을 닦았다. 그러곤 결연한 얼굴로 그를 마주 봤다.

"도대체가 아까부터 뭐가 그리 화가 나는 건데요? 대체 누가 잠수를 탔기에 이러고 있냐고요. 사람 무섭게스리."

"아……. 내가 그랬나?"

태연한 척 자리에 앉으며 조용히 책꽂이의 서류철을 집어 드는 도헌의 눈동자는 눈앞의 서류가 아닌 다른 곳을 향해 있었다. 콩밭의 가 있는 마음을 다시 데려오지 않는 한 절대 머리에 들어오지 않을 그 허여멀건 종이 다발을 훑는 눈길은 어딘가 모르게 어색하기만 했다. 이 상황을 전혀 모르는 사람이 봐도 한눈에 알아차릴 만한 부자연스러운 표정 연기였다.

도헌은 어깨에 잔뜩 들어간 힘을 빼며 고개를 저었다. 역시나 거짓을 모르는 발연기의 대가답게 억울함을 호소하는 진수를 속이려는 의도는 보기 좋게 빗나갔다. 자신의 밑에서 근 십여 년을 함께 호흡을 맞춰 왔던 어시다. 그런 진수를 속이기란 여간해선 가능하지 않은 일이었다.

그것을 대변하기라도 하듯 도헌의 눈치를 살피는 그의 얼굴이 확인 사살을 할 때 나오는 예의 그 표정과 같았다.

"작가님의 왕따 놀이 대사를 종합해 보면 얼마 전 있던 누님의 퇴사와 관련이 된 거 같은데, 맞죠?"

"……그런 거 아냐 인마. 일이나 해."

"에이. 그런 게 아니긴. 맞고만."

진수의 빈정거림에 얼굴이 화끈 달아오른 도헌은 자리에서 벌떡 일어나며 그를 노려봤다.

"아니라니까!"

버럭 내지른 고함이 가소롭다는 듯 귀를 후비적거리는 진수의 입가에 슬며시 미소가 자리했다.

"그러게 일주일 연장된 마감, 제대로 지키지 그러셨어요."

"낸들 안 그러고 싶었겠냐?"

힘없이 털썩 의자에 주저앉은 도헌이 한숨 쉬듯 말을 이었다.

"그림자 사건 열세 번째 피해자 한강에서 발견된 거 알지?"

"네."

"그 사건 이후로 모방 범죄가 늘어서 거기 자료 조사 다닌다고 정신없었잖아. 원고 들여다볼 새도 없었다고."

맞는 말이었다. 나리를 그림자 사건 모방 범죄로 잃은 뒤 반드시 진범을 잡는 데 모든 것을 쏟아붓겠다고 다짐했던 그날부터 비슷한 사건만 나오면 저절로 신경이 예민해지곤 했다. 더욱이 십 년 만에 진짜 피해자가 나온 지금, 그의 모든 감각은 온통 새로운 사건에 쏠려 있다고 해도 과언이 아니었다. 그러다 보니 자연히 원고는 뒷전이 되었고, 아무리 유진이 옆에서 다그쳐도 좀처럼 일에 집중할 수가 없었다.

피곤한 얼굴로 마른세수를 하던 도헌은 나직이 깊은숨을 내쉬었다. 그녀가 갑작스레 퇴사한 뒤로 벌써 삼 일이 흘렀다. 아무리 연락을 해도 묵묵부답에 사무실로 찾아가도 이미 자리는 비워져 있어 만날 수도 없다. 원룸 앞에 죽치고 있어 봐도 돌아오는 건 허무한 발걸음뿐, 이렇다 할 시원한 소득은 없었다.

이런 상황에서 오로지 휴대전화만 붙잡고 있어야 한다는 현실이 답답하기만 했다. 그동안 유진에 대해 알아 놓을 생각도 없이 뭘 하고 다녔단 말인가. 점점 자괴감에 빠지고 있는 중이었다.

복잡한 감정이 그대로 드러난 도헌을 물끄러미 바라보던 진수는 심드렁하게 어깨를 으쓱이며 자신의 모니터로 시선을 옮겼다.

"기간 안에 원고를 받아 오지 않을 시, 바로 퇴사 처리 하겠다던 박 팀장님이 무서울 뿐이네요. 그걸 정말로 실행에 옮길 줄이야. 들리는 말에 의하면 굉장히 누님을 아꼈다고 들었는데 말이죠."

"그 마녀 이야긴 꺼내지도 마. 앉은 자리에서 풀도 안 날 인간이야."

생각만으로도 소름이 돋는지 도헌은 자신의 팔을 손으로 문지르며 진저리를 쳤다. 그런 그를 바라보며 진수가 입을 달싹였다.

"그런 사람 여기 추가요."

"뭐, 인마?"

도헌이 주먹을 들어 진수를 노려봤다. 그러자 진수가 움찔거리며 손바닥으로 그것을 막고는 소리쳤다.

"아, 그렇잖아요! 작가님은 뭐 다른 줄 알아요? 자기 외엔 아무런 관심도 없는 사람이 작가님이라고요! 옆에서 사람이 죽어 나가도 눈 하나 꿈쩍 안 할 인간이라니까요?"

"이게 하늘 같은 선배 앞에서 말 가려서 못 하지?"

"알아요, 알아. 하지만 분해서 그래요."

"뭐가?"

"제 친구 보조로 들어왔을 때도 힘들어서 그만둔다니까 신경도 안 썼고, 또 뭐냐, 출판사 담당자는 마음에 안 찬다고 뻔질나게 항의해서 갈아 치우죠. 제 밑으로 들어온 어시만 몇 명인데 솔직히 작가님 등쌀에 못 이겨 나가도 언제 신경이나 썼어요? 늘 살인 사건에만 목매달았지 솔직히 제가 피 토하며 쓰러져도 신경도 안 쓸 분인 건 맞잖아요?"

진수의 거친 항변에 도헌은 머리 위로 치켜들었던 주먹을 슬그머니 내렸다. 그러고 보니 그런 것도 같다. 지금까지 누군가를 신경 쓰며 살아왔던 적이 단 한 번도 없었던 것 같았다. 순간 멍해져 버린 도헌은 할 말을 잃었다. 그런데 왜 유진은 이렇게나 신경이 쓰일까. 도대체 무엇 때문에?

진수는 아래로 떨어진 주먹을 확인하곤 자신의 손바닥 아래에서 고개를 삐죽 내밀어 도헌의 눈치를 살폈다. 그러곤 조곤조곤한 어조로 말을 이었다.

"아, 물론 저와 작가님은 특별한 관계니까 그렇게 차갑게 굴진 않으실 거라 믿어 의심치 않지만요, 조금 서운한 건 사실이에요.

왜 이렇게 누님을 신경 쓰세요. 그분 생각만으로도 벅차시면서…….”

'김나리'라는 단어는 도헌에겐 금기어나 마찬가지였다. 그래서 늘 진수는 나리를 지칭할 때면 '그분'이라는 말로 어물쩍 넘기곤 했다. 사실 도헌 자신도 알고 있었다. 나리 이외엔 마음에 누군가를 들일 여유가 없다는 것을. 그러나 요 근래에 나리의 생각을 부쩍 하지 않게 되었다. 이유가 어찌 되었건 간에 확실히 많이 웃고, 활기차고, 행복해진 건 사실이었다.

아무런 대답도 안 하고 가만히 생각에 잠겨 있는데 그의 상념 뒤로 조심스러운 진수의 대답이 흘러들었다.

“뭐, 작가님의 양심에 걸린 것이겠죠. 암요. 잘 알고말고요. 설마 새로운 사랑이라도 시작하신 건 절대 아니겠죠. 그럼요. 원체 후배 사랑이 지독하셔요. 그렇죠? 그런 거죠? 역시 제가 눈치가 빨라요. 그러면 작가님의 마음을 좀 가볍게 해 드리는 게, 또 이 프로 어시의 도리 아니겠습니까?”

진수가 재빠르게 자리에서 일어서며 말을 이었다.

“제가 이 넓은 안테나를 펼쳐 수소문하고 돌아오겠습니다. 편히 작업에 몰두하소서!”

□ ◆ □

“캬! 조오타!”

반쯤 감긴 눈은 이미 흐릿해져 갈피를 잡지 못하고 있었다. 생기로 붉게 물든 두 볼은 과한 취기로 인해 더욱 도드라졌고, 늘 미소 짓던 입술에선 맑고 투명한 타액이 질질 흘러나오고 있었다.

유진은 지금, 말 그대로 더럽게 취해 있었다.

원룸 어귀에 위치한 주홍 장막의 포차는 주머니 가벼운 그녀의 사정에 안성맞춤인 공간이었다. 파란색 플라스틱 간이 테이블이 여덟 개 정도 놓인 공간 가운데에 주인집 아주머니가 열심히 안주들을 만들기에 여념이 없었고, 메케하게 후각을 자극하는 곰장어의 진한 향기는 쓰디쓴 소주를 달게 만들었다. 어느 테이블은 혼자, 어느 테이블은 여럿이 모여 술잔을 기우는 모습이 꽤나 정겹다. 왁자하게 떠드는 사람들의 소리가 허공에 가득 차올랐다.

하지만 어딜 가나 추태 부리는 사람은 있는 법. 근래 들어 이곳에서 살다시피 한 유진은 오늘도 역시나 가출한 정신과 함께 풀려 버린 몸뚱이를 이리저리 휘적거리며 거친 로커에 빙의되어 있었다.

오늘의 장르는 데스 메탈인가.

지친 눈으로 그녀를 흘겨보던 아주머니는 이내 혀를 끌끌 차며 헤드뱅잉에 열을 올리는 그녀에게 다가갔다.

"처녀가 이 새벽까지 매일 여기서 뭐 하는 짓이야."

새벽 1시를 향해 가는 시계를 곁눈질하며 걱정 어린 말투로 묻는 아주머니의 얼굴엔 안타까움이 가득했다. 하지만 이런 것들을 알 리가 없던 유진은 풀려 버린 동공을 들어 초점 없는 시선을 맞추며 씨익 웃을 뿐이었다.

"죄송해요. 매일 자리 하나 차지하고 앉아서……. 장사에 방해만 되죠?"

"무슨 소리야. 그런 건 됐고, 며칠 전부터 매일 이렇게 마셔 대는데 젊은 사람이 뭔 일이라도 생긴 거야?"

"뭔 일이라……. 아주 많죠. 어떤 성격파탄자 덕에 한순간에 정

규직에서 실업자로 추락해 버렸거든요. 에라이! 컴퓨터나 먹통 돼
버려라!"

눈앞에 그간의 고생들이 스쳐 지나가는 것만 같았다. 매일 야근
을 밥 먹듯이 하고 끼니까지 거르면서도 전혀 불만이나 피곤함을
느끼지 않았다. 프로의 원고를 만지며 그 누구보다 행복했었다. 이
런 게 워커홀릭인가, 싶을 정도로 밝아 오는 아침이 기다려졌었다.

그런데 그런 하루가 송두리째 사라져 버렸다. 그것도 까칠한 놈
팡이 하나 때문에. 열정과 열의로 가득한 자신이 그런 허무맹랑한
존재 하나로 인해 아무 이유 없이 직장에서 잘려 나갔단 사실에
울화가 치밀면서도 서러웠다. 사회는 선명히 드러나는 갑과 을의
관계가 어지러이 얽혀 있다는 현실의 벽을 처절하게 느끼고 있는
중이었다.

그래서 더욱 이 눈앞의 벽을 깨부수고 싶었다. 비록 나약한 자
신의 처지를 뼈저리게 느끼며 술잔을 기울이는 것밖에 할 수 없을
지라도 말이다.

"하아……."

유진은 작은 한숨을 씹어뱉었다. 그렇게라도 하지 않으면 가슴
이 터져 버릴 것만 같았다. 다행히도 작은 행동에 어느 정도는 머
리가 맑아지는 것 같다. 그녀는 잔에 담긴 술을 입에 털어 넣으며
마지막 기량과의 대화를 떠올렸다.

'왜 제가 그만둬야 하죠?'

'그건 오유진 씨가 맡은 업무를 제대로 소화하지 못했기 때문
이죠.'

'최대한 노력했고, 오늘 새벽에 마감 원고를 받았어요.'

88

'마감일은 오늘이 아니고 어제였습니다. 기한을 지키지 못한다면 더 이상 출근하지 않아도 상관없다는 말에 동의했던 것 아니었습니까?'

'하지만 전후 사정도 듣지 않고 무조건 결과만 보고 판단하는 건 무리가 아닐까요?'

'아니요. 사회는 과정에 그리 관심을 두지 않습니다. 결과에 더 많은 무게를 두죠. 그래서 오유진 씨가 퇴사하는 겁니다. 어쨌거나 결과에서 이미 약속을 어긴 것이니까요.'

결과, 결과, 결과……

하나의 단어가 끊임없이 머릿속에 맴돌았다. 으, 속이 부글부글 끓어오르는 냄비가 된 것만 같다. 들끓는 열기에 숨이 막혀 도저히 가만히 앉아 있을 수가 없었다.

콰앙.

거친 손길에 가격당한 테이블이 요란한 소리를 내며 요동쳤다. 다행히 아주머니는 자리를 떠나고 난 뒤였다.

"젠장! 결과 따위 개나 줘 버려! 미친……. 과정도 없는 결과가 세상에 어딨어?"

우악스레 소리를 내지르자 한결 마음이 가벼워지는 것 같았다. 그러나 항상 우연은 예기치 않은 곳에서 나타나는 법인가 보다. 후련한 얼굴로 다시 자리에 앉으려는 순간이었다.

"누……님?"

익숙한 음성에 뒤를 돌아보는 유진의 얼굴이 당혹감으로 일그러졌다.

"진수 씨?"

하필이면 제일 마주치고 싶지 않은 인물 제2위와 맞닥트릴 게 뭐람. 하고많은 동네 중 왜 이곳에서 얼쩡거리느냐 말이다. 이곳은 내 영역이고 네 영역은 강남이 아니더냐. 쿨하게 돌아서 가는 나그네의 추접한 모습을 왜 우연한 기회에 들여다보고 서 있는 것이냐.

소리 없는 울음이 유진의 속에서 거칠게 일었다.

"여, 여긴 어쩐 일로……?"

"아, 친구 놈이 여기 살아서요."

"그렇구나……. 워, 원고 작업은 어쩌고……."

"그게."

피식 웃는 진수의 미소에서 밝은 빛이 뿜어져 나오는 것만 같았다.

"쨌어요."

"예에?"

너무나 당당하게 말하는 그의 태도에 황당한 유진은 뜨악한 얼굴로 되물었다.

"그런 행동…… 아니, 행위가 김 작가님한테 수용 가능한 일이에요? 전혀 아닌 거 같은데?"

"그 인간 지금 패닉 상태라서 괜찮아요. 찔러도 피 한 방울 안 나올 인간이라서 이런 기회 다신 안 올지도 몰라요. 이런 경우 자체가 처음이라니까요. 하하하하하."

"……아하하하하. 퍽이나 즐겁기도 하여라."

유진은 억지로 말려 올라간 입꼬리에 이는 경련을 손가락으로 꾸욱 누르며 어색하게 웃었다. 그런 그녀를 호기심 가득한 눈으로 내려 보던 진수가 입을 달싹였다.

"우리 쌤 때문에 잘려 놓고도 원고 걱정은 돼요?"

"이왕이면 제 발로 나간 거라고 해 주실래요?"

빠지직. 상큼하게 웃어 보이는 그녀의 표정에서 거친 파열음이 새어 나오는 착각이 일었다. 진수는 아차, 싶었는지 두 손바닥을 들어 보이며 혀를 쏙 내밀었다.

"죄송요."

"알면 됐네요."

"여기 앉아도 되죠?"

그가 유진의 앞자리를 가리키며 묻자 그녀는 작게 고개를 끄덕이는 것으로 대답을 대신했다. 하지만 그녀의 너무나 도도한 자태에 방금 전의 폭발적인 샤우팅이 오버랩 되자 참을 수 없는 이질감에 폭소가 터지려는지 힘주어 다물린 입술에 미세하게 경련이 일었다. 간신히 웃음을 내리누른 진수는 슬쩍 유진의 얼굴을 살폈다.

"쌤이 걱정 많이 해요."

"보나 마나 업무 인수인계 제대로 안 했다고 욕하고 있었겠죠."

"어? 어떻게 알았지?"

"뻔해요. 귀가 계속 간질거렸거든."

새끼손가락으로 귀를 후비적거린 유진은 뒤이어 들리는 진수의 음성에 테이블에 향했던 시선을 들어 그를 바라봤다.

"농담 아니에요, 누님. 그 인간 정말로 미안해하고 있어요."

"다 자업자득이에요. 원래가 뺨 맞은 놈은 발 뻗고 자도, 때린 놈은 편치 않은 법이랬어요."

"처음 듣는 말 같은데요?"

"그럴 리가. 어른들한테 한 번씩은 들어 봤을 텐데?"

"부모님이 일찍 돌아가셔서."

"아."

순간 실수를 한 것 같아 유진은 입을 다물었다. 미안하다고 사과하기도 뭐하고 그렇다고 가만있기도 뭐했다. 이럴 땐 어째야 좋단 말인가. 아무렇지 않은 듯 덤덤한 진수의 눈치를 살피는 유진을 보며 환하게 웃던 그는 테이블 아래로 놓인 자신의 휴대전화에 뭔가를 바삐 써 내려가고 있었다.

「형님. 찾았습니다. 이걸로 오늘 무단 외박은 없던 걸로. 아, 그리고 한 달에 세 번씩 외박시켜 주기 OK? 약속해 주신다면 지금 바로 주소를 보내 드리겠습니다. 하하하하.」

□ ◆ □

고요가 내려앉은 새벽. 작은 소리조차 시끌벅적한 소란으로 들릴 만큼 적막한 거리에 검은색 SUV 차량이 거친 굉음을 내며 빠르게 사라졌다. 뭐가 그리도 급한지 드문드문 자신의 차선을 지키며 달리는 차들을 요리조리 제치던 차는 그야말로 위험천만한 곡예 운전의 진수를 보여 주고 있었다. '5분 일찍 가려다 50년 먼저 간다.'는 이 말을 몸소 보여 주는 광경이었다.

"제길! 내가 왜! 도대체 왜!"

도헌은 핸들을 거칠게 내리치며 소리쳤다. 룸미러로 보이는 자신의 모습이 무척이나 한심했다.

"아무리 오유진이래도 이 시간에 왜 도로를 질주하고 있는 거냐고! 더구나 이 모든 시발점이 왜 강진수 문자 하나냐고!"

끼익. 거칠게 갓길에 차를 세운 그는 핸들에 머리를 묻었다. 도저히 납득이 되지 않았다. 아무리 생각해 봐도 지금 자신의 행동이 너무나 터무니없었다.

"아…… 자존심 상해."

콧김에 들끓는 열기가 가득했다. 숨을 쉴 때마다 인중을 태우는 불길에 얼굴까지 붉어졌다. 화를 삭이려 깊은숨을 들이켜자 시원한 에어컨의 기운이 온몸의 화를 조금씩 식혀 주는 것 같았다. 그는 그제야 이성적으로 생각하기 시작했다.

진수의 문자를 받고 정신없이 차 키를 집어 들어 내달리기 시작했다. 머릿속엔 온통 문자 속 주소만이 가득했고, 몸을 가눌 수 없이 만취해 있다는 유진의 모습으로 다른 생각을 할 여유가 없었다. 모든 일들이 이제 막 세상에 나온 아이처럼 서툴고 낯설게 느껴져 손에 잡히지도 않았고 그래서 이성적으로 판단하지 못했다. 버퍼링 걸린 동영상처럼 문자 확인 이후의 모습은 슬랩스틱의 연속이었다.

더욱 아찔한 것은 지금 자신이 그곳에 등장함으로써 여러 가지가 기정사실이 된다는 것 또한 이렇게 급하게 차를 세우고 나서야 깨달았다는 것이다. 아마 포차에 모습을 드러내는 순간 유진은 자신에게 특별하다라는 걸 적나라하게 못 박는 것일 터였다. 생각에 잠겼던 도헌의 모근이 순간적으로 저릿했다.

위험하다.

순간 진수의 비웃음이 떠올랐다. 그는 이미 눈치를 채고 있다. 이렇게 문자를 보내는 것만 봐도 자신도 몰랐던 마음을 어느 정도 파악했다는 결론이 내려졌다. 능글맞은 그에게 약점 잡히지 않으려 무던히 노력했던 그간의 시간들을 송두리째 날려 버릴 순 없었다.

가뜩이나 놀기 좋아하는 그를 통제하는 것도 벅차다. 그런데 약점까지 잡혀 버린다면……. 도헌은 고개를 저었다. 아예 마감을 포기해야 하는 사태가 벌어질지도 모르는 일이었다. 긴 시간 호흡을 맞춰 왔기에 깔끔하게 잘라 버리고 새로운 사람을 뽑기도 어려웠고, 이젠 그의 옆에 남아 있는 사람이라곤 강율을 제외하고 진수가 유일했다.

하지만 유진이 걸렸다. 이미 그녀에게서 밥줄을 빼앗았다. 그리고 마지막 남은 한 줄기의 꿈조차 앗아 갔다. 더욱이 과년한 여자가 만취해 있다질 않은가.

"하아……. 미치겠다."

깊은 갈등으로 머릿속이 혼란스러웠다.

"에라이. 모르겠다."

약점이라면 그냥 잡히면 된다. 그 뒤의 일은 벌어지고 나서 생각하는 것도 나쁘지 않았다. 지금은 우선 마음이 가는 쪽으로 행동하는 것이 가장 정답에 맞을 것이다.

도헌은 다시금 핸들을 돌려 차를 출발시켰다.

"우우워어어어어……."

주홍색 포차 안이 여자의 깊은 바이브레이션으로 가득 찼다. 점점 이성과는 거리가 멀어지는 퀭한 두 눈에선 연신 닭똥 같은 눈물이 떨어져 내리고 있었다.

"누, 누님. 이제 그만 우세요. 제가……."

진수는 빠르게 주위를 둘러보며 몸을 낮추었다. 그러곤 한껏 낮아진 목소리로 말을 이었다.

"입장이 좀 곤란해요."

어색한 미소로 주변에 시선을 돌리는 그에게 사람들의 정색 어린 시선이 쏟아졌다. 여기저기서 그를 노려보며 수군거리는 것을 보아하니 아마도 여자를 울린 찌질이로 보는 듯했다. 그러나 그의 앞에 앉아서 생쇼 종합선물세트를 시전하고 있는 유진에게 있어, 그런 것들이 안중에 있을 리 만무했다.

"뭐라굽쇼?"

초점도 맞지 않는 눈을 굴려 뒤를 돌아보던 유진은 이내 힘없이 고개를 떨궜다. 맥이 탁 풀리자, 서글픔과 서러움이 한꺼번에 몰려드는 것 같았다.

"그러지 맙시다. 같은 시대를 살아가는 동지끼리, 서로 힘이 되어 주진 못할망정. 내가 내 기분이 감당되지 않아 이러는 것까지 남들 눈치 보라고 하면 되겠어요? 그냥…… 앞에서 펑펑 울고 있으면 '네가 지금 많이 힘들구나. 자식, 힘내라.' 어깨 한번 두드려 주면 돼요. 그렇게 곤란한 얼굴로 죽상 짓고 있지 말고요."

유진은 앞에 놓인 소주잔을 원샷하고는 말을 이었다.

"아, 그렇잖아요. 오늘 처음 본 사람보다 적어도 말이라도 한 번 나눠 본 사람이 더 중요하지 않겠어요? 안 그래요?"

그러나 이런 힘없는 주절거림은 여전히 주위 사람들의 눈치를 살피는 진수에게 통하지 않는 것 같았다. 앞에서 암만 떠들어 봐야 혼자만의 세계에 빠져 있는 상대에게 닿기란 하늘의 별 따기였다.

모든 게 그러했다. 엄연히 존재하는 고정관념이란 말처럼, 가치관에 뿌리 깊이 박힌 이미지는 쉬이 바뀌지 않았다. 악역 전문 배우는 실제로도 악할 것 같은 인식이 대표적으로 꼽히듯이 말이다.

첫인상이 추접한 사람은 끝까지 추접하고, 지적인 사람은 끝까지 지적이다. 그렇다면 원래가 비루했던 자신은 비루한 그대로 행동하면 그만이었다. 객기든 꼬장이든 주정이든 간에 오늘 하루 제대로 망가져 볼 심산이었다.

유진은 눈앞의 샛노란 면봉과 닮은 사내를 심드렁히 바라보다 급기야 자리에서 벌떡 일어서며 허리에 양손을 처억 얹고는 호기롭게 읊조렸다.

"그럼 이 울분을 울음으로 해소하지 못한다면, 춤으로 승화해야 하나요? 뭐, 개다리 춤이라도 춰 드려?"

"누님 제발 그만."

울음인지 애원인지 모를 흐느낌이 진수의 입에서 흘러나왔다. 그녀의 팔을 부여잡으며 매달리는 꼴이 퍽이나 우스웠다. 고목나무의 매미 같달까.

하지만 그녀의 망가짐은 실현되지 못했다. 갑자기 뒤바뀐 주변의 분위기에 그곳에 있는 모두가 한곳을 응시했다. 정확히는 투명비닐로 된 포차의 입구를 바라봤다.

주홍 장막을 젖히고 미끈한 다리가 쑥 들어오더니 이내 훤칠한 이목구비의 도헌이 등장했다. 그가 들어서자 일제히 유진에게 쏠려 있던 사람들의 시선이 다른 곳으로 집중됐고, 자연히 수군거림도 멈췄다. 진수의 눈엔 날개 달린 천사로 보일 정도였다.

"혀, 형님!"

두 눈에 그렁그렁 눈물이 차올라 말을 잇지 못하는 진수를 가만히 바라보던 유진은 갑자기 속에서 무언가가 끓어넘치는 것을 느꼈다.

형님이라……. 형님이라……. 형님이라! 네 이놈! 잘 걸렸다!

"야 이 나쁜 놈아!"

"뭐?"

황당한 얼굴로 되묻는 도헌의 앞으로 성큼성큼 걸어간 유진은 이번엔 그의 코언저리에다 삿대질을 해 가며 호기롭게 소리치기 시작했다.

"네가 그러고도 프로냐? 프로야? 기한 하나도 제대로 못 지키는 놈이 무슨 작가를 한다고 설치고 있어! 그리고 네가 잘라 놓고 전화질은 왜 그렇게 해 대? 가는 마지막까지 네 뒤치다꺼리나 하라고 불러 젖히는 거냐? 이 천하의 개 싸가지야!"

"……하?"

어이없는 헛웃음을 짓는 도헌을 찢어 죽일 듯이 노려보던 유진은 급기야 바닥에 주저앉아 엉엉 울기 시작했다.

"내가…… 내가 얼마나 바라던 직장이었는데! 내 마지막 희망이었는데. 네가 뭔데 그걸 뺏어! 도로 내놔 이 비겁한 놈아! 으흐흐흑."

꿈과 현실의 냉정함을 깨닫고 좌절하고 있을 때였다. 아무것도 손에 잡히질 않고 아무것도 머리에 들어오지 않았다. 어려서부터 줄곧 한 가지의 꿈만을 보며 달려왔다. 그런데 능력의 한계에 부딪혀 포기를 결심했다. 상실감이 온몸과 마음을 무기력하게 짓눌러 의욕마저 없었다. 그런 그녀에게 번쩍이는 등불처럼 출판사의 입사 공고가 들어왔다. 그것도 무려 웹툰 팀에서.

마지막 남은 희망의 끈을 놓치고 싶지 않아 죽기 살기로 매달렸다. 서류의 점 하나까지 꼼꼼히 따져 가며 정성스레 이력서를 넣었고, 면접도 일주일 내내 준비해 실수하지 않으려 연습하고 또 연습했다.

나중에 안 사실이었지만 자신보다 훨씬 좋은 스펙의 지원자들을 떨어트리고 합격된, 정말 금싸라기 땅과 맞바꾸자고 해도 바꾸지 않을 소중한 직장이었다. 그것도 전부 기량의 의도였다는 것을 알고는 자신을 선택한 것에 대해 실망시키지 않으려 더욱더 열심히 노력했다. 하지만 전혀 예기치 않은 곳에서 복병을 만났다.

그 복병이 바로 눈앞에 있는 허여멀건 정체불명의 생명체였다. 피도 눈물도 없는 파충류과의 차가운 남자. 황홀경에 빠질 만큼 잘 생겼으나 과연 그에게 뜨거운 심장이 뛰고 있는지 의심스러울 정도로 냉정한. 한마디로 인간이 아닌 부류다.

유진은 이를 바드득 갈았다. 저 도마뱀 같은 인간에게 모든 걸 빼앗겼다 생각하니 저절로 피가 거꾸로 솟는 기분이었다. 그래, 그러고 보니 닮은 것도 같다. 언젠가 동물 관련 프로그램에서 봤던 아주 이상하게 생긴 파충류. 너무 징그럽고 뛰는 모습이 우스꽝스러워서 정떨어지던 그 생물이 딱 그와 맞아떨어졌다. 특히나 정떨어지도록 재수 없는 부분이.

"이 천하의 재수 없는 목도리도마뱀 같은 인간아!"

"하! 보자 보자 하니까."

팔짱을 끼며 그녀가 하는 양을 가만히 지켜보고 있던 도헌은 어이가 없는지 헛웃음을 흘렸다. 한껏 거만과 여유를 흘리며 진수가 앉아 있는 자리로 다가가자 그가 냉큼 일어나 의자를 권하며 머리를 조아렸다. 아무래도 도헌이 제 성질을 못 이겨 휙 가 버릴까 봐 안절부절못하는 눈치였다.

"죄송합니다. 죽여 주십쇼."

"넌 그렇잖아도 이미 내 손에 죽었어. 이게 어디서 하늘 같은 스승을 협박해? 네가 살고 싶은 마음이 아주 없어진 거지?"

"그렇지만 형님. 전 형님을 위해서……."

"시끄러. 내 약점 잡을 생각에 눈에 불을 켜고 찾았겠지. 네가 오로지 나만을 생각할 위인이냐?"

억울하다는 듯 하소연하는 진수를 죽일 듯 노려보며 윽박지르던 도헌은 어디선가 스멀스멀 기어 나오는 한기에 몸을 움찔 떨었다. 그러곤 그것의 진원지를 찾아 고개를 유진 쪽으로 돌렸다. 아니나 다를까 흙장난을 하는 아이처럼 철퍼덕 앉은 채로 눈물범벅이 된 그녀가 흡사 산송장의 모습으로 지켜보고 있었다. 곧이어 그녀의 입술을 비집고 유명한 대사가 튀어나올 것만 같다. '내 다리 내 놔…….'

"살고 싶지 않아서 제 발로 여기까지 기어 온 건 너 아니냐?"

도헌을 향해 되묻는 유진의 입에서 스산한 바람이 불어오는 것 같았다. 그녀는 또다시 그렁그렁 차오르는 눈물을 애써 삼키려 안 간힘을 쏟았다. 이렇게 앉은 채로 그를 올려 보고 있자니 자꾸만 욱하고 서러움이 밀려든다. 이 상황에서마저 그는 자신을 내려 보고 있었다. 한없이 거만한 자세로 말이다.

"이씨……. 내가 더러워서 진짜……."

목이 메여 더 이상 어떤 말도 할 수가 없었다. 꺼이꺼이 터져 나오는 울음에 숨조차 제대로 쉴 수가 없다. 그녀는 답답한 가슴을 주먹으로 내리치며 간헐적으로 숨을 토해 냈다. 그런 그녀를 가만히 내려 보던 도헌이 말했다.

"네가 오씨지 이씨냐? 여기서 이씨를 왜 찾아?"

"형님. 그건 좀……."

"뭐 인마? 너 아직 판결 안 났거든? 이게 몸 사려도 모자랄 판에 똥오줌 못 가려?"

"죄송합니다."

조용히 자신의 입에 지퍼 다는 시늉을 하는 진수를 매섭게 노려 보던 도헌이 유진을 향해 소리쳤다.

"이봐. 여기 앉지. 뭐 나야 땅바닥에 앉아 있어도 상관은 없지만 너무 사람들한테 피해 주는 거 아냐? 이곳 전세 낼 돈도 없잖아?"

"날 돈 한 푼 없는 백수로 만든 게 누군데?"

"그래. 그러니까 내가 책임지러 왔잖아."

뭐시라? 책임? 도헌의 '책임'이란 말에 가출한 정신이 초고속으로 돌아온 유진은 그 자리에서 벌떡 일어섰다. 어디선가 환한 빛 한 줄기가 섬광처럼 그의 머리 위로 떨어지는 것 같다.

"책임이라니……요?"

"일단 여기 앉아 봐. 이런 상태로 계속 얘기하긴 좀 그렇지 않아?"

"……넵."

의심스러운 눈으로 그를 바라보던 유진은 조용히 의자를 빼고 앉았다. 그리고 말이 이어질 그의 입술을 뚫어지게 바라봤다.

"내가 이 새벽에 여기 온 이유는……."

말끝을 흐린 도헌이 옆에 있는 진수를 슬쩍 곁눈질했다. 뭔가 말을 하려고 움찔거리다 이내 고개를 젓는 모습에 호기심이 일었다. 도대체 무슨 말을 하려고 저러시나. 가만히 그를 바라보고 있는데 진수에게 향했던 시선이 그녀에게 쏠리며 이내 붉은 입술이 달싹였다.

"내일부터 작업실로 출근하라고. 이래 봬도 사람 관리에 예민해서 직접 스카우트하러 온 거야."

"하지만……. 저번엔 거절……하셨잖아요."

"아, 그거."

피식 웃은 도헌은 잔뜩 움츠러든 유진을 바라봤다.

"무급 이야기에 발끈했던 거야. 보아하니 꽤 재능 있던데 자신의 재능을 그렇게 함부로 깎아내리지 마. 세상에서 제일 별 볼 일 없는 짓이니까."

유진은 갑자기 울컥하는 마음에 또다시 눈물을 흘렸다. 왠지 모르게 마음 한구석이 찌르르 아파 왔다.

그 누구에게도 듣지 못한 말을 그에게서 들었다. 아무도 자신에게 '재능이 있다.' 라는 희망찬 소리를 해 주지 않았다. 다들 그녀에겐 절망만을 안겨 줄 뿐, 꿈의 밑거름이 될 만한 소릴 하는 걸 극도로 꺼려했다. 기운과 용기를 북돋워 준다고 해서 돈이 들거나 책임지라고 드러눕지도 않을 텐데 말이다.

그런데 눈앞의 이 남자는 너무나 쉽게 모두가 어려워하는 이야길 툭 내던졌다. 더욱이 이런 곳에서, 이런 상황에 전혀 뜻밖의 이야기를 들어서인지 좀처럼 터진 눈물은 쉬이 멈춰지질 않았다. 그런 그녀의 모습을 난처하게 바라보던 도헌이 작게 웅얼거렸다.

"그리고 부탁인데 울지 좀 말아 줄래. 가능하다면 앞으로 쭈욱."

"네?"

"네가 우는 거, 별로야."

"별로……라니요?"

되묻는 유진의 얼굴이 금세 두근거림으로 붉어졌다. 이 사람 오늘따라 사람 굉장히 설레게 한다.

"네 우는 얼굴…… 뭔가를 자꾸 떠오르게 해."

"무슨 말인지……."

수줍게 말끝을 흐리는 유진을 심드렁하게 바라보던 도헌은 잠시 주저하다 이내 결심한 듯 몸을 살짝 앞으로 숙이며 소곤거렸다.

"찌그러진 개 밥그릇."

"······네?"

"닮았어. 아주 많이."

이, 이 인간이 진짜. 빠르게 두 눈을 깜박이는 유진의 얼굴이 아까와는 달리 시뻘겋게 달아올랐다. 그럼 그렇지. 설렘은 개뿔. 나 뭐 한 거니. 완전히 개 풀 뜯어 먹는 소리 하고 있었네.

오늘따라 유독 시련이 많은 그녀였다.

3화

　여름이 가장 싫은 이유는 무더운 더위도, 시끄럽게 울어 대는 매미의 소리도, 이상하게 들뜬 도시의 화려한 밤도 아니었다. 온몸을 무기력하게 짓눌러 버리는 긴 장마철의 묵직한 습기가 얼마 되지 않는 여름의 계절을 몸서리치도록 만들었다.

　그리고 유난히 미제 사건이 많이 발생하는 계절이기도 했다.

　사체의 훼손이 그 어느 때보다 심했고, 빨리 진행되어 버리는 부패 속도 때문에 증거물을 찾는 것에도 몇 배의 노력과 시간이 들었다. 부검을 해도 딱히 뾰족한 어떤 수가 나타난다거나 하는 일도 드물뿐더러 무더위로 인해 상승한 불쾌지수가 강력 범죄율을 끌어 올리는 데 꽤 많은 기여를 하고 있는 것도 컸다.

　잠복 수사마저 동료들의 땀내를 맡으며 버텨 내야 하는 게 가장 큰 곤욕일 정도였으니, 이 정도면 아예 여름이 없는 곳에 가서 살고 싶은 생각이 드는 건 당연한 걸지도 몰랐다.

강율은 역시나 숨이 턱턱 막히는 높은 습도에 짜증스레 하늘을 올려 봤다. 차라리 뜨겁게 내리쬐는 태양이 낫다 싶을 정도로 어두운 회색으로 물들어 있는 모습이 지금이라도 또다시 굵은 빗줄기를 쏟아 낼 것처럼 짙게 깔려 있었다.

"하……."

기분이라도 환기시키기 위해 깊은숨을 몰아쉬었다. 조금이나마 몸에 활력을 불어넣고자 갖은 수를 쓰고 있는 중이다. 하지만 축 처진 몸의 컨디션은 나아지질 않았다.

설레설레 젓는 고개 너머로 꽤 운치 있게 자리한 납골당이 시야에 들어왔다. 숨 막히도록 짙푸른 녹음 사이에 서 있는 모습이 시원해 보였다. 하지만 어디까지나 시각적인 효과일 뿐이었다. 희뿌연 습기가 안개처럼 나무 사이를 가르고 휘감겨 있는 모습에 또다시 답답한 피로가 몰려오는 기분이었다.

"언제쯤 끝나려나……."

혼잣말을 웅얼거리며 힘겹게 발걸음을 옮겼다. 생각보다 가파르게 경사진 길에 이미 온몸은 땀으로 흥건히 젖어 있었다. 예전 같으면 당연히 차를 타고 왔겠지만 오늘은 그냥 걷기로 했다. 이상하게도 며칠째 계속되는 악몽으로 멍하니 생각할 시간이 필요했기 때문이다. 언제까지 이런 나날들이 계속될진 모르지만, 수년 내에 끝나리라곤 생각하지 않았다.

이런저런 생각에 잠겨 있는 사이, 강율은 목적지에 다다랐다. 정문을 지나 투명한 유리문을 열고 들어가니 지상 낙원처럼 시원한 에어컨의 냉풍이 그를 맞아들였다. 저절로 가벼워지는 몸의 무게에 발걸음엔 활력이 깃들었다.

커다란 로비의 중앙엔 여러 유명 인사들이 자리하고 있었다. 당대를 뒤흔들었던 스타부터 언론사별로 떠들썩하게 실려 대던 정치인들까지, 저마다의 사연이 환하게 웃는 사진 속 너머에 뿌리 깊게 자리하고 있었다. 화려하게 금장으로 장식되어 가장 눈에 띄고, 가장 먼저 감탄이 터져 나오는 광경이었지만, 회색빛 한 줌의 재라는 건 여기 있는 이름 모를 사람들과 별반 다르지 않았다.

의미 없는 시선으로 그것들을 훑던 강율은 문득 그런 생각이 들었다. 과연 저들도 자신들이 이렇게 조그만 공간에 한 줌의 재로 남아 버릴 것이란 걸 알고 있었을까. 천하를 호령하듯 시대를 좌지우지했던 그들의 말로라기엔 조금은 덧없어 보이는 모습에 씁쓸한 미소가 드리웠다.

로비는 정중앙에서 훑어보면 모든 풍광들이 한눈에 보일 수 있도록 복층으로 설계가 되어 있었다. 그러나 그는 이런 구조 때문에 이곳에 오기가 조금, 꺼려졌다. 그저 조용히 모습만 보고 오고 싶었으나, 이곳에선 숨겨진 공간이라곤 찾아볼 수 없었다.

누구에게도 의심받을 만한 상황이 만들어지지 않기를 바라는 마음이 컸지만, 이곳까지 자신의 동료가 수사를 나오는 일이 없기를 바라며 발걸음을 할 수밖에 없었다. 자꾸만 끼어드는 상념을 털어 버리기 위해서라도 그는 이곳을 찾아야만 했기 때문이다.

어딜 가나 형사는 있다. 그러나 자신의 죄를 인정하지 않고 자살로 생을 마감해 버린 용의자를 따로 찾아가는 형사는 드물 것이다.

강율은 천천히 계단을 올랐다. 그러곤 가장 구석진 자리로 성큼성큼 걸어갔다. 화려한 꽃들과 여러 장의 사진들로 꾸며져 있는 다른 사람들과는 달리 무표정한 사진 한 장이 전부인 그곳에 시선이 닿자 차분하던 눈동자가 경련이 일듯 가늘게 요동쳤다.

"잘…… 있었냐?"

사진에서조차 그는 웃고 있지 않았다. 뭔가 서글픈 눈으로 앞만을 직시하고 있을 뿐이었다. 강율은 조용히 한 뼘 남짓한 공간을 눈으로 매만졌다. 매끈한 도자기 위의 '이창수'란 이름을 아리도록 훑고, 또 훑었다.

근래 들어 자꾸만 그가 꿈에 나온다. 원망 어린 시선으로 자신을 바라보는 그 얼굴에 서린 기묘한 감정이 온 사고를 마비시키는 것만 같다. 무어라 웅얼거리는 입술은 검게 물들고 그 속에서 썩어 버린 액체가 쏟아져 나왔다. 눈에 서린 핏발은 붉은 피가 아닌 시커먼 먹물을 토해 대며 간절히 갈망의 시선을 보내왔다.

그것이 삶에 대한 애착이었는지, 못 이룬 사랑에 대한 집착이었는지는 모르겠지만, 계속해서 같은 모습으로 나타나는 그로 인해 강율은 점점 초췌하게 말라 가고 있었다.

무엇인가 잘못 돌아가고 있다.

누군가 맞물려 돌아가는 태엽에 조그만 이물질을 밀어 넣고 있는 기분. 자신에게 알 수 없는 공포가 스멀스멀 다가오고 있는 듯한 묘한 느낌 앞에 점점 더 신경이 날카로워지고 있었다.

나에게 향한 위협을 감지하지 못하고 넋 놓고 있을 수밖에 없는 상황이, 반복되고 있는 하루하루가, 일주일이…… 피 말리는 고통 속에서 허우적거리는 자신에게 책망의 시선을 보내는 것 같았다.

피곤에 절은 몸을 벽에 기댄 몰골이 상당히 지쳐 있었다. 이런 무능한 감각을 또다시 느끼게 되다니……. 적잖은 혼란이 서린 얼굴을 거칠게 마른세수하며 애써 불안을 털어 내 보지만, 다시금 시선을 돌려 창수의 사진을 바라보는 눈동자는 끊임없이 흔들리고 있었다.

□ ◆ □

오전부터 흐릿했던 날씨는 오후가 되어서도 맑게 개지 않았다. 유난히 우중충한 날씨 탓에 기분까지 가라앉을 법도 하건만, 콧노래까지 흥얼거리며 원고를 채색하고 있는 유진에겐 회색빛 하늘마저도 아름다워 보였다.

무채색이었던 원고가 자신의 손길이 더해질 때마다 화려한 색을 입고 있었다. 남들이 보면 그저 단순한 작업일지 몰라도 그녀에겐 남다른 일이었다. 일하다 말고 쪼르르 도헌에게 다가가 이곳엔 이런 색은 어떨지, 명암은 어느 정도가 좋을지, 원고의 전체적인 색감을 이렇게 하면 어떨지…….

끊임없이 의견을 제시하며 열의를 불태우는 그녀는 누가 봐도 행복에 젖어 있었다. 천천히 자신에게로 다가오는 도헌을 알아차리지 못할 정도로 말이다.

"음……. 간지가 너무 많이 들어간 것 같지 않아?"

"아, 깜짝이야. 언제부터 거기 있었어요?"

"방금 전부터."

"그랬구나……. 너무 많아요?"

"응. 누가 보면 흑발이 아니라 백발노인인 줄 알겠어."

"그 정돈 아니다."

"어차피 식자 들어가면 말풍선에 반 이상은 가려져. 그러니까 너무 간지에 열 올리지 말고 표정에 명암 넣는 걸 더 신경 써 줘. 중요한 컷이니까."

"네. 그럴게요."

"그리고……."

유진은 모니터에 고정되어 있던 시선을 들어 자신을 뚫어지게 바라보며 말끝을 흐리는 도헌을 가만히 올려다봤다. 무슨 말을 하려고 저렇게 뜸을 들일까. 왠지 저러고 있으니 더 궁금했다.

"이 원고부터 네 이름도 올라가."

"진짜요?"

너무 놀라 그 자리에서 벌떡 일어선 그녀를 당황한 얼굴로 바라보던 도헌이 나직하게 웅얼거렸다.

"뭘 그렇게 놀라. 당연한 거 아니야?"

"전 보조 역할이라 생각도 안 하고 있었거든요."

"보조는 무슨. 진수나 너나 똑같은 어시인데. 그런데 작업은 거의 끝나 가지?"

모니터를 빠르게 훑어 내리는 그를 향해 유진은 의아한 얼굴로 되물었다.

"네. 거의요."

"그럼 나랑 어디 좀 같이 가자."

"어딜요?"

"자료 조사."

에엥? 놀란 토끼 눈이 된 유진은 멍하니 도헌을 올려 봤다. 그런 그녀를 불쾌한 얼굴로 바라보던 도헌이 눈썹을 긁적거리며 입을 달싹였다.

"아까부터 자꾸 이상한 얼굴로 보는데 뭐야 대체?"

"솔직히 프로 작가들이 자료 조사 하는 거 굉장히 궁금했거든요. 특히나 이런 범죄물이요. 그런데 작가님은 유달리 성격 더럽기로 유명하잖아요. 지금까지 자료 조사도 혼자서 해 왔고요. 그러니까 이상하게 보는 게 당연하죠."

아차. 유진은 순간적으로 자신의 입을 가렸다. 너무나 당연하게 사실을 내뱉어 버렸다. 제일 궁금했던 일에 대한 궁금증을 의외로 쉽게 풀어 버릴 기회가 찾아왔는데, 한순간의 실수로 날려 버리게 생겼다. 그녀는 맹한 자신의 머리를 원망하며 입술을 잘근 깨물었다. 그리고 뒤이어 들리는 도헌의 음성에 자책으로 숙였던 머리를 들어 그와 시선을 맞췄다.

"성격이 더럽다……."

"아, 그, 그게."

"뭐. 맞는 말이긴 하지."

"화……나셨어요?"

"아니. 전혀. 그보다 어서 마무리하고 나갈 준비 해."

"넵! 알겠습니다!"

의외로 쉽게 넘어가는 그를 보며 유진은 가슴을 쓸어내렸다. 작게 숨을 고른 그녀는 간단한 필기구를 챙기며 저도 모르게 흘러나오는 콧노래를 흥얼거렸다. 요즘 들어 이상하게 자신이 원하는 쪽으로 일이 풀려 가는 것만 같았다. 나쁜 일과 좋은 일은 한꺼번에 몰아서 온다고 하더니, 이제 나쁜 일은 끝이고 좋은 일만 오려나 보다.

생각할수록 기분이 좋은 그녀는 자꾸만 헤벌쭉 벌어지려는 입매를 고치느라 한동안 애를 먹어야 했다.

일본 가요가 조그맣게 흐르는 테이블 위, 오렌지빛의 조명 아래에 앉아 바라보는 창밖의 경치는 생각보다 운치 있었다. 꼭 자신도 붉은빛들과 함께 청명한 하늘에 녹아드는 느낌이랄까.

하얀 구름이 주홍빛으로 부서지고 푸르던 하늘은 벌겋게 타들어 간다. 아침저녁으로 선선해진 바람이, 그리고 붉게 타들어 가는 노을이, 이제 서서히 계절이 변해 가고 있음을 단적으로 보여 주고 있었다.

유진은 따뜻한 사케 잔을 만지작거리며, 앞에 앉은 사내에게 시선을 던졌다.

위로 휘어져 부드러운 곡선을 그리고 있는 입매는 힘들이지 않아도 차분한 미소를 그리고 있었다. 연한 갈색빛 눈동자와 어울리는 조금은 붉은 계열의 머리색도 하얀 피부와 잘 어울렸다. 아래로 처진 눈꼬리가 선한 인상을 더욱 유하게 풀어 버리는 듯하다. 방금 전 들었던 형사라는 직업이 어울리지 않는 대체적으로 유들유들한 인상이었다. 영화나, 드라마에서 봐 오던 우락부락하게 획일화된 형사의 모습과는 많은 차이가 있었다.

그러나 한 가지, 전체적으로 세련된 이미지와는 대조되는 쓸쓸함을 풍기는 곳이 있었다. 그 부분이 어색하게 빛나고 있어 아까부터 계속 신경이 쓰였다. 뭐라 단정 짓기는 힘들었지만 각도에 따라 갈색으로, 아니면 옅은 다홍빛으로도 보이는 그의 눈동자가 신비스럽다 못해, 조금은 소름 끼쳤다.

눈빛만으로 상대를 강압적으로 묶어 버릴 수 있는……. 그것 때문에 형사가 아닌 다른 직업은 상상도 되지 않는 뭔가가 그의 속에 있었다.

잔을 들어 따뜻한 사케를 한 모금 마셨다. 아직은 더운 날씨임에도 속이 노곤하게 풀어지는 느낌이었다. 유진은 저도 모르게 편안한 미소를 그리며 잔에 담긴 투명한 파장을 바라봤다. 그러나 도헌은 이런 그녀의 모습이 석연치 않은지 아까부터 뚱한 얼굴로 강율과 유진을 번갈아 바라보며 입을 씰룩거렸다.

"뭘 그렇게 빤히 쳐다봐?"

그의 물음에 그녀의 고개가 갸웃거렸다.

"강력계 형사라고 하셔서 되게 조폭 같을 줄 알았는데 의외여서요."

"조……폭……."

예상치 못한 대답에 당황한 도헌의 얼굴 뒤로 강율이 크게 웃어 젖혔다.

"칭찬으로 듣겠습니다."

호탕한 강율의 웃음에 멋쩍은 듯 옅게 웃던 유진이 말했다.

"언짢으셨다면 죄송해요."

"아니요. 전혀요. 예상과는 달리 잘생겼다는 말 아니었나요?"

"네. 제가 선입견이 있었나 봐요. 솔직히 조금 놀랐거든요."

다시금 잔을 들어 홀짝이는 유진을 바라보던 강율이 뚱하게 앉아 있는 도헌에게 넌지시 시선을 던지며 입을 달싹였다.

"이놈하고는…… 같은 일을 하시는 건가요?"

"네. 정확히 말하자면 작가님이 저의 고용주죠. 전 바싹 엎드려 일하는 개미고요."

"이놈 밑에서 버틴 건 진수 하나뿐인데. 괜찮으시겠어요?"

"뭐. 잡아드시지만 않는다면 죽을 때까지 버틸 생각이에요."

"뼈까지 씹어 먹을 인간입니다. 부디 평안한 앞날을 위해 제가 한 잔 따르겠습니다."

흔쾌히 강율의 제안을 수락한 유진은 가득 찬 자신의 잔을 들어 그의 잔으로 가져갔다. 허공에 잔과 잔이 부딪치는 청량한 소리가 차올랐다. 모든 액운이 날아가 버릴 것만 같은 울림에 입가에 미소가 감돌았지만, 둘의 모습을 말없이 바라보고 있던 도헌은 미간을 구기며 신경질적으로 자신의 앞머리를 헝클었다.

"뭔가 착각을 하는 거 같은데, 여기 놀러 온 거 아니야. 가져온 자료나 꺼내 봐."

도헌의 투정에 강율은 테이블에 잔을 내려놓곤 그를 향해 혀를 찼다.

"재미없는 놈."

그가 옆에 놓인 가방에서 황색 파일을 꺼내 들었다. 그것을 발견한 유진의 눈에 호기심이 어른거렸다. 늘 도헌의 자리에 꽂혀 있던 수많은 자료집과 같은 모습이다. 펼쳐 보고는 싶었으나, 그에 따른 용기도 없었고, 자칫 실례가 될 수도 있다는 생각이 늘 행동보다 앞선 마음을 다독였다.

과연 저 안엔 뭐가 들어 있을까. 형사들만이 본다는 서류가 보고서처럼 정돈되어 있을까? 아니면 법의관이 작성한 부검에 관련된 서류가 꽂혀 있을까. 그것도 아니라면 혹시……. 생각에 잠긴 그녀의 입매가 긴장으로 경직되었다. 가장 어울릴 법하면서도 실제로 그런 장면들을 본다면 적잖이 충격을 받을 것 같았기 때문이다.

그러나 이런 행동들이 우습다는 듯 도헌이 아무렇지 않게 열어젖힌 파일 속 내용물은 가장 보고 싶지 않았던 사체들의 사진으로 가득했다. 현장을 자세하게 찍은 사진들이 주를 이뤘지만 그래도 가장 많은 내용물을 차지하는 건 생기를 잃은 나체의 사진이었다.

커다래진 눈 속에 수많은 떨림이 자리했다. 그와 동시에 그녀의 벌어진 입에서 격한 신음이 터져 나왔다.

"흡!"

갑작스러운 그녀의 반응에 놀란 도헌이 서둘러 파일들을 갈무리해 자신의 가방에 집어넣었다. 얼굴에 서린 낭패감이 미처 배려하지 못했다는 자괴감으로 순식간에 뒤바뀌어 버린다. 긴장으로 굳어진 그녀의 어깨에 손을 올리며 안색을 살피는 미간이 후회로 일그러졌다.

 "미안. 괜찮아?"

 "아…… 네……. 죄송해요. 그런 건 처음 봐서. 본의 아니게 놀랐어요."

 "아니야. 내가 미처 생각을 못 했어. 미안."

 도헌은 나직이 한숨을 내쉬었다. 그러곤 한쪽 눈썹을 치켜올리고 이 상황을 의아하게 바라보고 있던 강율에게 고개를 들었다.

 "모든 내용은 자세하게 적힌 거 맞지?"

 "응. 한두 번 한 것도 아니고……."

 한동안 강율의 시선이 유진과 도헌에게 머물렀다. 그의 동물적 감각이 뭔가가 변했음을 인지하는 것 같았지만, 어디까지나 미묘한 심중에 불과할 뿐이었다. 그는 이내 자신의 얼굴에서 떨떠름함을 지웠다. 그러곤 도헌을 바라보며 의자 등받이에 몸을 묻었다.

 "간략하게 설명하자면, 인도가 없는 도롯가에서 여성의 사체가 발견됐어. 그런데 옷이 모두 벗겨진 상태인 데다 깨끗하게 씻겨 있고, 손톱과 발톱도 전부 뽑혀 있어서 증거가 남아 있지 않아. 이상한 점은 손발이 묶여 있었다는 것. 하지만 그것 말고는 타살의 흔적을 찾을 수가 없어."

 강율의 이야기가 끝나자 도헌의 미간이 거칠게 구겨졌다.

 "혹시, 모방 범죄인 거야?"

 그의 말에 작게 고개를 끄덕인 강율은 천천히 몸을 일으켜 테이

113

블에 가까이 다가갔다. 그러곤 한껏 낮아진 톤으로 말을 이었다.

"이는 뽑히지 않았고, 특이하게도 손발을 리본으로 묶던 방식이 노끈으로 대충 묶여 있어 십 년 전 그림자 사건하곤 조금의 차이가 있어. 적어도 진범이었다면 노끈을 쓰지 않았겠지. 스카프나 피해자의 소지품 들 중 하나를 썼을 테니까. 그래서 같은 용의자가 아닌 모방 범죄로 추정하고 있는 상태고."

"이가 뽑히지 않았다면……."

말끝을 흐리는 그를 보던 강율이 힘없이 미소 지었다.

"그 생각이 맞아. 사람은 위기의 상황이 되면 자연히 없던 힘도 생기게 되지. 그렇게 되면 몸싸움은 피할 수 없게 되고. 이번에도 치아 사이에서 사람의 표피가 발견됐어. 내일 중으로 DNA 분석 결과가 나올 거야."

"의외로 쉽게 풀려 가서 다행이네."

피곤한 눈가를 엄지로 누르며 도헌이 나직이 읊조렸다. 그러곤 이내 떨어지지 않는 입술을 억지로 혀로 축이며 조금은 날카로운 눈을 들어, 강율을 바라봤다.

"형. 혹시……. 이창수가 죽었을 때 직접 눈으로 확인한 거 맞아?"

"응. 사체를 직접 봤으니까."

그의 덤덤한 대답에 도헌의 얼굴 위로 헛웃음이 실렸다.

"장례까지 치르는 걸 봤어? 예를 들어 화장하는 모습이라든지."

도헌의 물음에 강율은 작게 고개를 저었다.

"아니. 그 당시 신입 형사였고, 어리숙했기 때문에 다른 사건만으로도 정신이 없었어. 그래서 가족에게 인계를 했고, 그 뒤론 따로 확인해 본 사항은 없다."

"……그래."

왠지 쓸쓸한 도헌의 미소를 바라보며 유진은 잠시 생각에 잠겼다. 깊은 곳에서 뻗어 나오는 공허감이 허탈했다. 실체를 알 수 없는 그 무엇에 집착하는 모습이 애처로울 정도로 가여웠다. 도대체 무엇이 그의 심장을 아리게 내리누르고 있는 걸까. 이토록 무겁게. 이토록 서글프게. 이토록 잔인하게…….

무어라 단정 지을 수 없는 짙은 허무가 오늘따라 애달팠다.

아까완 달리 돌아가는 차 안은 고요했다. 저마다의 생각들로 복잡한 머릿속과는 다르게 표정은 태연하기만 하다.

유진은 의미 없는 시선을 길가에 던지다 문득 몸을 일으켜 운전 중인 도헌을 바라봤다. 처음에 봤던 짙은 상실감이 어깨 너머로 흐르는 느낌이었다.

궁금했다. 이 일을 시작하게 된 계기가.

처음엔 만화를 전공하지 않은 그가, 갑자기 어디선가 웹툰 작가로 나타난 것이 의아했다. 물론 유명한 작가들 중에 만화를 전공하지 않은 사람은 많았으니까 그런 경우라고 생각했지만, 정작 궁금했던 건 따로 있었다. 왜 실화를 바탕으로 한 강력 범죄물을 그렸는지.

소재는 무궁무진하다. 길 가다 넘어져도 번뜩이는 아이디어로 그것을 만화화할 수도 있고, 삶의 애환을 원고에 그려 넣을 수도 있었다. 하지만 범죄물은 달랐다. 일반인이 접근하기 어려운 부분도 많았고, 표현해 내는 한계 또한 보통의 스토리물보다 컸다. 어디서부터 어디까지의 범죄 방식을 설명할지도 난제였으며, 대부분들이 '미궁에 빠졌다.' 라는 가정하에 용의자를 유추해 내는 것이기 때문에 억측이나 타인에게 누명도 씌울 수 있는 문제가 있었다.

하지만 그는 수많은 난관을 헤치고 여기까지 왔다. 그것도 실제 형사의 도움을 받아서 말이다. 어떤 식으로 자료 조사가 이루어지는지 궁금했지만, 차마 묻지 못했었다. 그러나 의외의 인맥을 오늘 보게 되었고, 예상보다 많은 인력이 그를 뒷받침해 주고 있다는 걸 알게 되었다.

특히나 미제로 남아 버린 사건은 서에서도 꺼리는 경우가 많아, 그들의 협조를 바라긴 어려울 것이란 예상을 단박에 뒤집어 버리는 하루였다.

그래서 더 궁금해졌다. 왜 이렇게까지 해서 만화를 그리는지…….

처음부터 만화를 전공했던 사람이라면 충분히 가능할 수도 있겠다, 라는 생각이 들었겠지만 도헌은 달랐다. 그는 형사 쪽과 가까운 일을 하지도 않았을뿐더러 만화는 예상하기도 힘든 공업 계열을 전공했다. 그런 그가 어느 날 갑자기 '숨겨진 진실'이라는 웹툰을 들고 나왔고, 사회적으로 큰 파장을 불러일으켰다. '그가 그리면 미제 사건도 해결된다.'라는 소문까지 돌았을 정도이니 처음의 충격은 생각보다 컸으리라.

유진은 도헌을 바라보며 입을 오물거렸다. 조금이나마 그에 대해서 알고 싶었다. 단순한 호기심인지 그 무엇을 뛰어넘는 어떤 감각 같은 건지……. 이상하게 그와 연관된 것들이 하나씩 궁금해지고 있었다.

"방금 그 소재로 세이브 원고 그리시는 거예요?"

"응."

"해결된 사건도 아닌데 어떻게 그리시려고요?"

"형 말대로라면 금방 밝혀질 것도 같아. 안 밝혀지면 그런대로 하면 되는 거고."

"왜……."

왜 그렇게까지 해서 이 일을 하는 건지 묻고 싶었다. 하지만 어딘가 아련히 그 무엇을 더듬는 듯한 그의 눈에 더 이상 말이 나오지 않았다. 결국 작게 숨을 고른 그녀는 천천히 말을 이었다.

"만약 영원히 범인이 밝혀지지 않으면요? 그땐 어떻게 되는 거예요?"

"내가 형사가 아니니 사건이 영원히 미제로 끝난다 해도 별수는 없겠지. 그렇지만 공소시효까지 범인을 색출해 낼 수 있게 모든 의문점을 원고에 그리는 게 내 일이 아닐까."

그가 말끝에 나직이 웃는다. 하지만 힘이 없었다. 그의 웃음에 담긴 감정의 무게가 전혀 느껴지질 않았다. 단순한 착각일 수도 있겠지만 어딘지 모르게 그는 많이 지쳐 보였다. 육체적으로나, 감정적으로나…….

유진은 작게 고개를 끄덕이며 다시 창밖으로 고개를 돌렸다. 그런데 그때였다. 발밑에서 뭔가가 바스락거리는 게 느껴졌다.

"어?"

허리를 숙여 얇은 무언가를 집어 드니 어떤 사진이었다. 고개를 갸웃거리며 뒤집어 봤다. 거기엔 '김나리'라는 작은 메모가 쓰여 있었고, 다시 제대로 사진을 살펴보자 어딘지 이상한 형태의 나체가 찍혀 있었다.

검게 일렁이는 머리칼이 푸른 잔디밭 위에 가지런히 펼쳐져 있었다. 풍만한 가슴을 지나 배꼽 아래에 위치한 리본 사이엔 핏기 없는 두 손이 묶여 있고, 구부린 무릎 사이에 자리한 두 발은 검붉은 매니큐어가 칠해져 있는 것 같았다. 새하얗게 말라 버린 입술엔 밝은 빨간색의 립스틱이 칠해져 있어 피부가 더욱 창백해 보였으며, 한곳을 응시한 채 뒤집어진 두 눈 사이로 경악에 찬 공포가 고스란히 담겨 있었다.

사진이 덜덜 떨렸다. 아니, 유진의 손이 떨리고 있다고 해야 맞는 말일 것이다. 아무런 소리도 내지 못하고 거친 숨만 몰아쉬자, 앞만을 응시하고 있던 도헌이 고개를 돌렸다.

"무슨……!"

그녀의 손에 들린 사진을 발견한 그는 서둘러 갓길에 차를 세우곤 그것을 뺏어 버렸다.

"어디서 났어?"

"여, 여기 바, 바닥에……."

"젠장."

도헌은 저도 모르게 튀어나온 욕지거리를 씹어뱉으며 핸들을 거칠게 내려쳤다.

"그냥 잊어. 잊어버려."

어색한 기류가 차 안에 맴돌았다. 쉽게 잊힐 만한 일도 아니고, 그렇다고 잊지 않기엔 힘든 그 사진을 발견한 뒤로는 도헌과 어떤 말도 주고받지 않았다. 그렇게 서로 다른 곳만을 바라보고 있는 사이, 차는 어느새 유진의 오피스텔 앞에 도착했다.

도헌은 어느새 어둠에 잠긴 하늘을 물끄러미 올려 봤다. 그러곤 유진을 향해 고개를 돌렸다.

"오늘 수고 많았어."

의외로 평온한 목소리가 허공으로 흩어졌다. 그에게서 어떤 말이 나올까 궁금했던 그녀로서는 조금은 힘이 빠질지도 모를 만큼 덤덤한 울림이었다. 유진은 아직 충격의 여파가 가시지 않은 눈으로 그것들을 애써 털어 내려 작게 미소 지었다.

"네. 감사했어요. 새로운 것들도 알려 주시고."

"그래. 내일 작업실에서 보자."

천천히 조수석의 문을 열고 차에서 내렸다. 뒤이어 건물을 향해 발걸음을 옮겼다. 조금은 어색한 발걸음. 누군가가 내 뒷모습을 바라보고 있다고 생각하니 익숙하던 모든 행동들이 부자연스럽게 느껴졌다.

느릿한 몸짓으로 유리문을 밀었다. 그와 동시에 등 뒤에서 도헌의 목소리가 조심스럽게 울렸다.

"저……. 오늘은 그냥 작업실로 가지 않을래?"

돌아보니 그는 여전히 운전석 창문에 팔을 하나 걸치고 있는 모습 그대로였다. 연약한 자동차 계기판의 불빛이 가라앉은 남자의 얼굴을 더듬고 있었다.

표정이 가려지거나 뭔가를 숨기는 기색은 없었다. 그럼에도 유진은 혼란스러웠다. 의중이 읽히지 않아서, 갑자기 들이닥치는 불안감이 어색해서. 그의 무표정에 가까운 얼굴도 방금 전과 같았고, 고저 없는 목소리 또한 마찬가지였다. 하지만 분명 방금과는 다른 무엇이 새로이 생겨 있었다.

"네?"

되묻는 유진의 얼굴에 여러 감정이 뒤엉켰다. 그런 그녀의 모습을 난감하게 보던 그가 머리를 긁적이며 우물거렸다.

"미안한 얘기지만 이번 달 마감에 맞추려면 진수하고 아침에 잠깐 배턴 터치를 해 줘야 할 것 같아서."

"아……. 네, 뭐. 상관없어요."

"고마워."

유진은 서둘러 다시 그의 차에 올랐다. 어딘지 모르게 경직된 그의 옆모습을 훑어봤지만 딱히 이상한 점은 찾지 못했다. 뭐지? 이상한 예감에 눈이 가늘어졌다. 순식간에 부드럽던 그의 주위로 날카로운 파장이 느껴지고 있었다.

이곳에 뭔가가 있다.

미세하게 떨리는 도헌의 손끝을 바라보며 생각했다. 분명 갑작스레 분위기를 바꾸어 놓은 어떤 것이 있다는 것을. 자꾸만 백미러로 어딘가를 확인하는 행동에 긴장이 묻어나는 것 같았다.

유진은 그의 시선을 따라 뒤를 돌아봤다. 하지만 그곳엔 휑하니 자신의 오피스텔이 서 있을 뿐 별다른 것은 없었다. 다만, 지금 살고 있는 3층 계단의 센서등이 깜빡이고 있다는 것을 빼고는 말이다.

떨떠름함을 감추지 못한 얼굴이 굳어졌지만, 그것을 내비치지는 않았다. 오늘은 다른 것을 생각하기에도 이미 충분히 벅찼기 때문이다. 천천히 눈을 감는 유진의 얼굴이 조금은 지쳐 보였다.

□ ◆ □

그저 멍하니 앉아 있다. 머릿속은 한순간에 모든 것이 사라져 버린 듯 아무런 생각도, 감정도, 기분조차도 담겨 있지 않았다. 세상이 고요해지고 귓가에선 조그만 울림도 전해지지 않는다. 시끌시끌한 공간 속에 살다 혼자 덩그러니 남아 버린 것처럼.

의미 없이 책상 위 스탠드에 올려진 손가락은 전원 버튼에 닿았다 떨어졌다를 반복하고 있었다. 그럴 때마다 주변은 환해지다가도 금세 칠흑 같은 암전의 형태로 뒤바뀌었다. 반복되는 빛과 어둠 속에 시야는 점점 혼탁해졌다. 아무것도 구별해 낼 수 없고, 어떤 것도 선명하게 보이질 않았다. 마치 현재의 자신을 바라보고 있는 기분이었다.

도헌은 차분하게 숨을 골랐다. 요즘 들어 너무 혼란스럽다. 자신의 생각대로라면 죽었던 사람이 살아 돌아오고, 뜻 모를 살의에 쫓기고 있다는 가정이 맞았다. 그렇지만 현실의 잣대를 들이민다면 그것은 얼토당토않은 이야기에 불과했다. 절대로 일어날 수 없는…… 빈번히 죽은 사람이 살아 돌아오는 호러 영화의 흔한 소재가 아니라면 말이다.

하지만……. 무언가에 쫓기고 있다는 직감은 결코 부정할 수가 없었다. 누군가의 감시를 계속 받고 있었고, 실제로 그것을 눈으로 확인을 했다. 정체 모를 그 무엇인가가 분명, 자신과 유진의 주변을 배회하고 있었다. 방금 전, 그녀의 오피스텔 복도에서 발견한 어두운 그림자만 하더라도 심증을 굳건히 굳힐 만한 증거로 충분했다.

도대체 무엇일까. 짙은 한숨과 함께 눈이 질끈 감겼다. 아무리 지금 돌아가고 있는 현실을 직시하려고 해도 부연 장막에 가려 제대로 보고 있지 못하는 느낌이었다. 주변에 어떤 일들이 일어나고 있는 것인지 알아내야만 한다. 하지만 깊은 생각을 해 보려 해도 딱히 집중이 되질 않았다.

한숨과 함께 천천히 감았던 눈을 떴다. 그러고 나서 갑작스레 맞닥뜨린 허여멀건 물체에 저도 모르게 거칠게 비명을 내질렀다.

"악! 너, 뭐, 뭐야!"

도헌이 소스라치게 놀라는 모습에 만족했는지 진수의 입가에 진한 여운이 남는 미소가 걸렸다.

"작가님. 클럽이 가고 싶으면 그렇다고 말을 하죠. 제가 물 좋은 데 빠삭하게 꿰고 있는데."

"생뚱맞게 무슨 소리야?"

"몽환적인 분위기에 취하고 싶었던 거 아니에요? 그러니까 애먼 스탠드를 껐다 켰다 하는 거잖아요. 그 마음 알아요. 스트레스 푸는 덴 그만한 곳이 없죠. 암요."

고개를 끄덕이며 격하게 공감하는 진수의 얼굴을 뚫어지게 응시했다. 화가 났다거나, 어이가 없어서는 아니었다. 평소에 봐 오던 표정들이 어딘지 모르게 어색했기 때문이다. 도헌은 천천히 진수의 얼굴을 살펴봤다. 그러곤 미간을 구겼다.

"너, 얼굴이 왜 그래?"

"얼굴요? 왜요? 더 잘생겨졌어요?"

"그게 아니고. 왜 멍투성이야? 무슨 일 있었어?"

"아……. 뭐, 남자가 살다 보면 주먹다짐도 하고, 불의를 보면 참지 못하기도 하고, 그런 거죠."

"네가 불의를 보면 참지 못할 스타일은 아니잖아. 그렇다고 사람들하고 치고받고 할 스타일도 아니고."

도헌의 대답에 진수는 멍하니 그의 얼굴을 바라봤다. 그러곤 손으로 눈가를 훔치며 작게 고개를 끄덕였다.

"그렇게까지 저에 대해 많이 알고 계셨어요? 난 또. 날 꿔다 놓은 보릿자루로 생각하고 있는 줄 알았는데. 이거, 완전 감동인데요?"

"장난 그만 쳐라."

악다문 잇새로 한껏 가라앉은 목소리가 흘러나왔다. 그의 심상치 않은 기운에 진수도 별수 없다 생각했는지 이내 장난기 어린 표정을 지우곤 허공에 손을 휘휘 내저었다.

"그냥. 친구들하고 다툼이 있었어요. 솔직히 제 잘못은 아니었고, 그냥 친구가 관심 있는 여자가 있었는데 걘 제가 더 좋다나 봐요. 그래서 술김에 저한테 화풀이를 한 거였고요. 그 상황에 좀 맞아 줘야죠. 그렇게 해서 그 녀석 마음이 풀린다면야……."

"너도 참, 성격 좋다. 그렇다고 그걸 맞고 앉아 있냐? 그러면서 또 뭘 좋다고 웃어?"

"그럼 어째요. 울까요?"

"됐다."

신경이 좀 날카로웠나 보다. 진수의 엉망인 얼굴을 보자 순간적으로 가슴이 덜컥 내려앉았다. 혹시나…… 그에게까지 자신으로 인해 나쁜 쪽으로 영향을 미쳤을까 봐.

계속 주변을 배회하는 그림자의 존재가 문득 떠오른 건 단순한 신경과민이었을 뿐이라고 생각하기로 했다. 아직 그에게까지는 나타나지 않은 것 같았다. 지금이라도 미리 일러두는 게 좋을 것 같단 예감에 도헌은 진수를 향해 고개를 들었다.

"혹시…… 이상한 사람이 따라붙는다면 지체 말고 경찰서를 가든지 사람이 많은 곳으로 자리를 옮기든지 해. 알았어?"

"제가 어린애예요?"

"응."

"진짜 너무하시네. 저 이래 봬도 19금과 관련된 모든 사항을 마스터한 몸이거든요?"

"그거부터가 애라는 증거야."

"아, 형!"

"쏩! 작가님. 아직 업무 시간이다."

"이건 노예예요, 노예. 지금 시간이 몇 신데요? 새벽 2시 39분을 향해 가고 있습니다. 존경하는 작. 가. 님."

"그게 뭐? 원래 이 바닥이 다 이런 거 아니었어?"

"우리라도 바꿔야 이 계통도 점차 환한 빛으로 뻗어 나가지 않겠어요? 언제까지 만화는 골방에서 죽치고 앉아 종이랑 씨름하는 작업이라는 인식을 가지고 있어야 해요?"

진수의 울분에 도헌은 담백한 눈으로 그를 향해 고개를 빼 들었다.

"누가 종이랑 씨름을 한다고? 넌 태블릿이 종이냐? 펜 마우스가 펜촉이야?"

"어후. 저놈의 영감 소리."

"그만 열 내고 잠이나 자라."

의자 등받이에 몸을 기대며 책상 위에 자료를 펼쳤다. 그러자 진수는 뭐가 그리 궁금한지 그의 옆으로 쪼르르 달려와 몸을 숙이고 최대한 목소리를 낮춰 나직이 웅얼거리기 시작했다.

"그런데요. 누님은 지금 작은방에 대자로 뻗어 잠드셨네요? 가만 보면 참 순진해서 귀엽지 않아요? 슬슬 작업을 걸어 볼까?"

"미쳐도 정도껏 미쳐라."

냉기가 철철 흘러넘치는 도헌의 대답에 진수의 입이 비죽 튀어나왔다. 그러곤 그의 가슴 언저리를 손가락으로 가리키며 투덜거렸다.

"전에 누님 보자마자 반가워서 품에 안으려는 것도 막으시고,

툭하면 넋 놓고 작업하는 누님 모습 바라보고, 오늘은 그렇게도 내가 가고 싶어 안달 난 자료 조사 데려가고요! 이젠 아예 잠까지 재워 주시는데 혹시 이 시멘트로 만들어진 마음에 사랑의 꽃이 피고 있는 거 아니에요? 솔직히 전 형님이 그렇게까지 저 외에 다른 사람하고 살갑게 이야기하는 거 처음 봐요. 누가 말 걸어도 대꾸도 잘 안 하시더니 이상하게 누님이랑은 처음부터 말싸움도 하시고. 질투 난다고요. 나만 특별했는데!"

"너……."

진수를 바라보며 입을 열던 도헌은 잠시 말끝을 흐렸다. 그러곤 뭔가 결심한 눈으로 그를 직시하며 말을 이었다.

"나 사랑하냐?"

"뭐, 뭐요?"

"응석은 이쯤 해 둬. 그리고……."

도헌은 조용히 자리에서 일어섰다. 그러곤 손에 들려 있던 책을 들어 진수의 정수리에 내다 꽂았다.

"내가 너냐? 아무나 좋아한다고 헤벌쭉하고 다니게? 쓸데없는 생각 말고 발 닦고 잠이나 자, 인마!"

"아우 씨. 툭하면 머리 때리고! 아파 죽겠네. 형님! 뭔가 오해가 있으신가 본데요, 전 아메리카 정신이 깊이 박혀서 자유분방할 뿐이지 연애할 땐 언제나 상대에게 진심을 다하는 상남자입니다! 그럼 충성하십쇼!"

씩씩거리며 사라지는 진수를 보는 도헌의 입에서 긴 한숨이 흘러나왔다. 정말이지 대책이 없어도 밑도 끝도 없다. 갑자기 지끈거리는 편두통이 밀려드는 것 같았다. 그러나 입을 악다물고 고개를 저으며 자리에 앉는 그의 얼굴은 아까완 달리 조금은 편하게 풀어졌다.

□ ◆ □

칸막이도 제대로 처져 있지 않은 커다란 사무실의 한구석에 누구의 것인지 알아보기도 힘든 수많은 노트북과, 종이들이 널브러져 있었다. 밖은 전화를 부여잡고 고래고래 소리를 지르는 사람과, 모니터를 뚫어지게 응시하며 머리를 부여잡는 사람, 그리고 상대를 향해 거칠게 욕설을 퍼붓는 사람들이 소란스럽게 모여 있다.

그야말로 작은 시장 바닥을 연상하게 하는 광경 속의 이곳은 누구보다 치열한 삶을 살고 있는 형사들의 일터였다. 늘 국민들의 질타를 받지만 그럼에도 없어서는 안 될, 신랑감 후보로는 최하위이나 그럼에도 공무원인, 누구보다 거친 삶을 살지만 그럼에도 계속 앞으로 나아가는 그들은 오늘도 전과 다를 바 없는 속고 속이는 링 위에 던져져 있었다.

강율은 너무도 익숙한 모습들을 바라보며 칸막이 안으로 성큼성큼 발걸음을 옮겼다. 칸막이에는 조금은 허술하게 '특별수사본부'라는 종이가 내걸려 있다. 조만간 정식으로 사무실로 옮겨질 계획이기 때문에 아직은 여러 무리들과 섞여야 하지만 딱히 본부가 중요하진 않았다. 그저 증거 자료와 머리를 맞대고 토론을 벌일 회의 공간만 있으면 충분했기 때문이다.

그것을 대변하기라도 하듯, 저마다 증거를 찾기 위한 고군분투는 계속되고 있었다. 팀원의 반은 현장을 돌며 머리카락 한 올이라도 찾으려 아우성이고, 나머지 반은 서에 머물며 여러 자료를 분석하고 있었다.

지도를 외울 기세로 분석해, 마지막 사건지와의 연계성을 유추했고, 전과는 달리 첨단화된 장비들의 도움을 받으며 여러 시료를 분석, 채취하고 있었다. 아직 뚜렷한 결과가 없어 다급해졌지만 이렇게 하나하나 주먹구구식으로 하는 것밖에는 달리 뾰족한 수가 없었다. 더욱이 최근에 일어난 사건으로 다들 시선이 집중된 것도 컸다.

이 모든 일들의 발단은 한강에서 발견된 사체였다. 이렇게 큰 사건을 해결하면 앞으로의 진급도 쉬워진다. 물론 이런 계산을 거치지 않고 형사로서의 열정 하나만으로 움직이는 사람들도 분명 있겠지만, 대다수의 목표는 그러했다. 하지만 바닥까지 긁어내도 단서는 나오지 않았다. 그것으로 인해 지금 특수부 팀원들은 골머리를 앓고 있었다.

국과수 부검 결과, 한강에서 발견된 의문의 변사체는 한때 한반도를 뜨겁게 들썩이게 했던 '그림자 연쇄 살인 사건'의 열세 번째 피해자가 확실한 것으로 밝혀졌다. 하지만 거기까지였다. 그때와 마찬가지로 증거도 없을뿐더러, 또 다른 피해자도 나오지 않았다. 물론 더 이상의 피해는 막아야 했지만 증거가 없어도 너무 없었기에 저마다 뭐라도 나왔으면 하는 바람들이 커 보였다.

강율은 의자에 털썩 앉으며 서류를 뚫어지게 응시하고 있는 희락에게 시선을 던졌다.

"뭐, 좀 발견된 거 있어?"

"아니. 전혀. 벌써 한강에서의 일이 있은 지 한 달이나 지났는데 먼지 하나 나오지도 않는다."

"주변 일대 CCTV도 전혀 진전이 없었지?"

"아예 흔적조차 없었지. 정말 귀신같은 놈이야. 그 덕에 모방 범죄만 주를 잇고 있으니 골치 아프다."

희락의 푸념을 가만히 듣던 강율은 의자 등받이에 몸을 기대며 기지개를 폈다. 피곤한 입에선 연거푸 하품이 쏟아졌다.

"언론은 또 무력한 수사망 들먹이며 뜯어먹기에 바쁘겠고."

강율의 빈정거림에 희락이 장단을 맞추며 고개를 까딱였다.

"윗선에선 당장 뭐라도 건져 오라고 난리들이고."

"아……. 고달프다."

늘 덤덤했던 강율의 입에서 의외의 말이 튀어나오자 희락의 눈이 의아함으로 동그래졌다.

"네가 웬일이냐?"

"뭐가?"

"지금껏 한 번도 약한 소리 안 하던 놈이었잖아."

"그러게. 나도 늙었나 보네."

"별…… 시답잖은 소리는."

그때였다. 그들에게로 다급하게 뛰어오던 형사 하나가 거친 숨을 몰아쉬며 심드렁하게 앉아 있는 강율과 희락을 번갈아 바라봤다.

"선배님들!"

붉게 상기된 얼굴이 심상치 않다. 강율은 축 처져 있던 몸을 일으키며 그를 향해 입을 달싹였다.

"왜, 무슨 일이야?"

"나타났습니다!"

"뭐가?"

"사체요!"

"뭐?"

신입 형사의 대답에 강율과 희락의 몸이 저절로 튀어 오르며 동시에 되물었다. 그러자 둘의 모습을 번갈아 보던 그는 다시금 다급하게 말을 이었다.

"이번엔 화장실이랍니다. 새벽에 청소하던 청소부 아주머니가 최초 신고자인데, 지하철 화장실이니 만큼 이번엔 뭔가 단서가 있지 않을까 기대하고 있습니다."

설마. 강율의 미간이 거칠게 구겨졌다.

"그랬던 적이 한두 번이야? 이번에도 모방 범죄로 끝날 수 있어. 설레발치지 말고 일단 가자."

늘 봐 오던 익숙한 모습이었다. 노란색 폴리스 라인이 쳐지면 사람들은 일단 궁금함에 근처를 기웃거렸다. 기자들도 과열된 취재 경쟁으로 몸싸움을 벌여 대고, 그 사이에 끼인 의경들만 곤혹을 치렀다. 더욱이 한강에 이어 유동 인구가 많은 지하철 역사의 공공 화장실이라면, 커다란 소란쯤은 예상하고도 남을 일이었다.

요 며칠 사이, 언론사마다 특별 편성으로 다룬 '잊힌 그림자 연쇄 살인 사건'의 보도들로 신문과 각종 매스컴은 관련 자료와, 여기저기 떠도는 무성한 소문들로 이미 포화 상태라 해도 과언이 아니었다. 그렇게 전 국민의 관심이 쏠린 사건에 제2차 피해자가 나타날지 아닐지는 분명 큰 이슈거리임이 분명했다.

그러니 예상은 했다. 이 정도의 많은 관심 정도는.

강율은 지끈거리는 머리를 손으로 누르며 눈짓으로 폴리스 라인을 지키고 서 있는 의경들에게 비켜 줄 것을 전했다. 그러자 눈치 빠른 몇몇 사람들이 움직였고, 그들의 움직임을 의아해하던 기자들이 저마다 강율과 희락의 옷자락을 부여잡고 질문 공세를 퍼부

어 대는 상황 속에서 생각보다 빠르게 현장으로 들어갈 수 있게
되었다.

다행히 현장 안은 사건 관계자만 있어서 어느 정도는 생각할 시
간과 의견을 주고받을 수 있는 여유가 생길 것 같았다. 제일 마지
막 칸에 '과학 수사'라는 글씨가 새겨진 조끼를 입은 수사관들이
연신 한곳을 향해 카메라 셔터를 눌러 댄다. 그곳을 빤히 응시하며
강율이 어딘지 낯이 익은 사내에게 입을 달싹였다.

"저곳입니까?"

"네."

상황이 상황인지라 검찰 쪽에서도 같이 움직이고 있는 것 같았
다. 그러니 당연히 윗선에선 안달이 날 수밖에. 한눈에 봐도 양복
차림의 젊어 보이는 사내는 엘리트 코스를 쭈욱 밟아 올라온 듯
보였다.

그의 단정한 모습을 보니 저도 모르게 입에서 피식, 헛웃음이
서렸다. 한마디로 개판이다. 여기저기 먹잇감만 보이면 달려드는
아수라장. 배운 사람이건 못 배운 사람이건 그저 눈에 보이는 성과
앞에 달려드는 건 하이에나와 다를 바가 없어 보였다.

눈앞의 사내를 위아래로 훑던 강율은 이내 같은 본부의 후배 형
사에게로 고개를 돌렸다.

"최초 신고자는?"

"지금 서에서 보호하고 있습니다. 워낙에 충격이 커서 혼란스러
워하고 있더라고요."

"일반인이 발견했다면 그럴 만도 하지."

고개를 끄덕이며 수긍하는 그에게 방금 전 엘리트 사내가 다가
왔다.

"이 일은 저희 쪽에서도 눈여겨보고 있습니다."

"알고 있습니다. 그 정도도 모르고 여기 왔겠습니까?"

저도 모르게 목소리에서 힐난의 감정이 묻어 나왔다. 솔직히 짜증이 났다. 뭐 뜯어먹을 게 있다고 여기까지 와서 현장을 더욱 복잡하게 만드는가. 하지만 그 사내는 이런 그의 마음을 아는지 모르는지 강율에게 명함을 건네며 싱긋 웃어 보였다.

"그렇다고 경찰 쪽의 공을 가로채려는 건 아닙니다. 그냥…… 제 개인적인 흥미랄까요. 그러니 너무 신경 쓰지 말아 주십시오."

"이젠 검찰도 따로 놉니까?"

타박하듯 말을 뱉으며 손에 들린 명함을 내려 봤다. '서울 지검 검사 강진성' 그의 명함을 뚫어지게 응시하던 강율은 뒤이어 들리는 사내의 목소리에 고개를 들었다.

"따로 움직이기보단 호기심을 충족시키는 취미 활동으로 봐 주시면 감사하겠습니다. 그럼 조만간 또 뵙기를 부탁드리면서 전 가보겠습니다."

고개를 까닥이며 돌아서 나가는 사내를 멍하니 바라봤다. 취미? 이런 게 취미라고? 어떤 이는 이 사건 하나에 목이 날아갈지도 모르는 판이다. 그런데 잘도 취미라는 단어를 갖다 댄 그의 의중에 순간 불쾌감이 밀려들었다.

"굳이 이렇게까지 하시겠다? 네가 우리의 숨통을 조이겠단 거냐?"

혼잣말을 씹어뱉는 와중에 하얀 명함이 시야에 들어왔다. 짜증스레 그것을 구겨 버린 강율은 신경질적으로 머리를 쓸어 올리며 아까의 사내가 서 있던 자리를 노려봤다.

"취미……. 너한텐 이게 취미라 이거지? 하! 이따위 경고를 날려 봤자 절대 못 물러나. 이 바닥에서 꺼져야 하는 건 내가 아니고 너야."

쓴 입맛을 다시던 강율은 후배 형사에게로 고개를 돌렸다.

"일단 신고자 아주머니는 병원에 모셔다드려. 경호 확실하게 서고. 혹여나 2차 피해가 발생할지도 모르니까. 이번에 신고자마저 잘못되면 우리 진짜 큰일 난다. 별 탈 없게 철저하게 보호해."

고개를 끄덕이며 사라지는 후배를 복잡한 눈으로 바라보던 그는 이내 희락에게로 다가갔다.

"CCTV에 찍힌 것 좀 있대?"

강율의 물음에 흘긋 뒤를 돌아본 희락은 깊은 한숨을 내쉬며 고개를 저었다.

"아니. 하필 고장이라 녹화가 전혀 안 됐어."

"흠. 역시나."

"뭐가?"

"한강 때도 잘 돌아가던 게 그날만 멈췄잖아. 이번에도 어느 정도는 예상하고 있었어."

"하아. 답답하다."

공허한 눈으로 먼 산을 바라보는 희락의 뒤로 또 다른 형사 하나가 다가왔다. 특수부의 팀원 중 하나인 그는 외부에서 증거물 확보를 담당하고 있었다.

"안녕하십니까."

말끔한 외모의 그가 고개를 숙이며 깍듯하게 인사해 왔다. 강율은 그런 그를 향해 손을 들어 인사를 받으며 손에 들린 투명한 봉투로 시선을 옮겼다.

"어, 그래. 고생이 많다. 근데 그건 뭐냐?"

"아, 첫 번째 칸 변기에서 발견된 건데요. 최초 신고자가 청소하다가 이게 변기를 막고 있어서 별생각 없이 쓰레기봉투에 담아서 버렸더라고요."

"그런데?"

"아무리 봐도 이상해서요. 여자 화장실에, 그것도 목장갑이 비닐에 담겨서 변기에 내려졌다는 게."

"용의자를 잡아낼 수 있는 단서가 될 수도 있다?"

동료 형사의 말을 조목조목 귀담아듣던 강율이 한 자 한 자에 힘을 실어 읊조렸다. 그러자 마주 서 있던 사내의 입가에 엷은 미소가 감돌았다.

"네. 혹시나 싶어서 인혈 반응을 검사했는데 양성이 나왔습니다."

"그래? 분석하는 데 얼마나 걸린대?"

"내일이면 나온답니다."

"알았어. 어서 가 봐."

고개를 꾸벅 숙이며 사라지는 사내를 바라보던 강율이 희락을 향해 고개를 돌렸다.

"형. 이번엔 뭔가 건지려나 보다."

"가 봐야 알지, 인마."

"그래도 형 얼굴, 아까보다 많이 편해진 거 알아?"

"집에 좀 들어가고 싶다. 저기에 용의자 단서가 딱 붙어 있기를 바라야지."

애써 말을 돌리며 기지개를 펴는 희락을 힘없이 서리는 미소로 응시한 강율의 얼굴도 조금은 피곤이 가신 듯 보였다.

□ ◆ □

어느덧 많이 높아진 하늘은 쾌청하게 밝았다. 아침저녁 가릴 것
없이 붉게 일렁이던 태양은 저만치 멀어져 꽤 선선한 바람을 불러
들였다. 시간의 흐름을 제어할 수만 있다면 붙잡고 싶은 계절이 어
느새 피부로 느껴질 만큼 성큼 다가와 있었다.

유진은 커튼 사이로 비치는 햇살에 눈을 비비며 침대에서 몸을
일으켰다. 해가 높게 뜨는 여름과는 달리 날이 선선해지며 한껏 낮
아진 아침 해 때문에 더 이상의 늦잠은 무리였다.

습관적으로 옆에 놓인 휴대전화에 손을 가져갔다. 시간은 어느
새 오전 8시를 향해 가고 있었다. 헝클어진 머리를 고무줄로 대충
묶으며 식탁 위의 커피포트로 다가간다. 그러곤 향긋한 향이 조그
만 원룸에 가득 차오르기를 기다렸다.

부스스한 얼굴로 컴퓨터의 전원을 켜자마자 검색창을 모니터에
띄웠다. 막 커서를 네모난 박스에 올려 두려던 찰나, 식탁 위 휴대
전화에서 요란한 벨소리가 울렸다.

"네."

— 오늘 시간 괜찮아?

조금은 들뜬 도헌의 목소리가 새로웠다. 평소의 그라면 그다지
감정의 동요가 많이 느껴지지 않을 것이기 때문이다. 유진은 초콜
릿색 머그잔에 잘 내려진 원두를 따르며 다시 컴퓨터 앞에 자리를
잡았다.

"별다른 일은 없어요."

— 그럼 조금 이따 앞에서 만나. 그리로 갈게.

"알겠어요."

끊어진 전화를 물끄러미 보다 작게 웅얼거렸다. 잊히기엔 너무나 충격적이었던 한 장의 사진.

"김나리……였었지."

생각보다 앞선 손길은 이미 검색창에 '김나리' 라는 이름을 빠르게 쳐 내려가고 있었다. 주르륵 검색되는 수많은 기사와 이번에 한강에서 발견되었던 살인 사건과 관련해 여러 모방 범죄들의 목록까지 셀 수 없이 많은 자료들이 물밀듯이 쏟아졌다.

그중, 시선을 끄는 타이틀이 하나 보였다.

치정 살인극에 오열하는 피해자의 남자 친구

기사의 내용은 머리에 들어오지 않았다. 멍한 눈동자에 내리꽂힌 건 망연자실하게 바닥에 주저앉아 있는 앳된 도헌의 모습뿐이었다. 그가 왜 저 사진 속에 있는 건지, 왜 저토록 허망한 표정을 하고 있는 건지는 조금의 시간이 흐른 뒤에야 짐작할 수 있었다.

조금 더 밑으로 화면을 내리자 또 다른 사진이 실려 있는 걸 발견했다. 생전 김나리의 모습과 도헌의 사진, 그리고 용의자 이창수의 모습까지 담겨 있는 세 장의 증명사진이었다.

기사의 내용으로 보아, 용의 선상에 도헌까지 올라가 있었던 듯했다. 이때까지만 하더라도 이창수와 바람을 피운 연인을 살해한 무정한 사람이라는 인식이 있었던 것 같았다. 그래서 저토록 서글픈 얼굴을 하고 있는 걸지도 모른다.

유진은 의자 등받이에 몸을 기댔다. 그러곤 깊은숨을 내쉬었다.

"하아……."

복잡한 무언가가 속에 꼬여 있다고는 생각했지만 이런 것일 줄은 몰랐다. 그래서 더욱 웹툰에 매달릴 수밖에 없었던 듯하다. 그렇게나마 연인의 죽음을 애도하고 있었던 거였다. 그만의 방식으로, 그만의 마음으로.

가슴이 어딘지 모르게 따끔거리는 것 같았다. 사진 속, 그의 허망한 눈동자가 가슴 언저리를 아리게 만들고 있었다. 십여 년 전에 일어난 사건. 그로 인해 아직까지도 과거에 얽매어 아파하며 살아갈 수밖에 없는 그의 모습이 왠지 씁쓸했다.

"……사랑이라."

머릿속을 끊임없이 채워 오는 한 가지의 단어를 낮게 읊조렸다. 어떤 마음으로, 어떤 느낌으로 사람을 바라봐야 그런 감정이 나오는지 아직까진 상상으로 그리는 것밖엔 모르겠다.

하지만 나리의 사진을 바라보는 눈동자엔 어린 나이에 처참하게 꺼져 간 피해자에 대한 연민보다, 부러움이 더 크게 자리 잡고 있었다. 상대에게서 온 마음을 가득 받는 느낌은 어떨까. 더욱이 그 상대가 도헌이라면……. 너무나 철없는 생각에 순간적으로 얼굴이 붉어진 그녀는 잠시 시선을 들어 멍하니 한곳을 응시했다.

잠시 천장을 바라보던 유진은 다시금 나리의 증명사진에 시선을 고정했다. 그리고 왠지 모를 친근감에 고개를 갸웃거렸다.

"뭔가…… 익숙한데."

조목조목 살펴보면 이목구비는 전혀 달랐다. 하지만 전체적인 분위기가 뭔가…… 자신과 많이 닮아 있는 것 같았다. 착각일 수도 있겠지만 스치듯 보면 서로 같은 사람이라고 오해할 만할 정도로 비슷했다.

순간, 그녀의 뇌리에 잔상으로 어떤 기억 하나가 떠올랐다. 처음 도헌과 만나던 날, 자신을 향해 나직이 '나리'라고 되뇌던 그의 얼굴이.

유진은 잔에 든 커피가 갑자기 써지는 느낌에 인상을 구겼다. 입안만큼이나 떨떠름해진 얼굴이 한동안 마음을 대변하듯 어둡게 가라앉았다.

유진은 아까부터 무표정한 얼굴로 빠르게 지나쳐 사라지는 풍경에 시선을 던지고 있었다. 도헌의 차를 타고 출발한 지 벌써 2시간이 다 되어 갔다. 그녀는 가라앉은 기분에 저절로 온몸의 기운이 빠져 버리는 느낌이었다. 언제까지 지루한 여정을 계속해야 하는지, 아침부터 좋지 않은 마음이 자꾸만 따분함을 불러일으켰다.

사진을 찍을 명소는 굉장히 많다. 서울 안에서만 하더라도 하루에 카메라에 담기 어려울 정도로 멋있는 경치들이 많았다. 더욱이 집 앞에서 그를 만났을 때 도헌은 웹툰에 쓰일 배경 자료를 찍으러 간다고 했었다. 그렇다면 굳이 이렇게 멀리까지 나올 필요는 없을 것 같았다.

강의 배경이 필요하면 근처 공원을 가면 되고, 산의 배경이 필요하면 도심 속에서도 얼마든지 구할 수 있었다. 그러나 그녀의 예상을 비웃기라도 하듯, 그들을 태운 차는 벌써 2시간이 넘게 도로를 달리고 있었다. 주변 풍경은 도심의 흔한 빌딩 숲에서 주택으로, 그리고 논밭으로 점점 한적해지는 중이다.

유진은 차창 밖을 바라보다 문득 운전 중인 도헌을 바라봤다. 뒷좌석엔 카메라와 여러 기기들이 놓여 있었다.

"우리, 어디로 가는 거예요?"

여유로운 주변과는 달리 알 수 없는 갈증으로 속은 답답해져 갔다. 이유 모를 긴장과 짜증이 계속 속에서 응어리를 만들어 내는 것 같았다. 머리는 지끈거리고 왜 이 자리에 앉아 있는지조차 회의 감에 물들어 갈 때쯤, 도헌이 나직이 웃으며 입을 열었다.

"경치가 굉장히 멋있는 곳인데 혼자 보기엔 아깝더라고."

즐거워 보이는 그의 목소리가 귓가에 왕왕 울렸다. 거대한 매미 가 달라붙어 있기라도 한 듯 빙글빙글 어지러이 꼬이고 엉켜서 무 슨 소리인지 제대로 분간이 안 될 정도였다. 거기다 자꾸만 머릿속 을 헤집는 상념에 참을 수 없는 두통이 밀려들었다.

그 여자에게도 저렇게 웃으며 이야기했을까. 그 사람 앞에선 늘 저렇게 따뜻한 눈빛이었을까. 저 사람의 모든 걸 가진 기분은 어떨 까…….

내가 도대체 왜 이러지. 정신 차리자. 제발 정신 좀 차리자.

신경질적으로 눈을 감자, 아까완 다른 고요가 밀려들었다. 그나 마 이편이 훨씬 나은 것 같아, 도착하기 전까지 이대로 있기로 했 다.

대략 30여 분 정도가 지난 것 같았다. 자신을 나직이 부르는 도 헌의 음성에 눈이 떠졌다. 유진은 주변을 두리번거리며 천천히 몸 을 일으켰다. 청명한 하늘 아래 잔잔한 호수가 흐르는 광경이 꽤 운치 있었다. 선선히 이는 바람을 맞으려 폭신한 잔디 위로 발을 내렸다. 그러자 시원한 향이 온몸을 휘감으며 오전 내내 찌뿌둥했 던 몸을 상쾌하게 어루만졌다.

시원한 녹음을 내뿜는 공원 어귀를 천천히 걷자 몸도 마음도 차 분해졌다. 방금까지 일었던 이유 모를 짜증과 상념들이 바람에 실 려 훌쩍 날아가 버린 것 같았다. 자신을 감싸는 싱그러움을 느끼며 주변을 둘러봤다. 왼쪽으론 일렁이는 금빛 햇살을 담은 강이 우아 하게 흘렀고, 오른쪽으론 눈동자가 시릴 만큼 푸른 풍광이 끝없이 자리했다.

영롱한 자연의 경관 속에 녹아들던 유진은 이 주변을 카메라에 담는 것에 온 신경을 집중한 도헌을 흘깃 바라봤다.

"사진들은 왜 찍는 거예요?"

그녀가 묻자, 여전히 카메라에 시선이 고정된 그는 입을 우물거리며 셔터를 눌렀다.

"원고에 그릴 배경 자료로 필요하거든."

"이렇게 아름다운 풍경이 원고에 들어간다고요?"

흠칫 놀란 유진은 두 눈을 동그랗게 뜨며 되물었다. 그가 그리는 건 범죄물이 아니었던가. 범죄물에 들어가는 배경치곤 너무 아름다워 왠지 어울릴 것 같지가 않았다. 하지만 이런 그녀의 반응에도 심드렁하던 도헌은 자신이 찍은 사진들을 확인하며 말했다.

"잘 모르겠구나. 이곳, 이렇게 평화로워 보여도 3년 전에 시신이 발견된 장소였어. 그래서 이렇게 배경 따러 오게 된 거고."

카메라에 머물던 시선을 거둬들인 그는 뚫어지게 자신을 응시하는 유진을 향해 싱긋 미소 지으며 말을 이었다.

"그렇지만 배경만 따고 가긴 솔직히 아까운 광경이잖아. 그래서 같이 오자고 한 거야."

"아……."

유진은 황급히 고개를 돌렸다. 아무런 사심 없이 짓는 미소에 순간적으로 덜컥, 가슴이 내려앉는 기분이었다. 행여나 이 마음이 들킬까, 서둘러 돌아서 걷는 발걸음에 속도가 더해졌다.

"차, 참 시…… 신기하네요. 겉으로 보기엔 평온한 곳인데……."

그러다 문득 또다시 고개를 드는 궁금증에 불어오는 바람을 등지며 도헌을 향해 몸을 틀었다.

"그런데 매번 이렇게……. 지금 뭐 하세요?"

자신을 향해 카메라 셔터를 누르는 그를 보며 하려던 말을 삼키곤 의아함에 고개를 갸웃거렸다.

"기념 촬영. 남는 건 사진밖에 없으니까."

"아……. 기념 촬영."

유진은 고개를 천천히 끄덕이며 그의 말을 되뇌었다. 그러다 뒤이어 들리는 그의 대답에 다시금 검은 눈을 바라봤다.

"그냥 생각 없이 한 건데 기분 나빴다면 사과할게."

내가 알던 사람이 맞나? 요즘 들어 까칠하기로 소문이 자자한 도헌의 부드러운 모습에 순간 멍해진 유진의 입이 살짝 벌어졌다.

"아니, 괜찮아요. 전 사진 좋아해요."

나름 친절하게 미소까지 띠우며 대답했다. 하지만 뭔가 씁쓸한 얼굴로 혼잣말을 웅얼거리는 그의 모습에 오히려 당황한 건 그녀 자신이었다.

"넌 사진 좋아하는구나."

"좋아하면 안 되는 건가요?"

"뭐?"

이상하다. 너무나 이상하다. 별 뜻 없이 내뱉은 말일진대, 비수가 날아와 가슴에 박혀 버리는 듯 욱신거리는 통증이 심장 아래에서부터 찌르르 울려왔다.

왜 이 상황에서 나리의 환영이 떠오르는 걸까. 굳이 기억해 내고 싶지 않은 장면들을 왜 하필 지금 되새겨 내 속을 들볶는 걸까. 한심하다 오유진.

바람에 헝클어진 머리를 손으로 빗어 넘기며 작은 숨을 '후' 하고 내뱉었다. 제발 이 이상한 생각들이 뱉어 버린 숨과 함께 사라지기를.

"죄송해요. 오늘은 좀…… 피곤하네요."

□ ◆ □

어색한 침묵만이 가득했다. 숨 쉬는 것조차 부담스러울 정도로 적요한 주변의 분위기에 저절로 목이 움츠러들었다. 눈은 바로 앞에서 어른거리는 모니터를 찢어 죽일 듯 바라보고 있는데, 신경은 온통 옆자리의 검은 오라에 쏠려 있었다.

힐끔거리다가 끝끝내 그 사람만을 쳐다보고 있을 것 같아 애써 일에 집중을 해 보려 해도 생각만큼 잘되진 않아 애를 먹고 있는 중이다.

"후아."

저도 모르게 입 밖으로 낮은 숨이 흘러나왔다. 뻑뻑한 눈가는 조금만 움직여도 끼릭끼릭 소리가 날 것 같았고, 한껏 긴장한 채로 앞을 향해 뻗어 있던 목에선 욱신거리는 통증마저 느껴졌다. 무엇보다 그녀를 가장 피곤하게 만든 건 이곳에 발을 디딜 때부터 시작된 바싹 곤두선 신경이었다.

도헌의 작은 움직임에, 나긋한 숨소리에, 이따금씩 진수를 부르는 음성에…… 그리고 작업실 어디를 가도 진하게 배어 있는 그의 스킨 향에 가슴이 떨렸다.

처음부터 이러진 않았다. 하지만 시간이 흐를수록 이상하게 도헌이 남자로 보였다. 언제부터인지 짐작도 가지 않았고, 그렇다고 한눈에 반한 것도 아니었다. 그래서 더 미칠 노릇이지만.

강렬함과 은은함.

언뜻 보기엔 아무 힘이 없어 보이는 은은함이란 존재는 생각보다 강한 힘을 지니고 있었다. 첫눈에 반해 버리는 강렬함보다 은연중 스며드는 은은함에 속수무책으로 나가떨어지고 말았으니 말이다.

차라리 처음부터 강하게 얻어맞고 얼얼한 채로 어리바리하게 있다가 정신 차리는 쪽이 더 수월할 것 같았다. 이렇게 물이 드는지도 모른 채 멍청히 시간만 허비하다 뒤늦게 강한 훅에 KO 되느니.

하지만 어쩌랴. 이미 그의 머리카락 끝자락만 봐도 가슴이 쿵쾅거리는 것을. 어쩌면 도헌의 기사를 읽고 나서 문득 떠오른 생각 때문에 이렇게 더욱 가슴 떨림이 심각해졌는지도 모르겠다.

유진은 스르륵 눈을 감고는 고개를 붕붕 저어 댔다. 피한다고 될 일이었음 진즉에 피했다. 마음을 다잡는다고 될 일이었음 진즉에 다잡고 그 위에 63빌딩 수십 채는 지었다.

에라. 모르겠다. 이러다 금방 아무렇지 않게 끝나 버리면 '감사합니다.' 하면 되는 거고 아니라면……. 아니라면…….

"어디 아프냐?"

이마 위로 조금은 차가운 손길이 느껴졌다. 나직한 남자의 음성이 귓가에 감돌며 심장으로 찌르르 내려갔다.

'쿵쾅, 쿵쾅, 쿵쾅.'

난데없이 심장이 거칠게 폭주하자 콧김이 흥흥, 뿜어져 나왔다. 그에게서 끼쳐 오는 머스크 향. 상쾌함에 입술이 바짝 마르는 것만 같다. 피가 너무 빨리 돌아 머리가 어질한 것 같기도 했다. 에너지 드링크를 한 트럭째 원샷한 기분이었다. 갑자기 힘이 솟구치고 무엇이든 해낼 수 있다는 자신감이 용솟음쳤다.

아…… 기분 좋다…….

헤실헤실 입가를 늘이며 헤벌쭉, 미소 짓는데 또다시 귓가를 간질이는 기분 좋은 목소리가 울렸다.

"상태가 영……."

이마에 맞닿았던 커다란 남자의 손이 떨어지자 아쉬움에 유진은 살며시 눈을 떴다. 그러자 몽롱하게 풀린 눈을 바라보며 도헌이 미간을 구겼다.

"열은 없는 거 같은데. 아니다, 있는 건가?"

혼자 심각해져서 안절부절못하는 그의 등 뒤로 심드렁한 진수의 음성이 작게 새어 나왔다.

"작가님은 손이 다른 사람보다 차가워서 제대로 열 재기 힘들어요. 열은 입술로 재야지. 입술이 피부가 얇아서 이마에 대면 더 잘 느껴져요."

"이, 입술?"

"체온계도 없잖아요. 만약에 더위 먹은 거면 어쩔 거예요. 더위 잘못 먹으면 사람 그냥 골로 가는 건데. 산재 처리 해 줄 거예요?"

"야……."

휙, 진수를 향해 고개를 돌린 도헌이 볼을 갉작거리며 우물거렸다.

"넌 뭐 그런 심각한 이야기를 담담하게 하냐. 상태도 한 번 보지도 않고. 원고에 박아 둔 눈이나 이쪽으로 돌리고 이야기하지?"

"아!"

매끈한 진수의 미간에 설핏 주름이 잡혔다. 멍한 상태의 유진에게도 그것이 선명히 보였다. 저것은 흐릿하긴 하지만 분명 내 천(川)

자였다.

놀라워라. 처음이었다. 진수의 미간에 주름이 잡힌 것은. 그 어떤 굴욕과 비난에도 한 점 흐트러짐 없던 그의 얼굴에 주름이라니. 마치 미술관의 작품을 감상하듯 망연히 바라보는 그녀의 시야에 짜증스레 머리를 헝클이며 일어서는 진수의 험악한 얼굴이 들어왔다.

"시간이 없다고요! 이 인간아! 맨날 마감 촉박하다 타박 말고 데생이나 빨리 끝내든가! 지금 거기서 농땡이 피울 틈이 어딨냐고요! 남이야 죽든 말든! 죽어 버리면 박 형사님 불러서 사고 처리 해요! 우리가 시체 한두 번 봐요? 예? 그만 좀 징징거리라고요 좀! 한창 집중하고 있는데 귀찮게 말라고요!"

매, 매정한 놈. 왠지 여기서 숨이 끊어져도 누구 하나 신경 쓸 것 같지 않은 선득함에 눈물이 핑, 돌려는 찰나 도헌이 나직하게 말했다.

"자식. 며칠 외출 못 하고 원고 좀 만졌다고 날카롭긴."

"제 맘을 알기나 해요? 숨 막혀요. 매번 이게 뭐냐고요. 여기 다크 보여요? 여자의 음기가 충전이 안 된 이 얼굴 꼬라지 좀 보라고요. 한창 혈기 왕성한 저에게 도대체 왜 이래요? 왜 못 괴롭혀서 안달이에요!"

미친 사람처럼 자신의 머리를 쥐어뜯으며 울부짖던 진수가 허망한 얼굴로 도헌을 바라보며 읊조렸다.

"작가 놈아. 미리미리 해 놓을 수 있게 데생이라도 끝내 놔 달라고! 쥐도 궁지에 몰리면 뵈는 게 없는 법이야!"

"꺼져. 하루 자유 줄 테니까."

검게 덧칠했던 진수의 얼굴이 갑자기 환해졌다. 눈에 눈물이 방울방울 맺히더니 급기야 폭포처럼 쏟아지기 시작했다.

"흐흑…… 무, 무르기 없기……. 퉤퉤퉤!"

"에이, 더럽게. 다 튀었……!"

얼굴을 대충 손바닥으로 훑으며 인상 쓰던 도헌은 어느새 쌩하니 사라지고 없는 진수의 빈자리를 보며 뒷말을 삼켰다. 그러곤 슥, 유진을 돌아보며 말했다.

"다들 상태가 왜 이래. 에어컨도 빵빵하게 돌아가고 있고만."

그러게요. 왜 그럴까요. 저도 궁금하네요.

감각의 홍수에 파묻힌 유진은 눈이 시릴 만큼 밝게 타오르는 도헌의 후광에 눈살을 찌푸렸다. 그의 머리 위로 나비가 날아다니고, 귓가에 감기는 목소리는 청아했으며 자신을 바라보는 눈빛은 섹시했다.

김도헌에게만 예민하게 반응하는 날 선 감각 탓에 피로할 법도 하건만 이 망할 놈의 육감은 더욱더 그녀를 육갑의 길로 인도하고 있었다. 애석하게도 현재의 상태가 얼마나 변태 같고 음울한지 모르기에 가능한 추태였다.

게슴츠레하게 뜬 눈동자 위로 짙은 음영이 지는가 싶더니 이내 이마 위로 말캉한 무언가가 닿는 게 느껴졌다. 머리 위에 닿는 따듯한 숨결이 더없이 포근했다. 남자의 커다란 손에 붙잡힌 팔은 데일 듯 뜨겁게 달아올라 정말 어디가 아픈 것 같은 착각마저 들게 했다.

거친 호흡이 입술을 가르고 흐르자 심장이 폭주하기 시작했다. 눈앞이 아득해지는가 싶더니 곧이어 아찔하게 흐려졌다. 그러곤 손등 위로 떨어지는 따뜻한 무언가와 함께 맑은 수정 같은 그의 목소리가 내리꽂혔다.

"괜찮아? 괜찮은 거야? 너 코피 나!"

"……예? 코, 코피……."

멍한 눈으로 의미 없이 자신의 코언저리를 더듬던 유진은 시선을 사로잡는 붉은 액체로 인해 빠르게 정신이 맑아지는 것을 느꼈다.

세상에. 코피다. 손가락을 타고 주르륵 흘러내리는 것은 분명 콧물이 아닌 코피가 맞았다. 다섯 살 때 베란다 문이 열린 줄 알고 질주하다 그대로 처박아 흘렸던 쌍코피 이후로 처음 마주하는 붉은 선혈이었다.

그녀가 경악한 얼굴로 손가락만 내려다보고 있자 안 되겠던지 도헌이 머리를 헝클이며 문을 벌컥 열고 그대로 밖으로 나가 버렸다. 얼마 지나지 않아 손에 작은 통을 들고 들어온 그는 티스푼으로 하얀 가루를 떠서 유진의 입에 쑤셔 넣었다.

"으악! 이게 뭐예요? 왜 이렇게 짜!"

"소금이야. 어서 삼켜. 그래야 피가 멎지."

걱정을 한껏 담아 바라보는 눈길에 어쩔 수 없이 입안에 맴도는 쓰고 짠 그것을 꿀꺽 삼켜 버렸다. 부르르, 진저리를 치며 억지로 삼키려니 눈물마저 찔끔 나오는 것 같았다.

"분명 열은 없는 거 같은데. 진수 이 자식, 입술로 재면 바로 알 수 있다더니. 믿은 내가 잘못이지."

구시렁거리며 언제 준비해 온 건지 모를 따뜻한 물수건으로 얼굴을 닦아 주는 그의 손길이 세심했다. 다행히 피는 금방 멎어서 더 이상 턱을 타고 주르륵 흐르지는 않았다. 한편으로 안심되어 둘 다 한숨 돌리는데 그때서야 알아차리고 말았다.

여자의 뒷머리를 감싸고 있는 남자의 손, 한껏 밀착된 둘의 얼

146

굴, 허공에서 엉키는 서로의 호흡. 마치 키스 직전의 모습과 별반 다르지 않은 자신들의 모습을 말이다.

이끌리듯 말없이 눈을 마주치는데 일순간 도헌의 눈동자가 미세하게 흔들렸다. 점차 호흡이 가까워지고 윗입술에 그의 아랫입술이 살짝 닿았다. 파르르 떨리는 눈을 내려 감고 곧 다가올 그의 체온을 기다리는데 갑자기 허전함이 밀려들더니 탄식처럼 나직한 목소리가 귓가를 타고 울렸다.

"나가서 머리 좀 식히고 오자."

착각이었던 걸까. 분명 그의 시선에 얽힌 강렬함을 느꼈었다. 그대로 키스의 역사가 성사가 된다 해도 전혀 이상할 것 없는 그런 분위기였다. 오히려 아무 일도 일어나지 않은 지금이 더 어색하고 아귀가 맞지 않았다.

하지만 차를 타고 정해지지 않은 행선지를 향해 가고 있는 둘에겐 무거운 침묵만이 자리하고 있었다. 불과 몇 분 전의 뜨거움은 에어컨의 냉기만큼이나 차게 식어 버린 뒤였다.

왜? 무엇 때문에?

아무리 생각을 해 보려 해도 이해가 되지 않았다. 양치질은 했고, 머리도 감았다. 옷에선 섬유 유연제 향기가 은은히 배어 나오고 있었고. 도대체가 중간에 멈춰 버린 이유를 알다가도 모르겠다. 그러다 문득 떠오른 생각에 심드렁히 창가에 시선을 묻고 있던 유진의 눈동자가 운전에 집중하고 있는 도헌에게로 향했다.

내가, 여자로 보이지 않는다. 저 남자에게 나는, 여자가 아니다.

자신에겐 특별했던 이마의 키스가 그에겐 별거 아닌 스킨십이었던 거였다. 더욱이 의미 없는 행동에 코피를 터트리는 여자라. 자신이 생각하기에도 정나미가 떨어지면 떨어졌지 불이 붙진 않을 것 같았다.

망했다. 무드도, 그렇다고 눈치도 없는 나란 여자…… 정말 최악이다.

급격히 우울모드로 들어간 유진은 마치 애벌레가 번데기를 짓고 그 속에 칩거하듯 의자에 몸을 파묻으며 우물거렸다.

"컨디션 좋아졌으니 원고 작업 하러 다시 가요."

부루퉁한 얼굴에 잠시 시선을 던진 도헌이 다시 앞을 주시하며 말했다.

"이왕 나온 거 바람이나 좀 더 쐬다 가자."

"마감이 코앞이에요. 이러다 또 어기겠어요. 그냥 가요. 더 볼 것도 없는 거 같은데."

더 볼 것도 없다. 자신이 내뱉은 그 말이 비수가 되어 가슴을 찌르는 것만 같았다. 유진은 저리는 심장 어귀를 손바닥으로 문지르며 설핏 미간을 구겼다. 저 말이 왜 이렇게 아픈 걸까.

하지만 도헌은 뭐가 그리도 좋은지 연신 미소를 입가에 걸며 쿡쿡거렸다.

"진짜 궁금해서 그러는데 한 가지만 물어봐도 될까?"

뭐지, 이 구린 느낌은? 뭔가 불길하다. 유진은 잔뜩 경계 태세를 갖추며 말을 더듬었다.

"뭐, 뭔데요?"

"시시각각 변하는 표정은 연습한 거야? 아니면 그냥 저절로 되는 건가? 가만히 보고 있으면 하나도 같은 표정이 없어. 진짜 신기하고 뭐랄까, 계속 보게 돼. 시선을 잡아끄는 묘한 뭔가가 있어. 진짜야."

"이이익…… 그거, 칭찬 아닌 거 같은데……."

"푸하하하하!"

갑자기 크게 웃어 대던 도헌은 눈물까지 찍어 내며 말을 이었다.

"지금도 봐 봐. 진짜 재밌어. 어떻게 그런 표정을 지어?"

"……사람 표정이 다 거기서 거기죠. 뭐 얼마나 다르다고 그렇게 면전에다……."

더욱 우중충한 오라를 내뿜으며 구시렁거리는데 갑자기 남자의 커다란 손이 터억, 머리를 덮었다.

"마음 편히 웃어 본 지가 언제인지 기억도 안 나는데 이상하게 너랑 있으면 자꾸만 실실 웃게 되네. 그냥 같이 있으면 즐겁고 한 공간에 있으면 이번엔 어떤 얼굴로 있으려나 궁금하게 되고. 그러다 보면 자연히 스트레스가 잊힌 달까. 그냥 편한 거 있잖아. 긴장이 풀어지고 느긋해지는 거. 그래서 자꾸만 나도 모르게 네가 생각나나 봐."

부드럽게 손을 움직여 살며시 머리를 헝클인 도헌이 눈을 접어 웃으며 유진을 바라봤다.

"고맙다."

멍하니 홀린 듯 그의 미소를 바라보는 유진의 얼굴이 별안간 새빨갛게 달아올랐다.

여자로 봐 주지 않으면 어떤가, 그저 자신을 개그 대용으로 봐 주면 어떠한가. 저렇게 여유를 잃어버린 삶에 작은 쉼표가 되고 있다는데, 그것만큼 커다란 안식이 없다는데……. 그 사실 하나만으로도 이미 비할 수 없는 감동에 가슴이 벅차오르고 있었다.

당분간은 아니, 한동안은 그에게서 벗어난다는 건 꿈도 못 꿀

것 같았다. 자꾸만 그에게 속절없이 빠져드는 탓도 있었지만 이렇게나마 그를 바라볼 수 있는 작은 행복을 조금 더 느끼고 싶었다. 갈수록 실망이 아닌 기쁨으로 보답하는 그가 걷잡을 수 없이 좋았다.

4화

　오랜만의 외출이다. 도헌의 어시로 새로운 일자리에 터를 잡은 지도 벌써 3개월이 훌쩍 흘러가고 있었다. 프리랜서의 가장 큰 장점이자 단점은 개인의 시간이 자유롭다는 것.

　이런 점 때문에 성실히 사무실로 출퇴근하는 사람들에겐 선망의 대상이지만 다른 말로 바꾸어 말하자면 놀면 수입도 없다는 것이었다. 그래서 더욱 주말도 없이, 정해진 시간도 없이 불철주야 작업실에 틀어박혀 있다 보니 개인적인 일로 외출을 한 지도 까마득히 먼 옛이야기가 되어 있었다.

　유진은 콧노래까지 흥얼거리며 발걸음을 떼었다. 도헌만 보면 가슴이 욱신거리는 탓에 제대로 숨 쉴 틈이 필요했다. 그래서 큰 결심을 하듯 하루의 휴가를 선언하고 나오는 길이었다.

　비록 그와 마주할 자신이 없어 진수에게 대신 전해 달라며 무작정 작업실을 나서는 중이긴 했다. 하지만 일처리를 끝내지 못하고 사무실을 벗어난 직장인처럼, 찜찜하게 잡아끄는 도헌의 문자가 유진의 신경에 거슬리고 있었다. 답도 없는 문자에 대한 그의 집념에 기립 박수라도 쳐야 할 판이다.

띠링.

가방 속에서 또다시 울리는 문자 메시지 알림음에 유진은 작은 숨을 내뱉었다.

"아우, 진짜. 내가 어린애냐고."

불만을 입에 달며 휴대전화 액정을 터치했다. 그러자 예상했던 대로 도헌의 메시지가 장황하게 이어져 있었다.

「금방 약속 끝나. 작업실 근처에서 벗어나지 말고 기다려. 꼭! 네 머릿속에 있는 뭔가가 자료로 필요할 것 같으니까. 절대로 벗어나지 말고 기다려.」

문자를 주욱 훑던 그녀는 휴대전화를 갈무리해 주머니에 욱여넣었다. 근래 들어 그를 보면 뛰어 대는 심장 탓에 갑자기 비명횡사할지도 모른다는 공포가 엄습했다. 그렇기에 더욱더 어렵게 얻은 휴일은 편안히 보내고 싶었다. 기계도 쉴 틈은 줘 가며 굴려야 하지 않느냔 말이다.

그의 그림자만 봐도 가슴이 저리도록 두근거려 통증까지 느껴질 지경이었다. 숨이 가빠지고 가슴이 뻐근하게 조여 오는 느낌에 생각이란 것조차 마비되어 가는 것 같았다. 특히나 어느샌가 자신을 바라보며 잔잔히 미소 짓고 있는 모습을 떠올리기라도 할 때면 눈앞이 휘청거릴 정도로 아득해졌다.

하지만 얼마 전 보았던 나리의 기사와 드문드문 떠오르는 일련의 생각들 때문에 온전히 설레지만은 않았다. 오히려 그를 떠올리는 게 곤혹스러웠다. 계속 그가 좋아진다는 마음엔 변함이 없으나 그것에 조금 걸림돌이 생겨 버린 것이다.

머리는 이미 이성적 판단을 끝냈다. 이런저런 상황들이 인정하
긴 싫지만, 아무래도 자신은 그에게 있어 나리의 환영일지도 모른
다는 판단을 내리게 했다. 그러나 그 모든 것들을 강하게 거부하
는 마음은 계속해서 그녀에게 끝없는 상실감과 상념들을 떠안겼
다. 그래서 더욱 도헌을 바라보고 있는 것이 힘에 겨워지고 있었
다.

정말 그를 좋아만 해도 되는 걸까. 그가 자신으로 인해 다른 이
를 바라보고 있다 해도 아무렇지 않은 척 이겨 낼 수 있을까.

유진은 갈팡질팡하고 있었다. 미련과 욕심을 버렸다 생각했는데
실상은 그러지 못하고 있었던 것 같았다.

"후우……."

복잡한 머릿속만큼이나 고민을 깊게 떠안은 숨이 그녀의 입을
타고 흘렀다. 그런데 그 순간 그녀의 앞, 거리에서 누군가를 부르
는 클랙슨 소리가 거칠게 울렸다. 놀란 눈을 들어 앞을 확인하는
그녀의 입에서 외마디의 짧은 탄식이 새어 나왔다.

"아……."

그녀의 놀란 눈동자를 가만히 바라보던 강율이 싱긋 웃으며 운
전석에서 내렸다.

"많이 놀랐나 봐요?"

그의 물음에 유진이 고개를 끄덕이자, 그가 작게 소리 내어 웃
었다.

"여기 근처가 국과수예요. 부검 자료 좀 보다가 생각나서 들러
봤어요."

"……네에."

딱히 할 말이 없었다. 그와는 도헌과 선술집에서 보고 이번이 처음이었다. 그 당시 그의 인상에서 조금 무서움을 느꼈던지라 강율과의 대화가 편하지만은 않았다. 하지만 이런 그녀의 마음을 아는지 모르는지 연신 입가에 미소를 걸고 있는 그는 차를 가리키며 유진을 향해 작게 입을 열었다.

"오늘 별일 없죠? 괜찮으면 저녁이나 같이 할래요?"

"……글쎄요. 작업실에 가 봐야 하는데…… 시간이 어떻게 될지……."

그의 시선을 피하며 거짓말로 대충 둘러댔다. 눈을 요리조리 굴리면서 마음속으로 마법의 주문을 외듯 중얼거렸다. 자신의 황금 같은 휴일에 아무도 끼어들지 않기를 그 어느 때보다 간절히 바라는 중이었다.

제발 가 주라. 제발 그냥 가 주라. 제바알. 날 좀 혼자 내버려 둬라 진짜.

강율은 아랫입술을 질겅거리는 유진을 물끄러미 바라보다 밝게 웃으며 입을 열었다.

"오면서 도헌이랑 연락했는데, 급한 일이 생겼다던데요? 작업실에 가 봐야 메인 작가도 없는데 뭐 하려고요. 밥도 혼자 먹는 거보단 같이 먹는 게 맛있잖아요. 가요."

실망의 빛이 역력한 유진의 안색이 무채색으로 덧입혀지는 것 같았다. 뒤돌아서 운전석으로 향하는 그의 뒤통수를 매섭게 쏘아보는 눈길엔 표독한 독사 한 마리가 똬리를 틀고 앉아 있는 환영까지 보일 정도였다.

젠장. 형사라면서 눈치가 더럽게 없어서야.

더 이상 거절의 말이 떠오르지 않았던 그녀는 강율의 뒤를 따

154

랐다.

테이블이 몇 개 되지 않는 홀은 아직은 이른 시간이라선지 호젓
했다. 오픈된 주방 안에선 뜨거운 김이 모락모락 피어올랐고, 은은
히 퍼지는 구수한 육수 냄새가 사람들의 입맛을 자극했다.

주방장의 움직임이 훤히 보이는 일렬로 된 테이블에 자리를 잡
고 앉은 유진은 뜨거운 물에 풍당 빠지는 면발을 물끄러미 바라보
고 있었다. 국수를 굉장히 좋아하는 그녀인지라 한눈에도 맛있어
보이는 모양에 흠뻑 빠진 것 같았다. 그래서인지 아까와는 확연히
다른 기운이 그녀에게서 뿜어져 나왔다.

좀 전의 매서운 칼바람은 온데간데없는 청초한 여인네 하나가
앉아 있다. 갈대가 바람에 흔들리듯 지조라고는 눈을 씻고 찾으려
도 찾을 수가 없었다.

"우와. 이런 곳이 있었네요? 웬만한 국수 맛집은 훤히 꿰고 있
었는데. 이런 가게도 있을 줄이야."

"거봐요. 저 따라오길 잘했죠?"

부드럽게 미소 짓는 강율의 입매가 곡선을 그리며 위로 휘었다.
눈까지 반달로 접히자, 처음의 사나웠던 느낌은 완전히 사라지고
훈내 나는 사내로 탈바꿈했다. 왠지 첫인상으로 사람을 판단한 것
에 묘한 미안함을 느낀 유진은 그의 얼굴을 천천히 살폈다.

생각보다 준수하다. 각 잡힌 얼굴에 자리한 이목구비가 뚜렷해,
깔끔한 느낌의 인상은 처음과는 달리 신뢰를 주는 외모로 바뀌어
있었다.

"보조개가 있었네요?"

"네?"

갑작스러운 그녀의 물음에 강율의 얼굴이 붉어졌다. 그는 애먼 뺨을 문지르며 작게 웅얼거렸다.

"어렸을 때부터 있긴 했는데, 제 주변 사람들은 잘 몰라요. 저도 그다지 좋게 보이진 않고."

"왜요?"

"직업의 특성상 강해 보이지 않으면 좀 힘든 부분이 많으니까요. 딱히 웃을 일도 없고요."

하긴. 그의 말을 조용히 듣고 있던 그녀의 고개가 작게 끄덕거렸다.

두런두런 이야기가 오고 가는 사이. 어느덧 둘의 앞으로 뜨끈한 국수가 나왔다. 유진은 마치 눈앞에 황홀경이라도 있는 듯 빛나는 눈동자로 먹음직스러워 보이는 비주얼을 훑어 내렸다.

뽀얀 국수 면발 위에 얇은 편육과 숙주나물이 봉긋하게 올라가 있다. 노른자가 반만 익어 황금빛을 안고 있는 삶은 계란은 반으로 잘려 우아한 자태를 드러냈고, 그 모든 것을 넓은 아량으로 감싸 안은 진한 갈색의 맑은 국물에선 바다 내음이 향긋하게 코끝을 간질였다.

먼저 눈으로 맛보고 그다음 코로 맛본 그녀는 이제 하이라이트인 입술을 천천히 벌려 수저로 국물을 떠먹었다. 온몸에 전율이 이는 시원한 맛에 눈을 크게 치켜뜬 얼굴 위로 만족감의 표정이 두둥실 떠올랐다.

맛있다. 세 글자로 표현하기 어려울 정도로 놀라운 맛이다. 왜이제야 이런 곳을 알게 되었을까.

너무 늦게 알아 버린 새로운 맛집에 대한 아쉬움의 눈물을 찔끔거리는 그녀를 가만히 응시하고 있던 강율의 입에서 짧은 웃음이 터져 나왔다.

"픕!"

"왜요?"

흥분이 채 가시지 않은 얼굴로 되묻는 그녀를 흘끔거리던 그가 작게 고개를 저으며 말을 이었다.

"국수 한 그릇에 너무 많은 열정을 쏟는 거 같아서 저도 모르게 웃음이 났네요."

"아……."

순간적으로 귀까지 벌게진 그녀가 말끝을 흐렸다. 그러곤 어색한 웃음을 지으며 강율에게 시선을 던졌다.

"제가 원래 맛있는 음식엔 사족을 못 써서……. 하하하……."

"유진 씨, 귀엽네요. 매력 있어요."

다시금 자신만의 황홀경에 빠져 국수를 음미하고 있는 유진은 몰랐을 것이다. 강율이 더없이 따뜻한 시선으로 바라보고 있었다는 사실을. 그 시선에 가득 담긴 이유 모를 감정을 그녀는 전혀 눈치채지 못하고 있었다.

유진은 차창 밖의 풍경이 점점 익숙해져 가자 어찌할 바를 몰랐다. 출판사를 퇴사하며 그나마 있던 차를 팔았고, 그게 도리어 강율의 차를 타고 작업실까지 오게 되는 불상사를 낳았다. 굳이 해가 저물어 가는데 여자 혼자 보낼 수 없다는 사람에게 '아까 작업실로 가야 한다는 건 거짓말이었어요.' 하고 실토를 해 버릴 수도 없는 일이지 않은가.

저도 모르게 작은 숨을 '후' 하고 내뱉은 유진은 어째 벗어나려고 하면 할수록 도헌에게 붙어 버리게 되는 아이러니함에 실소가 터지려 했다. 그런 그녀를 미안한 얼굴로 힐끗거린 강율이 조심스레 입을 달싹였다.

"아까 제가 한 말은 너무 마음에 담아 두지 마세요."

"네? 무슨 말이요?"

이유 모를 생뚱맞은 그의 말에 유진은 고개를 갸웃거리며 되물었다. 그러자 난처하다는 듯 머리를 긁적인 강율이 작게 웃으며 핸들을 작업실이 있는 방향으로 꺾었다.

"국수 먹으면서 너무 많은 열정을 쏟는다는 말이요. 그거 생각해 보니 조금 실례되는 말인 것 같아요. 사람마다 취향이 있는 건데 그걸 생각 못 했네요."

"아아. 신경 쓰지 마세요. 전 벌써 잊었어요. 난 또 뭐라고."

"하하. 그럼 다행이고요. 작게 한숨 쉬길래, 혹시나 했습니다."

"강력계 형사면서 그렇게 마음 약해서 어쩌려고 그래요. 정말 까먹고 있었으니까 걱정하지 마세요."

"넵."

어느새 도헌의 작업실 앞에 도착한 그의 차가 멈춰 섰다. 유진은 왠지 내리기가 꺼려져 주춤했지만, 강율이 뚫어지게 보고 있어 더는 우물거리지 못하고 내릴 수밖에 없었다.

"오늘은 감사했어요."

"네. 다음에 또 뵈었으면 좋겠네요."

"하하……."

어색하게 웃는 그녀의 이마 위로 식은땀 한 방울이 주르륵 흘러내렸다.

젠장. 하고많은 시간 중에 하필 그때 마주쳐서는…….

눈물을 머금으며 작게 고개 숙이는 걸로 강율에게 인사를 마친 그녀는 차마 자신의 앞에 서 있는 건물을 올려다볼 엄두조차 나지 않아 땅만 바라보고 있었다. 도대체 저 시멘트 덩어리가 뭐라고 심장 떨려 쳐다보지도 못한단 말인가. 눈물이 앞을 가리는 상황이 아닐 수 없었다.

그런데 왜 저 양반은 가지도 않고 지켜보고 있는 걸까. 유진은 뻣뻣한 고개를 돌려 뒤를 돌아봤다. 그곳엔 천진한 눈망울로 운전석 창문 밖으로 고개를 내민 채 뚫어져라 자신을 바라보는 강율이 있었다.

"왜…… 가시지 않고……."

억지로 말려 올라간 입꼬리에선 삐거덕거리는 소리가 새어 나오는 것 같았다. 곱게 쥔 주먹이 파들파들 떨리는 걸로 봐선 눈앞의 남자를 향해 뻗어 나가고 싶은 모양이다.

하지만 애석하게도 천진한 눈망울의 사내는 전혀 아랑곳하지 않는 눈치였다. 헤실헤실 웃는 미소가 이토록 얄밉긴 처음이었다. 저 웃는 낯짝에 그대로 원펀치 쓰리강냉이를 날리고 싶었다. 어디까지나 그가 아이 같은 웃음을 머금고 무시무시한 말을 내뱉기 전까지는 말이다.

"위에서 도헌이가 내려다보고 있기에 겸사겸사 인사도 할 겸 해서요."

위, 위에……. 천천히 위를 올려 보자 한 마리 회색의 저승사자가 자신을 찢어 죽일 듯 노려보고 있는 게 보였다. 언제부터 보고 있던 건지 그의 눈은 이글이글 불타는 화염보다 뜨거운 온도로 타들어 가고 있었다. 이렇게 매서운 눈초리를 온몸으로 견디고 있다간 곧 잿더미로 변할 것만 같다.

에라, 모르겠다. 유진은 무작정 앞을 향해 뛰었다. 그녀의 뒤로 강율이 부르는 소리가 들렸지만 남자의 목소리는 그것뿐 도헌의 낮은 저음은 들리지 않았다.

□ ◆ □

조용한 작업실이 모니터 불빛만으로 가득 찼다. 사람들의 대화 소리나 키보드를 두드리는 소리, 하물며 태블릿 판 위를 노니는 펜 마우스의 마찰음조차 들리지 않았다. 오직 적막과 고요만이 오고 가는 한밤중의 늘 반복되어 오던, 딱히 특별할 것 없는 시간이었 다.

도헌은 아까부터 손에 잡히지 않는 펜 마우스를 굴리며 멍하니 생각에 잠겼다. 꽤나 먼 거리였음에도 한눈에 보이던 강율과 유진 의 모습이 머릿속에서 떠나질 않았다. 아니, 정확히 말하자면 유진 을 바라보는 강율의 눈빛이겠지만.

생전 이성엔 관심도 보이지 않던 그다. 그런 그가 유진을 그동 안과는 다른 눈으로 바라보고 있었다. 따스했고, 호기심으로 반짝 였다. 조금 더 상대에 대해 알고 싶어 하는 마음이 그대로 눈으로 투영돼 흘러나왔다.

어찌 보면 다행스러운 일일지도 몰랐다. 오직 일에만 매달려 사 느라 연애가 무언지, 여자가 무언지도 전혀 모르고 살던 그가 아니 었던가. 혈기 왕성한 남자라도 데리고 다니라고 했을 정도이니 이 번 일로 여자에 관심을 갖는 것에 반색하고 좋아해야 하는 입장임 엔 분명했다.

하지만 왜 그 상대가 유진이어야 하는지 좀처럼 당혹감에서 벗 어날 수가 없었다.

가만……. '왜' 유진이어야 하냐고? 그럼 유진이 아니라면 괜찮다는 거야? 지금 그 상대가 유진이라서 내 기분이 이렇게 거지 같다는 거야?

혼란스러웠다. 지금 자신의 속에서 고개를 쳐드는 마음은 내 여자에게 접근하는 그 모든 것들에 대한 적개심이었다. 다른 말론 소위 질투라는 감정.

순간적으로 유진을 바라보는 강율의 두 눈을 뽑아 버리고 싶었다. 그렇게 거친 감정은 처음 겪는지라 당혹스러웠는데 이제 보니 그것이 유진이기 때문이었나 보다. 뺏기고 싶지 않아서, 내 곁을 떠날까 전전긍긍하는 불안감.

언제부터였을까. 도대체 언제부터 이런 마음으로 그녀를 보고 있었던 걸까. 안 보이면 보고 싶었고, 그렇게 생각하다 보면 궁금해졌다. 밥을 먹어도 그녀의 메뉴는 뭘까, 나는 이제 커피를 마시는데 그녀는 오늘 하루 몇 잔을 마셨을까, 침대에 누워서 문득 그녀는 지금 자고 있을지 자고 있다면 무슨 꿈을 꾸고 있는지 궁금했다.

본의 아니게 하루 온종일 그녀를 생각하며 보내게 됐고 이젠 자연스러운 습관처럼 굳어 버린 것 같았다. 그저 오랜만에 느끼는 따스한 온기에 저도 모르게 기댄 건가. 그러다 보니 이런 말도 안 되는 마음을 먹게 된 걸까. 어떻게 해서든 정리를 해야 했다. 아무도 모르게 티 내지 않고.

또다시 누군가를 위험에 빠트릴 순 없었다. 만약 뻗어 가는 마음을 정리하지 못한다면…… 그렇게 되어 버린다면 돌이킬 수 없는 상처를 고스란히 떠안아야만 하는 상황들이 생겨날지도 모른다. 아직 강율의 확실한 마음도 모를뿐더러 그가 연관되어 있지 않다 해도 가당치도 않은 마음이었다.

더욱이 그때 강율의 눈은 생각보다 진중했다. 이미 어느 정도 상대에게 빠진 남자의 눈이었다. 그렇기에 더욱 심란했다.

강율은 누구보다 소중한 사람이니까. 모든 것을 잃었다 할지라도, 아무것도 남아 있지 않다 해도 그만은 끝까지 남아 있을 그런 존재였다. 그런 그가 자신으로 인해 상처를 받는다면……. 그것의 파장은 부메랑이 되어 모든 것들을 산산이 부숴 버릴지도 모를 일이었다.

"하아……."

가장 먼저 해결해야 할 고민들만도 수두룩한데 이젠 하다 하다 유진의 문제까지 고민으로 남아 버린 상황이 몹시 피로했다. 도대체 어디서부터 이야기를 풀어 가야 한단 말인가. 뭣 하나 쉽게 넘어가는 게 없는 모든 일들을 그저 놓아 버리고 싶은 마음이 꼬리에 꼬리를 물고 이어졌다.

그런데 그 순간. 귀에서 뜨끈한 무언가가 전해지며 온몸에 소름이 돋아났다. 그로 인해 거칠게 이는 불쾌감으로 다리에 힘이 풀렸고, 그대로 바닥에 무릎을 찧으며 고꾸라질 수밖에 없었다.

"아악! 뭐야 인마! 왜 귀에다 바람은 불고 지랄이야!"

울컥 치미는 화에 얼굴이 벌겋게 달아오른 도헌은 자신의 오염된 귀를 부여잡고 태연하게 서 있는 진수를 향해 고래고래 소리를 질러 댔다. 그런 그를 무심한 눈길로 훑던 진수가 몸을 앞으로 살짝 숙이며 오른쪽 집게손가락을 자신의 입에 가져가 대었다.

"쉬잇."

"뭐?"

너무나 어이없는 상황에 놓이게 되면 모든 감정을 잊고 냉정해진다더니, 도헌이 딱 그것에 맞아떨어졌다. 방금 전까진 치미는 화를 이기지 못해 소리만 질러 댔는데, 너무나 태연하기만 한 그의 모습에 화도 잊었다.

멀뚱히 넘어진 자세 그대로 굳어 있는 그를 지나친 진수는 도헌의 책상에 놓인 모니터를 지그시 바라보며 고개를 갸웃거렸다.

"작가님. 그런데요 이런 게 콘티에 있던가요?"

"무슨 소리야. ……어?"

모니터에 떠오른 건 정체불명의 실타래였다. 마치 수업 시간에 졸다가 정신을 차려 보면 교과서에 적혀 있는 알 수 없는 문자 같은……. 도헌은 저도 모르게 붉어진 얼굴을 진수가 서 있는 반대 방향으로 돌렸다.

비록 후배여도 시크함을 유지하기 위해 노력해 왔다. 어떤 상황에서도 차갑고 담담한 태도를 유지했으며, 늘 까칠함을 달고 살았다. 칠칠치 못한 행동이라든지 조금은 늘어져 있는 모습을 보이는 것 자체를 극도로 꺼리며 살아왔다. 적어도 진수에게는 언제나 듬직하고 한없이 높아 보이는 선배로 남고 싶었기 때문이다.

부모와 형제가 없는 그에게 언제나 의지할 수 있는 울타리가 되어 주는 것. 그것을 위해 몸에 배어 있는 허당기를 꼭꼭 숨겨 왔다. 그런데 요즘 들어 자꾸만 우스꽝스러운 면모가 유감없이 발휘되고 있었다. 아주 난감하게도 말이다. 도헌은 머리를 긁적이며 목을 가다듬었다. 이 와중에 삑사리까지 나면 큰일이었다.

"아, 선을 연구하고 있었어. 굵기가 같아 보여도 아주 미세한 부분에서 차이가 나니까."

표정 좋고, 목소리 좋고, 대사도 좋다. 아무도 인정하진 않겠지만 도헌은 자신의 담대한 모습에 만족하고 있었다. 그러나 충만한 만족감도 그리 오래가진 못했다. 심드렁히 응시하고 있는 진수의 얼굴에 그 어떤 동요나 호응이 전혀 담겨 있지 않았기 때문이었다. 도헌은 어색한 표정을 숨기려 손으로 자신의 얼굴을 더듬었다. 그러곤 이런 모습을 뚫어져라 바라보는 진수를 향해 턱을 치켜들었다.

"뭐, 왜?"

"작가님 솔직히 말해 봐요. 정말 무슨 일 있죠?"

오늘따라 탐정 놀이를 하는 그가 이상했다. 왜 갑자기 이리도 모든 것들을 파고드는 걸까. 유독 괴이쩍은 진수를 위아래로 훑던 도헌이 한 발자국 뒤로 물러서며 입을 달싹였다.

"무슨 소리야 그게. 앞뒤 다 자르면 무슨 뜻인 줄 알아 내가?"

황당한 얼굴로 되묻는 도헌을 물끄러미 바라보던 진수는 자신의 턱에 손을 가져가 톡톡 두드렸다. 그러곤 기우뚱 기울어진 고개를 들어 천천히 그에게 다가갔다.

"이상하잖아요. 정말 이상해요. 예전 같음 눈앞에서 사람이 죽어도 신경도 안 쓸 사람이 책임 운운하며 누님을 스카우트하질 않나, 갑자기 혼자 실실 웃더니 오늘은 또 갑자기 저기압이고. 저기압이래도 정말 이상해요. 오늘 진짜 무서워. 그냥 내 기우이겠거니 하고 넘어갔는데 그냥 가볍게 넘길 일이 아닌 것 같아요."

저번에도 진수가 이런 비슷한 이야길 한 적이 있다. 그땐 그저 대수롭지 않게 넘겼는데, 같은 말을 또다시 듣게 되니 기분이 이상했다. 정말 그렇게 나사 하나가 빠져 버린 놈처럼 허우적대고 있었나. 곰곰이 자신의 행동을 돌이켜 봐도 딱히 걸리는 점은 없었다. 그러나 무언가가 목에 걸린 가시처럼 찜찜했다. 아마도 옆에서 모든 것들을 지켜봐 온 진수의 시선이 가장 정확할 것이란 사실이 가시로 남아 있는 이유일 터였다.

"뭐? 내가? 오늘은 뭐가 그렇게 이상한데?"

도헌의 물음이 어딘가 어색했다. 무언가 중요한 것을 잊은 느낌. 거기에 힘을 실어 주는 진수의 넋 나간 표정까지. 오늘은 하나부터 열까지 비비 꼬이는 날인가 보다. 잔뜩 미간을 구기고 서 있는 그를 이상하게 훑던 진수가 천천히 입을 달싹였다.

"평소 오늘은 말도 못 붙이게 험악한 얼굴로 방에 틀어박혀서 완전히 외톨이처럼 있는 날이잖아요. 그래서 내가 눈치껏 휴가 쓴 거였는데. 이렇게 평온한 상태인 줄 알았음 진즉에 누님하고 오랜 시간을 보냈을 거라고요. 이런 낙서나 그리고 있는 줄 알았으면 말이에요."

"아……."

머리가 뭔가에 얻어맞은 것 같은 충격으로 멍했다. 오늘이 며칠이지……. 더듬거리는 손길로 책상 위를 훑었다. 모니터 옆, 손에 걸리는 탁상 달력을 집어 들어 날짜를 확인했다.

10월 7일.

그날이다. 나리가 빛을 잃은 바로 그날.

도헌은 당혹감에 아무런 생각도 할 수 없었다. 지난 시간 동안 한 번도 잊은 적 없고, 단 한시도 기억해 내지 않았던 적이 없던 이날을 어떻게 까맣게 지워 버리고 있었는지……. 자신이 생각하기에도 어이가 없어 말문이 막혔다.

"나 잠시 나갔다 올게."

서둘러 책상 위에 아무렇게나 놓인 차 키를 집어 드는 손길이 거칠게 이는 감정으로 덜덜 떨렸다.

땅거미가 진 하늘은 칠흑처럼 검었다. 너무나 어리석고 나약한 자신을 책망하듯 듬성듬성 머물던 별빛마저도 자취를 감춰 버렸다. 참담한 마음만큼이나 푸른 기운 하나 없는 어두운 하늘이 마치 나리의 눈동자 같아 액셀러레이터를 밟는 다리에 힘이 가해졌다.

조금이라도 빨리 도착하면 미안한 감정이 줄어들까. 적어도 그녀에게 잘못했다고 사과라도 할 수 있는 기회가 생기지 않을까.

도헌은 깊은숨을 내쉬었다. 전부 부질없는 짓이란 걸 알면서도 쉽게 놓지 못하는 자신이 미련했다. 이미 죽어 버린 사람에게 사과를 한들 아무런 소용도, 도움도 되지 않는다는 걸 잘 알고 있기 때문에…….

죽은 자는 말이 없다. 그렇기에 화를 낼 수도, 그렇다고 용서를 구할 수도 없었다. 이제 와 지난날의 잘못을 뉘우치며 묘비 앞에서 눈물을 흘려도, 매년 제를 올리며 그리움에 넋두리를 해도, 모두 다 산 자들이 자신들을 위해 만들어 낸 허상에 불과했다. 그래서 더욱 이날을 잊지 않으려 노력해 왔다. 자신마저 잊는다면 짧은 생을 살다 간 나리가 너무나 초라해질 것만 같았다.

그런데 잊고 말았다. 나리의 허상에 지나지 않는 유진을 생각하느라 모든 것들을 던져 버리고 서서히 망가지고 있는 기분이었다. 유진은 지쳐 가고 있는 자신에게 내려진 선물에 지나지 않았다. 그냥 장식장에 놓아두고 바라만 보는, 그런 인형과 같은 존재 말이다. 마음의 위안을 주고 때때론 친구가 되어 주며 채워지지 않는 공허감을 달래 주는 그런 인형. 줄 마음도 받을 마음도 필요치 않은 그런 꿈과 같은 사람이었다.

자꾸만 나사가 하나씩 빠져나간다. 처음엔 바늘이 들어갈 틈조차 없던 로봇에게 하나둘 커다란 공간이 생겼고, 그로 인해 단단하던 로봇은 수많은 허점 덩어리가 되고 말았다.

유진을 알아 갈수록 눈에 띄게 다른 사람이 되어 갔다. 매정하도록 차갑다던 주변의 말들이 점점 '재미있다.'로 바뀌었다. 재미있는 사람, 알고 보니 허우대만 멀쩡한 허당, 그리고 미소가 괜찮은 남자. 생각지도 못한 타이틀이었다.

나리를 만날 때도 듣지 못했던 수많은 수식어를 요즘은 밥 먹듯이 듣고 있었다. 좀 웃으라고, 남들처럼 농담도 하고 실없이 웃기도 해 보라던 나리의 부탁과 협박들이 도헌의 귓가에 메아리쳤다.

"하아……."

짙은 감정이 잇새로 흘렀다. 무엇을 위해 여기까지 숨 가쁘게 달려온 건지, 이유 모를 허무가 밀려들었다. 이렇게 한순간에 무너질 약한 마음이었으면 적어도 그녀의 영정 사진 앞에서 맹세 따위 하는 게 아니었다. 아무런 힘도 없는 주제에 지키지도 못할 약속 같은 건 그녀를 두 번 죽이는 것과 다를 바가 없었다.

끝없는 미안함과 자괴감이 몰아치자 정신마저 아득해진 도헌은 헤드에 머릴 기대며 핸들을 세게 감아쥐었다.

늦은 저녁이라선지 납골당 주차장에 주차되어 있는 차량은 많지 않았다. 듬성듬성 보이는 서너 대의 차량만이 자리를 지키고 있을 뿐이었다. 도헌은 천천히 납골당 안으로 발걸음을 옮겼다. 나리가 안치되어 있는 곳이 가까워질수록 그의 밝지 않은 얼굴은 더욱 침통하게 가라앉았다.

뚜벅뚜벅. 길게 이어지던 걸음이 일순간 멈췄다. 발길이 닿던 곳 끝자락에 투명한 유리문 너머 밝게 미소 짓는 앳된 소녀의 사진이 놓여 있었다. 하나의 액자와 밝은 옥색의 유골함뿐인 그 조그만 공간은 어이없이 사그라져 버린 생명의 불씨만큼이나 초연했고, 외로웠다.

떨리는 눈동자로 쓸쓸한 눈앞의 공간을 훑었다. 복잡한 감정만큼이나 일그러진 얼굴에서 지독한 괴로움과 고통이 사무쳤다. 도헌은 가만히 눈꺼풀을 내렸다. 그러곤 떨어지지 않는 잇새를 세게 물었다. 이 앞에 서면 늘 느껴지곤 하는……. 살아 있음을 자책하고, 숨 쉬고 내뱉는 것마저 죄스럽게 여겨지는 그 모든 것들이 물밀듯이 밀려와 그의 입을 닫아 버렸다.

"하아……."

그리 피곤하진 않았다. 그러나 어깨를 짓누르는 허무함이 버거워 저도 모르게 깊은숨을 내뱉어 버렸다.

그런데 그때였다. 뻑뻑한 눈가를 누르며 마른세수를 하고 있는 도헌의 등 뒤로 익숙한 사내의 음성이 울렸다.

"늦었네."

별로 마주하고 싶지 않았다. 오늘만큼은. 그래서인지 강율인 것을 알면서도 도헌은 바로 뒤를 돌아볼 수 없었다. 침착해지지 않는 감정의 파장이 생각보다 거세게 몰아치는 통에 얼굴 위로 그를 향한 적대감이 적나라하게 드러났기 때문이었다.

도헌은 한쪽 입꼬리를 말아 올리며 비릿한 미소를 지었다. 이런 상황에서까지 유진과 강율을 두고 저울질하는 자신의 모습에 치가 떨렸다.

정신 차려라. 김도헌.

여전히 시선을 나리의 액자에 고정한 그는 바지 주머니에 손을 욱여넣었다.

"일이 좀 있어서……."

"그거 참 놀랄 노 자네."

"뭐가?"

"네가 오늘 같은 날 늦을 때도 있었냐? 그것도 일 때문에."

이상하게도 마음이 편치 않아서인지 평소와 다름없는 강율의 대답이 거슬렸다. 도헌은 불편한 심기를 대변하듯 한쪽 눈썹을 치켜올렸다. 그러곤 강율이 서 있는 곳을 비스듬히 바라보며 입을 달싹였다.

"무슨 뜻이야?"

"그냥."

어깨를 으쓱이며 대수롭잖게 대답하던 강율은 천천히 독이 오른 도헌에게 다가갔다. 그러곤 그의 어깨에 손을 올리며 지그시 바라봤다.

"커피나 한잔하자."

어디선가 스산한 바람이 불어왔다. 주변이 온통 산뿐인 것도 그 이유겠지만 어째선지 검기만 한 주변에 소름이 돋았다. 나는 아무것도 볼 수 없는데, 다른 이들은 나의 모든 것을 관찰하고 있는 기분이랄까.

짙은 어둠과 닮은 칠흑처럼 검은 눈동자가 그림자에 숨어 직시한다. 모근이 저릿하고 등골이 서늘한 감각에 온 신경이 마비되는 기분이었다.

도헌은 따뜻한 온기가 피어오르는 종이컵에 시선을 고정했다. 납골당 정문 옆에 위치한 작은 공원 벤치에 강율과 앉아 있으려니 곤욕이 따로 없었다. 그나마 벤치를 비추는 작은 가로등이 조금은 위안이 되었지만 유독 어둠이 싫은 그는 그저 이 모든 것들을 떨쳐 버리고 자리를 떠나고 싶은 마음뿐이었다.

짜증이 뒤섞인 눈으로 강율을 노려보는데 이 모든 것들이 전혀 개의치 않은지, 그는 자신의 종이컵을 한 번 홀짝이더니 이내 벤치의 등받이에 몸을 기대며 허공에 시선을 던졌다.

"너, 좋아하는 사람 생겼나?"

의외의 물음이랄 것도 없지만 도헌은 적잖이 당황했다. 강율이 예기치 않게 직설적으로 물어 오니 대답을 어떻게 해야 좋을지 난감했다. 속을 알 수 없는 남자의 표정, 말투, 몸짓에 숨이 막혔다.

"글쎄."

대충 얼버무리며 대답을 회피하는 도헌을 물끄러미 바라보던 강율이 피식 웃었다.

"다행이다. 너도 이제 사람답게 살아야지. 산 사람이 죽은 사람처럼 살아서 마음이 별로 안 좋았다."

희미하게 웃는 강율을 보던 도헌은 커피를 한 모금 입에 머금고는 아무것도 보이지 않는 밤하늘을 올려 봤다.

"기대를 저버려서 미안한데. 난 또다시 사랑 같은 건 안 할 생각이야. 무엇 때문에 넘겨짚은 건진 모르겠지만, 두 번 다시는 그런 바보 같은 모습 보일 리 없을 테니까 오해는 하지 마."

"너, 유진 씨……."

당황한 얼굴로 유진의 이름을 입에 담는 강율을 조금은 거칠게 직시하던 도헌이 그의 말을 자르며 대답했다.

"남녀 간의 사랑 놀음 같은 감정이 아냐. 그저 오유진 씨는 비빌 언덕 같은 거야. 기댈 곳 하나 없이 앞만 보며 달렸던 내게 안식처 같은 그런 거."

허세로 똘똘 뭉친 어린아이 같은 도헌의 모습을 가만히 바라보고 있던 강율이 손에 든 종이컵을 만지작거리며 힘없이 미소 지었다.

"안식처라……."

이내 뭔가 결심한 듯 부드러웠던 표정이 일순간 굳어진 강율은 도헌을 향해 몸을 천천히 기울였다.

"그럼 나 유진 씨랑 잘해 봐도 되겠냐?"

도헌은 가슴이 순간적으로 철렁 내려앉는 착각이 들었다. 아예 예상을 안 했다고 한다면 거짓이겠지만 그렇다고 해서 이렇게 갑작스럽게 일이 닥쳐올지는 생각하지 못했다. 이유 모를 불쾌감이 온몸을 뒤덮는 기분이었다. 고이고이 간직해 두고 나만 바라보며 점령하고 싶던 보물을 누군가에게 빼앗기는 느낌. 도헌은 갑자기 써지는 입맛에 저절로 미간이 구겨졌다.

"누군가를 좋아하는 것도 일일이 나한테 보고해야 돼?"

투덜거리듯 날카롭게 되묻는 도헌을 가만히 응시하던 강율이 갑자기 크게 웃음을 터트렸다. 그러곤 가벼운 몸짓으로 자리를 털고 일어나며 뚱하게 앉아 있는 도헌을 내려 봤다.

"그건 아니지. 그런데 갑자기 확인이란 걸 해 보고 싶더라고."

"확인?"

"그런 게 있다, 아가야."

"지금 나랑 장난쳐?"

"어."

"아, 형!"

"난 이만 간다. 너도 귀신 보기 전에 어서 일어나라."

허공에 손을 휘휘 저으며 돌아서 걸어가는 강율을 바라보는 도헌의 눈에 복잡한 감정이 어지러이 섞였다.

□　◆　□

"뭐? 다시 말해 봐."

좀처럼 표정이 편안하게 풀어지지 않았다. 마치 눈앞에 서 있는 진수가 집안의 원수라도 되는 듯 노려보며 윽박질렀다. 그의 잘못이 아닌 건 안다. 하지만 기막힌 이 기분 탓에 앞뒤 상황을 따질 겨를이 없었다.

아니나 다를까. 왠지 억울함을 느낀 진수의 입술이 댓 발은 나와 부루퉁해져 있었다.

"아프대요."

"그래서?"

"못 온대요."

"하! 지금이 며칠 째인 줄은 안대?"

"알겠죠! 왜 저한테 타박이에요!"

"……."

앙앙거리는 진수의 음성이 멀어졌다. 눈은 자연스레 책상 위 달력으로 향했다. 강율의 차에서 내린 뒤 도망치듯 시야에서 벗어난 유진이 잠수를 탄 지 벌써 삼 일째였다. 메시지를 보내도 답이 없고, 전화를 해도 도통 받지를 않는다. 오로지 그녀의 소식을 접할 수 있는 통로는 진수뿐이었다.

도대체 뭐 하자는 건지. 불쑥 화가 치밀었다. 마감이 빠듯한 상황에 개인적인 일로 무단 장기 결근이 말이나 되느냔 말이다. 더욱이 자신의 연락은 깡그리 무시하고 있었다. 백번 양보해서 정말 너무나 아파서 손가락 하나 까딱할 힘이 없다고 쳐도 이건 아니었다.

이런 불쾌감은 어제 저녁부터 현재 진행 중이다. 도헌은 아파서 작업실에 오지 못할 것 같다는 유진의 소식으로 하루 종일 아무것도 하지 못한 채 멍하니 있다. 너무나 걱정되는 마음에 전화를 걸었다. 그런데 돌아오는 대답은……

— 아…… 족발을…… 음……? 어머! 통화가 눌렸네! 뭐야!

그것을 끝으로 전화는 끊어졌다. 그 뒤 대략 열몇 통의 전화를 걸어 봤지만 또다시 연결되는 불상사는 없었다. 그로 인해 그녀의 입장에서는 너무나 다행스러운, 하나 자신의 입장에선 상당히 머리가 지끈거리는 일이었다.

그 단 한 번의 우연으로 유진은 아픈 것이 아닌, 의식적으로 무언가를 피하고 있다는 의구심이 확실시되었다. 의식적으로 피하는 그 무언가는 아마도 자신, 이겠지만.

도헌은 솟구치는 짜증을 어쩌지 못해 신경질적으로 마른세수를 하며 의자에 몸을 묻었다. 멍한 시선으로 천장을 올려 보고 있자니 강율의 차에서 내려 아연실색한 얼굴로 자신을 쳐다보던 유진의 벙찐 표정이 그려졌다. 그러다 이내 등을 보이며 도망치고……. 강율이 비릿하게 웃으며 '유진 씨랑 잘해 봐도 되겠냐?' 묻는다. 그럼 또 그 순간 멍청하게 아무 말 못 하고 쳐다보던 하나의 머저리가 있겠지.

아, 젠장.

"진수야."

"아뇨! 절대 화를 낸 건 아니고요. 작가님께서 그렇게 저에게 애정을 담아 타박 조로 말씀하시니 더 섹시하고, 또 뭐랄까, 더 남자답고, 상남자라고 하죠? 그런 페로몬이 막 흐르는 게 이성만을 사랑하는 저마저 그 매력에 홀딱 빠져 버릴 거 같은……."

무감한 얼굴로 뭐라고 떠들어 대는 진수를 바라보자 열변을 토하던 진수의 낯이 이내 흙빛으로 변해 버렸다. 그러곤 주저앉아 바닥을 손가락으로 문지르는 그의 어깨 너머로 낮은 흐느낌이 새어 나오는 것 같았다.

"진짜 뭐라는 거냐……."

혼자 구시렁거리더니 갑자기 벌떡 일어나선 주먹까지 움켜쥐며 씩씩거리는 진수를 응시하자 이내 그의 입에서 쉰 소리가 터져 나왔다.

"지금부터 인간 대 인간으로 말해 봅시다. 내가 진짜! 비굴하고 자괴감에 살 수가 없어! 세상만사 형 혼자 사냐! 툭하면 윽박지르고, 툭하면 겁주고 말이야! 사람이 그러면 못쓰지! 그 표정이 얼마나 무서운 줄 알아? 진짜 사탄이라 해도 믿는다! 가련하고 불쌍한 인생 좀 두루두루 봐주고 살펴 주면 좀 좋냐! 진짜 더러워서 내가!"

"벽지 바꿀까."

"그래! 벽지에 똥칠하는 것만큼 더러운 것도……. 뭐?"

겁먹은 강아지처럼 부들부들 떨면서 소리치던 진수의 얼굴이 영혼이 가출한 듯 멍해졌다. 그 얼굴을 심드렁하게 보던 도헌은 긴 숨을 내뱉으며 말했다.

"잡생각이 너무 많은데, 벽이고 천장이고 온통 흰 도화지 같으니까 더 미치겠네."

"미친 거…… 요즘 진짜…… 돌겠……."

뭐라 뭐라 나불거리는 진수의 음성이 또다시 멀어졌다. 그러곤 이 틈을 놓치지 않고 밀려들어 상념을 메우는 한 가지. 가만히 책상 위 휴대전화를 노려봤다.

지금 다시 전화를 걸어? 메시지를 다시 보내 봐? 그러다 안 받으면? 기어이 내 연락을 질경질경 씹어 버리면? 그러다 만약 진수 휴대전화에 그 번호가 떠 버리면 어쩌지. 나한테는 먹통인 그 번호가 진수와는 소통인 걸 다시 한 번 확인해 버리면 그땐 정말 어떡하지.

잠깐…….

도헌은 갑자기 떠오른 격한 감정으로 인해 돌처럼 굳어졌다. 그것을 인식하고 나서는 내내 복잡하게 엉키던 상념들마저 일제히 정지해 버렸다. 한마디로 회로가 끊긴, 버그로 가득 찬 로봇의 데이터가 강력한 바이러스 한 방에 텅 비워진 기분이랄까.

……뭐야, 지금. 뭣 때문에 이렇게 안절부절못하는 거야. 단지 마감은 코앞인데 어시가 코빼기도 안 보이니 이러는 거잖아. 그렇잖아. 그런데 왜 다른 사람과는 잘만 되는 연락으로 이렇게 전전긍긍하고 있는 거야. 도대체 그게 무슨 상관인데. 나랑만 연락이 안 되는 게 뭐라고. 그까짓 게 뭐라고…….

짜증스레 주먹으로 책상을 내려쳤다. 입이 바짝 마르고 잔뜩 날카로워진 신경은 그를 더욱 낭떠러지로 몰아내고 있었다.

후우. 정신 차려라. 김도헌.

무시무시하게 잠긴 얼굴에 오만 가지의 감정이 엇갈렸다. 자괴, 분노, 불안, 연민, 애틋함, 슬픔. 아마 누군가 이런 자신의 상태를 알아챈다면 비웃을 것이다. 멍청한 놈, 머저리 같은 놈, 답답한 놈. 아니, 불쌍한 놈이라고.

그러나 이런 그의 내면의 전쟁을 알 리가 없던 진수는 화들짝 놀라며 도헌의 자리에서 가장 멀리 떨어진 벽에 찰싹 달라붙어 오들오들 떨어야 했다.

"그, 그렇다고 제가…… 미친놈이라고 욕을 하려던 건 아니었고……. 그, 아, 아니 또라이라고 한 것도 작가님께 한 것이 아니고……. 그, 그저 작가님만 보면 두근거리고 설레는 저에게 정신 차리라는 뜻으로 지껄인 것인데……. 그렇게 오해를 하시며…… 무, 무섭게 책상을 때리시면…… 저, 저는 어떻게……."

힘없이 후들거리는 다리를 내려 보며 진수는 생각했다.

남자의 생명은 허벅지인데……. 이렇게 맥없이 떨리는 것을 보아하니…… 나의 19금 인생도 끝이로고.

□ ◆ □

일주일이 지났다. 아프다는 핑계를 써 가며 작업실에 가지 않은 지도. 하지만 더 이상은 무리였다. 병가도 하루 이틀이고, 변명거린 바닥을 내보였다.

이상하리만치 도헌의 얼굴을 떠올리는 것만으로 숨이 쉬어지질 않았다. 같이 출사를 나간 뒤로 그를 마주하기가 어려웠다. 자꾸만 가슴이 뛰고 가쁜 숨 때문에 눈앞이 아찔했다. 더욱이…… 잔뜩 구겨진 얼굴로 자신을 내려 보는 그를 두고 도망친 뒤론 더욱더 그와 마주할 수가 없었다.

지난 시간에 얽매어 괴로워하는 그가 야속하다가도 안쓰러운 마음에 와락, 끌어안고 싶었다. 하루에도 몇 번씩 왔다 갔다 하는 마음 때문에 유진은 거의 초주검이 되어 있었다. 아픈 사람처럼 핏기 없는 얼굴은 점점 영역을 확장하는 다크서클을 더욱 도드라지게 만들어 초췌해져 갔다.

"후아."

숨이 쉬어지지 않는 사람처럼 과장되게 큰 숨을 내쉬던 그녀는 아까부터 깜박거리는 휴대전화 화면을 응시했다. 일부러 외면하고 있었지만 신경은 온통 그곳에 쏠려 있어, 더욱 힘겨울 뿐이었다.

이럴 바엔 그냥 확인하는 게 나을지도. 자신이 이 정도로 소심했던가. 자괴감이 들었다. 문자 메시지를 확인하는 작은 행동 하나에도 갖은 노력과 이유들이 필요했으니 말이다.

끝끝내 실눈까지 떠 가며 손에 든 휴대전화를 곁눈질하던 그녀는 이윽고 화등잔만 하게 눈을 치켜뜨며 또박또박하게 문자를 소리 내 읽기 시작했다. 무려 스무 통이 넘는 메시지들을.

"많이 아픈 거야? 얼마나 아픈 건데? 밥은 챙겨 먹고 있어? 연락 좀 하자. 아무것도 손에 안 잡힌다. 이러다 박 팀장한테 나 목 졸려 죽으면 직장 잃는 건 알고 있지?"

순서대로 주르륵 읽어 내려가던 유진의 얼굴이 순식간에 백지장처럼 하얗게 질려 버렸다. 다급하게 바닥으로 집어 던진 휴대전화가 요란한 소리를 내며 구석으로 날아가 처박혔고, 빠르게 화장실로 뛰어 들어간 그녀의 뒤로 험한 욕설들이 쏟아져 나왔다.

"미친 거 아니야? 갑자기 여자 혼자 사는 집으로 온다고 하면 어떻게 해! 내가 뭘 하고 있을 줄 알고! 머리도 안 감아서 떡 졌는데 미친다, 진짜!"

집 앞으로 갑작스레 찾아오는 남자가 반가운 건 오로지 드라마 속에서나 가능한 이야기다. 그 속의 여주인공들은 늘 풀 메이크업에 헤어까지 완벽한 상태이니까.

하지만 어디까지나 현실은 현실이었다. 길가에 하찮게 피어 있는 잡초에게도 예뻐 보이고 싶은 건 여자의 본능이나 마찬가지였다. 그것이 자꾸만 마음이 가고 신경이 쓰이는, 더구나 잘생긴 남자라면 본능의 힘은 더욱더 거세지기 마련이었다.

그러니 방금까지 속 끓이고 있던 모든 상념들이 순식간에 날아가 거친 포효로 내뿜어진다 한들 이상할 것이 없었다. 유진은 머리 싸매고 끙끙거리던 일주일 중 처음으로 맑게 갠 얼굴이었다.

도헌은 운전석에 머리를 기댄 채, 앞을 응시했다. 이게 뭐 하는 짓인지, 본인이 생각하기에도 전혀 납득이 되지 않아 혼란스러울 뿐이었다.

유진은 도망친 후, 일주일 동안 아파서 못 온다는 소식을 진수에게만 전해 왔다. 자신의 연락은 도통 받지도 않은 채로. 그게 못내 서럽고 서운했다. 아니 정확히 말하자면 화가 났다. 타인과는 잘만 되는 연락이 자신과는 되지 않는다는 것에 이유 모를 소유욕이 일었다.

정신이 나갔거나 제대로 미쳤거나, 아니다. 이건 암만 봐도 미친 거다. 자신은 그냥 미친놈이었다. 그러지 않고서야 소유욕이라니.

유진은 말 그대로 선물이었다. 나리를 대신할 선물. 너무 고귀하고 애달파서 차마 만지지도 못한 채 눈으로만 바라보는 그런 소중한 존재가 유진이었다. 그런 그녀에게 말도 안 되는 감정이 싹튼다는 게 마음에 들지 않았다. 순백의 색에 더러운 오물을 끼얹는 기분, 딱 그랬다.

하지만 마음이 잡히질 않았다. 자꾸만 눈에 그녀가 아른거리고, 밥은 먹었을까? 잠은 제대로 자고 있는 건가? 약은 먹었나? 병원은 가 본 걸까? 온통 그녀의 상념으로 가득 차 어지러웠다.

그래서 예의가 아님을 알면서도 무작정 이곳으로 향했다. 안 그러면 미쳐 버릴 것만 같았다. 이러다 잠결에라도 달려갈까 싶어 끝끝내 와 버렸다. 이기적이라고 해도 어쩔 수 없다. 요즘은 뜻대로 잘되던 본능에 대한 제어가 전혀 안 되고 있기 때문이다. 이것 또한 치명적인 자기 합리화일지라도 그냥, 그렇게 어쭙잖은 핑계를 대고 싶었다.

도헌은 평온한 겉모습과는 달리 시끄럽게 요동치는 속을 나직한 숨으로 달래며 망연히 앞을 바라봤다. 그러자 이윽고 유진이 모습을 드러냈다.

쿵, 쿵, 쿵, 쿵.

그녀의 모습이 점차 가까이 다가올수록 갑작스레 덜커덕거리던 심장에선 거친 소음이 연달아 터져 나왔다. 눈앞이 아찔하고 귓가는 왕왕 울려 댄다. 벌어진 잇새로 간헐적인 호흡이 뚝뚝 끊기며 가슴이 바짝 조여들었다.

어느새 축축이 땀이 밴 손을 들어 핸들에 올리는데 벌컥 열린 조수석 문틈으로 유진이 고개를 쑥 내밀었다.

"확인 끝나셨죠?"

도헌은 순간 멍해졌다. 살면서 이 정도로 긴장을 해 본 적이 없거늘, 정작 심드렁한 그녀의 말투를 보자 배알이 뒤틀리는 것만 같았다. 울컥, 서러움이 밀려들었지만 최대한 감정을 숨기기 위해 미간을 모은 그가 비딱한 시선을 들어 반쯤 몸을 숙인 그녀를 바라봤다.

"뭐?"

"죽었는지 살았는지 그거 확인하고 싶어서 온 거 아니었어요? 이렇게 말짱한 모습 보셨으니 이제 됐잖아요."

살랑, 바람을 타고 그녀의 달콤한 샴푸 냄새가 차 안 가득 들어왔다. 못난 말만 골라 하는 그녀가 야속하긴 했지만 그것과는 반대로 마음은 그녀의 온기가 담긴 향기를 맡자마자 빠르게 안정되어 갔다.

다행이라……. 그렇지. 조금 피곤해 보이긴 했지만 그리 나쁜 안색은 아니니 한시름 놨다고 해야겠지. 하지만 난 왜 너를 보자마자 주책없이 웃음이 나오려 하고 아무 생각 없이 네 옆에 있고 싶은 걸까.

일탈이었다. 마감을 목전에 둔 그가 이렇게 대책 없이 작업실을 벗어난 것부터가 그에게 있어선 모험과 같은 일이었다. 그래서 이런 이상한 감정에 휩쓸리고 있는 건지도 몰랐다. 그렇다면, 처음으로 겪는 황당한 상황들을 혼란이라는 단어에 밀어 넣고 조금쯤은 방관해도 되지 않을까. 눈 딱 감고 미친 척 굴어도 괜찮지 않을까.

복잡하게 일렁이던 도헌의 눈빛이 순간 차분하게 가라앉았다. 이윽고 유진을 바라보는 얼굴엔 찰나의 빛이 서린 것도 같았다.

"타."

"지금 여기에 올라타라는 말씀이세요?"

경악한 표정으로 되묻는 유진의 얼굴이 마음에 들었다. 그만큼 오늘 하루 제대로 미쳐 볼 작정이었다.

"태워 줘야 해? 뭐, 공주님 안기 그런 거? 원한다면 못 할 것도 없지."

"아, 아, 아니. 공주님 안기는 무, 무슨. 혹시 술 드셨어요?"

"그 어느 때보다 말짱해. 그러니 어서 타지? 아니면 정말로 내가 번쩍 안아 주길 바라고 이러는 건가?"

"마, 말도 안 돼."

서둘러 차에 오르는 유진을 그윽하게 바라보는 입가에 설핏 만족스러운 미소가 어렸다. 기어를 바꾸는 와중에도 시선은 여전히 조수석에 머물던 그가 차를 출발시키며 입술을 달싹였다.

"원래 집에서도 그래?"

"뭐가요?"

"보통은 편안한 차림으로 있지 않나? 가령 무릎 나온 트레이닝 복이라든가……."

단정하게 빗어 핀을 꽂은 긴 머리, 칠부 소매 기장의 하얀 티셔츠, 밝은 워싱의 스키니 진을 순서대로 훑어 내리던 눈이 반달로 접혔다. 왠지 모르게 마음에 든다. 그녀에게 있어 자신과의 만남이 신경 쓰인다는 증거 같아서. 그녀 또한 이런 갑작스러운 상황들에 설레고 있는 것만 같아서, 그래서 마냥 좋았다.

말끝을 흐리며 하하, 웃던 도헌이 붉게 달아오른 유진의 두 뺨에 시선을 던지며 말을 이었다.

"대충 질끈 올려 묶은 기름진 머리 같은?"

"이, 이래서 미디어가 문제라니까요? 그런 잘못된 선입관을 심어 준다고요! 일부 미디어에서 그런 모습을 보여 준다고 해서 모든 여자들이 그러고 있을 거란 생각을 버리셔야 해요! 전 전혀 아니거든요?! 잘 때 양말도 챙겨 신고 자는 사람이에요!"

"흐음. 그것 참 아쉽네."

"뭐, 뭐가요?"

"섹시하잖아. 예쁜 여자가 편안하게 늘어져 있는 거. 안 그러고 있다니 좀 아쉽달까."

슬쩍 곁눈질을 해 보니 안색이 새하얗게 질린 유진의 모습이 들어왔다. 마치 '이 사람이 죽을 때가 됐나. 갑자기 왜 이래.' 라고

181

말하는 것만 같았다. 그 모습이 또 귀여워 저절로 도헌의 입매가 길게 늘어졌다.

동그랗게 뜬 눈하며 알맞게 솟은 콧방울이 아이 같았다. 붉게 물든 두 뺨은 생기가 가득했고 일자로 곧게 뻗은 눈썹은 더할 나위 없이 순수했다. 더구나 저렇게 맑게 일렁이는 눈동자 가득 자신이 담겨 있노라면 어쩐지 가슴 한편이 저리면서 기분 좋은 떨림이 온몸으로 번져 가는 것만 같다.

핏줄까지 선명하게 도드라지는 투명한 피부에 작게 벌어진 붉은 입술을 볼 때면 다른 의미로 온몸에 힘이 들어갔다. 옅게 잇새를 드나드는 호흡에서 진한 여자의 향기가 배어 나올 때마다 그 향에 취해 거친 상념에 빠져들곤 했다. 마치 지금처럼.

하얀 속살을 이로 질겅거리고 싶다. 으르듯 거칠게 물고 빨아 붉은 낙인을 그녀의 온몸에 내리찍고 싶었다. 나만이 볼 수 있고, 나만이 느낄 수 있도록 자신의 흔적들로 가득 채워 그 누구도 접근하지 못하게 만들어 버리고 싶었다.

타인과 나누는 웃음에, 타인과 나누는 감정에, 타인과 나누는 시선에, 그 모든 것들에 화가 나고 짜증이 났으니까. 그런 생각들에 치우칠 때마다 줄이 끊어진 인형처럼 아무것도 해내지 못하는 자신을 발견하곤 또다시 자괴감에 빠져들고 마는 나날들이 멈추길 간절히 바랐다.

힘으로 내리눌러서라도 치욕적이고 통제 불능한 처절한 아픔을 반복해서 느끼고 싶지 않았다. 억지로 유진을 범해서라도 갖고 싶었다. 그녀의 모든 것들을. 그녀의 생각과 감정 그 모두를 말이다. 그런 생각이 들 때마다 짐승 같은 자신에게 실망하고 유진에게 미안했다.

나리를 앗아 간 괴물과 자신이 하등 다를 것이 없었기에.

하지만 오늘은 그 일탈이라는 가면에 숨어 진짜 원하는 것이 무엇인지를 보고 싶었다. 그래야 어느 쪽으로든 갈피가 잡힐 것 같았다. 이렇게 두 손 놓고 휘둘리다가는 정말 사달이 나도 날 것 같은 불안감이 크게 작용한 탓도 있었다.

어쩌면 이런 일탈이 가장 필요한지도 모르겠다. 유진을 위해서나 자신을 위해서나, 그리고 죽은 나리를 위해서라도.

세 시간 반 정도를 달리는 사이 어느새 하늘은 붉게 타들어 가고 있었다. 무조건 타라는 그의 말에 반사적으로 몸을 싣기는 했지만 여전히 마음은 불편했다. 그래서인지 심장이 자꾸만 조여들었다. 불규칙적으로 뛰어 대는 통에 살짝 통증마저 느껴지는 것 같았다.

이럴까 봐 그를 피했던 건데. 이렇게 대책 없이 그에게 예민하게 반응하고, 기대하고, 아파하고, 상처받고, 그러다 하루를, 아니 일상의 모두를 망치고 마는 게 요즘 그녀의 패턴이었다. 항상 열정에 넘쳤던 모든 신경들은 이젠 하나의 대상에게 고정되어 움직일 생각을 하지 않았다.

그 대상이 밝게 웃어 주기라도 하면 가슴이 철렁 내려앉았고, 그 대상이 차갑게 대하면 가슴이 찢어졌다. 이젠 날씨에 대한 징크스도 사라졌는지, 오로지 하루의 운과 기분은 하나의 대상의 태도와 표정에 의해 좌지우지됐다.

어쩌다 내 신세가 이렇게 처량해졌는지 원. 혀를 차던 유진은 시야 가득 들어오는 앙증맞은 고추의 조형물들에 순간 웃음이 터졌다.

"어머, 저거 뭐예요?"

"아, 여기가 고추가 유명하잖아. 그래서 가로등도 전부 고추야."

"여기가 어딘데요?"

"청양."

"엑? 언제 여기까지 왔어요?"

놀라 다물어지지 않은 입을 헤벌린 채, 눈만 끔벅였다. 그러자 도헌이 못 말린다는 듯 고개를 저으며 작게 숨을 내쉬었다.

"그렇게 나랑 있는 게 싫어? 말을 걸어도 대꾸도 없고."

"싫긴요. 딴생각하느라 못 들은 거지."

"그게 그거잖아. 지루하니까 딴생각을 하는 거고."

"아니죠. 그건 작가님도 마찬가지 아니에요? 주로 저 혼자 북 치고, 장구 치고 했잖아요."

"난 아니야."

"그걸 어떻게 장담해요?"

"여기 온 게 그 증거야."

유진은 창밖을 바라봤다. 도로 위 이정표엔 칠갑산이라는 글자가 선명히 새겨져 있었다.

"칠갑산? 우리 칠갑산 가요?"

"응."

"왜? 왜요?"

"알아볼 게 있어."

툭 던지듯 말을 내뱉은 도헌이 유진을 바라봤다. 그러곤 다시 시선을 앞으로 향했다. 유진은 그런 그의 행동을 물끄러미 보다 고개를 갸웃거렸다. 이해가 되지 않았다. 누구에게 뭘 알아보겠다는 건지.

"혹시…… 신내림 받았어요? 그래서 산신령께 굿하러 가요? 이 저녁에?"

"뭐? 말이 갑자기 왜 그리로 튀어?"

"아니 그렇잖아요. 산에 가서 뭘 알아봐요? 거기에 뭐가 있다고?"

"하아……. 유진아."

하아, 유진아. 그의 나직한 부름에 심장이 덜컥거렸다. 몹시도 다정하고 몹시도 나른한 울림이 온몸을 타고 흘러내리는 기분이었다. 손끝이 저리고 가슴이 요동치듯 떨렸다. 입가는 움찔거리며 바보 같은 웃음이 실실 비어져 나올 것만 같아 꾸욱 힘주어 굳게 다물었다.

그렇게 인상을 쓴 것도, 그렇다고 웃고 있는 것도 아닌 애매한 표정을 하고 있는데 또다시 귓가를 파고드는 나른한 도헌의 음성에 유진의 어깨가 눈에 띄게 긴장으로 굳어졌다.

"천문대 가는 거야. 별 보러."

"아……."

유진은 당황함에 숨이 가빠졌다. 이 순간 왜 저리 멋들어지게 웃는 걸까. 이젠 그의 미소만으로도 심장이 멎어 버릴 것 같으니 중병에 걸려도 단단히 걸린 게 틀림없었다. 그녀는 어떻게든 이 상황을 벗어나 보려 흠흠, 헛기침을 했다.

"저, 노, 노래라도 듣죠?"

조용한 차 안의 정막을 잔잔한 라디오 DJ의 음성이 메웠다. 무어라 사연을 소개하다 이윽고 신청곡이 자동차 스피커를 통해 흘러나왔다. 예전에 자주 들었던 가수 윤하의 '기다리다'라는 노래였다.

실연을 당하면 라디오에 흘러나오는 모든 이별 노래가 전부 내 얘기 같고, 내 마음 같고, 내 처지 같다더니, 지금 유진이 그랬다. 예전엔 별생각 없이 그저 멜로디가 좋아서 듣던 노래가 지금은 가사가 아파서 공감이 됐다. 윤하의 덤덤한 목소리가 더 애틋하고 애달픈 건 아마 자신의 마음이 동했기 때문이리라.

항간에 떠도는 이야기가 자신의 이야기가 될 것이라곤 생각지도 못했던 그녀이기에 자꾸만 감상에 젖어 드는 것은 어쩔 도리가 없었다. 그래서 더욱 멜로디에 취하고 가사에 목이 메었다. 수심에 잠긴 마음이 얼굴에 드러나 점점 어둡게 그늘을 드리웠다.

어쩔 수 없다. 남녀 관계에 있어서 더 많이 좋아하고 더 많이 마음을 준 쪽이 약자인 법이었다. 그 사실을 곱씹는 유진의 안색이 눈에 띄게 파리해져 갔다.

서울보다 조금 더 아래 지역이라선지 요 근래에 선선하던 날씨가 제법 무더웠다. 해는 많이 짧아졌는지 어느새 붉게 타들어 가는 하늘은 푸른 녹음들 사이사이를 물들이며 진해져 갔다. 단풍을 보고 싶었지만 그런대로 만족스러운 풍경이었다.

가파른 길을 계속 오르다 보니 평평한 주차장이 나왔다. 예상외로 차들은 별로 없었고, 라디오에선 잔잔한 음악들이 연이어 흘러나왔다. 노래만큼이나 평온하고 단조로운 분위기가 도헌과 유진 사이에서 차분하게 가라앉고 있었다.

유진은 멀거니 창밖에 시선을 고정하고 있었다. 그곳에서 가족 단위로 나온 나들이객을 한참이나 바라보았다. 정확히 말하자면 아이들이 뛰어노는 모습을 관찰하고 있었다.

저마다 뭐가 그리 신기하고 재밌는지 연신 입가에 웃음이 떠나질 않았다. 아무런 근심 걱정이 없어 보이는 천진난만한 미소에 저절로 마음이 편안해지는 기분이었다. 분명 자신도 저랬던 때가 있었을 텐데도 마냥 부럽고 예뻤다. 반짝반짝 빛나는 별처럼 티 없이 맑은 그 모습에서 눈을 뗄 수가 없었다.

아마 도헌도 그녀와 같은 마음이었는지 차를 세우고도 한동안 유지하던 정적을 작은 헛기침으로 깨며 나직하게 웅얼거렸다.

"생각보다 아이들이 많네. 우리도 나가 볼까?"

별다른 대답을 하지 않은 유진은 긍정의 뜻으로 어깨에 둘러져 있던 안전벨트를 풀었다. 조수석 문을 열자, 청량한 바람이 노을의 향을 가득 담아 불어왔다. 찜찜하던 기분마저 날려 버릴 듯 기분 좋게 살랑거리는 바람이었지만, 그럼에도 쉬이 유쾌하거나 밝아지진 않았다.

애써 딱딱한 표정을 차분하게 다잡은 유진은 도헌을 따라 위에 위치한 정자를 향해 걷기 시작했다. 눈앞에 보이는 것이라곤 나무들과 잘 다져진 나무 발판, 그리고 듬직한 그의 등뿐이었다. 가장 믿음직스러우면서도 가장 기대기 싫은, 힘껏 끌어안고 매달리고 싶었으나 그러기엔 철옹성처럼 단단함에 돌이킬 수 없는 상처를 입을 것 같아 꺼려지게 만드는 그런 사내의 등이 유혹적으로 움찔 거리며 그녀를 바라보고 있었다.

난, 당신의 등이 두려워요. 언제든 매몰차게 돌아서 버릴 것만 같아. 내가 어떻게 되든, 그런 거 안중에도 없이 가 버릴 것 같아서 무서워요. 상처받는 거 하나도 겁 안 나. 하지만 나란 사람이 당신에게 있어 아무 거리낌이 없다는 그 사실이, 그걸 확인하는 게 싫을 뿐이야. 단지 피하고 싶을 뿐이야. 그날이 되도록 천천히 올 수 있게끔.

힘없이 서리는 미소에 슬픔이 묻어났다. 자신의 혼잣말에 상처 받는 바보 멍청이가 또 있을까 싶었다.

사랑이었다. 자꾸만 시선이 가고 신경 쓰이는 이 불편한 감정은 분명 사랑이 맞았다. 외면해 봐도 저도 모르게 맨살을 드러내는 마음이 힘없고 가여워 더 이상 무시하고 싶지 않았다. 그래 봐야 더욱 처연할 뿐이었으니.

이래서 사랑은 가급적 하고 싶지 않았다. 불타오르는 감정만큼 사람을 피폐하게 만드는 것은 없었으니까. 저 혼자 살아가기에도 벅찬 마당에 타인의 감정까지 신경 써야 하는 현실이 갑갑했다. 일방적인 사랑, 일방적인 기대, 일방적인 상처, 이 모두가 지긋지긋하다. 그럼에도 쉬이 벗어날 수 없는 자신이 미웠다.

그리 길지 않은 거리를 오르며 둘은 아무런 말이 없었다. 혼잣말조차 오고 가지 않는 둘 사이로 아이들이 갑작스레 끼어들어 작은 혼란을 일으켰다. 그때 덩치 큰 사내아이가 뒤따라 오르는 두 아이들을 향해 소리쳤다.

"야! 저기 장영실 있다! 빨리 와 봐!"

장영실? 순간 뒤를 돌아 자신을 바라보는 도헌과 눈이 마주쳤다. 그 역시 조금 당황한 듯 보였다. 생뚱맞게 장영실이라니. 그것도 칠갑산에 말이다.

그러나 그 둘의 의아함은 곧 풀리고 말았다. 유진과 도헌은 한곳을 바라보며 어이없는 실소를 터트리고 있었다. 그 실소 사이에 그가 허허, 거리며 말을 이었다.

"진짜 미디어가 문제는 문제네."

"그러게요."

"언제부터 송일국이 장영실이 된 거야. 요즘 애들 사극으로 역사를 배운다더니, 하, 참."

"픕!"

갑자기 웃음이 터졌다. 이유는 모르겠으나 그냥 저도 모르게 참지 못한 웃음이 새어 나왔다. 평소와 다름없이 투덜거리는 그의 모습에서 불현듯 하나의 생각이 스치고 지나갔다. 흘러가는 마음을 거부해 봐야 자신만 더 힘들다는 것을. 그로 인해 자신이 누구보다 좋아하는 김도헌이란 사람의 면면들을 놓치고 있다는 사실까지도.

그건 너무 억울하잖아.

그의 모든 것을 하나도 **빼놓지** 않고 볼 거다. 장점을 발견하면 단점도 하나 발견하고, 단점을 발견하면 더욱 새로운 모습을 찾아내고, 그렇게 하나씩 그에 대해 알아 가다 보면 자연히 마음이 정리가 될 것이었다. 좋은 쪽이든 나쁜 쪽이든.

김도헌이란 남자의 신비로움이 걷히고 나면 아마 자신의 단단한 콩깍지도 벗겨질지 모르는 일이었다. 덮어놓고 무작정 밀어만 낼 것이 아니라 조금 더 용기를 가지고 부딪칠 필요도 있다는 생각이 들었다. 미남은 철판녀에게 넘어오게 되어 있다. 열 번 찍어 안 넘어온다면 백 번 천 번 찍으면 되는 것이다. 그것이 자신만의 팜므 파탈이었다.

그렇다. 열정이 없는, 자신감 없는 오유진은 자신이 아니었다. 그건 너무나 나답지 않은 행동이었다. 그걸 뒤늦게 깨닫고 보니 그동안의 질척거리던 시간들이 낯부끄러웠다. 이유도 모르고 오락가락하는 자신을 상대했을 도헌은 무슨 죄인가, 얼마나 당황스럽고 황당했을까.

저절로 헤, 벌어지려는 입가를 단속하며 미소 짓는데 그런 그녀를 도헌이 이상한 눈으로 바라보며 한 발짝 멀어졌다.

"왜……. 왜 그렇게 웃는 건데."

"그냥요. 좋아서."

"뭐?"

확 미간을 구긴 그가 유진을 매섭게 노려보며 말을 이었다.

"너…… 송일국 같은 타입 좋아하냐? 저 사람 유부남이야. 그것도 애 셋 딸린."

진중한 눈빛으로 천천히 다가오던 도헌이 갑작스레 유진의 어깨에 팔을 두르며 나직한 숨이 흐르는 목소리로 덧붙였다.

"아서라. 아내가 판사다, 판사. 너는 뭐랄까, 까칠한 사람이 어울려. 그래야 여리기만 한 스타일이 좀 커버가 되지. 이를 테면 나 같은 꽃미남이라든가, 나 같은 능력남이라든가, 나 같은 상남자?"

어이없는 얼굴로 바라보던 유진이 별안간 그의 팔을 어깨에서 치워 내며 마주 바라봤다.

"아니죠. 진수처럼 귀여운 꽃미남이라든가, 송일국처럼 자상한 상남자라든가, 박 형사님처럼 차가운 까칠남이죠!"

"뭐어? 이거 봐 이거 봐. 이제 보니 완전 선수네, 선수야."

"이제 보니 선수라뇨? 옆으로 보나 앞으로 보나 뒤로 보나, 나 같은 미인이 남자 안 밝히면 그것도 중범죄거든요? 그것도 방화죄. 남자들 마음에 불만 질러 봐요, 그것도 못할 짓이지. 안 그래요? 차라리 나처럼 대놓고 밝히는 게 매너라고요."

턱까지 치켜들고 거들먹거리며 말하는데 도헌이 말없이 웃으며 빤히 바라봤다. 그게 또 더없이 두근거려 유진은 흠흠, 헛기침하며 붉어진 얼굴을 자연스레 손으로 가렸다.

"뭐, 왜요? 왜 그렇게 보는데요?"

"이제야 오유진다워서. 그렇게 뗵뗵거려야 오유진이지. 말없이 축 늘어져 있으면 영, 재미가 없어서 말이야."

"별, 시답잖은……."

당황함을 감추려 툴툴거리던 유진은 서둘러 앞장서서 정자로 향했다.

붉게 타던 노을이 사그라지자 이내 짙은 어둠이 드리웠다. 정자에 앉아 내려 보는 경치가 검게 물들어 갈수록 땅 위에 별빛이 켜지듯 불빛들이 늘어 갔다.

선선하다 못해 조금은 차가운 바람이 귓가를 스치고 지나갔다. 어스름이 깔린 하늘 아래 고요가 잔잔한 호수처럼 마음을 차분하게 매만졌다. 그래서인지 유진은 지금의 이 분위기가 마음에 들었다. 옆에 앉아 앞을 바라보고 있는 도헌의 눈동자가 반짝이며 생각에 잠긴 모습조차 아름다워 보였다.

"무슨 생각 하세요?"

"그냥……. 이것저것."

"알아볼 게 있다는 건 끝나셨어요?"

"……."

별생각 없이 물었던 물음에 도헌이 고개를 돌려 시선을 맞춰 왔다. 그 바람에 심장이 거칠게 뛰기 시작했다. 놀라서 뛰는 건지 그의 홀가분한 미소에 두근거리는 건지는 모르겠지만 마치 습관적으로 켜지는 스위치처럼 정신없이 귓가를 쾅쾅 울려 댔다.

그래서 지금 그가 작게 고개를 끄덕이며 나직이 웅얼거리는 목소리가 꿈결처럼 들리는 건지도 모르겠다. 현실 감각이 잠겨 버려 그저 몽롱하기만 했다.

"……응. 답을 찾았어."

그가 손을 들어 뻗었다. 이윽고 귓가에 따스한 체온이 느껴졌다. 인식하지 못하는 사이, 어느새 코앞으로 바싹 다가온 그가 반대쪽 얼굴마저 손으로 덮자 온전히 그를 바라보는 자세 그대로 잡혀 있는 꼴이 되어 버렸다.

"나는…… 밤이 싫었어. 누군가 나를 지켜보고 있다고 생각했거든. 하늘 위의 별이 꼭 나를 바라보는 눈동자 같았어. 밤에만 별들이 있는 게 아닌데도 이상하게 그랬어."

엄지로 볼을 쓰다듬는 그의 손길이 좋았다. 귓가를 나직이 울리는 저음도 편안했다. 하지만 무엇보다 지금 이 순간이 가슴 떨리도록 좋은 건, 전과는 달리 복잡하게 엉키지 않는 눈동자로 한가득 자신을 담아내는 그의 진심이었다.

오로지 오유진으로서, 하나의 존재로서, 하나의 자아로서 대하고 있었다. 모든 것을 내려놓은 듯 풀어진 그에겐 억지로 무언가를 외면한다거나 밀어 내는 느낌이 들지 않았다. 무엇 때문인지는 모르겠으나 이토록 여유가 느껴지는 얼굴은 생경하면서도 새로웠다. 그가 자신을 볼 때마다 느껴야 했던 불편한 이물감들이 걷히자 한결 더 반짝거렸다. 몸짓, 표정, 미세한 떨림까지 이채로운 빛으로 가득했다.

처음인 것 같았다. 이렇게 온전히 자신만을 바라봐 주는 것이. 자신을 통해 누군가를 보고 있다는 느낌이 사실일 것이라 확신한 순간 느꼈던 암담함이 점차 옅어져 갔다.

"이상한 게…… 맞을지도 모르지. 나로 인해 처절히 꺼져 간 사람이……."

잠시 말을 멈춘 그가 어느새 까매진 밤하늘을 올려 봤다. 그러곤 숨을 토하듯 마음을 내뱉었다.

"저기 저, 위에 있으니까."

망연한 얼굴 위로 작은 경련이 일었다. 마음 깊숙이 묻어 두었던 어떤 것을 떠올리는 표정은 담담했지만, 고통이나 자책은 느껴지지 않았다. 그래서 더, 그의 상처가 고스란히 피부에 와 닿는 건지도 모르겠다. 지난 시간들 동안 숨죽여 흐느끼는 모습들이 눈앞에 그려지는 것 같아서 유진은 뭐라 할 말을 찾지 못했다. 그저 차분히 이어지는 그의 마음을 새겨들을 뿐이었다.

"그래서 여기로 오자고 한 거였어. 한적하고 하늘과 가까운 곳에서 정리할 시간이 필요했거든. 그런데, 그렇게 정리하고 홀가분해지고 싶던 것들을 하게 됐는데도 별로 기쁘지가 않다."

차분하게 말을 이어 가던 도헌이 유진을 바라봤다. 잔잔히 서리는 미소에 어쩐지 반짝이는 물기가 어리는 것만 같았다.

"내가 너무 나쁜 놈이라 모두를 다시 힘들게 만들 거라는 걸 잘 알아서. 특히나 네가 많이 아파할 것만 같아서……."

마음이 너무 아팠다. 마른세수를 하는 그의 모습이 부옇게 흐려지더니 이내 두 볼을 타고 뜨거운 무언가가 흘러내리는 게 느껴졌다. 이유 모를 눈물이 턱 끝에서 떨어져 가슴을 때리고 마음을 때리고 펄떡이는 심장을 때리는 것만 같았다. 어느새 차갑게 식어 손등 위를 적시는 그것을 향해 시선을 떨구다가 작은 소리로 웅얼거렸다.

"아파하지…… 않을게요. 상처받지도 않고, 힘들어하지도 않을게요. 그러니까…… 그만 털어 버려요. 그만…… 힘들어해요."

목이 메어 목소리가 흔들렸지만 올곧은 시선으로 그를 바라봤다. 그러자 조금은 놀란 듯 눈을 크게 뜨던 도헌이 피식, 헛웃음을 흘렸다.

"그 말에 가슴 떨리는 내가 참…… 소름 끼친다. 누군갈 상처 입힐 걸 알면서도…… 그 비이상적인 일을 하려는 내 자신이 무섭다."

또르르. 마주치는 그의 두 눈에서도 눈물이 떨어졌다. 잠시 주저하는가 싶더니 볼에 다시금 그의 따스한 체온이 느껴졌다. 향긋한 스킨 향이 코끝에 맴돈다. 시원하고 청량감 있는 그만의 체취였지만 온기가 담겨서인지 그것의 온도는 마음을 노곤하게 풀어 버릴 듯 따뜻했다.

"유진아."

소리에도 맛이 있는 것만 같았다. 달콤하게 간질이는 음성에 저절로 눈이 감겼다.

"미안해. 널 내 마음에 담아서. 아마 포기할 수 없을 것 같아. 절대로."

'……절대로.'

아무런 대책 없이 유진에게 마음을 내뱉고 말았다. 나리의 환영도, 그리움을 달래 주는 존재도 아닌, 오유진 그녀 자체가 가져다주는 벅찬 감정을 드러내고야 말았다. 자신의 존재를 내세우기 시작한 창수와 그로 인해 또다시 위협을 받게 되는 이 상황에 절대로 해서는 안 될 짓을 저지르고 만 것이다.

미안하단 사과 한마디로 널 위험에 빠트린 내가 용서가 될까? 아프지 않게 지킬 수 있을까? 단 하루의 일탈, 이것으로 진짜 속마음을 깨닫게 되자 봇물 터지듯 불어난 감정이 도저히 감당되지 않을 만큼 거대해졌다. 지금 이 순간에도 약점을 노리는 살기가 도사리고 있을 테지만 도헌은 멈출 수가 없었다.

이번 한 번만. 제발 이 여자만은.

천천히 부드럽게 유진의 볼을 쓰다듬던 손에 힘을 줘, 그녀를 끌어당겼다. 코앞까지 다가온 체취와 도톰한 입술에 시야가 아찔하게 일그러졌다.

나리를 잊은 건 아니었다. 어떻게 그녀를 잊을 수 있을까. 그건 절대 가능하지 않은 이야기였다. 그녀를 위해 계속 만화를 그릴 것이고, 그림자를 검거하는 것에 온 촉각을 곤두세울 것만은 분명했다.

다만, 더 이상 자괴와 연민에 휘둘리지는 않을 생각이었다. 밤하늘을 향해 외치던 무수히 많은 번뇌들은 하나의 존재 앞에 귀결되었다. 처음부터 답은 하나였는데 멍청하게도 다른 곳을 보느라 그 사실을 뒤늦게 깨달았다.

또 잃지 않을 것이다. 유진이 사라진다면 더는 버틸 재간이 없었다. 첫 번째 사랑도 그것에 집중하지 못한 탓에 놓쳤듯이 겨우 찾은 두 번째마저 억지로 외면하다 잃을 순 없었다. 한시도 눈을 떼지 않고, 개미 새끼 한 마리도 유진에게 위협을 가할 수 없게 만들 생각이었다.

그래, 사랑이다. 어렵게 찾아온 또 한 번의 사랑이었다.

도헌은 천천히 눈앞의 도톰한 입술을 엄지로 쓸었다. 말랑한 감촉이 손끝을 타고 찌르르, 가슴에 날아와 박혔다. 빠르게 뛰는 심장은 호흡을 점차 거칠게 만들었다. 들썩이는 어깨 너머 속을 드나드는 숨결에 유진이 느껴졌다. 그녀만의 향기가 작은 혈관까지 스미는 것 같아, 저도 모르게 단전에 힘이 들어갔다.

시선을 들어 떨리는 손끝으로 그녀의 부드러운 머리칼을 매만졌다. 손아귀에 쥐었다 펴면 가벼운 바람에 흩어지는 연기처럼 손가락 사이로 빠져나가는 부드러운 감촉이 긴장감을 고조시켰다. 잘

록한 허리춤에서 찰랑거리는 긴 머리칼을 조심스레 쓸어 넘기다 동그란 이마에 손끝이 닿았다. 자잘한 솜털이 일 정도로 자극적인 전기가 관통하는 기분에 질끈 눈이 감겼다.

다급한 마음과는 반대로 그의 손길은 더없이 느긋했다. 미세한 움직임 하나까지도 모조리 느끼고 싶은 탓이었다. 도헌은 마치 그림을 그리듯 작고 연약한 움직임으로 이마를 따라 부드러운 곡선을 손끝으로 그려 나갔다.

얇은 살갗을 뚫고 느껴지는 여자의 체온이, 숨결이, 보드라운 솜털마저 황홀하도록 기분 좋았다. 조금 더 느끼고 싶고, 조금 더 마음에 새기고 싶었다. 손을 움직일 때마다 허공에 그려진 그림이 마음속에 각인되듯 선명해졌다. 헤로인보다 지독한 것이 사랑이라더니, 자신도 모르는 사이 깊게 빠져 버린 감정에 속수무책으로 휘청거리고 있었다.

이마에서 시작한 움직임은 그녀의 미간을 지나 오똑한 코에 머물렀다. 그러다 작고 말랑한 인중을 살며시 누르자 유진의 입술에서 탄성과도 같은 숨이 터져 나왔다. 귓가를 간질이는 그녀의 숨결이 최음제처럼 정신을 몽롱하게 만들어 버리는 것 같았다. 그것에 취해 오로지 오유진밖에는 보이지 않았다. 오로지 그녀 말고는 아무것도 느낄 수도, 생각할 수도, 마음에 담을 수조차 없었다.

가벼운 버드키스처럼 그는 입술을 스치듯 지나쳐 턱 선을 따라 내려와 마침내 그토록 느껴 보고 싶던 부드러운 목덜미를 어루만졌다. 따뜻하면서도 매끈한, 진한 여인의 향기가 묻어나는 그곳은 상상했던 것보다 훨씬 더 자극적이었다. 당장이라도 이를 박아 넣고 싶은 욕구가 강하게 그를 밀어붙였다.

하지만 욕구를 내리눌러야 했다. 누구보다, 아니 그 어떤 것보다 소중한 유진을 제 소유물인 양 본능대로 휘젓고 싶지 않았다. 그 어떤 존재보다 소중하게 대하고 싶었다.

도헌은 욕망에 잠긴 눈동자로 움푹 파인 쇄골에 손끝을 내리다 이내 양손으로 결박하듯 그녀의 턱을 잡아 자신을 향해 들었다. 엄지로 도톰한 입술을 매만지더니 이내 그것을 입술로 머금었다.

아이스크림을 베어 물 듯 아랫입술을 담았다가 윗입술로 옮겨 갔다. 조금이라도 거칠게 움직이면 깨어질 유리그릇처럼 온 신경은 그녀에게 집중되었고, 더없이 조심스러웠다. 천천히 머금었다, 놓아주기를 여러 번. 말캉한 혀를 내밀어 도톰한 입술을 쓸자 도헌과 유진의 입에서 동시에 탄식과 같은 숨이 터졌다.

아까완 달리 조금은 거칠어진 움직임으로 입술을 이로 물었다가 혀로 할짝거렸다. 윗입술을 유린하다가 이내 아랫입술로 내려왔다. 말캉한 젤리 같은 느낌에 머리털이 쭈뼛 설 정도로 아찔한 감각이 등줄기를 타고 흘러내렸다. 그저 이렇게 있는 것만으로도 몸 안의 모든 세포들이 일제히 일어날 것만 같았다.

생경한 자극에 유진의 몸이 움찔거리는 것이 느껴졌다. 그로 인해 그의 시야는 열기로 탁해졌다. 달아오르는 몸은 그의 중심을 더욱 크고 단단하게 팽창시키고 있었다. 감각이라는 걸 모르고 살았던 지난 시간들이 무색하리만치 모든 감각들이 유진의 온기를 갈구하며 아우성쳤다.

"하아!"

도헌은 유진의 입술을 놓아주며 거친 숨을 내뱉었다. 흐려진 눈동자 가득 그녀가 들어찼다. 그녀 또한 달아오른 열기에 두 볼이 붉게 물들어 있었다.

키스도 아닌 입맞춤에 이렇게까지…….

정신을 차릴 수가 없었다. 미치게 좋다는 말이 이해가 될 만큼 손끝에서 시작된 작은 마찰에도 정신이 아득해졌다. 이런 느낌은 처음이었다. 오직 한 사람으로 인해 모든 게 흔들리는 이 순간이 낯설면서도 설레었다.

도헌은 다시금 그녀의 뒷머리에 손을 찔러 넣었다. 그러곤 고개를 살짝 비틀어 한껏 조심스럽던 아까완 달리 단번에 입술을 가르고 그녀의 치열을 혀로 쓸었다.

"핫!"

뒷머리를 잡은 오른손이 아닌 자유롭던 왼손으로 그녀의 허리를 강하게 껴안자 놀란 유진의 입술이 벌어지며 짧은 비명이 새어 나왔다. 그 틈을 놓치지 않고 달콤한 입안으로 밀고 들어간 그는 움츠러든 그녀의 혀를 찾아 얽어매었다. 세게 잡아당기다가 부드럽게 풀어 줬고, 간지럽히듯 비비다 강하게 자신 쪽으로 빨아들였다.

그녀의 타액이 흥건하게 입안을 적실 때마다 정신이 아득히 멀어지는 것 같았다. 무슨 정신으로 몰아붙이는지도 모르는 채 빠르게 유진에게 취해 갔다.

유진은 정신을 차릴 수가 없었다. 첫 키스가 아닌데도 마치 처음 사랑을 시작하는 풋내기처럼 서툴렀다. 그가 조심스러운 손길로 어루만질 때는 나른하고 편안한 기분에 절로 온몸의 긴장이 풀어지더니, 이렇게 강하게 밀고 들어오자 숨이 거칠어지고 아랫배에 저절로 힘이 들어갔다.

가지런한 치열을 더듬다가 입천장을 간질이고, 그러다 기어이 그녀의 혀를 찾아 휘어 감는 움직임에 절로 눈이 감겼다.

원체 19금엔 자신이 없는 터라 남녀의 애정 행각에 늘 소극적이었다. 스물아홉 해를 살면서 그리 많은 연애를 해 온 건 아니었지만 2년 전, 마지막 연애 때 연인이라는 작자는 이런 얘길 했었다. '너와 키스를 하고 있으면 꼭 어린애랑 하고 있는 기분이야.' 라고. 그 후론 아예 남자를 만날 자신이 서지 않았다. 더욱더 자신감이 떨어지는 건 두말하면 잔소리였다.

될 수 있으면 이런 행위는 피하고 싶고, 피곤하고, 왜 해야 하는지 미스터리였다. 여자로서 수치심마저 들었다. 남들 다 하는 걸 못 하는 자신이 한심했다. 심지어 불감증이 아닐까, 그런 생각마저 들었다.

소위 말하는 종소리나, 딸기 맛, 사과 맛, 달콤한 맛이란 맛은 일렬종대로 집합시켜 놓은 키스 후기들은 그저 판타지에 불과했다. 느낄 수 없으니 불안감은 커졌고, 온갖 상상의 나래는 급기야 키스 공포증까지 만들어 냈다.

하지만 지금은 달랐다. 전엔 느낄 수 없던 찌르르한 무언가가 온몸을 간지럽게 만들고, 뜀박질을 한 것도 아닌데 호흡은 점점 더 거칠어지고 있었다. 처음 도헌의 것이 입안을 밀고 들어올 땐 당황스러웠지만 지금은 그의 움직임에 장단을 맞추고 있었다. 비록 덜덜 떨리고 서툰 움직임일지라도 놀라운 기적이 아닐 수 없었다. 그리고 처음으로……

기분이…… 좋았다.

더럽다고만 생각했던, 음식물의 1차 소화액에 불과했던, 타인의 타액이 이렇게 달콤할 줄이야. 그러고 보니 어디선가 댕댕댕…… 종소리가 울리는 것 같기도 하다.

유진은 저도 모르게 도헌에게 매달리듯 두 팔로 목을 감았다. 그가 그러는 것처럼 왼손은 등허리를 쓸고 오른손은 뒷머리를 잡으며 적극적으로 그의 움직임에 응했다.

강하게 혀를 쭉 빨리자 압력으로 볼이 홀쭉해졌다. 혀뿌리가 얼얼해질 정도로 자극적인 감각에 입술을 비집고 새된 신음이 새어 나갔다. 열락에 들뜬 신음이 남자를 자극이라도 한 것 같았다. 손을 그녀의 몸 위에 얹고 있다는 표현이 맞을 만큼 별 움직임이 없던 도헌의 손이 서서히 움직이기 시작했다.

강하면서도 거칠었다. 커다란 타인의 손이 셔츠 위를 배회하자 온몸의 털이 곤두설 정도로 짜릿한 감각에 몸이 움찔 떨렸다. 처음 만났던 날 느꼈던 차가운 손은 온데간데없이 남자의 손은 불구덩이처럼 뜨거웠다.

끈질기도록 잘록한 허리에 머물던 그것이 슬슬 위로 올라왔다. 여전히 한 손은 옆구리를 배회했지만 다른 한 손은 어느새 봉긋한 언덕 위에 안착했다.

역시 만화가라 손가락의 움직임이 능수능란…… 아, 그건 피아니스트였던가.

유진은 혼이 빠져나간 사람처럼 정신이 하나도 없었다. 양손을 다르게 움직여 악기를 연주하듯 몸 구석구석을 주물럭대는 도헌 때문에, 아니 작은 움직임에도 예민하게 반응하는 몸의 생경한 감각 때문에 딱 창피해서 죽을 맛이었다. 그럼에도 멈출 수 없는 건 무언가 갈구하는 가슴속 또 다른 자신의 욕구가 너무 강한 탓이다.

물컹한 젖가슴을 강하게 쥐었다 놓으며 옆구리를 배회하던 손이 셔츠 안으로 다급하게 밀려들어 왔다. 루즈핏의 헐렁한 셔츠는 별 저항 없이 남자의 침입을 손쉽게 허락했고 꽤 비싸게 주고 구입한 브래지어마저 힘없이 위로 밀려 올라갔다. 그 바람에 갑작스러운 해방을 맞은 두 언덕이 출렁이며 아래로 쏟아졌다.

도헌은 그 틈을 놓치지 않았다. 이 순간만을 기다린 사람처럼 입술은 여전히 그녀의 타액에 취한 채 손으론 뽀얀 젖가슴을 희롱하기 바빴다. 엄지와 검지를 이용해 단단히 솟아오른 작은 정점을 꼬집듯 쥐자 작게 들썩거리던 유진의 엉덩이가 위로 펄쩍 뛰어올랐다.

"아핫!"

욕망에 잠긴 날 선 비명은 그의 입속에서 사라졌지만 낯선 손길이 계속될수록 그녀의 아래가 축축이 젖어 들어갔다.

배 속이 간질거리고 바람이 살갗을 스치기만 해도 전기가 통하듯 짜릿했다. 저도 모르게 자꾸만 엉덩이가 들썩거리자 그에게 더욱 강하게 매달리게 되었다.

그 순간, 둘의 입술이 동시에 떨어졌다.

"하아, 하아……."

누구의 것인지 분간되지 않는 호흡이 공중으로 흩어졌다. 서로를 꽉 붙들고 놓지 않을 듯 강하게 끌어안고 있는 둘의 가슴이 빠르게 오르락내리락 움직였다.

쿵쿵쿵쿵쿵.

한 사람의 것인 양 비슷한 속도로 움직이는 두근거림에 자꾸만 입술을 비집고 웃음이 새어 나왔다. 굳이 말로 하지 않아도 상대의 마음을 알 것 같은 기분. 나와 같은 마음을 공유하고 있다는 깊은 유대감에 모든 것들이 안정되어 가는 것 같았다.

유진은 살며시 눈을 감았다. 이렇게 안고 있는 것만으로도 행복하고 편안했다. 부드럽게 머리를 쓸어 주는 따뜻한 남자의 손길에 저절로 온몸에 힘이 스르륵 빠지는 느낌이다. 너른 가슴팍에서 울리는 그의 목소리를 들으며 더욱 품속으로 파고들었다.

"미쳤나 보다. 그것도 야외에서 무슨 짓을 하려고 한 건지."

쿡쿡쿡. 말끝에 그가 나직이 웃었다. 그러고 나서 작은 숨을 후
내뱉고는 말했다.

"이젠 못 멈춰. 지금도 이렇게 너만 보면 이성을 잃고 덤비는데
앞으론 어쩔지 걱정이다. 그러니까…… 나, 버리지 마. 내치지 마.
귀찮다고 윽박지르고 구박해도 좋으니까 옆에만 있게 해 줘."

"알았으니까 이제 도망가거나 억지로 마음 숨기지 말아요. 그럼
진짜 구박할 거야. 아주 무섭게."

"너무 좋다, 오유진. 미치게 좋다."

목덜미에 얼굴을 묻으며 내뱉는 그의 진심에 마음이 찌르르 울
렸다. 뜨거운 숨결이 두근거리는 심장에 그대로 스며들자, 너무 커
져서 도저히 속에 담아 둘 수 없는 자신을 향한 깊은 감정에 충만
한 행복감이 밀려들었다.

□ ◆ □

널따란 공간에 가지런히 정리되어 놓인 책상과는 상당히 대조적
인 환경이 이곳의 분위기를 이질적으로 만들어 놓았다. 흠집 하나
없이 새것 그대로의 모습을 하고 있는 책상 위엔 그야말로 전쟁터
를 방불케 하는 서류들이 여기저기 나뒹굴었고, 바닥이며 창틀이
며 할 것 없이 정교하게 붙어 있는 여러 사진들이 중요한 자료임
을 나타내고 있었다.

새로운 공간, 새로운 작업 환경, 새로운 팀원들. 너 나 할 것 없
이 낯선 것들뿐이었지만 누구보다 빠르게 서로 적응해 나가며 회
의에 몰입해 있었다.

이례적이었다. 보통은 강력 반장을 중심으로 움직이던 팀들이

뭉치지만 이번 사건은 커다란 이슈만큼이나 전국 각지에서 한 분야에 특출 난 재능이 있는 사람들만을 선별해 팀이 꾸려졌다. 엘리트라면 엘리트인, 강력계의 드림팀이었다.

강율은 의자 등받이에 몸을 기대며 일전에 지하철 화장실 현장에서 마주쳤던 후배 형사와 손에 들린 서류를 번갈아 가며 바라봤다. 그의 옆에 앉은 희락은 일이 잘 풀리지 않는지 짜증스레 머리를 벅벅 긁어 댔고, 이번 팀의 총괄 팀장인 김계식 반장은 끝날 것 같지 않은 한숨을 푹푹 쉬어 댔다.

"DNA 검사 결과는?"

강율이 묻자 일제히 모든 시선이 후배 형사에게로 향했다. 그로 인해 조금은 긴장이 되었는지 마른침을 삼키는 모습에 약간의 떨림이 묻어 나왔다.

"사람의 혈액이 맞았고, 남성의 혈액이란 것도 나왔습니다. 그런데……."

"데이터베이스에 없다, 맞지?"

후배 형사의 말을 자르며 강율이 되물었다. 그러자 그 앳된 얼굴의 사내는 고개를 끄덕이며 난처한 얼굴로 강율을 향해 입을 달싹였다.

"어쩌죠?"

"어쩌긴 뭘 어째. 네 주특기인 주변 탐색이나 열심히 하면 되는 거지. 어쨌거나 데이터베이스에 없다면 전과자는 아니란 소린데. 이거 일이 꽤 어렵게 흘러갈 것 같다."

강율의 웅얼거림에 김 반장이 한숨을 멈추곤 고개를 들어 그를 바라봤다.

"아무래도 우리 용의 선상에 없는 완전히 새로운 인물일 가능성이 커졌다."

반장의 말에 희락이 고개를 끄덕이며 작게 탄식했다.

"제일 아니었음 했던 최악의 상황이 벌어졌네요. 진범이 일반인 이라니."

"프로파일러 의견은 어때?"

김 반장이 묻자 강율이 서류철을 집어 들어 펼쳤다.

"사이코패스는 아니라네요."

"뭐이?"

황당함에 두 눈을 동그랗게 뜨고 묻던 김 반장이 자리를 박차고 일어났다.

"아니. 사체를 훼손한 정도가 큰데 사이코패스가 아니다?"

"네."

"사람을 죽인 것도 모자라서 인형 다루듯 했는데도?"

"그게 사이코패스가 아니라는 가장 결정적인 증거랍니다. 사이 코패스는 기본적으로 사회성이 결여되어 있습니다. 상대의 감정을 읽는 것에 서툴고 자신의 감정에도 무딘 편이죠. 그런데 이 그림자 는 상당히 사체를 애지중지했을 것으로 판단이 되고 있습니다. 마 치 사랑하는 사람을 다루듯 했다는 게 프로파일러의 의견입니다."

"하하. 별 미친 소릴 다 듣겠네."

"그러게요."

김 반장의 말에 어깨를 으쓱이며 대답한 강율은 다시 서류에 시 선을 고정했다. 그러자 김 반장은 엉거주춤한 자세를 고치고 자리 에 앉으며 다시금 그를 향해 나직이 물었다.

"그 외 별다른 점은 없냐?"

강율은 줄곧 서류에 머물던 시선을 들어 김 반장을 뚫어지게 응시했다. 그러곤 조금은 피곤한 얼굴로 말을 이었다.

"반장님. 지금 시간 낭비 하고 있는 거 아세요?"

"뭐가?"

"저희가 이렇게 모인 게 사건 브리핑하려고 있는 거 아니잖아요. 용의자 색출 방안을 모색하기에도 시간이 턱없이 부족한 판국에 전부 서류에 나와 있는 내용인데 일일이 다시 말씀드려야 해요?"

"어. 나 글씨만 보면 졸려."

"하. 진짜 너무하시네. 어떻게 이번 팀 총괄 팀장이 됐는지 몰라."

"아, 서론이 길다. 어서 대답이나 해 봐."

자신의 손에 들린 서류에 시선을 고정하며 대수롭지 않다는 듯 화제를 바꾸는 김 반장을 보며 강율은 고개를 저었다.

"진짜 갑갑합니다, 반장님."

"그래그래."

"일단, 검시를 했을 때 사후에 생긴 미수 손상이 여럿 보였다는 점이 있어요."

"미수 손상?"

"네. 사이코패스는 사체를 다루는 데 있어서 거침이 없잖아요. 그런데 주저했다는 것 자체가 일반인이라는 가능성을 더 크게 열어 주고 있는 거죠."

"그렇다면 범행 도구도 유추할 수 있지 않나?"

"다행이 미수 손상에서 도구의 흔적을 찾았습니다. 의사들이 수술할 때 쓰는 메스라는 예리한 칼이 그 도구고요. 또 비개방성 손상(닫힌 손상)과 비구폐색(코, 입 막힘)이 있어서 생각보다 잔인하게 죽이진 않은 것 같습니다."

강율의 거침없는 대답에 고개를 끄덕이던 김 반장은 자신의 앞에 놓인 그동안의 피해자 사진들을 살펴봤다. 그리고 무언갈 발견했는지 고개를 들어 강율을 바라봤다.

"비개방성 손상이 머리에 있었나?"

"네. 두피에 좌창이 발견됐으니 아무래도 둔기로 머리를 내려쳤을 가능성이 커요."

"그렇다면 비구폐색은 어때?"

"비구폐색이 있던 피해자는 1번, 5번, 8번, 그리고 이번에 발견된 13번이거든요. 아무래도 둔기에 맞아 기절했다가 의식이 돌아오니 베개 같은 걸로 눌렀을 것으로 추정됩니다. 공통적으로 이 피해자들에게만 압박흔이 안면에서 발견됐거든요."

조목조목 강율의 대답을 귀 기울여 듣던 김 반장은 책상에 기댔던 몸을 들어 의자 등받이에 묻었다. 그러곤 천장을 바라보며 깊은 숨을 내쉬었다.

"하아……. 그것 참 이상할세. 사이코패스도 아니라면서 무슨 원한이 깊어서 사람을 이렇게나 많이 죽였누."

그의 혼잣말에 희락이 머리를 벅벅 긁으며 한숨 비슷한 푸념을 늘어놨다.

"원래 정신 말짱한 사람이 사고 치는 게 더 무섭고 잔인한 법이지 않습니까."

희락을 향해 잠시 시선을 두던 김 반장은 또다시 천장으로 고개를 돌리며 웅얼거렸다.

"어떻게 찾는담."

그러자 강율이 기다렸다는 듯 눈을 빛내며 자리에서 일어섰다.

"열심히 발로 뛰어야죠. 뭐 합니까. 현장 조사 안 나가고."

"독한 놈."

그를 따라 일어서는 김 반장의 얼굴에 잔잔한 미소가 서렸다. 마치 든든한 후원자를 보듯 깊은 신뢰와 믿음이 가득 찬 눈동자엔 강율의 모습만이 어른거렸다.

5화

새하얀 공간에 적막만이 감돌았다. 다들 일에 열중해 있기 때문에 오히려 대화 소리가 들린다는 게 말이 안 될 수도 있지만, 며칠 전 도헌의 호통 사건이 있은 뒤론 좀처럼 화기애애한 분위기가 만들어지지 않았다. 적어도 일을 하는 중간중간 두런두런 말소리와 웃음소리가 들렸던 예전에 비하면 지금은 얼음물을 뒤집어쓰고 있는 것과 같이 냉랭하기만 했다.

유진은 하얗다 못해 창백하게 보이기까지 하는 작업실을 휘둘러봤다. 이곳에 앉아 있는 도헌과 진수를 보니 백지 위에 가지런히 놓인 검은 점 같았다. 아니, 이번에 모히칸 헤어스타일로 과감히 변신을 한 진수는 따옴표려나.

고개를 갸웃거리며 찰나의 휴식 시간을 즐기다 가만히 도헌을 바라봤다. 일이 잘 풀리지 않는지 미간에 미세하게 주름이 잡혔다가, 이내 풀어지기를 반복하고 있었다. 늘 느끼는 거지만 그는 이

208

렇게 모니터에 집중을 하고 있을 때가 가장 멋있었다.

유진은 어느새 붉어진 볼을 감작거리며 모니터를 바라봤다. 그러곤 호통 사건의 내막을 생각하기 시작했다.

정확히 삼 일 전. 막 도헌과 그렇고 그런 사이로 진전된 지 이틀 정도가 지난 날이었다. 원래가 장난기가 심한 진수였지만 그날은 유독 과했었다. 처음엔 시답잖은 농담으로 시작한 말장난이 점점 수위를 높여 음담패설 수준까지 도달하는 데엔 그리 많은 시간과 노력이 필요치 않았다.

늘 그랬듯이 '도를 넘어 선다.' 라는 느낌이 들었을 때 제동을 걸었어야 했다. 하지만 순식간에 그의 입을 타고 쏟아진 도헌의 이름 앞에 고개를 쳐들기 시작한 호기심이 망조를 드리웠다. 문득 그때의 심드렁한 남자의 목소리가 울리는 건 착각이려나.

'누님. 남자는 다 똑같아요. 마음에 드는 여자가 있어요. 그럼 가까이 다가가고 싶죠. 왜냐고요? 만지고 싶으니까요. 그게 본능이에요. 남자는 본능으로 똘똘 뭉쳐 있잖아요. 본능이 없는 남자? 반대로 본능을 제어하는 남자? 개나 줘 버리라고 해요. 다 쇼하는 거지. 생쇼. 그것도 다, 여자의 경계를 풀기 위한 개수작에 불과하다니까요?'

'에이. 어떻게 다 똑같겠어요. 전 세계에 남자만 몇 명인데.'

'누님이 뭘 모르시네. 남자는 배 속에서부터 이미 세팅이 그렇게 되어 있다니까요? 왜 남자가 신체적으로 여자보다 근육이 많겠어? 왜 승부욕이 넘치겠어? 그게 다 밤일이랑 연관이 된 거라고요. 섹스도 스포츠예요, 누님. 남자는 스포츠에 환장하죠. 다 그렇게 돌아가는 이치라고요.'

'하하하하. 너무 극단적이에요. 잡담은 이쯤 하고⋯⋯.'

'들어 봐요. 저는 솔직하게 잡잡 때도 늘 그 생각으로 가득 차 있어요. 전 그게 부끄럽지 않아요. 그만큼 난 건강하다, 라는 거니까. 그리고 이런 나 자신을 늘 솔직하게 얘기해요. 마음에 드는 여자가 있으면 다가가서 난 네가 마음에 든다. 성적으로 너에게 끌린다. 솔직하게 말해요. 그럼요 백이면 백 싫다고 도망가는 여자 없어요. 보지도 못했지만. 오히려 위험한 건 김 작가님 같은 사람이라고요.'

'김⋯⋯ 작가님이라면 김도헌⋯⋯.'

'네. 여기서 김 작가가 도헌이 형이지 또 누가 있겠어요. 저렇게 속으로 꽁꽁 숨겨 두는 사람이 더 음흉한 법이에요. 드러나지 않은 만큼 얼마나 저 속에 잠재되어 있는 욕망이 크겠어요? 분출도 못 하고. 그러니까 저렇게 인간이 표독스러운 거예요. 욕구가 해소가 안 되니까 그게 히스테리로 나오는 거죠. 저런 사람한테 잘못 걸리면 여자는 그냥 골로 가는 거예요. 어느 여자가 될지 인생이 불쌍하다 불쌍해.'

'하하하하⋯⋯.'

'아! 그러고 보니까 얼마 전에 혼자 모니터 보면서 멍 때리고 있는데 사고라도 치는 줄 알았어요. 화면에다 이상한 실타래는 그려 놓고 무슨 선을 연구한 거라는 말도 안 되는 헛소리를 들먹이는데 눈빛은 퀭한 게 제대로 사고 칠 상이라고 해야 하나? 제가 또 범죄물을 그리다 보니까 그 눈빛이 뭔지 알잖아요. 확실해요. 점점 맛이 가고 있어.'

'⋯⋯.'

'그러니까. 제 말은 누님은 저 같은 열정적인 연하남이 어울린다는 말이란 거죠. 생각해 봐요. 체력 넘치죠, 얼굴 잘생겼죠, 밤마다 황홀하게 해 줄 거대한 능력 있죠. 나한테 안 빠지는 게 이상하다니까? 그러지 말고 긍정적으로 생각해 봐요. 내가 잘해 줄게.'

'강진수. 스톱.'

생각의 나래에 빠져 있던 유진은 순식간에 이는 소름에 몸을 움찔 떨었다. 상상일 뿐이건만, 갑자기 귓가를 울리던 그때의 스산한 목소리는 아직도 모근을 송연하게 만들 만큼 음산했다. 소리 없이 다가온 도헌이 어디서부터 듣고 있던 건지는 지금도 미스터리였다. 하지만 차갑게 가라앉은 그의 무감한 얼굴이 듣지 말아야 할 모든 것들을 들어 버리고 난 뒤의 상황이라 말하고 있었다.

그 뒤. 진수의 물기 어린 비명과 함께 쏟아진 거친 육두문자와 폭력은 굳이 떠올리고 싶지 않아 고개를 허공에 휘저으며 기억 저편으로 밀어 냈다.

아아. 어쩜담. 시무룩한 얼굴에 걱정이 한가득 담겨 있었다. 한창 달달해도 모자랄 판인데 벌써부터 말도 안 되는 싸움으로 냉기가 흐르다니.

유진은 찌뿌둥한 몸을 기지개를 켜며 풀어 준 뒤 다시금 모니터에 시선을 고정했다. 마우스에 손을 올려놓고 포토샵을 켜려는데 작업 표시줄에 메신저 아이콘이 깜빡였다. 박강율이란 이름으로 화면에 말풍선이 떠오르자 유진의 얼굴 위로 밝은 미소가 드리웠다.

[오늘 6시 잊지 않았죠?]

[그럼요. 작업실 앞은 좀 그러니까 작업실에서 쭉 내려가면 보

이는 큰 대로변 있죠? 거기서 뵐게요.]

　[넵. 예쁘게 하고 나와요.]

　"픔!"

　강율의 우스꽝스러운 이모티콘을 보자, 저도 모르게 웃음이 터졌다. 황급히 주변을 둘러보며 입을 가리는데, 너무나 뒤늦은 수습으로 인해 그녀의 왼쪽 얼굴이 따끔거리며 으스스한 도헌의 목소리가 새어 나오는 불상사를 낳고 말았다.

　"아주…… 행복하고 즐거운가 봐?"

　"아, 뭐……. 꼭 그렇다는 게 아니고, 그냥 일이 재미있어서……. 하하하."

　"시신 사진도 못 보는 사람이 범죄물 원고를 보며 재미있다……. 그것 참 앙증맞은 취미네?"

　"일이 좋은데 뭔들 안 좋겠어요? 너무나 황송하다, 하면서 열심히 임하고 있죠."

　유진의 너스레를 가만히 지켜보고 있던 도헌이 팔짱을 끼고 자리에서 일어섰다. 타는 듯한 시선으로 그녀를 노려보며 발걸음을 떼자, 또다시 지옥 불을 머금은 저승사자 하나가 음침한 회색 연기를 내뿜으며 다가오는 것만 같았다.

　그녀는 재빠른 손짓으로 강율과의 메신저 창을 닫아 버렸다. 그러곤 아무렇지 않은 얼굴로 어느새 곁에 다가온 그를 올려 보며 어색하게 입꼬리를 말아 올렸다.

　"오, 오늘 할 분량은 마쳤는데요? 하하……."

　"얼마나 황송하게 열심히 했나 확인 좀 해 보자."

　"나무랄 데가 없을 텐데?"

　솔직히 말하자면 도헌과의 관계가 이렇게나 급박하게 진전이 될 줄 몰랐다. 그랬기에 강율과 이런 모의를 한 거였다. 더구나 그간 여러 일들이 많아서 미리 말을 해 둔다는 것도 잊고 있었다. 아마 메신저가 오지 않았다면 오늘 손꼽아 기다리던 약속도 까맣게 잊고 있었을 터였다.

지금이라도 말을 해야 하나? 하지만 기분도 안 좋은데 도리어 역효과로 화만 돋우면 어쩌지?

이 일을 어째야 하나 갈팡질팡하던 유진은 코앞에 다가온 도헌의 날렵한 옆선에 순간적으로 숨을 몰아쉬었다. 아……. 향기 좋다. 은은히 코끝에 번지는 머스크 향이 묵직한 피로감까지 날려 버릴 듯 상쾌했다. 갓 샤워를 마치고 나온 사람처럼 물기 어린 향기가 그녀의 심장을 파고들었다.

두근두근. 아릿한 통증에 저도 모르게 잇새로 가쁜 숨이 새어 나올 것만 같았다. 더욱이 짙은 눈동자와 닮은 칠흑의 흑발을 보고 있으면 저절로 소용돌이에 빨려 들어가듯 시선을 뗄 수가 없었다.

생기로 붉게 반짝이는 입술 사이로 하나의 이름이 흐른다. '유진아.' 그와 동시에 촘촘히 세워진 도미노가 작은 파장에 힘없이 넘어지는 것처럼, 마음속이 한순간에 요동쳤다.

유진은 자신을 가만히 응시하는 도헌의 눈동자를 멍하니 바라봤다. 처음부터 가슴을 두근거리게 만들었던 그의 깊은 시선에 주위의 모든 것들이 멈춘 듯 흐려졌다.

현실 감각이 없어져 짙어진 시선에 남자의 느릿한 움직임이 보인 건 그때였다. 붉게 달싹이는 입술이 유혹하듯 벌어졌다.

"내가 그렇게 좋아?"

"……네. 예에?"

흠칫 놀란 유진은 용수철 튕기듯 그 자리에서 벌떡 일어섰다.

213

너무나 당황한 나머지 얼굴은 새빨갛게 달아올랐고, 머리는 혼수상태였다. 어버버버, 바보처럼 입을 헤벌쭉 벌리고 어찌할 바를 모르는 그녀를 심드렁하게 바라보던 도헌이 풉! 웃음을 터트렸다.

"뭘 그렇게 당황해. 놀란 토끼같이 눈은 동그랗게 뜨고선."

"갑자기 이상한 걸 물어보시니까⋯⋯."

천천히 자신에게로 몸을 돌려 더 가까이 다가오는 모습에 말끝을 흐리는데, 순식간에 허리에 팔을 두른 그가 나직이 말했다.

"그럼 아냐? 나 좋아하는 거 맞잖아."

"어, 우읍!"

짧은 물음이 그의 입술에 막혀 속으로 사라졌다. 갑작스레 입안을 밀고 들어온 부드럽고 차가운 그것이 여유롭게 치열을 훑었다. 천천히, 천천히 입천장을 간질이다 입안의 여린 살결을 쓸었고 당황에 움츠러든 혀를 찾아내어 얽었다.

내 것이기에 가능한 여유. 내 것이기에 세밀히 맛보고 싶은 욕망. 내 것이기에 부리는 소유욕. 그래서 행복했다. 그의 작은 몸짓 하나에도 자신을 향한 깊은 마음이 그대로 전해졌다.

붕 떴던 마음 탓에 어색하기만 했던 충만감이 피부에 생생히 내려앉았다. 부릅뜬 눈이 스르륵 감기고 긴장으로 굳었던 몸은 느른하게 풀렸다. 허공에 멈춰 있던 손이 그의 목을 감으며, 더욱 깊이 파고들었다.

호흡이 섞이고, 마음이 섞이고, 사랑이 되었다. 이질적으로 느껴졌던 새로운 감정이 이제야 제자리를 찾은 기분이었다. 완연한 행복감에 배시시 미소가 지어졌다.

목에 감았던 팔에 힘을 줘 당기자 그와 완벽히 밀착되었다. 맞닿은 가슴이 서로를 담아 빠르게 뛰고 있었다. 설렘과 생기가 가득한 리듬을 느끼며 고개를 비스듬히 기울여 한껏 깊게 서로를 탐닉했다.

두근거림을 뒤로하고 유진은 서둘러 작업실 밖으로 나왔다. 중간에 진수가 들이닥치지 않았더라면 시간 개념도 잊고 계속 도헌의 품속에 있었을 것이다. 하마터면 강율에게 큰 실수를 저지를 뻔했다. 몽롱한 정신에 불과 30분 전의 약속마저 안드로메다로 날아가 버렸으니 말이다.

더구나 실제로 놀라기도 했지만 그 타이밍에 진수가 나타나 주지 않았더라면 한껏 달아오른 분위기에 빠져나오는 것도 사실상 불가능하긴 했다. 운 좋게도 과하게 놀라는 연기마저 자연스러웠고. 그 어수선한 틈을 타 서둘러 나오며 도헌을 흘깃 바라보니 아쉬움이 가득한 얼굴이 귀엽기까지 했다.

내 남자의 매력은 어디까지인가. 과연 출구가 있기는 한 것인가.

콧노래를 흥얼거리며 건물 밖으로 발걸음을 옮겼다. 그러다 문득 눈앞의 가로등에 흥겨웠던 걸음이 멈칫했다. 아직도 전날의 기억 때문인지 오피스텔 입구 앞에 서 있는 가로등을 똑바로 보는 것이 힘겨웠지만, 그래도 어스름히 지는 해 덕에 완전히 어둠이 자리하지 않아 그나마 조금은 덜 무서웠다.

다다다다. 그녀의 발걸음 소리가 일정한 박자에 맞춰 공허한 길거리에 울렸다. 꼭 누군가 뒤에서 자신의 머리채를 낚아챌 것 같은 느낌에 저절로 걸음걸이의 속도가 올라갔다. 이럴 때 보면 영락없는 겁쟁이다. 어른이 되면 무서울 것이 하나도 없을 줄 알았는데, 애석하게도 그 수는 점점 늘어났다. 그중에서도 가장 무서운 건 카드 대금 청구서였다.

"어이쿠!"

내리막길에서 속도를 줄이지 못해, 눈 깜짝할 사이에 의도치 않은 전력 질주를 하고 만 입에서 다급함의 외침이 터졌다. 스텝이라도 꼬였다간 큰일 날 뻔했다. 안도의 숨을 내쉬며 가파른 언덕을 되돌아보곤 이내 가벼운 발걸음으로 약속 장소를 향해 걸었다.

갑작스러운 전화가 울린 것은 막 큰길로 들어서는 지점에서였다. 발신자를 확인해 보니 도헌이였다.

"네."

— 어디 간 거야?

"아, 약속이 있어서 먼저 퇴근했어요. 오늘 해야 할 분량은 다 끝냈어요. USB 책상에 올려 둔 거 보셨어요?"

— 왜 말도 없이 가?

"약속 시간이 다 돼서요. 죄송해요."

— 오늘 나도 외근 나갈 거 있었는데. 급한 일이야?

"네. 꼭 제가 같이 가야 하는 거예요?"

— 응.

"아…… 어쩌죠. 선약이라서."

— 그래. 그럼 내가 약속 장소까지 바래다줄게. 기다려.

"아! 아니 아니 아니에요! 바로 앞에서 보기로 해서요. 내일 뵐게요."

— ……그래.

크읍. 아쉽다. 유진은 뜨거운 눈물을 속으로 삼켰다. 축 처진 어깨로 저벅거리며 걷자, 곧이어 저 멀리에서 익숙한 차량이 눈에 들어왔다. 흰색의 고급 세단. 운전석에는 세미 정장 차림의 강율의 모습이 어른거리는 것 같았다. 유진은 여유롭던 걸음걸이에 속도를 더하며 서둘러 그의 차가 세워진 곳에 다가갔다.

"많이 기다렸어요?"

조수석에 몸을 실으며 묻자 강율이 작게 고개 저었다.

"아뇨. 얼마 안 됐어요."

유진은 해사하게 웃으며 대답하는 강율의 얼굴을 물끄러미 바라 봤다. 매번 느끼는 거지만 그의 미소는 부드러웠다. 맑고 깨끗한 어린아이들의 표정과 별반 다르지 않은 웃음이 바라보고 있는 것 만으로도 편안함을 느끼게 했다. 아마도 양 볼에 깊게 팬 볼우물 때문에 더 아이 같아 보이는 걸지도 모르겠지만.

저도 모르게 그의 미소를 따라 하며 웃고 있는 자신을 인지하지 못한 그녀는 한동안 상대의 얼굴에서 시선을 거두지 않았다. 그런 그녀를 빤히 응시하던 강율이 이내 입을 달싹였다.

"공무원 차에 탔으면서 교통 법규를 지키지 않으면 곤란한데 요."

"네?"

"안전벨트 안 맸잖아요. 그거 때문에 출발도 못 하고 있는 건 데…… 안전벨트 미착용도 벌금 있어요."

"아, 네."

기민하게 움직이는 유진을 물끄러미 보던 강율이 너털웃음을 터 트렸다.

"그렇게까지 재빠르지 않아도 되는데요. 제가 교통경찰도 아니 고…… 뭐, 제 말에 일일이 반응하는 모습도 보기 좋긴 하지만 요."

"저…… 근데요."

"네?"

아무런 감정이 담기지 않은 얼굴로 조심스레 물어 오는 유진을 담담히 바라보는 강율의 눈에 호기심이 일었다.

눈부처라고 했던가. 유진은 붉게 일렁이는 깊은 눈동자에 비치는 자신의 모습을 가만히 바라봤다. 은은한 색 만큼이나 따뜻하다. 부드럽게 휘어지는 눈매의 곡선 때문인지 왠지 모를 안정감이 옅게 번지는 향기처럼 다가오는 것 같았다.

유진은 거울을 들여다보고 있는 것처럼 그의 눈동자에서 눈을 떼지 않은 채 천천히 입을 오물거렸다.

"지금 가는 건가요?"

"네. 달리 들러야 할 곳이라도 있어요?"

의아하게 묻는 강율에게서 시선을 거둬들인 유진은 가방을 품에 끌어안으며 씨익 미소 지었다.

"아뇨. 그냥 궁금해서요."

비록 원래의 목적은 잃었지만 새로운 목표가 생겼다. 이왕 이렇게 도헌 모르게 가는 거 서프라이즈 이벤트라도 해 줄 심산이었다.

국과수에 다녀오면 도헌의 얼굴은 한껏 어둡게 가라앉아 있었다. 그것이 못내 마음에 걸렸던 터라 좋은 방법이 없을까, 궁리하다 생각해 낸 방법이었다. 이렇게 우연히 멍석도 깔렸겠다, 예상치 못한 곳에서 마주쳐 어안이 벙벙한 그에게 국과수에서의 좋은 기억도 심어 주고 싶어졌다.

미끄러지듯 네모난 건물이 있는 곳으로 들어선 강율의 고급 세단은 조금의 망설임도 없이 주차 라인에 멈춰 섰다. 군더더기 없는 깔끔한 운전 스킬이었다. 자연스러운 코너링에 액셀러레이터와 브레이크를 번갈아 가며 밟는 발의 감각, 거기다 한눈에 좌라락 계산

되는 눈썰미까지. 그야말로 이 모든 것들의 조화가 만들어 낸 하나의 작품이었다. 적어도 그녀의 눈엔 그렇게 보였다.

예술의 현장에 있던 유진은 쉬이 입이 다물어지지 않았다. 운전보다 주차가 가장 어려웠던 유진으로서는 참으로 입이 다물어지지 않는 광경일 수밖에 없었다. 한 번에 주차가 가능한 일인가? 속으로 자문을 해 봤지만 해답 없는 물음일 뿐이었다.

기어를 P에 놓은 강율이 시동을 끄며 아까부터 창문에 딱 붙어 소리 없는 감탄만 연발하는 유진을 향해 고개를 돌렸다.

"내리죠."

"아, 네. 그나저나 직업이 형사라서 그런지 운전을 굉장히 잘하시네요?"

아직도 사그라지지 않는 흥분을 토해 내며 서둘러 벨트를 풀고 문을 열었다. 그러자 어스름히 저물고 있는 저녁노을의 붉은 파도가 그녀를 덮치듯 옅게 퍼져 나갔다.

하늘을 올려 보던 유진은 문득 떠오른 생각에 고개를 갸웃거렸다. 그러고 보니 강율과는 항상 해가 저무는 시간에만 만나 왔던 것 같다. 처음 만났던 선술집에서도 먼발치서 일렁이는 노을을 바라봤고, 우연히 마주쳐 국수를 먹었던 날에도 어김없이 하늘은 붉게 물들어 있었다.

묘하게 닮았다. 강율, 아니 그의 눈동자가 머리 위를 수놓고 있는 다홍빛의 파장과 비슷하게 맞물려 있었다. 유진은 가만히 하늘을 올려 봤다. 이렇게 하늘을 바라보며 서 있으니 마치 그의 눈 속에 들어와 있는 것만 같았다.

"둘이 뭐야?"

짙은 상념 속에서 허우적대던 유진은 날카로운 목소리에 정신을 차리고 뒤를 돌아봤다. 그러자 한 손에 수첩을 들고 삐딱하게 서서 미간을 구기고 있는 도헌의 모습이 눈에 들어왔다. 분위기가 심상치 않다. 잔뜩 일그러진 얼굴이 편치 않은 지금의 마음을 드러내 주고 있었다.

유진은 서둘러 그에게 한 발자국 다가서며 입을 달싹였다.

"아……. 작가님, 일찍 오셨네요?"

긴장으로 두 손을 만지작거리며 묻는 유진을 슬쩍 곁눈질한 도헌은 이내 그녀의 물음은 무시한 채, 강율에게 고개를 돌렸다.

"뭐냐고."

도헌의 험악한 얼굴에도 당황하는 기색 하나 없던 강율은 특유의 사람 좋은 얼굴로 싱긋 웃었다.

"보면 모르냐?"

"어. 모르니까 물어보지."

"데이트다, 인마."

"데……이트?"

복잡하게 흔들리는 동공이 유진에게 향했다. 갑자기 도헌의 시선을 마주한 유진은 소스라치게 놀라며 아니라는 뜻으로 두 손을 휘휘 저었지만, 이미 차갑게 굳어 버린 그의 얼굴에선 조금의 틈도 보이지 않았다.

망했다. 찬바람이 쌩하니 불어올 정도로 휙 돌아서서 국립과학수사연구소로 향하는 도헌을 바라보며 유진은 지끈거리는 머리 위에 손을 올렸다. 보폭이 큰 도헌의 걸음은 따라가기가 힘들었다. 그저 실없는 강율의 농담이라고 해명을 해야 하는데 그러지 못할까 봐 서두르는 발걸음이 다급했다. 하지만 그것은 괜한 기우였던 듯했다.

갑자기 뒤돌아서서 성큼성큼 다가오는 그의 얼굴이 반질반질 닦아 놓은 백자 같았다. 번득이며 빛나는 두 눈은 요염한 기생의 색기와 천진한 아이의 눈망울이 뒤섞인 오묘한 기운을 품고 있었다. 상당히 불길한 오라가 아닐 수 없다.

점증하는 불안에 슬며시 뒷걸음치는 어깨를 낚아챈 남자의 손아귀 힘이 상당했다. 절대로 놓지 않겠다는 의지가 배어난 엄청난 악력이었다. 어쩌면 이 상황에 대한 짜증을 이렇게 풀어낸 걸지도 모르겠다.

당혹과 혼란이 뒤섞여 텅 비어 버린 여자의 눈동자가 도헌을 향해 있었다. 그것에 오롯이 담긴 날것 그대로의 사내의 미소가 섬뜩했다. 내 것을 넘보는 수컷에 대한 경계를 넘어선 강렬한 감정의 소용돌이가 칼날이 되어 강율에게 날아들었다.

"그런데 형. 데이트고 뭐고 다 좋은데 나를 좀 끼워 넣고 해 줄래? 적어도 내 여자가 어디서 뭘 하는지 정도는 알아야겠거든."

"내 여자?"

허허, 거리며 웃던 강율의 입에서 바람 빠지는 소리가 새어 나왔다. 이어, 도헌을 마주 보는 눈에 힘이 실렸다.

"무슨 상황인지 설명이 좀 필요한 것 같은데."

"비겁한 거 알아. 그런데 변명을 좀 하자면 나도 그때는 내 마음을 들여다보려 하지 않았어. 그냥 덮어만 두고 외면하려고만 했어. 그런데 아니더라. 덮어 두면 끝일 줄 알았는데 나도 모르는 새 점점 커진 감정이 감당되지 않더라고."

쓴 입맛을 다시던 도헌이 유진과 시선을 맞췄다. 그러곤 다시 강율을 향해 말을 이었다.

"그래서, 형이 어떤 마음인 줄 알면서도 내가 먼저 선수 좀 쳤어. 한 대 치고 싶으면 쳐도 되고 욕하고 싶으면 마음껏 퍼부어. 그 정도도 이해 못 할 쓰레기는 아니야."

"그래?"

으드드득. 손가락을 풀던 강율이 말했다. 유진은 뭐가 어떻게 돌아가는 상황인지 가늠해 보려 애쓰는 중이었다. 왜 도헌이 쓰레기가 되고 변명을 해야 하는지 이해가 가지 않았다. 더욱이 강율의 저 살벌한 반응은 뭐란 말인가. 목으로 꿀꺽, 마른침이 넘어갔다.

"그런데 도헌아. 내가 언제 유진 씨 좋아한다고 입 밖에 꺼낸 적 있었냐?"

뒷목을 슥슥 문지르던 강율이 멋쩍게 씨익 웃었다.

"난 그저 유진 씨와 이야기를 '잘해 보고 싶다'는 거였지, 유진 씨와 '잘해 보겠다'는 건 아니었는데?"

도대체 무슨 상황인 거지? 두 눈이 강율에게서, 그다음은 어이 없어 멍해진 도헌으로, 이리저리 탁구공 튀기듯 움직였다. 그러다 막 입을 연 도헌으로 인해 한동안 어지러이 허공을 구르던 시선이 정지했다.

"그럼, 그때 잘해 봐도 되겠냔 말은……."

"어느 멍청이가 지 마음도 모르고 바보처럼 있는 것 같아서 속 터지기 일보 직전인 날 위해 나서도 되겠냐는 뜻이었다."

어버버거리던 도헌의 말을 자르며 강율이 껄껄 웃었다. 저것이 진정 아버지의 미소였다. 자식이 어여뻐 마냥 사랑 가득한 얼굴로 바라보는 그런 미소.

유진은 조용히 하해와 같은 마음에 탄식했다. 졌다. 그 누가 도헌을 위해 저 정도의 배려를 할 수 있을까. 조상신이 무덤에서 뛰쳐나온대도 저 거대한 마음을 이기기란 쉽지 않을 것 같았다.

이 망할 브로맨스. 찡해진 코끝을 문지르는 눈가에 쌀알만큼의 감동적인 눈물이 맺혔다. 질투가 나서 깨알 같은 눈물을 떨군 건 아니었다. 어디까지나 부러움의 결과물일 뿐.

멋들어진 이벤트의 계획은 이로써 물거품이 됐지만, 그래도 아무런 소득이 없었던 것은 아니니 그런대로 만족스러웠다. 자신이 나서서 감동의 물결을 해일로 덮치면 당연히 좋았겠지만 이런 기억도 그에게 좋은 감정으로 남을 것 같았기에 서운함은 없었다.

그래도 좋은 게 좋은 것이니 원래 계획했던 이벤트는 하는 것으로 결심했다. 유진은 가방 속에 고이 넣어 둔 드로잉 노트를 떠올리곤 배시시 미소 지었다.

긴 복도는 흰색과 회색뿐이었다. 마치 규모가 커진 작업실을 보는 기분이다. 한 가지 다른 점이라면 회색의 바닥과 문들마다 붙어 있는 명패랄까.

종합병원처럼 학과마다 들어가는 입구가 달랐다. 크게는 법의학부 건물과 법과학부 건물로 나눠져 있었다. 자연스럽게 강율과 도헌은 법의학부 쪽으로 발걸음을 옮겼고, 유진은 그들을 따라 걸었다. 안으로 들어서자 또 세세하게 나뉘었다. 그중 법의학과로 들어갔다. 옆은 유전자분석과가 자리하고 있었다. 범죄심리과나 영상분석과도 호기심을 불러일으켰지만 지금은 강율과 도헌을 따라가기에도 벅찼다.

유진은 두 사람이 멈춰 선 곳을 바라봤다. 문에는 '교수 이대복'이라는 명패가 달려 있었다. 자연스럽게 강율이 노크를 하자 문 너머 중년 남성의 중후한 목소리가 울렸다.

"네."

"교수님. 박 형사입니다."

"들어와요."

유진은 떨리는 마음으로 강율과 도헌을 따라 법의관 사무실 안으로 들어갔다. 호기심 반, 설렘 반으로 둘러본 사무실은 생각보다 별로 특별할 것이 없었다.

커다란 창을 등지고 있는 책상엔 모니터와 흰 종이의 서류들이 몇 개 놓여 있었다. 그 옆으로 벽을 가득 채운 책장이 자리했는데, 의학 서적들로 빼곡했다. 책장의 맞은편 벽면엔 여러 가지 장기들의 해부도와 엑스레이 촬영물들이 있었고, 사무실 가운데는 작은 테이블과 인조 가죽 소파가 놓여 있었다.

흔히 봐 왔던 메디컬 드라마의 한 장면 같았다. 의사들이 모여 있는 의국과 별반 달라 보이지 않았다. 시신을 부검하는 곳이라는 생각이 전혀 들지 않아, 오히려 더 신기했다. 눈을 빛내며 두리번거리는데 그녀의 뒤로 인자한 남성의 목소리가 울렸다.

"이제 그만 앉지요. 별로 신기할 것도 없는 사무실인데 재미있어 해 주니 내가 다 고맙네요."

"아……."

깜짝 놀라 뒤를 돌아보니 어느새 자리를 잡고 앉은 강율과 도헌이 이상한 눈으로 자신을 쳐다보고 있었다. 이 교수는 부드럽게 웃으며 마치 어린아이를 바라보듯 했고, 그 바람에 무안해진 그녀는 고개를 숙이며 서둘러 도헌의 옆자리로 가 앉았다.

"죄송합니다."

"아니에요. 그럴 수도 있죠. 오픈된 곳이 아니다 보니까 신기할 수 있어요. 나도 처음엔 그랬으니까."

"정말요?"

"그럼요. 나라고 신기한 게 없었을라고."

"헤헤."

혀를 쑥 내밀며 머쓱해하던 유진은 이내 수첩을 펼쳐 든 도헌에게 시선이 쏠렸다. 뭔가를 빼곡히 적어 왔는데 바빴는지 흘려 써서 어떤 글씨인지 알아보기가 힘들었다. 그중, 단박에 시선을 잡아 끄는 것이 있었다.

이창수. 그리고 그 주변에 가득한 물음표들.

유진은 일전에 봤던 기사를 떠올렸다. 이유를 생각해 보려 했지만 딱히 떠오르는 건 없었다.

"그래요. 뭐 궁금한 게 있다고?"

이 교수가 도헌과 강율을 번갈아 가며 바라보자 강율이 싱긋 웃으며 대답했다.

"여기 김 작가가 일이 있다고 해서 따라와 봤습니다."

"아이고. 무슨 일이기에 새로운 얼굴도 대동해서 여기까지 왔나요?"

이 교수의 물음에 아직 화가 덜 풀려 얼음장 같은 도헌의 시선이 날아와 박혔다. 잠시 찔끔했지만 이내 아무렇지 않게 표정을 바꾸며 대답하는 모습에 슬쩍 놀란 가슴을 쓸어내렸다.

속이 좁은가? 아니, 그건 아닌 것 같다. 입장 바꿔 생각해 보면 도헌의 상황에선 충분히 화가 날 만했다. 약속 있다고 나가선 웬 시커먼 남자랑 나타나질 않나, 그 남자가 데이트라는 말도 안 되는 헛소리를 지껄이질 않나. 그러게 왜 그런 쓰잘머리 없는 짓을 해서는.

쯧, 혀를 차며 마주 앉은 강율을 노려보는데 순간 그와 시선이 맞닿았다. 처음부터 보고 있었던지 미동조차 없었다. 머쓱해진 유진은 이내 슬그머니 눈을 내려 피했다.

그래. 모든 일의 원흉은 자신에게 있었다. 처음부터 도헌에게 강율과의 약속을 솔직하게 이야기했으면 됐던 거다. 당신의 일하는 모습이 궁금했고, 그래서 이런 말도 안 되는 일을 계획했다. 이미 선약이 된 거니 같이 만나자, 라고. 불과 한 시간 전에라도, 아니 작업실을 나서며 문자로라도 언질을 했다면 애당초 이런 일은 일어나지 않았을 거였다.

머리가 나쁘면 손발이 고생이라더니, 딱 그 짝이지 않은가? 미안하다 내 수족이여.

"콘티를 쓰던 중에 한 가지 궁금한 것이 있어서요. 전화로 물어봐도 되겠지만 그건 예의가 아닌 것 같아 이렇게 교수님께 찾아왔습니다."

"그랬군요. 나름 세세하게 적어 놨는데 빠진 게 있었나 봅니다. 궁금한 것이 뭔가요?"

"그게……."

수첩을 바라보는 도헌의 옆선이 날카로웠다. 그러고 보니 수척한 안색이 부쩍 야윈 그의 얼굴에 굴곡을 만들었다. 요 근래에 예민해 보였던 이유가 자신이 모르는 속앓이를 하고 있던 탓인 듯했다.

내색하지 않아 모르고 있었지만 분명 걱정할 자신을 배려해 그동안 복잡한 속내를 감춰 왔던 것 같았다. 그것도 모르고 천둥벌거숭이처럼 속을 박박 긁어 대며 날뛰던 지난 시간들이 생각나 쥐구멍에라도 숨고 싶었다.

"2년 정도 땅속 무덤에 묻혀 있던 시신을 꺼내어 부검을 한다는 게 가능할까요?"

도헌의 물음에 이 교수는 푸근한 미소로 화답했다.

"아주 불가능하진 않아요. 물론 그 어느 부검보다 어려운 건 사실이죠. 피부와 장기들이 이미 딱딱하게 굳어 메스도 잘 들어가지 않겠고요. 하지만 대체적으로 보기 드문 케이스이긴 해도 아예 말이 안 되는 건 아니에요."

"그렇다면 부검 방법에 대해 여쭤도 될까요?"

도헌은 상의 주머니에서 펜을 꺼내 들었다. 갈 곳을 잃고 방황하던 눈은 수첩과 이 교수를 번갈아 보는 사이 예리하게 빛나고 있었다.

갑자기 가슴이 두근거렸다. 이 모습이었다. 바로 이 모습이 자신이 가장 좋아하는 그의 모습이었다. 그는 일에 열중해 있을 때 누구보다 가장 멋있고 아름다웠다.

유진은 가방에서 드로잉 노트를 꺼냈다. 도헌에게 알려 주고 싶었다. 국과수에 있을 때의 그는 생각만큼 초라하지도, 그렇다고 참담하게 죄의식에 일그러져 있지도 않다는 것을. 여느 때보다 매력적인 모습을, 그 사실을 일깨워 주는 사람이 자신이라는 것이 너무나 행복해 눈물까지 날 지경이었다.

그런데 뭔가 괴이쩍었다. 맹수의 드러난 본능 앞에 알몸으로 내던져진 기분이 들어 저절로 진저리가 쳐졌다. 선득한 감각을 따라 고개를 들자, 자신을 직시하고 있는 강율과 눈이 마주쳤다. 방금전 시선이 맞닿았던 건 우연이 아니었던 듯했다. 그때와 별반 흐트러짐 없는 모습이 확신을 심어 주었다. 탐색하는 눈에 온몸이 벌레가 핥듯 근질거렸다.

허공에서 서로의 시선이 엉겼다. 미동도 없는 눈동자에 익숙한 공허감이 흘렀다. 도헌에게서 보았던, 끝을 알 수 없는 깊은 공허.

그것이 강율의 눈에도 깊게 자리했다.

왜? 무엇 때문에? 단순한 호기심인지, 무엇을 감지한 예리한 감각의 끝자락인지는 모르겠지만 유진은 묘한 기분에 휩싸였다. 오로지 그녀의 의식에 와 닿는 건 귓가에 왕왕 울리는 이 교수의 목소리뿐이다.

"일부는 건조되어 있을 것이고 일부는 시랍화가 진행되어 노랗게 변해 있을 겁니다. 이 상태에선 이론적으론 완벽한 사인을 밝히긴 어렵죠. 하지만 글리세린 15% 용액에 장기 샘플들을 담가, 일주일 후 부드러워진 샘플들로 다시 분석을 시작하면 정확한 사인을 알아내는 거야 어렵지 않아요."

"저……. 그렇다면 교수님."

도헌은 혀로 입술을 축이며 말을 이었다.

"이미 재로 변한 유골도 사인을 밝히는 게 가능할까요?"

"유골의 상태라면 골절이나 다른 뼈에 남은 흔적들로 사인을 유추해 볼 수는 있겠지만, 재로 남았다면 밝히는 데엔 지장이 있어요. 다만, 독극물이나 약물에 의한 사망이라면 가능은 합니다."

"신원이 분명하지 않다면……."

"아, 유전자 검사는 가능해요. 누구의 유골인지 정도는 알아낼 수 있습니다."

"그렇군요."

작게 고개를 끄덕이는 도헌을 미소 가득한 얼굴로 바라보던 이 교수가 시계를 향해 고개를 돌렸다. 그러곤 난감한 표정으로 머리를 긁적였다.

"이거 미안해서 어쩌죠? 오늘 우리 딸내미 생일이라서 서둘러 정리하고 가 봐야 할 것 같은데."

"아닙니다. 제가 더 죄송하죠."

서둘러 수첩을 갈무리해 품에 넣은 도헌이 자리에서 일어났다.

"오늘도 자세한 인터뷰 감사드립니다. 매번 이렇게 어려운 시간 내 주시는 덕분에 좋은 만화가 나올 수 있던 것 같습니다."

"아니에요. 김 작가의 좋은 작품에 도움이 돼서 얼마나 좋은지 몰라요. 나중에 또 시간 내서 봅시다."

"네. 조만간 찾아뵙겠습니다."

꾸벅. 고개를 숙이고 난 뒤 그가 유진의 손목을 낚아채, 사무실 밖으로 나가 버렸다. 유진은 갑작스러운 상황에 놀란 눈만 끔벅이다 다급하게 외쳤다.

"어? 자, 작가님! 그냥 가시면……."

도헌을 붙잡으려는 찰나, 갑자기 멈춰 선 그가 돌아보며 말했다.

"아무 남자하고 데이트하더니 이젠 애인 앞에서 외간 남자까지 챙기는 거야?"

"그, 그게 아니고요. 박 형사님이 하시고 싶은 얘기가 있는지 아까부터 계속 작가님만 보고 계시네요? 그러니까 저는 커피라도 사 오려고요."

사실 강율은 도헌에겐 시선을 둔 적이 없었다. 하지만 잠시 이 상황을 피해서 두 남자끼리만 두고 싶었다. 아까 쓰레기니 뭐니 해 댔던 말들이 마음에 걸렸던 탓이다. 미간을 구기며 생각에 잠긴 말간 얼굴을 바라봤다. 심각하게 일그러진 미간은 씁쓸함에 밀려 탐탁잖게 가라앉았다.

"그래. 따로 이야기를 할 필요는 있다고 보는데, 그게 지금은 아닌 것 같아. 더욱이 혼자 어딜 보낸다는 것도 마음에 안 들고."

"내가 애예요?"

"그냥, 불안해. 자꾸만 찝찝하고 뒷맛이 써. 이게 언제까지 지속될지는 모르겠지만 웬만하면 내 감정에 충실하는 게 맞는다고 봐. 그러니까 오늘은 보류."

딱 잘라 말하는 통에 할 말이 없어진 유진은 뒤에서 등을 밀며 재촉하는 도헌의 기세에 저항 한 번 못 하고 나가떨어졌다. 이대로 화장실 갔다 뒤 안 닦고 나온 사람처럼 가려운 엉덩이를 벅벅 긁어야 하나 시무룩해져 있을 때, 소리 없이 강율이 앞을 막아섰다.

"서운하다. 내가 그 정도밖에 안 되냐? 난 지금 들어야 직성이 풀릴 것 같은데 시간 좀 내지 동생?"

"그치만⋯⋯."

"시간 많이 안 뺏어. 그리고 네가 생각을 정리할 시간도 줄 겸 내가 유진 씨랑 커피숍 다녀올 테니 준비하고 있어."

도헌의 말을 자르며 속사포처럼 쏟아 내던 강율이 유진을 향해 돌렸던 발걸음을 멈추고 다시 돌아보며 말했다.

"간략하고 소상하게 보고해야 한다. 나도 시간 없으니까 최대한 둘이 언제부터 어떻게 된 건지 일목요연하게 정리하고 있어. 간다."

기분이 좋은지 평소엔 하지도 않던 윙크까지 날려 가며 씨익 웃던 강율이 오른손을 번쩍 들고 허공에 휘휘 내저었다.

해가 완전히 자취를 감춰 버린 하늘은 검기만 하다. 유독 국과수의 밤하늘은 어두웠다. 주위에 밝은 빛도 없는데 구름 뒤로 숨은 별들은 쉬이 자신의 모습을 드러내길 원치 않아 했다. 쏟아질 듯 부서지던 별빛들도, 밝게 일렁이는 달빛도, 어디론가 사라지고 없는 텅 빈 하늘엔 쓸쓸한 바람만이 가득했다.

외롭고, 처량하고, 춥다. 도헌이 나직이 숨을 내뱉었다. 죽음의 이유. 만약 자살이 아니라면……. 창수가 어딘가에서 살아 있다면, 지금 자신에게 일어나고 있는 일들이 명확하게 설명이 된다. 그럼 창수는 왜 죽음을 가장할 수밖에 없는 걸까.

생각을 할수록 머릿속은 더욱더 혼란스러워졌다.

"하아. 미치겠다."

푹 수그린 고개로 도헌이 작게 욕지거리를 씹어뱉었다. 요즘 들어 혼자 감당해 내기가 버거운 일들이 너무 많았다. 드문드문 목격되는 창수의 일만으로도 머리가 터질 것 같다. 그렇다고 해서 주변의 일들까지 신경을 끄고 여기에만 매달릴 수도 없는 노릇이었다.

"여기서 뭐 하냐?"

갑작스레 뒤에서 울리는 강율의 목소리에 흠칫 놀란 도헌은 그를 향해 돌아보며 머리를 긁적였다.

"그냥. 원고에 들어갈 내용 정리 좀 하느라."

멋쩍게 웃으며 강율에게서 시선을 거두려는데 뭔가가 허전했다. 있어야 될 게 없어진 기분. 갑자기 이는 불안한 마음에 도헌은 다시금 천천히 주변을 둘러봤다.

"근데, 유진인 어디 갔어?"

"아아, 혼자 가도 된다고 기어이 날 돌려보내더라. 남자 둘이서 해결할 일이 있으면 풀라고."

어깨를 으쓱이며 대수롭잖게 대답하는 강율을 보며 도헌이 머리를 짜증스레 헝클였다.

"걜 혼자 놔두면 어떻게 해! 제정신이야?"

"선배 형사가 마침 거기 카페에 있다길래, 같이 오면 되겠……."

방심했다. 아직 창수의 명확한 죽음에 대해 알아낸 것이 없는데 또다시 유진을 위험 속에 홀로 버려뒀다. 공포에 먹혀 버린 도헌의 의식은 강율이 뭐라 떠드는 소리도 인지하지 못한 채 유진이 있을 곳으로 튀어 갈 것만을 종용했다.

제발. 아무 일도 일어나지 않기를. 또다시 그가 유진에게 접근하는 일이 생기지 않기를.

서둘러 큰 대로변가로 달려가는 도헌의 눈에 짙은 간절함이 새겨졌다.

띠링. 도어벨 소리가 울리며 에어컨의 시원한 냉풍이 유진을 덮쳤다. 은은한 나무의 향기가 커피와 만나 마음이 편안해지는 기분이었다. 오크 계열의 나무 인테리어가 주는 안락함이 이곳만의 분위기를 잘 살려 내고 있는 듯했다.

천천히 주변을 둘러봤다. 카운터 뒤로 직원들이 열심히 음료를 만들고 있었고, 테이블 곳곳엔 삼삼오오 모여 있는 사람들의 대화 소리가 어지러이 엉켰다.

꽤나 호기심 가득한 얼굴로 요모조모 주변을 살폈다. 국과수는 도심과는 동떨어져 있어 사람들이 별로 다니지 않았다. 그래서 그 앞에 위치한 카페도 그리 많은 손님이 없을 줄 알았는데 지금 보니 완전히 헛짚은 듯했다. 의외의 눈으로 주변을 훑는데 입구 구석에서 여러 블로거들의 글이 눈에 띄었다. 아마도 좋은 분위기 때문에 데이트 명소로 인터넷상에서 꽤나 유명세를 치르고 있는 곳 중 하나인 것 같았다.

유진은 고개를 들어 천장 아래에 붙어 있는 메뉴판에 시선을 고정했다.

아이스 아메리카노 한 잔하고…….

단것을 싫어하는 도헌의 취향을 생각해 시럽을 추가하지 않은 커피를 제일 먼저 곱씹던 유진이 돌연 움직임을 멈췄다.

갑자기 온몸에 소름이 돋고, 등 뒤로 식은땀이 흘렀다. 어디선가 맡아 본 피비린내가 진동하는 것 같았다. 방금 전의 편안함과는 거리가 먼, 상당히 대조되는 음산한 기운이 맨살에 전해지듯 생생하게 살갗을 파고들었다.

유진은 뻣뻣한 자세 그대로 굳어 버렸다. 손가락 하나 움직일 수조차 없다. 목소리도 나오지 않고, 고개를 돌릴 수도 없었다. 오로지 할 수 있는 거라곤 간헐적으로 내뱉는 불규칙한 호흡뿐이었다.

그때였다. 목 언저리에서 질척한 무언가가 닿는 느낌이 들었다. 사람의 온기가 없는 스산한 숨결이 엉겨 붙은 핏덩이처럼 뒷덜미에 달라붙었다.

"김……도헌 작가와 아는 사이세요?"

눈을 굴려 조심스레 주변을 둘러봤다. 알바생 다섯, 오른쪽 테이블에 일곱, 왼쪽 테이블에 아홉. 그래, 이 정도면 여기서 당장 끌려간다거나 험한 일을 당할 경우는 드물겠지. 생각을 마친 뒤, 천천히 몸을 돌려 음산한 기운과 마주했다. 그러곤 순간적으로 이는 현기증에 휘청거렸다.

이창수! 그다. 기사에서 봤던 그의 모습이었다. 검은 후드를 깊게 눌러쓰고 있어 정확한 인상착의가 보이지 않았지만 눈빛만큼은 그의 것과 흡사했다. 더구나 작업실 앞의 전봇대와 사무실 주차장에서 언뜻 보았던 그자의 모습과 일치한다.

유진은 차가워진 두 손을 마주 잡았다. 또다시 검은 지옥에 간혀 버린 것 같았다. 그의 어두운 그림자 속에 홀로 버려진 기분. 눈앞이 캄캄하고 온몸은 공포로 덜덜 떨렸다. 아무런 생각도 느낌도 전해지지 않았다. 몸 안의 본능이 어서 도망치라고 경고하고 있었지만 바닥에 딱 붙어 버린 다리는 움직일 생각을 하지 않고 있었다.

긴장으로 굳게 다물린 입을 조금씩 열었다. 그러자 이가 서로 부딪치며 날카로운 소음을 만들었다.

"그런 건…… 왜 물으시죠?"

되묻는 목소리에 떨림이 묻어 나왔다. 이길 수 없는 공포란 사람의 모든 감각을 마비시켜 버리는 듯했다. 한순간에 사고가 없어져 버려 머릿속이 텅 비어 버렸으니 말이다. 마치 빈 깡통처럼. 유진은 아무것도 하지 못하는 자신이 답답하고 한심했다.

그의 고개가 미세하게 위아래로 움직였다. 아마도 미친 듯이 떨고 있는 자신을 훑어본 것이리라. 마른침을 넘기는 그녀의 귓가에 음산한 목소리가 울렸다.

"내가…… 똑같이 물어도 된다고 하지 않았던 거 같은데, 아닌가?"

"아, 저…… 그게……."

"지켜보니 박강율 형사와도 안면이 있는 거 같고."

유진은 제대로 쉬어지지 않는 숨을 몰아쉬었다. 갑자기 숨조차 쉴 수 없을 만큼 가슴이 발 아래로 철렁, 내려앉았기 때문이다.

지켜봐 왔다. 그동안 나를 계속 지켜봐 왔다. 내가 알고 있지 못하는 사이 나의 모든 생활들이 그에게 노출되고 있었다. 경악을 금치 못하는 유진에게 또다시 창수의 목소리가 날아들었다.

"우리 사이에 굉장히 할 얘기가 많을 것 같지 않나요? 여기는 좀 그러니 밖에서 봤으면 좋겠는데."

형체가 없는 검은 연기가 불뚝 솟아 돌아선다. 그러곤 오로지 떨고 있는 것밖에는 할 줄 아는 게 없는 멍청한 타깃을 향해 고개를 반쯤 돌려 직시했다.

"아, 뭔가 오해를 했나 본데, 이것도 동의를 구하는 건 아니고."

유진은 바들바들 떨리는 손에 힘을 주어 두 주먹을 불끈 쥐었다. 여기서 벗어나면 안 된다. 어떻게든 시간을 끌어야 한다.

"내, 내가!"

두 눈을 질끈 감았다. 그러곤 비명을 지르듯 소리쳤다.

"따라가지 않겠다고 한다면!"

두 눈에 그렁그렁 눈물이 차올랐다. 이 상황에 웬 어울리지 않는 눈물 바람인지는 모르겠으나 저절로 눈물이 흘러내렸다. 혼자 있지 말라고 했는데. 절대로 혼자 다니지 말라고 했는데. 왜 기어이 고집을 부려서 이 사단을 만들었을까.

흐느끼듯 속으로 되뇌고 또 되뇌는데, 자책과 원망이 가득한 귓가로 아무런 관심이 없던 사람들이 하나둘 웅성거리는 소리가 들려왔다. 갑작스러운 유진의 비명, 그리고 시원한 에어컨 바람에도 식은땀으로 온몸이 젖은 채 덜덜 떨고 있는 여자에 대한 호기심들이 저마다의 얼굴에 그대로 투영됐다.

창수도 뒤바뀐 주변의 공기를 느꼈는지 몇 번의 고갯짓으로 사람들을 바라봤다. 그러곤 이내 유진에게로 가까이 다가가 작게 속삭였다.

"아까 나를 봤을 때의 네 표정, 그걸 보니까 알겠다. 분명 나를 알고 있어. 그렇지? 그렇다면 궁금하지 않아? 왜 죽은 사람이 당신 앞에 서 있는지?"

코앞에서 어른거리던 그의 어깨가 한 걸음 뒤로 떨어졌다. 그러자 비릿한 미소가 은은한 조명에 의해 반짝였다.

"난 궁금할 거 같은데?"

"왜…… 내가 궁금해해야 하죠?"

"도헌이가 궁금해할 테니까."

유진은 도헌의 이름에 움찔거렸다. 갑자기 눈앞에 수첩에서 봤던 이름과 부쩍 야윈 그의 얼굴이 스쳤다.

어쩌지. 창수를 따라나선다면 도헌의 깊은 고민이 풀릴지도 몰랐다. 하지만 아무것도 장담할 수가 없었다. 모든 의문에 답해 준다는 보장도 없었고, 또한 자신을 해치지 않는다는 믿음도 없었다. 이유야 어찌 되었든 간에 지금의 그는 김나리를 죽인 살인범이었으니까.

그리고 또 하나의 의문이 떠올랐다. 정말로 모든 사실에 대해 말할 의향이 있다면 왜 도헌이 아니고 자신에게 접근한 걸까?

답답한 마음에 입술만 이로 질겅거렸다. 지금의 상황이 너무나 혼란스럽고 어지러웠다. 도대체 뭐가 가장 현명한 판단이고 방법일까.

정리되지 않는 머릿속으로 흐릿한 시야에 갑자기 검은 그림자가 드리웠다. 깜짝 놀란 유진은 재빨리 뒤로 물러서며 그것의 정체를 보기 위해 고개를 들었다.

"지금 뭐 하시는 겁니까?"

커다란 덩치가 자신의 앞을 가로막으며 창수에게 매섭게 묻고 있었다. 그러다 뭔가가 뜻대로 안 풀리는지 갑자기 품에서 하얀 무언가를 꺼내 들며 그 앞에서 흔들었다.

"경찰입니다. 본의 아니게 두 분이 대화하시는 모습을 보게 됐는데 내용이야 모르겠지만 상당히 분위기가 묘하게 흘러가는 것 같은데, 맞습니까? 문제가 있다면 서에 가서 말씀하셔도 되는데 어떠십니까?"

경찰이라, 그래. 왜 그 생각을 못 했을까. 국과수 옆인 만큼 이곳에 일반인뿐만 아니라 경찰이 있을 수도 있다는 사실을 떠올린 유진의 눈이 반짝였다. 그 속엔 안도와 긴장이 한데 섞여 있었다.

"이······ 희락."

혼잣말로 웅얼거리는 창수의 서슬 퍼런 울림이 스산했다. 옆으로 흘깃 보니 꽉 쥔 주먹이 미세하게 흔들리고 있었다. 그러나 한쪽으로 올라간 입꼬리는 그대로였다. 여전히 음산하게 웃고 있어, 그 속내를 꿰뚫기가 어려웠다.

하지만 정작 희락은 자신의 이름이 불린 걸 제대로 듣지 못한 모양이었다. 커다란 덩치를 살짝 숙이며 설핏 미간을 구겼다.

"네? 뭐라고요?"

"아닙니다. 어차피 나중에 다시 보면 되니까요. 아, 조만간 제가 따로 찾아뵙죠."

"아, 그러시겠습니까? 부디 범죄자와 형사의 관계로 보지는 말았으면 합니다. 사람이란 게 언제 어떻게 될지 모르니까요."

"그렇죠. 언제 어떻게 될지 모르는 거죠. 형사님의 목이 제 손에서 부러질지, 다른 이의 손에 꺾여 버릴지 어찌 알겠습니까? 안 그런가요?"

"네?"

자신의 귀를 의심하며 희락이 되물었다. 그러자 창수가 갑자기 폭소를 터트리며 웃었다.

"아하하하하! 아닙니다. 농담이었어요."

뭐가 그렇게 재미있는지 숨넘어가게 웃던 창수는 콜록거리며 몇 번 기침을 하곤 희락의 뒤에 꽁꽁 숨어 있는 유진을 향해 고개를 옆으로 꺾었다. 언제 그렇게 웃었냐는 듯 아무런 표정이 담겨 있지 않은 얼굴은 묘하게 소름 끼쳤다. 그의 얼굴에서 보이는 것이라곤 그저 검게 일렁이는 눈동자뿐이었다.

"오유진 씨……. 이거 많이 아쉽네요. 내가 당신에게 다가갈 기회를 얼마나 기다렸는데. 오늘은 여기까지 하죠. 다음에 다시 봐요."

띠링. 도어벨 소리와 함께 유진은 그대로 바닥에 주저앉았다. 온몸의 힘이 모조리 빠져나간 기분이었다. 그런 그녀를 걱정스러운 눈으로 바라보던 희락이 천천히 몸을 구부리며 그녀의 안색을 살폈다.

"괜찮아요? 요즘 세상에 미친놈들이 많네요. 그러니 항상 남자 가려 가며 만나야 해요. 저런 이상한 놈한테 걸리면 진짜 사고 나는 거예요."

유진의 얼굴을 천천히 훑던 희락이 갑자기 고개를 갸웃거렸다. 일 보고 뒤 안 씻은 느낌이랄까.

"근데 저 사람 이름이 뭔지 말해 줄 수 있어요? 굉장히 낯이 익은데."

그때였다. 갑자기 도어벨 소리가 울리더니 거칠게 숨을 몰아쉬는 익숙한 사내의 외침이 온 카페 안에 쩌렁쩌렁 울렸다.

"유진아!"

"도, 도헌……."

유진은 아직도 떨리는 다리에 힘을 주어 억지로 일어서려 안간힘을 썼다. 그럴수록 몸은 휘청거렸고, 눈앞은 부옇게 흐려졌다.

그나마 옆에서 희락이 잡아 주지 않았다면 그대로 바닥에 고꾸라졌을 것이다.

하지만 그녀는 있는 힘을 다해 도헌의 품에 안기고 싶었다. 넘어지고 쓰러지는 한이 있더라도 그렇게 속으로 부르고 외쳤던 그에게 조금이라도 빨리 다가가고 싶었다. 간절했던 만큼 눈물은 쉴 새 없이 양 볼을 타고 흘렀다. 마음의 감정이 넘치고 흘러 온몸을 적셨다.

멀게만 느껴지는 허공에서 도헌의 거친 발걸음 소리가 울렸다. 그리고 얼마 지나지 않아 유진은 그렇게나 원하던 따뜻한 품에 안겼다. 싱그러운 향기가 코끝을 간질인다. 그로 인해 어지러웠던 몸과 마음에 온기가 퍼지는 것 같았다.

"미안해! 다시는 혼자 두지 않겠다고 했는데 못 지켰다. 정말 미안해."

안도가 뒤섞인 말이 도헌의 입을 타고 흘렀다. 유진은 그의 가슴을 타고 잔잔히 울리는 음성에 가만히 귀 기울이며 눈을 감았다. 너무 피곤하다. 손가락 하나 움직일 기력조차 없었다. 조심스레 머리를 쓰다듬는 손길이 너무 부드러워 금방이라도 잠들어 버릴 듯 정신이 몽롱해졌다.

"도헌아!"

"어? 강율아! 그럼 이 여자분이 아까 말한······."

응? 박 형사님 목소리가 들리는 거 같은데. 그나저나 너무 피곤해. 잠이 오는 거 같아.

유진은 점점 아득해지는 시야 너머로 작게 울리는 강율의 목소리를 끝으로 의식을 잃었다.

"도대체 뭐야?"

소란스러운 병원 복도에 도헌의 목소리가 파고들었다. 얼마나 크게 내질렀는지 시장 바닥 같은 이곳에서 또렷하게 구분되었다. 유독 눈에 띄게 감정을 가라앉히지 못하는 그를 지나치는 사람들이 일별하며 지나갔다.

도헌과 대조를 이루며 차분함을 잃지 않은 강율은 벽에 기댄 채, 바닥을 바라보고 있고, 희락은 그런 강율을 보고 있었다. 멍한 시선이 그의 혼란을 대변해서 내비쳤다. 우물거리는 말투도 어딘지 어눌하게 느껴졌다.

"강율아……. 너 혹시 알고 있었냐?"

도헌은 미간을 구겼다. 평소 괜찮은 사람이라 생각했던 희락이 꽤나 답답한 사람이라는 걸 지금에서야 알아 버린 기분이었다. '난 아무것도 몰라요.' 라고 말하는 맹한 표정에서 울컥 화마저 치미는 것 같았다. 같은 파트너였으면서 냉정함을 잃지 않고 있는 강율과 판이하게 다른 행동이 거슬렸다.

하지만 비단 그의 행동만 불편한 것은 아니었다. 자신 또한 그와 별반 다르지 않다는 사실에 짜증이 솟구쳐 견딜 수가 없었다. 그림자의 진범을 잡겠다고 설치고 다닌 시간만 십 년인데 아무것도 아는 게 없었다. 직감은 위험 신호를 보내오고 있었는데도, 그냥 지나칠 뿐 행동으로 나서려 하지도 않았다. 불안하다며 전전긍긍한 것이 지금까지 해 온 일들의 전부였다.

도헌은 심란한 얼굴로 희락을 보며 의자에 털썩 주저앉았다. 힘없이 툴툴거리는 목소리에 자신을 향한 자괴와 혐오가 들끓었다.

"도대체가 뭐가 뭔지 하나도 모르겠어. 왜 거기에 창수가 있는 거야?"

서둘러 카페로 뛰어갔다. 너무나 좋지 않은 느낌에 무슨 생각으로 거기까지 단숨에 달려간 건지 기억도 나지 않았다. 계속 뛰고 또 뛰고, 그렇게 얼마를 달렸을까. 드디어 시야에 환한 조명으로 가득 찬 카페가 들어왔다. 한시라도 빨리 안으로 들어가려 문손잡이에 손을 올리던 찰나, 갑자기 문이 열리고 카페를 나서는 한 사내와 마주쳤다.

검은 후드를 눌러쓰고 있던 사내는 키가 자신과 비슷했다. 벌어진 어깨, 그리고 그에게 풍겨 오는 향기 또한 익숙한 기시감을 불러일으켰다. 그리고…… 그와 눈이 마주친 순간 알 수 있었다. 그가 나타났다는 것을. 죽은 창수의 환영이 아닌 살아 움직이고 있는 실제의 이창수가 눈앞에 있다는 것을 말이다.

도헌은 머리를 거칠게 헝클었다. 생각할수록 자신의 안이함에 치가 떨렸다. 그래선지 희락을 올려 보는 눈에 불안을 넘은 공포가 서려 있었다.

"이 형사님은 뭐 좀 알고 계신 거 있으세요? 창수가 죽던 날, 강율 형이랑 파트너셨잖아요."

별다른 기대를 하고 물은 것은 아니었다. 혼자 생각하기에 너무 버거워 별 뜻 없이 내뱉은 혼잣말 같은 거였다. 강율의 표정을 보아하니 시원스레 대답해 줄 것 같지 않아서 푸념 조로 던진 말에 의외의 답이 돌아왔다.

"아니. 하필이면 그때 비슷한 사건이 터져서 정신이 없었어."

"비슷한 사건?"

도헌이 되묻자 희락의 눈이 어딘지 아련해졌다. 기억의 희미한 끝자락을 더듬는 눈길이 멀어졌다.

"그게……. 김 작가도 알고 있듯이 보통은 강력 사건이 발생하면 원래가 모방 범죄가 몇 건씩 일어나잖아? 그런데 김나리의 시신이 발견되고 삼 일 뒤였나. 비슷한 시신이 같은 자리에서 또 발견이 된 거야."

같은 자리에서 발견된 또 하나의 시신. 그것도 버젓이 그림자와 같은 수법의 사건. 피해자 또한 나리와 비슷한 체형과 외모의 여자였다. 도헌은 그 당시 별로 신경 쓰지 않았던 사건의 이야기를 희락에게서 듣자 묘한 궁금증이 일었다. 무언가가 맞지 않았다. 앞뒤가 너무나 이상한 사건이다. 심각한 얼굴로 발끝을 내려 보는 얼굴이 딱딱하게 굳었다. 상념 속엔 여전히 희락의 굵직한 음성이 울렸다.

"그런데 말이지. 우리가 기자들에게도 상세한 범행 수법을 이야기한 적이 없어. 나리 씨는 그림자와 수법이 동일하긴 해도 한 가지 다른 점이 있었거든."

범행 수법을 밝히지 않았다. 그런데도 같은 종류의 사건이 삼일 뒤에 일어났다. 나리의 사건은 완전히 깨끗한 사체가 특징인 그림자와는 달리 오른쪽 허벅지 부근에 지문의 일부가 남아 있었고, 손목에 예리한 칼자국이 나 있었다. 그래서 사인을 정확히 알아내기 위해 재부검까지 들어갔었다.

그런데 삼 일 뒤에 일어난 사건 또한 마치 창수가 저지른 것처럼 손목의 상처까지 동일했다. 하지만 그 사체엔 지문이 없었고, 더욱이 창수는 동일 사건이 일어나기 반나절 전에 자살을 했다.

물론 죽지 않은 그를 지금에서야 확인했지만, 사체가 발견된 지역과 창수로 위장된 사체가 경찰에게 발견된 지역은 자동차로도 두 시간 남짓 걸리는 거리인지라 그가 저지른 짓이라고 단정하기엔 무리가 있었다.

수사에 혼동을 주기 위해 그가 저지른 짓이라고 해도, 마지막 통신지와 사체가 발견된 지점과는 거리가 상당했다. 순간 이동을 하지 않고서는 가능하지 않은 이야기였다. 피해자는 부검 결과, 죽은 지 한 시간밖에 되지 않았기 때문이다. 더구나 안면도 없는 여자를 무참히 살해할 정도로 창수는 지독하지 않았다. 그에게 최소한의 믿음은 남아 있었다.

도헌은 뭔가 이상했다. 궁금증은 또 다른 궁금증을 낳았지만, 그중에 해결로 끝을 맺은 건 단 한 가지도 없었다. 그는 의문점을 풀기 위해 또다시 희락을 올려 봤다.

"그렇다면 뉴스에서도 여대생의 시신이 발견된 것과 자살이나 사고사가 아닌 타살이라는 점만 보도가 됐었다는 거네요?"

"그렇지. 모방 범죄라는 부분도 보도가 되지 않았으니까."

"그런데 나리와 같은 수법의 모방 범죄가 발생했다고요? 정확히 삼 일 뒤에 같은 장소에서?"

"그게 내가 걸리는 점이야. 이창수가 나리를 그림자 사건을 모방해서 죽였다는 건 수사에서 밝혀졌지만 솔직히 처음에 우리는 그림자가 또 나타난 줄 알고 다들 긴장했을 정도로 정확히 수법이 일치했어. 사실 내부에선 나리 씨가 네 번째 피해자라고 단정했을 정도였으니까. 손목에 나 있는 상처와 그 지문만 아니었어도……."

또다시 아련한 눈을 하던 희락은 다시금 말을 이었다.

"우리도 정확한 수법을 알아내기 위해 부검을 한 차례 더 의뢰했고 그걸 기다리는 중에 그 동일 사건이 터진 거야. 어떻게 알았는지 정말 귀신같더라고. 마치 나리 씨 사건과 동일범처럼. 그래서 우리 팀들이 반으로 나뉘었지. 그 범인을 찾으려고. 김 작가에게는 미안하지만 김나리 씨의 사건에 모든 에너지를 쏟지 못했어. 일단 나리 씨 시신에 발견된 지문 한 점으로 용의자는 나온 상태였기 때문에 삼 일 뒤에 터진 모방 사건에 다들 신경이 더 쏠린 것도 사실이고."

"……지문. 모방 사건……."

작게 웅얼거리는 도헌을 물끄러미 바라보던 희락이 뭔가 생각났는지 손바닥을 치며 입을 달싹였다.

"아! 그래. 감식 결과 그 지문도 이상했어."

"지문이 이상했다고요?"

놀란 눈으로 도헌이 되물었다. 그건 처음 듣는 이야기였다. 강율에게도 듣지 못한 말이다. 궁금한 것이 갑자기 너무나 많이 생겨 버렸다. 뭐부터 꺼내 물어봐야 할지 생각을 정리할 필요가 있었다.

그런데 그때였다. 아까부터 잠자코 옆에서 듣기만 하던 강율이 벽에 기댄 몸을 일으키며 나직이 희락을 향해 입을 열었다.

"형. 자제 좀 해. 자각이 있긴 한 거야?"

그의 힐난 섞인 비난에 도헌도 희락도 동시에 강율을 바라봤다. 차갑게 굳은 얼굴이 금방이라도 뭔가를 저지를 듯 섬뜩하게 빛나고 있었다.

"우리 지금 새로운 사건 맡아서 수사 중이야. 그것도 십 년 만에 나타난 그림자 사건. 그런데 그와 관련된 범죄 이야기를 이렇게 오픈된 공간에서 한다는 게 말이나 돼? 막말로 여기에 그림자가 있을지 없을지 어떻게 알고 자꾸 나불거려."

악다문 이로 인해 턱이 꿈틀거렸다. 분노로 치가 떨리는지 꽉 쥔 주먹이 새하얀 비명을 질러 댔다.

도헌은 처음 보는 그의 모습에 할 말을 잃고 멍했다. 이렇게 흥분, 아니 광분한 모습은 처음이었다. 처음 맡은 사건의 범인이 자살을 했다고 했을 때도 이렇듯 화나 있는 모습은 아니었다. 옆으로 희락의 너털웃음 소리가 들렸지만 시선은 여전히 강율에게로 향해 있었다.

"아하하. 이거 미안하다. 내가 생각이 짧았다."

"조심 좀 하자, 형. 이 사건에 수십 명이 매달리고 있다는 거 명심해. 가벼운 입 때문에 그르치지 말고. 그리고."

강율이 자신을 뚫어져라 보고 있는 도헌을 향해 시선을 내렸다.

"그림자 사건과 관계된 자료는 지금 너에게 어떤 것도 자세히 넘겨줄 수 없어. 사건이 종결됐다면 모를까. 그러니까 너도 너무 파고들려고 하지 마. 유가족의 대우도 선이 있는 거야. 진행 상황은 말해 줄 수 있어도 깊게는 말 못 해."

제 할 말만 하고 홀연히 자리를 떠나는 강율의 뒷모습을 물끄러미 바라봤다. 그러자 희락이 도헌을 향해 머리를 긁적이며 웃었다.

"김 작가가 이해해. 요즘 저 녀석 엄청 신경이 날카로워. 다른 사건과 다르게 유독 그림자 사건은 모방 범죄가 많고, 실제 그림자가 한 짓이래도 단서는 한 개도 없을뿐더러 그가 직접 했다는 걸 밝히기도 난잡하니까. 알다시피 모방 범죄가 하도 많잖아. 늘 서에서 먹고 자고 집에도 못 가고 저렇게 고생하니 예민하게 구는 게 정상이지."

희락의 웃음소리가 머리에서 왕왕 울렸다. 주변은 온통 검었고, 그 안에 점점 멀어지는 강율의 뒷모습이 자리했다. 늘 사람 좋은 모습만 보여 줬던 그이기에 방금과 같은 태도는 상상이 되지 않았다. 마치 자신이 지금 꿈이라도 꾸고 있는 것 같아 현실감마저 떨어지고 있었다.

도헌은 머리를 벽에 기대며 뚫어지게 앞을 응시했다. 벽에 걸린 오유진의 이름이 선명하게 눈에 새겨졌다.

□ ◆ □

기분 좋은 꿈을 꾼 것 같다. 뭔가 행복한 내용이었던 것 같은데 기억은 나지 않았다. 모처럼 머리도 맑았고, 몸은 가벼웠다. 산뜻한 얼굴로 천천히 눈을 뜨곤 몸을 일으켜 기지개를 켰다.

분명 따뜻한 햇볕이 내리쬐고 있을 거야. 생각만으로도 즐거운 상상을 하며 여느 때처럼 창가가 있는 쪽으로 고개를 돌렸다.

그런데 뭔가가 이상했다. 분명 침대에서 이쪽은 창문이 있어야 했다. 유진은 미간을 좁혔다. 창문이 있던 자리엔 조그만 반투명 유리가 붙은 베이지색의 미닫이문이 자리하고 있었다.

"뭐, 뭐지?"

당황함에 말을 더듬었다. 누군가의 대답을 바라지 않는 혼잣말이었다. 그런데 갑작스러운 인기척이 등 뒤로 전해졌다. 그와 동시에 그녀의 고개 반대편에서 예상치 못한 대답이 울렸다.

"몸은 좀 어때?"

빠르게 고개를 돌리자 밝은 빛을 등지고 선, 남자의 그림자가 눈에 들어왔다. 검게 그늘져 있어 얼굴이 제대로 들어오지 않았다. 자세히 보기 위해 손을 들어 올려 눈을 찌르듯 밝게 쬐는 빛을 차단했다. 그러자 점차 빛에 익숙해진 시야에 상대의 얼굴이 보이기 시작했다.

"작가……님."

작은 웅얼거림을 듣던 도헌은 뒤를 돌아 창가의 블라인드를 내렸다. 그러곤 편안한 표정으로 그녀가 앉은 베드로 다가왔다.

"어디 보자."

순식간에 바짝 다가온 그의 얼굴에 유진은 숨을 흡! 하고 멈췄다. 요즘 들어 부쩍 스킨십이 늘어난 것 같았다. 화난 모습 때문에 눈치 보는 사람 입에다 키스를 하질 않나, 툭하면 손잡고 툭하면 빤히 바라봤다. 거기다 지금은 환자이지 않은가. 잠들고 일어나 양치도 하지 않았거늘 뭔 해괴한 상황이냔 말이다. 이런 로맨스는 사양이었다. 절대적으로.

어색하게 웃으며 눈을 옆으로 굴렸다. 가슴이 쿵쾅거리고 등에선 연신 식은땀이 흐르는 것 같았다. 그러고 보니 피가 확, 얼굴로 쏠리는 게 열도 나는가 보다. 거친 숨을 속으로 삼키며 '끄응' 신음을 흘렸다. 혹여나 입에서 냄새라도 나면 끝이다.

그러자 갑자기 놀란 눈을 동그랗게 뜬 도헌이 바짝 붙였던 고개를 뒤로 빼며 살며시 어깨를 감쌌다.

"왜 그래? 어디 안 좋아?"

"……네."

"어디?"

눈앞에 있는 누구 때문에 숨도 편히 못 쉬고 있어요. 코로만 쉬려니 죽겠다고요, 이 인간아!

속말을 삼킨 유진은 조금 난감하게 웃으며 주변을 둘러봤다.

"그냥……. 여기저기……. 그런데 여긴 어디예요?"

"대충 뭉뚱그리지 말고 자세히 어디가 안 좋은지 얘길 해 봐. 너 지금 환자야. 알아?"

그 환자의 숨통을 틀어막고 있는 건 너님이거든요.

그제야 처음과는 달라진 병동이 눈에 들어와, 주변을 스캔하기 시작했다.

커다란 창문과 널따란 방. 정면에 붙어 있는 벽걸이 TV. 샤워 시설까지 되어 있는 개인 화장실. 그리고 검은색 인조 가죽 소파와 더블 싱글 사이즈의 보호자 침대까지.

단색의 파란 담요였던 이불이 은은한 고급 자수가 놓인 실크 침구로 변모한 것을 손으로 움켜쥐었다. 아마 입을 앙다물고 있는 얼굴도 주먹 아래 구겨진 이불만큼이나 일그러져 있을 것이다.

혼란한 눈으로 자신의 안색을 살피는 도헌을 바라봤다.

"저, 왜 여기 있는 거예요?"

유심히 그녀의 얼굴을 뚫어져라 보던 도헌이 혀를 쯧 찼다.

"아무래도 안 되겠다. 영양제라도 맞든지 해야지 얼굴이 영 좋지 않아."

"자, 잠깐!"

그래서였다. 처음 눈을 떴을 때 뭔가 낯설던 이유가 잠들기 전까지만 해도 여러 환자들과 함께였던 익숙한 병원의 풍경이 아니어서였다.

이게 다 얼마야. 눈앞이 아찔하게 일그러졌다. 자연히 손은 지끈거리는 이마에 닿았다. 그러자 안색이 하얗게 질린 도헌이 한걸음에 그녀에게로 다가왔다.

"왜? 어지러워?"

"……네."

"안 되겠다. 아무래도 주치의를……."

"저기, 소란 좀 그만 떨래요? 그렇잖아도 머리가 지끈거리는데."

한숨을 후, 하고 내뱉은 유진이 안절부절못하는 도헌을 노려봤다.

"이게 다 뭐예요?"

"뭐가?"

"저요, 돈 없거든요? 누가 이렇게 비싼 곳으로 잡으래요? 누구 허락받고?"

"……."

아무런 대답이 없는 도헌을 빤히 응시하던 유진은 갑작스레 다가온 그의 얼굴에 또다시 흠칫 놀라며 숨을 멈췄다. 이윽고 그의 얼굴이 시야에서 멀리 떨어졌고 또다시 다가왔다. 그럴 때마다 그의 숨결에 담긴 향기가 고스란히 그녀에게로 전해지며 좀 전의 짜증 났던 기분이 한순간에 풀려 버리는 것 같았다.

온몸의 힘이 빠지고 마치 그의 품 안에 안겨 있는 듯 정신마저 아득해지는 기분이었다. 히죽, 입술을 비집고 실없는 미소가 자꾸만 새어 나오려고 한다. 애써 정신을 가다듬어 보려고 하지만 그의 눈에 가득 담긴 자신의 모습이 어른거릴 때마다 이성을 배반한 본능이 모든 경계를 풀어 버렸다.

연신 유진에게 바싹 다가섰다 멀어졌다를 반복하던 도헌의 입꼬리가 부드럽게 위로 휘었다.

"아프긴 아픈 거 같은데, 내가 떨어지면 말짱하고 내가 다가가면 다시 얼굴이 붉어지네……. 뭘까? 대체?"

헉. 정신 차리자.

"아프긴 뭐가 아파요? 나 아무렇지도 않거든요? 이것들 다 필요도 없는 거라고요. 건강한 팔뚝에 웬 링거?"

"정말?"

유진은 되묻는 도헌의 말간 얼굴을 빤히 바라봤다. 저렇게 환하게 웃으면 어쩌란 말인가. 숨 막힐 듯 황홀한 자태에 눈이 가늘게 떨렸다.

그런데 그 순간. 그녀의 시야가 갑자기 암전된 듯 검게 변했다. 그리고 그에게 풍기던 머스크 향이 거대한 해일처럼 그녀를 집어삼켰다.

간헐적인 호흡이 불규칙하게 뚝뚝 끊겼다. 입이 바싹 마르고 목 뒤론 마른침이 넘어갔다. 그의 손에 잡혀 있는 뒷목에 불길이 이는 것 같았다. 맞대고 있는 이마 사이에선 스파크가 튀었고, 입술을 간질이는 숨결이 따뜻해 금방이라도 팔을 걸어 목에 매달리고 싶었다.

그랬다. 유진은 지금 욕정에 온몸이 반응하고 있었다. 저도 모르게 도헌의 어깨로 향하는 손을 막으려 침대 시트를 꽉 움켜잡았다. 그러곤 아무것도 느끼지 않으려 눈을 질끈 감았다.

안 돼. 안 된다고. 연애 초기부터 이렇게 모든 신비로움이 걷히면 말짱 꽝이야. 분명히 기억해라. 오유진, 넌 지금 양치질을 하지 않았어. 제에발, 아무것도 느끼지 말아 줘. 이 나무토막 같은 몸뚱아리야. 나무아미타불 관세음보살. 가나다라마바사아자차카타파하…….

안간힘을 쓰며 주문이란 주문은 다 외웠다. 너무 열심히 외웠는지 도헌이 자신의 손을 잡고 있다는 것조차 눈치채지 못했다.

그녀가 9단을 외우고 있을 무렵이었다. 희미하게 도헌의 목소리가 귓가를 간질였다.

"……파."

"네?"

이게 웬 최불암 파 씹는 소리? 유진은 희미해서 잘 들리지 않는 목소리에 귀를 기울였다.

천천히 떨어진 이마에 아쉬워할 새도 없이 그의 매끈한 입술이 그녀의 귓불에 살짝살짝 닿을 듯 말 듯 한 거리로 가까이 다가왔다.

"아파."

천천히 유진의 손이 도헌에 의해 움직였다. 꽉 시트를 움켜쥔 손 위를 따뜻하게 덮었던 그의 손이 조심스럽게 움직여 자신의 가슴에 그녀의 것을 대고 가만히 눌렀다.

두근두근.

빠르게 뛰는 심장박동이 손바닥에 그대로 전해졌다. 손등에서 느껴지는 기분 좋은 떨림은 그가 상당히 많이 긴장했다는 것을 보여 주고 있는 거 같아 유진은 갑자기 얼굴이 붉어졌다.

이윽고 도헌의 낮은 울림이 귓가를 타고 잔잔히 흘렀다.

"너만 보면 이렇게 가슴이 터질 거 같아. 네가 웃으면 나도 즐겁고 네가 없으면 세상이 깜깜해져."

도헌의 고개가 살짝 아래로 움직였다.

"그런데 이렇게 환자복을 입고 있는 걸 보니까 미쳐 버릴 것만 같아. 나 때문에, 나로 인해서 험한 꼴을 당했으니까."

"따, 따지고 보면 꼭 작가님 때문만은 아니죠. 제가…… 멋대로 혼자 가 버렸으니까요."

머쓱함에 볼을 갈작거리며 시선을 허공으로 돌렸다. 그러자 도헌은 잠시 말을 멈추곤 다른 쪽 팔을 들어 그녀의 어깨를 감싸 안았다.

"그렇다면……. 내가 널 위해 1인실로 옮긴 것도 이해를 한다는 뜻인가? 내가 얼마나 가슴 저리게 널 걱정하는지 알고 있다는 것으로 생각해도 되는 거야?"

도헌은 천천히 자신의 품 안에서 가만히 있던 유진의 어깨를 잡아 눈을 맞췄다.

"이제 네 옆에 붙어 있어도 괜찮은 거지? 또다시 그런 위협이 닥치지 않도록 하기 위함이니까."

가만. 이거 왠지 말리는 기분인데. 이마에 빠직, 힘줄이 솟았다. 촉촉이 젖어 든 두 눈에 걱정이 담뿍 담긴 것은 사실이었으나, 그 뒤에 교묘히 가려진 수컷의 그림자가 진심을 왜곡하고 있었다.

문득 그의 뒤에 놓인 새하얀 침대에 눈길이 갔다. 이상하게 자꾸만 시선이 보호자 침대로 향하는 건 나의 지독한 외로움 때문인가, 음란마귀에 씐 여자의 본능 때문인가. 유진의 입꼬리에 미세하게 경련이 일었다.

"그, 그래도 사생활은 있어야……."

내가 지금 뭐라고 하냐. 제멋대로 나불거리는 입방정은 '어머. 정말 하루 종일 붙어 있는 거예요? 그럼 당연히 응응도 하고 응응도 하는 그런 러브 러브한 일상을 기대해도 되나요?' 라고 지껄이는 것 같았다.

"짜짠! 꽃미남 등장! 제가 꽃이고 꽃이 저이기에 당당히 빈손으로 왔습니당!"

빠르게 벌컥 열린 문과 동시에 진수의 요란스러운 등장으로 유진의 대답이 속으로 사라졌다. 둘은 공허한 눈으로 진수를 바라봤고 진수는 묘한 분위기에 눈동자를 굴리며 연신 유진과 도헌을 번갈아 바라봤다.

"음…… 뭔가 분위기가 굉장히 묘하네요. 뭘까."

검지를 들어 자신의 턱을 톡톡 두드리던 진수는 달려가는 포즈를 취하며 해맑게 웃었다. 너무나 해맑아 안쓰럽기까지 한 그런 미소다.

"지금이라도 복숭아 통조림 사 올까요? 원래 병원 면회는 그런 거 사 오는 거 아닌가?"

한층 얼굴이 어두워진 도헌이 밝게 통통 뛰는 진수를 향해 몸을 일으켰다. 저벅저벅 다가가는 걸음걸이가 음산하다. 또다시 지옥불을 머금은 회색의 저승사자가 나타난 것 같았다.

"나가 죽어 인마! 중요한 순간에 나타나고 지랄이야!"

진수의 애플 힙을 걷어차는 도헌의 발길질에 새하얀 분노가 서려 있었다.

6화

　가을로 접어들면서부터 화창한 날이 계속 이어졌다. 높아진 하늘이 유독 맑다. 선선한 바람까지 더해지니 주말인 오늘, 집에만 있긴 아까운 하루였다.

　어제 원고를 끝내고 모처럼의 여유가 생겼다. 다음 권 출간까진 아직 시간이 있었고 이틀에 한 번꼴로 올라가는 인터넷 연재도 세이브 원고가 다섯 편 정도 있어 오늘 하루는 유진과 밖에서 나들이라도 해 볼 생각이었다. 그런데 이상하게도 생각을 하면 할수록 왠지 자꾸만 웃음이 났다.

　매번 갖은 일 핑계를 대며 그녀를 끌고 나오지 않아도 되는 상황들이 가끔 헛웃음을 짓게 했다. 이렇게 당당하고 편안하게 좋아하는 사람의 얼굴을 마음껏 볼 수 있는 걸 알았다면 진즉에 자신의 속마음을 눈치챌 걸 그랬다.

　콧노래까지 흥얼거리는 얼굴엔 미소가 떠나지 않았다. 새벽까지 데이트 코스를 짜느라 잠을 얼마 자지 못했음에도 전혀 피곤하지 않았다. 유진과 있을 생각에 절로 마음이 두근거리고 온몸에 신선한 공기가 돌고 있는 듯한 산뜻한 감각이 늘 무겁기만 하던 몸을 가벼이 했다.

하지만. 그런 마음도 얼마 가지 않아 산산조각이 나고 말았다. 공들여 짰던 데이트 코스가 허망하게 시들어 가는 꽃잎 같다.

도헌은 짜증스레 두 팔을 들어 귀를 틀어막았다. 그러곤 침대에 있는 몸을 돌려 벽을 바라보고 누웠다. 이 사태의 모든 원흉인 진수는 이런 그의 마음을 아는지 모르는지 연신 턱밑에 앉아 조잘거리기 바빴지만 말이다.

"알려 주쎄요옹."

모든 여자들은 진수가 귀엽다고들 한다. 그의 애교를 보고 있으면 없던 모성애도 생긴다나. 그러나 도헌은 저놈의 애교에 치가 떨렸다. 한번 물면 끝까지 놓지 않는 끈질긴 집념의 사내가 과하게 부리는 애교만큼 무서운 건 없었다. 결국 도헌은 참지 못하고 누웠던 몸을 거칠게 일으키며 진수를 향해 고개를 휙, 돌렸다.

"아, 왜! 뭐!"

"왜 누님 방을 따로 만드셨어요?"

"여자니까 그렇지!"

"흐음."

진수가 도헌의 험악하게 구겨진 인상을 눈으로 훑었다. 그러곤 다시 입을 달싹였다.

"그럼 왜 주말에도 저기서 자고 있는 건데요?"

"내가 가지 말랬다!"

"왜요?"

"위험하니까! 밤길 위험한 건 유치원생도 아는 사실이거든?"

"형이 차로 바래다주면 되잖아요."

"나 새벽에 운전대 안 잡는 거 모르냐?"

"에이. 저번에 누님 술 드셨을 땐 잘도 하셨잖아요."

도헌은 화가 점점 머리끝까지 치솟았다. 마치 용처럼 입에서 불이라도 뿜을 기세였다.

"내 마음이지!"

"아니에요. 저의 직감은 그런 시시껄렁한 게 아니라고 말하고 있어요. 요즘에 둘이 꽁냥꽁냥 하는 거 같은데. 제가 예상하는 그런 거, 맞죠?"

"맞아! 맞아! 맞다고! 네가 그렇다면 그런 거지 별거 있냐? 앙? 이제 됐지? 그러니까 집에 좀 가! 방도 새로 얻었다면서 왜 주말에 사람을 들들 볶고 난리야!"

"에이. 누님하고 뭔 일이 생길 줄 알고 둘만 놓고 갑니까. 말도 안 되지."

"뭐이?"

도헌은 기가 막혀 말이 나오지 않았다. 저 뻔뻔함은 도대체 어디서 나오는 것이란 말인가. 워낙에 괴짜인 것은 알았어도 이 정도로 심각한 수준인 건 새롭게 안 사실이다.

"그렇잖아요. 형도 내 기분을 느껴 봐야죠."

"뭘 느껴?"

"저의 연애를 매번 방해만 하셨잖아요. 제 속이 아주 까맣게 타들어 갔다고요."

"내가 언제?"

"지금에 와서 오리발 내미시는 거예요?"

"오리발이 아니고, 말 앞뒤 자르지 말라고."

"하, 참."

진수는 자신의 노란 앞머리에 입김을 '후' 내뱉었다. 그것을 보며 도헌은 생각했다. 참 종잡을 수 없다. 채색엔 신경도 안 쓰면서 머리 색은 하루가 다르게 바뀌니 말이다. 머리카락이 녹지 않는 게 신기할 정도였다. 하루는 금발이었다가 어느 날은 흑발로, 또 다른 날은 초록색으로. 초록색이 빛바래면 노랗게 변하는 진기한 현상까지 경험하고는 그의 별난 취미에 두 손 두 발 다 들고 말았다.

기가 막힌다는 얼굴로 진수를 보는데 그런 자신을 흘끔, 곁눈질한 그는 팔짱을 끼곤 도도하게 턱을 치켜세우며 거만하게 말을 이었다.

"제가 매일 새벽까지 놀기 위해 사정사정하는 거 알고도 그런 소리 하시는 거예요? 새벽까지 있어야 별도 따고 말이야. 육체적으로나 정신적으로나 건강해지는 거지. 형처럼 골방에만 틀어박혀서 모니터만 보고 있으면 어떻게 되는 줄 알아요?"

도헌은 대답 대신 어깨를 으쓱였다. 할 테면 해 보라는 무언의 뜻이다. 그런 그를 만족스러운 얼굴로 보던 진수가 씨익 미소 지었다. 섬뜩한 미소였다.

"고. 자."

웅? 뭐라고? 자신의 귀를 의심한 도헌이 움찔거렸다. 그러나 진수는 거기서 끝내지 않았다. 조용히 도헌의 방문 쪽으로 걸어가더니 살며시 문을 열며 또다시 비릿하게 웃었다.

"누님께도 알려 드려야겠어요. 우리 불쌍한 형님은 고학력자라고."

"뭐 인마?"

"매번 방해할 거예요. 제가 겪은 고통을 그대로 돌려줄 거라고요! 내가 형님은 언제 연애하나 그거만 기다렸다고요!"

혀를 쑥 내밀며 쪼르르 거실을 배회하던 진수가 갑자기 걸음을 멈췄다. 그러곤 뭔가 중요한 걸 깨달은 듯 도헌을 돌아봤다.

"아, 그거 모르셨죠? 자기 위로를 많이 한 남성일수록 실전에 약하……."

도헌은 다급하게 그의 입을 손으로 틀어막았다. 그러곤 나직이 욕설을 퍼부었다.

"미친놈!"

그런데 시련은 여기서 그치지 않았다. 어디선가 음산한 소리가 울리더니 새하얀 발이 문틈으로 쑥 나왔다. 그 바람에 도헌은 공포로 몸이 딱딱하게 굳었고, 돌아가지 않는 고개를 억지로 힘주어 소리가 나는 방향으로 돌렸다.

"헉!"

저도 모르게 입에서 외마디의 외침이 터졌다. 자신을 향해 어색하게 웃고 있는 유진이 한곳을 응시하며 어쩔 줄 몰라 하고 있었다. 그녀의 시선을 따라 움직이는 그의 얼굴이 식은땀으로 흥건했다. 도헌은 다급히 진수를 붙들고 있는 손을 떼어 손사래를 쳤다.

"아! 그, 그게 아니고!"

절망적이다. 자신의 중심부를 뚫어지게 바라보는 유진의 얼굴에 안쓰러움과 걱정, 그리고 실망의 빛들이 어우러져 복잡 미묘했다. 그것을 바라보고 있던 도헌은 속이 타들어 갔지만 이미 일은 벌어지고 난 뒤였다. 어떻게든 수습이 필요했다. 죽이든 밥이든 일단 뜸을 들이고 봐야 했으니까. 하지만 얄밉게도 진수는 그것마저 기회를 주지 않았다.

"누님. 이참에 신차로 갈아타시죠? 제가 이래 봬도 물건 하난 기막히거든요. 한……."

가늘게 눈을 뜨며 무언가의 크기를 어림짐작하는 진수의 손에 도헌과 유진의 시선이 꽂혔다. 두 손의 손가락이 붙어 허공에 큰 원을 그리다가 뭔가 마음에 들지 않는지 쭉 뻗은 왼팔의 팔꿈치를 잡고 흐느적거리는 그의 행동은 누군가에겐 경악을 누군가에겐 호기심을 불러일으켰다. 그로 인해 그것을 바라보고 있던 둘의 입에서 다른 이유의 탄식이 터졌다.

"헉!"

"헉!"

거만한 미소로 양손을 허리에 올린 뒤 엉덩이를 앞으로 쭉 빼며 호기롭게 웃던 진수는 곧이어 어딘가에서 날라 오는 발차기에 얻어맞고 바닥으로 쓰러졌다.

도헌은 어이가 없었다. 어린놈, 아니 마냥 철없이 어리기만 한 나이도 아닌 방년 30세의 남성이 하는 행동이라기엔 너무 터무니가 없었다. 그것도 하늘 같은 선배의 여자 앞에서 하는 꼴이 경박하다 못해 할 말을 잃게 만든다. 어쩌면 그런 생각은 도헌 본인만의 생각일지도 모르겠지만 말이다. 그는 이유를 알 수 없는 화를 주체하지 못해 계속해서 진수의 엉덩이를 걷어차며 소리를 질러댔다.

"네가 코끼리냐? 어디서 코끼리 코를 갖다 대!"

□ ◆ □

병원에서 퇴원하고 난 뒤로 한 번도 자신의 오피스텔을 가 본

적이 없었다. 물론 그러겠노라 찬성은 했지만 도헌의 과잉보호가 좀 과하다 싶긴 했다.

유진은 가만히 원고를 그리고 있는 도헌을 바라봤다. 여전히 그가 집중하고 있는 모습은 멋있다. 아니, 정확히 말하자면 섹시했다. 멍하니 바라보고 있으니 시선은 어느새 붉게 다물려 있는 입술에 향했다.

유진은 가만히 그러쥔 손을 가슴에 대고 눈을 감았다. 그러자 병실에서 느꼈던 그의 심장박동이 그대로 자신의 손 아래에서 느껴지는 것 같았다. 마치 한 몸이 된 듯 그와 같은 박자로 두근거리는 심장에 기분이 좋았다.

금방이라도 콧노래가 흘러나올 것 같다. 한껏 올라간 입꼬리로 인해 벌어진 입에서 나른한 허밍이 새어 나왔다. 떨리는 손을 들어 허공에 가만히 두자 도헌의 머스크 향이 온몸에 감도는 느낌이었다.

그런데 그 순간. 등 뒤로 갑작스럽게 따뜻한 체온이 덮치며 시원한 향이 강타했다. 허공에 떠 있던 손은 어느새 차가운 감촉에 의해 아래로 내려가 있었다.

"뭐 해?"

그의 품에 와락, 안겨 있어선지 뒤에서 도헌의 숨결이 적나라하게 느껴졌다. 마른침을 넘기던 그녀는 그의 얼굴이 자신의 귀에 바싹 붙어 있다는 사실에 또 한 번 가슴이 방망이질 쳤다. 어딘지 간질간질하고 자꾸 배시시 웃음이 새어 나오려고 한다. 억지로 웃음을 참으려 입가에 힘을 줬지만 자꾸만 헤실헤실 늘어지는 입매를 단속하기엔 무리가 있었다.

유진은 긴장으로 건조해진 입술을 혀로 축이며 그에게 잡혀 있는 손을 꼼지락거렸다.

"아, 뭐 그, 그냥."

저도 모르게 말을 더듬는데 나직한 도헌의 웃음소리가 귓가를 간질였다.

"너랑 나랑 같은 샴푸 냄새 나니까 기분 묘하다."

엄마야. 유진은 반사적으로 자리에서 튕기듯 일어났다. 가뜩이나 두근거려 죽겠는데 이상야릇한 소리까지 더해지니 심장이 폭발할 듯 뛰어 댔다.

"그, 그, 그거야. 작가님이 집에를 못 들어가게 하니까 별수 없는 거죠!"

"흐음."

질색을 하며 야단법석을 떠는 유진을 보던 그는 갑작스럽게 다운된 얼굴로 책상에 몸을 기대어 섰다. 팔짱을 끼고 그녀를 바라보는 얼굴이 조금은 낮게 가라앉아 있었다. 그 바람에 유진의 긴장은 더욱더 거세지고 있었다. 무슨 실수라도 했나 싶어 눈을 데굴데굴 굴리며 눈치 보기에 바빴다.

"왜, 왜요……."

"호칭 좀 정리하자. 왠지 작가님이라고 할 때마다 보이지 않는 선이 생기는 기분이라 별로야."

딱딱하게 굳은 얼굴로 잠시 고민에 빠진 도헌은 조금은 밝아진 얼굴을 들어 말했다.

"선배! 어때? 부담도 안 가고. 적당히 딱딱하지도 않고."

"푸읍."

유진은 갑자기 터지는 웃음에 어깨를 들썩이며 끅끅거렸다.

"그게 뭐예요. 엄청 고민하길래 뭐 대단한 게 나올 줄 알았더니."

"왜. 선배, 별로야?"

"별로라는 게 아니라, 이걸 그렇게 심각하게 고민했다는 게 재밌어서요."

"난 선배 말고도 다른 호칭도 상관없어. 예를 들어 자기라든지, 오빠라든지. 아, 조금 더 가서 여보도 괜찮아."

유진은 물끄러미 도헌을 바라봤다. 열 길 물속은 알아도 한 길 사람 속은 모른다고, 도헌을 알아 갈수록 새로운 면면이 드러나 색달랐다. 다행스러운 것은 이런 색다름이 전혀 어색하거나 이질적이지 않다는 것. 그래서 더욱 상대에 대한 마음이 시들지 않는 지금이 좋았다. 그래서 그이기에 가슴에 들어차는 충만감이 더없이 따뜻했다.

그 어느 때보다 방긋 웃으며 즐거움을 만끽하는데 도헌이 흠흠 헛기침을 하며 목을 가다듬고는 입을 열었다.

"그보다. 내일 시간 돼?"

"별다른 일은 없는데, 무슨 일 있어요?"

"아, 법의학자와 살인 사건을 다룬 영화가 개봉했는데 조조로 보러 갈까 싶어서. 은근히 작업하는데 그런 류가 도움이 많이 되거든. 숨겨진 진실 자체가 법의학물이기도 하고."

"좋아요."

헤실거리며 웃는 유진의 볼을 도헌이 어느새 진해진 시선으로 바라보며 쓰다듬었다. 둘 사이를 흐르는 공기가 인지하지 못하는 사이 뜨겁게 데워졌고 서로를 갈망하는 시선으로 조여들었다.

점차 떨어졌던 간격이 좁아졌다. 볼을 매만지던 차가운 손길은 뒷덜미를 어루만지고 있었다. 키스의 전조. 시선으로 서로를 구석구석 훑었다. 살갗에 닿는 떨림보다 더 아찔하게 달아올랐다. 가까이 다가오는 입술에 스르륵 눈이 감겼다.

하지만 서로를 향한 갈증은 곧 무겁게 떨어지는 심장의 아릿함에 밀려 삼켜졌다. 누군가가 갑자기 문을 벌컥 열고 안으로 들어왔기 때문이다. 그 바람에 유진은 하늘로 튀어 오를 듯이 놀라며 재빨리 자신의 자리에 앉았다. 놀란 건 도헌도 마찬가지였는지 머리를 헝클이며 서둘러 열린 문을 비집고 자릴 벗어났다.

"어? 이 분위긴 뭐래?"

"아. 우리 동료님이시구나."

어색하게 말려 올라간 입꼬리에 경련이 일었다. 순간적으로 그를 향해 살기가 이는 것 같았다. 뾰족한 시선으로 노려보는데 어딘가 분위기가 묘하게 달랐다.

"동료님 머리 또 염색했어요?"

"아하하하. 역시 누님밖에 없습니다. 웬일로 작가님이 오늘 새벽에 자유 시간 주셨어요. 내일 오전까지 놀다가 오후에 와서 일하라고 그러던데요? 이런 절호의 기회를 어떻게 후줄근하게 보내겠어요. 타이트하고! 빡세게 놀아야지! 안 그래요?"

"……응. 그래, 재밌게 놀다 와요."

유진은 왠지 진수가 안쓰러웠다. 철저하게 도헌에게 이용당하고 있다는 사실도 모르고 저렇게 어린아이처럼 좋아하고 있으니. 절로 안타까움에 고개가 숙여졌다. 방금 전 일었던 짜증이 못내 미안했다. 그런데 이런 그녀를 그는 아예 울릴 작정인가 보다. 뒤이어 들리는 혼잣말에 유진의 콧등이 시큰해졌다.

"그나저나. 형님이 완전 애가 탔네, 탔어. 내가 방해할까 봐 지레 겁먹고 잘해 주는 거 봐. 이래서 남자는 사랑을 해야 한다니깐?"

애가 탄 게 아니라, 귀찮은 거 치워 버린 거란다. 너는 그이에게

263

아웃 오브 안중이야.

나오지 않는 눈물을 손으로 훔치며 쯧, 혀를 찼다.

□ ◆ □

평일 이른 아침 시간이라선지 영화관 안에는 5명 남짓의 사람들
이 전부였다. 도헌과 유진은 맨 뒷자리에 자리를 잡고 앉았고 둘
다 팝콘이나 음료를 좋아하는 편이 아니어서 손엔 아무것도 들려
있지 않았다. 유진은 주변을 둘러보며 도헌에게 가까이 몸을 가져
갔다.

"그래도 재미있다는 평이 많은 영화인데 사람들이 별로 없네요?
너무 이른 시간이라 그런가?"

"아무래도. 그래서 보통 이 시간에 영화 보러 와."

"아……."

고개를 끄덕이며 숙였던 몸을 들어 등받이에 기댔다. 얼마 지나
지 않아 광고가 끝나고 본격적인 영화가 시작됐다.

한 사내가 거칠게 달리고 그의 뒤를 누군가가 쫓았다. 공포에
질린 사내는 악다구니를 쓰며 있는 힘을 다해 벗어나려 했지만 힘
이 풀린 다리는 맥없이 쓰러져 버렸다. 그래도 포기하지 않고 팔로
기어서라도 앞을 향해 가던 그는 자신을 따라오는 어떤 검은 우비
의 사내에 의해 잔인하게 죽음을 맞는다.

영화의 첫 시작은 연쇄 살인의 최종 피해자가 당하는 장면으로
시작했다. 날이 밝고 과학 수사대가 현장에 도착해 감식을 하며 이
리저리 사진을 찍었다. 그리고 시신은 형사들에 의해 법의관에게
넘어가게 됐다.

유진은 저도 모르게 숨 쉬는 것도 잊은 채 영화에 몰입했다. 평소라면 절대 보지 않았을 장르임에도 긴장과 궁금증을 일으키는 에피소드에, 강력한 흡입력이 있는 이유가 컸다.

부검이 끝나고 유전자 감식 결과지를 손에 들은 법의관은 충격으로 손에 들린 서류를 놓치고 만다. 잘려서 엉성하게 붙은 신체의 각 부분은 전부 다른 사람이었고, 그중 손에서 나온 지문은 석 달 전 실종된 그의 동생으로 밝혀졌다.

곳곳에서 작은 탄식이 터졌다. 그중엔 유진도 있었다. 유진은 놀란 눈으로 스크린에 집중하고 있었다. 부검 장면으로 인해 눈을 가리고 보던 그녀는 무의식적으로 팔을 팔걸이에 내렸다.

그때, 단단한 무언가가 팔 아래로 느껴졌다. 차가운 플라스틱은 아니었지만 그것이 무엇인지는 알 수 있었다. 그녀는 고개를 내려 그것을 확인했다. 그러자 그가 여전히 시선은 앞에 고정된 채로 유진의 손을 잡고는 깍지를 껴서 자신의 다리 위로 가져갔다.

두근두근.

그 뒤로부터는 영화가 눈에 들어오지 않았다. 자꾸만 온 신경이 그에게 잡혀 있는 손으로 쏠려 화면에 집중할 수가 없었다. 마치 손에도 심장이 있는 것만 같다. 세차게 뛰어 대는 맥박이 피부를 뚫고 나올 듯 쿵덕거리는 통에 저절로 호흡마저 가빠졌다.

긴장으로 땀이 나면 어쩌나 걱정이 됐다. 흥건한 땀으로 인해 손을 놓게 되는 일이 생길까 봐, 왠지 정말 그렇게 되면 너무 아쉬울 것 같아서 바싹 신경을 곤두세웠다.

그런데 그때, 뒤에서 인기척이 느껴졌다. 머리카락이 쭈뼛거리고 목뒤로 한기가 스며들었다.

휘익. 뒤를 돌아보니 그곳엔 아무것도 없었다. 맨 뒷자리인지라

에어컨 바람인가 싶어 다시금 몸을 돌려 앞을 바라봤다. 그러자 도헌이 내내 앞에 고정되어 있던 시선을 돌려 그녀를 바라봤다.

"왜 그래?"

순간적으로 유진은 얼굴이 붉어졌다. 갑자기 자신의 귓가로 다가온 그의 숨결에 놀라 몸이 뻣뻣이 굳어 버렸다.

"아, 아니 그냥. 뒤에 누가 있는 거 같아서요."

내부가 어두워 잘 보이지 않음에도 유진은 행여나 붉어진 얼굴이 그에게 들킬까 황급히 고개를 숙여 우물거렸다.

도헌은 그녀의 말에 곧바로 뒤를 돌아 살폈다. 그런데 아무것도 보이지 않자 다시금 그녀를 바라보며 입을 달싹였다.

"컨디션 안 좋으면 나갈까?"

시선이 발끝에 머물러 있는 그녀가 몸이 안 좋아서 그런 것이라 짐작한 것 같았다. 유진은 그의 말에 고개를 가로저으며 작은 목소리로 속삭였다.

"아니, 아니요. 그냥 계속 봐요. 몸은 괜찮으니까."

"응?"

순간적으로 그녀는 숨을 멈췄다. 갑자기 가까이 다가온 그의 얼굴에 모든 것들이 숨과 함께 정지된 기분이다. 아무것도 못 하고 그저 말간 얼굴로 눈을 동그랗게 뜨고 바라보는데 도헌이 무어라 말하기 위해 입을 달싹이며 미간을 구겼다.

"뭐라고? 잘 안들……."

쪽.

어디서 이런 용기가 솟아났는지 모르겠지만 갑작스러운 불길에 저도 모르게 그의 입술에 가볍게 입을 맞췄다. 그 무엇도 그에 관한 거라면 놓치고 싶지 않았다. 그로 인해 빨라지는 심장박동이 좋다. 어딘가 간질간질한 느낌도, 온몸이 긴장으로 경직되는 감촉도, 바로 눈앞에서 전해지는 따스한 체온까지, 뭐 하나 소중하지 않은 것이 없었다. 그것이 도헌에 의한 것이라면 말이다.

자신에게 시선을 거두지 못하고 가만히 직시하고 있는 그의 눈동자에 가슴이 터질 것만 같았다. 곧은 시선 속에 그의 눈동자가 미세하게 떨렸다. 깊이 가라앉는 그것에 욕망이 차올라, 미동도 없던 눈을 내려 유진의 입술에 머물렀다. 그러곤 천천히 그가 다가왔다.

서로를 애타게 갈망하던 눈동자가 닫히자 이윽고 말캉한 입술의 촉감이 그대로 전해졌다. 살짝살짝 윗입술을 맛보며 간질이더니 조심스레 아래로 내려와 아랫입술을 집어삼키자 저절로 입이 벌어졌다. 그 순간. 도헌의 혀가 안으로 쑤욱 밀어닥쳤다. 입천장을 간질이다 치아 사이를 훑던 그는 이내 머뭇거리는 그녀의 혀를 달래듯 쓸었다.

처음 하는 키스도 아니건만 그의 체취 하나로 머릿속이 마비되는 것만 같았다. 꿈을 꾸는 것 같다. 감당할 수 없을 만큼의 쾌락이 온몸을 휘감았다.

살짝 벌어진 잇새로 나른한 신음이 흘렀다. 그러자 도헌은 그녀의 머리를 잡은 손에 힘을 주어 그녀와의 사이를 더욱 밀착했다.

머뭇거리던 유진이 그의 움직임에 따라 조금씩 반응을 보이기 시작했다. 따뜻하게 입안을 점령한 그의 혀를 감고 쓸자 점차 볼에 닿는 숨결이 가빠졌다. 조심스레 휘젓던 그의 움직임이 강해지더니 이내 그녀의 혀를 쭈욱 빨아 당겼다. 그로 인해 유진은 목에 감았던 팔을 들어 칠흑 같은 머리에 손가락을 박아 넣으며 온몸으로 매달렸다.

주변에 긴박한 음악이 흐른다. 같은 박자로 두근대는 둘의 심장 박동에 맞춰 흉흉한 음악이 플레이되고, 찢어지는 비명 소리가 뒤따르며 내부의 분위기를 더욱 다급하게 몰고 갔다. 영화가 점점 극적으로 치달을수록 그에 따른 섬뜩한 배경음악이 도리어 둘의 교감을 빠르게 끌어내고 있었다.

신기한 일이었다. 정신은 몽롱해지는데 몸의 감각은 예민해졌다. 그가 지나간 자리마다 낙인이 찍히듯 뜨겁게 타오르는 기분이다. 칠갑산 때와는 다른, 뜨거움이 있었다. 안정되고 익숙한데도 새로운 기분이 들었다. 그의 뜨거움을 그때 전부 봤다고 생각했는데, 그렇지만도 않은 것 같았다. 시간이 흐를수록 자신을 담는 온도는 가파르게 올라가고 있었다.

"하아……."

벌어진 입술 사이로 열띤 숨을 토했다. 그렇게라도 하지 않으면 지독한 열기에 질식할 것만 같았다. 부드럽지만 강한 몸짓에 유진은 그 어떤 것보다 확실히 그의 마음에 대해 느낄 수 있었다. 끝없이 채워도 절대 채워지지 않는 갈증을, 정확히 말하자면 자신을 원하는 욕구를 최대한의 힘으로 버텨 내고 있다는 것을 말이다.

너무나 절절했다. 그의 뜨거운 숨결에 가슴이 먹먹했다. 그래서 더욱 최선을 다해 부딪쳐 오는 그에게 기대고 싶었다. 그렇게나마 온전히 그의 안에 남고 싶었다. 유진은 그것으로도 충분했다. 사랑하는 사람에게 사랑받는 것. 그것만큼 행복하고 벅찬 감정을 심장에 새겨 넣을 방법은 없을 것이다.

키스 후의 영화 줄거리는 잘 기억나지 않았다. 자꾸만 웃음이 나고 마주 잡은 손이 간질거려 눈앞의 스크린이 제대로 들어오지 않은 탓이었다.

도헌의 차를 타고 가는 내내 그의 어깨에 기대 갔다. 너무 편안해서 저절로 잠이 쏟아졌지만 그냥 잠들긴 아까워 낮은 허밍이라도 흘리고 있었다.

"기분이 좋기도 하고, 뭐랄까. 행복한 거 같기도 하고. 어쩌냐 정말."

도헌은 기어 위에서 맞잡고 있던 손을 들어 하얀 유진의 손등을 쓸어내렸다. 그리고 말했다.

"혼자 사는 세상이 아니라 얼마나 다행인지 모른다."

머리맡에서 울리는 저음에 코끝이 시큰해졌다. 많은 뜻을 품고 있는 말에 가슴이 아릿했다. 의외로 적이 많다는 건 위험하기만 한 것이 아니라 생각보다 많이 외로운 일인지도 몰랐다.

그는 이렇게 5년을 살아왔다. 자신이 편하게 먹고 자고, 친구들과 웃고 떠들고 할 시간에 그는 밤새 원고와 씨름하며 갖은 협박 속에 마음 졸이며 살아갔을 것이다. 그저 유명한 작가라 해서 막연히 선망의 대상이었던 사람이 오늘은 이상하게도 한없이 애틋하고 아련했다. 어쩐지 콕콕 쑤시는 마음에 유진은 안겨 있던 팔을 빼내 그를 세게 안았다.

"끝까지 당신 편 할게요."

"……."

아무런 말을 잇지 못하고 가만히 손을 들어 유진의 등을 토닥이는 손길에 미세한 떨림이 묻어났다.

'그러니까. 약해지지도 말고, 무너지지도 말아요. 절대.'

유진은 눈을 감았다. 기도하듯 옳고 되뇌고 속삭였다. 그렇게라도 하지 않으면 그가 멀리 떠나가 버릴 것만 같았다. 왠지 그럴 것만 같았다.

알 수 없는 불안함. 불안이란 감정은 색도 없고 모양도 없고 냄새도 없는 지독한 갈증과 닮았다. 미치도록 온 신경을 갉아먹는데도 해소할 길이 없었다. 이유라도 알면 좋으련만 그것조차도 녹록지 않아서 자연히 사라질 때까지 전전긍긍하고 있을 때가 많았다. 그래서 더욱 피가 마르는 기분이다.

무언가 그의 앞에 무시무시한 일이 기다리고 있는데 아무것도 모르고 그것을 향해 달려가는 느낌에 미치도록 애가 탔다. 꼭 그가 사라질 것만 같다. 눈앞에서, 이곳에서, 이 세상에서.

정말 이 빌어먹을 예감이 적중한다면 어떻게 되는 걸까. 생각만으로도 눈앞이 캄캄하고 진저리가 쳐졌다. 그의 말이라면 팥으로 메주를 쑨대도 믿을 것만 같은데, 그런 그가 사라진다는 건 상상도 할 수 없는 일이었다.

도헌이란 존재가 유독 더 크고 깊게 느껴질수록 이것이 곧 깨어질지도 모른다는 불안은 커져 갔다. 그래서 지금 그를 붙잡고 있는 손을 놓기가 싫었다. 그럴수록 일전에 마주쳤던 창수의 비릿한 미소가 떠올랐다. 당장이라도 뭔가를 저지를 듯 광기 어린 눈빛에 소름이 돋았다.

어느새 작업실이 시야에 잡혔다. 큰 대로변을 달리다 이내 좁다란 골목길에 들어섰다. 조금 더 들어가다 우측으로 틀어 올라가면 바로 작업실이 있는 건물이 나타날 터였다.

하지만, 우측으로 틀었던 차는 더 이상 앞으로 가지 못했다. 웬남자가 길바닥에 널브러져 있었기 때문이었다.

"아이고오. 나 죽네."

자세히 들여다보니 진수였다. 놀란 유진은 차에서 내려 서둘러 그가 있는 곳으로 달려갔다.

"어머! 동료님! 이게 웬일……."

부리나케 달려가 그의 행색을 이리저리 훑는데 뭔가가 이상했다. 전날 봤던 노란색의 금발이 아니었다. 이건 검은빛의 붉은…….

"피?"

조심스레 그의 머리에 손을 가져간 그녀는 소스라치게 놀라며 뒤로 한 걸음 물러났다. 그러자 뒤에서 지켜보고 있던 도헌이 빠르게 다가와 진수 옆에 무릎을 구부리고 앉아서 그를 살피기 시작했다.

"뭐야 인마. 어떻게 된 거야?"

"그게. 술 마시고 난 뒤라 기억이……."

"지금 장난해?"

"장난이 아니고 진짜예요. 전 지금 제 머리에 피 나는 것도 방금 알았다고요."

"이 새끼가 진짜."

도헌의 악다문 잇새로 나직이 욕설이 튀어나왔다. 유진은 그런 그의 옆에 앉으며 진수의 몸 구석구석을 꼼꼼히 들여다봤다.

먼지 하나 없던 블랙 진은 여기저기 허여멀건 얼룩이 뒤엉켜 묻어 있고, 가죽 소재의 라이더 재킷은 군데군데 예리한 무언가에 찢겨져 있었다. 그의 정수리에서 관자놀이를 지나 목을 타고 흐르는 검붉은 핏자국은 의학 지식이 전혀 없는 그녀가 보기에도 꽤나 심각해 보였다.

더욱이 찢어진 입술에 말라붙어 버린 핏덩이들과 광대뼈 부근에 시퍼렇게 올라온 멍 자국들이 단순히 넘어지거나 어디 부딪힌 게 아닌, 누군가에게 폭행을 당했다는 걸 여실히 보여 주고 있어서 당시의 상황이 훤히 들여다보이는 것 같았다. 마치 '내가 때렸다.' 라고 일부러 드러내는 거 같아 그 잔인함에 치가 떨렸다.

걱정 어린 얼굴로 시커멓게 뭐가 묻은 진수의 손을 바라보던 유진은 순간 멈칫했다. 찢겨진 재킷 사이로 보이는 주머니에 필름지 같은 종이가 반쯤 나와 있는 게 보였기 때문이다.

"진수 씨. 그게 뭐예요?"

"뭐요?"

퉁퉁 부은 얼굴 탓에 발음이 부정확하던 진수는 자신의 주머니를 내려 봤다. 그러곤 하얀 필름지를 꺼내며 머리를 긁적였다.

"어? 이게 뭐야? 난 처음 보는 건데. 언제 이런 게 들어가 있었지?"

"줘 봐."

도헌이 그의 손에 들려 있던 폴라로이드 사진을 집어 들었다. 그게 뭔지 궁금했던 유진은 자연스레 그의 옆으로 가서 어깨너머로 사진을 확인했다. 그러곤 너무나 익숙한 풍경에 미간이 가늘게 좁혀졌다.

집 안의 풍경이었다. 그녀의 집과 구조가 같은 원룸의 방. 거실 겸 방이 하나 있고 샤워실 겸 화장실이 하나 딸려 있었다. 그런데 한 가지 이상한 점이 있었다. 이 사진 속의 집은 사람이 살지 않는 것인지 집 안의 모든 집기가 부서져서 바닥을 뒹굴고 있었다. 뭣 하나 성한 것이 없어 보였다.

그러나 더 기괴한 것은 꼭 자신의 집인 것 같은 생각이 자꾸만 든다는 것이다. 반으로 부러진 컴퓨터 책상만 보더라도 자신의 것과 같은 모델이었고, 침대 위에 보기 흉하게 찢겨진 이불도 자신의 것과 동일했다. 그리고 보니 창문에 아슬아슬하게 걸쳐진 커튼도……. 가만! 커튼은 취미로 미싱을 배울 때 직접 만들었던 거라 시중엔 같은 제품이 없었다.

유진은 후들거리는 다리로 벌떡 일어섰다. 그런 그녀를 도헌과 진수가 의아한 눈으로 올려 봤고, 급기야 새하얗게 질린 그녀를 보던 도헌이 그녀를 따라 일어나며 입을 달싹였다.

"왜 그래?"

"여기…… 제집이에요."

"뭐?"

"맞아요. 확실해요."

"그게 무슨……."

사진과 유진을 번갈아 바라보던 도헌은 이내 뭔가가 생각난 얼굴로 바닥에 널브러져 있는 진수에게로 시선을 옮겼다.

"너 때린 사람 기억 안 나? 누군지 본 적 없어?"

"……네. 빨간 후드티 말고는."

"하, 진짜 돌겠네."

거칠게 머리를 헝클이던 도헌은 가만히 손에 들린 사진을 바라 봤다. 그의 행동에 옆에 있던 유진도 따라 사진에 시선을 고정했다. 그런데 뭔가가 이상했다. 사진 뒷면에 다른 종이 한 장이 더 있는 것 같았다.

"사진 밑에…… 뭐가 있는 거 같아요."

"뭐?"

유진의 말에 사진을 뒤집어 본 그는 두 장으로 나뉘는 그것을 손으로 잡아떼어 냈다. 그러곤 경악에 찬 얼굴로 다시금 그녀를 바라봤다.

뭐, 뭐지? 덜컥 겁이 났다. 하얗게 질린 얼굴로 자신을 바라보는 도헌의 눈빛이 충격으로 흔들리고 있었다. 웬만해선 주변의 변화에 동요가 없는 그가 저렇게까지 반응하는 것을 보면 손에 들려 있는 내용물이 예상을 뒤엎는 것이리라.

마른침을 꿀꺽 삼키며 떨리는 손을 들어 또 다른 사진 한 장을 집었다. 그것을 확인한 순간, 비명이 터질 것 같은 입을 손으로 틀어막으며 그 자리에 주저앉고 말았다.

"어, 어떻게."

말이 나오질 않았다. 불과 30분 전의 일이 고스란히 폴라로이드 사진에 담겨 있었다. 어두운 영화관에서 입술을 포개고 있는 둘의 모습이 적나라하게 찍혔다. 누군가가 자신들을 지켜보고 있었다는 뜻이었다. 분명 그 누군가는 이창수, 그자일 가능성이 크겠지만 말이다.

멍한 시선이 도헌의 모습을 직시했다. 뭘 어떻게 해야 할지 도무지 생각이 정리되질 않았다. 차라리 카페에서 그와 마주쳤던 날, 그를 따라나섰어야 했던 걸까. 그랬다면 이런 일은 생기지 않았을까. 도대체 그는 무슨 말이 하고 싶었던 걸까.

물음표만 머리에 가득 차올랐다. 해답이 없는 질문들은 무수히도 많은 문제와 선택을 강요하는데 정작 유진은 그것에 어떤 답도, 결정도 내리지 못했다.

유진은 엉망이 되어 버린 진수의 얼굴을 눈으로 쓸었다. 생각보다 위험은 코앞에 도사리고 있는 걸지도 몰랐다. 그의 시야에서 벗어날 수 없다. 그의 모습이 보이지 않는다고 해서 절대 안전한 것은 아니었다. 그렇다면 그를 만나야 했다. 어차피 창수의 손바닥 안에서 놀아나고 있는 것이라면 정면으로 부딪쳐야 돌파구를 찾을 수 있을 것이다.

"저, 이창수를 만나 봐야겠어요."

"뭐?"

아연실색한 얼굴의 도헌이 다급하게 몸을 낮춰 그녀의 어깨를 움켜잡았다.

"지금 제정신으로 하는 소리야?"

"네. 언제까지 외면하고 있을 수도 없잖아요. 이렇게 모든 것들을 그가 지켜보고 있는데. 안 그래요? 지금 여기라고 안전할까요? 저희 집이 이 지경이 됐는데, 작업실은 괜찮다고 할 수 있어요?"

"아니야. 다시 생각해. 만나도 내가 만나. 진수 꼴을 보고도 지금 그런 말이 나와?"

"아니요. 도헌 씨는 안 돼요."

"그건 또 무슨 말이야."

"카페에서 저한테 할 말이 있다고 했었어요."

유진은 진수에게 고정되었던 시선을 들어 도헌을 바라봤다.

"도헌 씨와 얘기할 거였음, 저한테 그날 찾아오지도 않았겠죠. 이렇게 계속 주변을 돌고 있다는 건 절 기다리고 있다는 뜻인 거 같아요."

"내가 그렇게 못 해."

낮게 으르렁거리던 도헌은 주머니에서 휴대전화를 꺼내 들었다. 그리고 어디론가 다급하게 다이얼을 누르며 전화를 걸었다.

"아, 이 형사님. 저 김 작갑니다. 잠깐 뵐 수 있을까요?"

□ ◆ □

겨울을 재촉하는 가을비가 하루 종일 계속됐다. 찌는 듯한 더위가 가셔서 얼마나 반가운지 요즘은 절로 몸이 가벼워지는 기분이었다.

강율은 한결 편안해진 얼굴로 한 손에 든 서류를 뒤적거리며 사무실로 향했다. 직업의 특성상 늦은 시간임에도 곳곳에 사람들이 남아 있었다. 복도를 지나다 그를 발견하고 가볍게 인사하며 지나가는 형사들을 볼 때마다 서류에 고정되었던 시선 그대로 고개만 까딱이며 받아넘겼다. 곧이어 특수부 사무실이 보였고, 그는 자연스레 문을 열고 들어갔다.

그런데, 생각보다 고요했다. 분명히 몇몇 사람들이 남아 있을 것이란 예상을 뒤엎고 안은 어두컴컴한 모습이었다. 개미 새끼 한 마리도 남아 있지 않은 이상한 광경이다.

강율은 내내 서류를 훑느라 수그리고 있던 고개를 들어 주변을 둘러봤다. 이런 경우는 처음 있는 일인지라 내심 신경이 쓰였다. 아직 용의자조차 색출하지 못했는데 텅텅 비워진 사무실을 보니 울컥, 불쾌감이 밀려들었다.

"뭐야……."

날 선 목소리가 입 밖으로 새어 나왔다. 그런데 그때였다. 서류가 보관된 철제함 쪽에서 부스럭거리는 소리가 났다.

강율은 한껏 자세를 낮춰 천천히 그곳으로 다가갔다. 손전등의 불빛 사이로 체격이 좋은 남자의 그림자가 어른거리는 것이 보였다. 그 사내는 익숙한 몸짓으로 입에 손전등을 물고는 서랍을 열어 서류 파일을 하나하나 넘겨 보고 있었다.

기분이 좋지 않다. 이곳에 들어올 정도라면 일반인은 아닐 것이다. 같은 형사나 이쪽 관련 일을 하고 있을 가능성이 컸다. 그렇다면 기본적인 예의라는 걸 알고 있을 터였다. 이렇게 도둑놈처럼 서류 도둑질을 하고 있다는 건 특수부 전체를 모욕하는 거나 다름없었다.

더욱이 지금은 그림자 사건으로 전국이 떠들썩할 때였다. 한창 예민한 걸 알면서도 서면으로 자료를 요청하지 않고 저런 식으로 도둑질을 해 가다니. 강율의 악다문 입매 아래로 턱이 꿈틀거렸다.

하지만 그는 인기척을 내지 않았다. 저 사내의 행동거지를 하나하나 꿰뚫듯 지켜보고 있을 뿐이었다. 도대체 저자가 어디까지 하려는 심산인지 일단은 가만히 눈여겨볼 필요가 있었다.

아니나 다를까, 건장한 체격의 사내는 자신이 원하는 것을 찾았는지 재빨리 파일 하나를 꺼내 들어 펼쳤다. 그러곤 두어 장 넘겨 보곤 이내 복사기 쪽으로 발걸음을 옮겼다.

위잉, 거리는 소리와 함께 복사기 아래에서 밝은 빛이 번쩍였다. 이윽고 한 장의 복사물이 툭 튀어나왔고 사내는 그걸 집어 반으로 접은 후 품 안에 넣었다.

책상에 조용히 앉아 이 모든 것들을 지켜본 강율은 천천히 자리에서 일어섰다. 그러곤 벽으로 다가가 형광등의 불을 켰다. 팟, 소리와 함께 사무실 전체가 밝아지자 소스라치게 놀란 사내는 팔을 들어 얼굴을 가렸다. 그는 그것을 놓치지 않고 빠르게 그의 앞으로 다가가 웅크리고 있는 사내의 멱살을 거칠게 낚아챘다.

"너 뭐 하는 새끼…… 어? 희락이 형?"

어안이 벙벙한 얼굴로 인상을 잔뜩 찌푸리고 있는 희락을 바라봤다. 그러자 그는 숨을 쉬기가 버거운지 벌게진 얼굴을 들어 캑캑거리며 힘겹게 입을 달싹였다.

"이, 이것 좀! 쿠웩!"

"아, 미안."

277

그제야 멱살을 세게 움켜쥐고 있던 것이 생각난 강율은 재빨리 손을 풀었다. 희락은 그런 그를 보며 여전히 헛기침을 토해 내고 있었다.

"콜록콜록! 인마. 좀 적당히 살살 잡지. 날 죽이려던 참이냐? 아, 하마터면 그림자 얼굴 구경도 못 하고 골로 갈 뻔했네."

"뭐야 이게 다?"

아직 혼란이 채 가시지 않은 얼굴로 물었다. 정리되지 않은 머릿속만큼이나 얼굴 표정은 그야말로 가관이었다. 이런 그를 보며 희락은 복사기 위에 위태롭게 올라가 있던 파일 하나를 갈무리해 서랍에 있던 원래 자리에 끼워 넣으며 대답했다.

"뭐가?"

"아니, 도둑놈처럼 몰래 파일을 훔쳐보니까 그렇지. 그리고 다들 어디 갔어?"

"도둑놈이라니 이게 좀 컸다고 형한테 막말하네. 아, 뭐 좀 확인할 게 있었어."

"뭐?"

"그냥, 별거 아니야."

"내가 알면 안 되는 거야?"

"그런 건 아니고. 나중에 말해 줄게. 아, 그리고 너 진수 씨 알지?"

"진수?"

되묻는 얼굴에 의아함이 드리웠다. 갑자기 그는 왜? 오늘따라 희락이 이상했다. 하지만 그는 이 상황이 별로 대수롭지 않다는 듯 멍하니 서 있는 강율을 지나쳐 자신의 자리에 가서 앉으며 의자 등받이에 몸을 묻었다.

"오늘 당했어."

"당했다니. 뭐를?"

"펀치기."

"에?"

도헌에게 아무런 연락도 받지 못했는데 어째서 자신보다 희락이 먼저 알고 있는 걸까. 강율은 의문스러움을 뒤로하고 뒤이어 들리는 희락의 음성에 귀를 기울였다.

"아침에 누군가에게 얻어맞아서 머리에 피를 철철 흘리고 작업실 앞 길바닥에 쓰러져 있더래. 그걸 김 작가가 발견했고."

"그래서?"

"그래서 내가 연락을 받고 가 봤더니 상태가 영 안 좋더라고. 바로 구급차에 실어서 병원에 보내고 이걸 하나 받았어."

희락이 자신의 책상에 사진 두 장을 올려놨다. 강율은 빠르게 다가가 그것을 집어 들었다. 한 장은 엉망이 된 집의 내부였고, 다른 한 장은 남녀가 입을 맞추고 있는 사진이었다. 전부 폴라로이드인 걸로 봐선 그 자리에서 바로 찍어 남긴 것 같았다.

"이게 뭐야?"

"진수 씨 주머니에서 발견이 됐는데. 본인은 그런 게 있었는지도 몰랐대. 내가 보기엔 범인이 펀치기 하고서 넣어 놓은 거 같아. 그런데 말이야, 이상한 점이 있어. 펀치기는 보통 둔기로 머리를 가격하고 도망가잖아?"

"그렇지."

"그런데 이놈은 펀치기 당해서 쓰러져 있는 사람을 곤죽으로 만들어 놨어. 아주 제대로 잡아 팼더라고. 원한이 깊지 않으면 가능하지 않을 그런 유형인 거지. 그래서 좀 알아봤어."

희락은 아까 복사물을 넣어 놨던 주머니 반대편에서 또 다른 서류 하나를 꺼내어 내밀었다. 강율은 그것을 조용히 받아 들었다. 서류 제일 윗부분엔 '지문 감식 의뢰서'란 명칭이 적혀 있었다. 그런 그를 물끄러미 보던 희락이 입을 열었다.

"이창수야."

"뭐?"

"사진에 지문이 하나 찍혀 있었는데, 이창수 거라고. 그 새끼 죽은 게 아니야. 살아 있어."

"뭐 그런 말도 안 되는……."

"넌 아직도 그날 국과수 앞에서 마주쳤던 인물이 이창수가 아닐 거라 생각해? 이렇게 증거가 있는데도?"

"내가 확인했어. 사체를 직접 봤다고."

"자살 위장 방법은 세상에 널리고 널렸어. 그리고 지하철 화장실 사건 이후로 그림자 피해자가 안 나타나고 있잖아? 아마 다음 타깃이 정해져 있을 거야. 내 감은 그래."

"형의 감대로라면 그게 누군데?"

"오유진."

너무나 황당해서 말이 나오지 않았다. 곤죽이 되었다던 진수는 뭐고, 이 상황에 갑자기 유진 씨는 왜 나온단 말인가. 어이가 없어서 희락을 바라보고만 있는데 그는 뭔가 초연한 눈으로 도리어 자신을 직시하고 있었다. 그 눈빛에 담긴 감정이 너무 쓸쓸해 마음 한구석이 저릿했다.

"뭘 그렇게 봐."

"그냥. 그러고 싶었다. 김 작가한테는 특별히 유진 씨 혼자 두지 말라고 일러뒀어. 그리고 몸조심해라. 이유는 모르겠지만 이창수, 그 새끼 아무래도 그림자가 맞을지도 몰라. 단순 모방범이 아니고. 그것 때문에 다들 나가 있어. 그리고 김 작가 주변을 돌면서 친한 지인들 해코지도 서슴지 않는 거 같으니 당분간은 김 작가한텐 가지 마라."

제 할 말만 남기고 홀연히 사라진 희락의 빈자리를 보며 강율은 멍하니 생각에 잠겼다. 도대체 일이 어떻게 돌아가고 있는 건지, 왜 다들 자신에겐 어떤 언질도 주지 않은 건지 이상했다.

우악스레 손에 들린 지문 검사지를 구기는데 시야에 복사기가 들어왔다. 그는 천천히 그것에 다가가 버튼을 눌렀다. 그러자 몇몇 메뉴가 그의 손가락 움직임으로 바뀌더니 이내 이전 복사 기록창이 떴다. 그는 그것을 눌러 희락이 복사한 내용을 손쉽게 손에 넣었다. 그러곤 어디론가 전화를 걸었다.

뚜르르르, 몇 번의 착신음이 반복되고 이내 전화는 끊겨 버렸다. 순간적으로 이는 짜증에 휴대전화를 집어 던지고는 서둘러 차 키를 집어 드는 강율에게 묘한 분노의 감정이 꿈틀댔다.

□ ◆ □

벌써 하늘은 까만 어둠에 지배되어 검게 일렁였다. 일교차가 커진 탓에 얇은 점퍼를 입고 있었지만 쌀쌀하게 파고드는 한기를 밀어 내기엔 역부족이었다.

아침에 희락이 다녀가고 도헌은 계속 유진과 진수의 병실에 함께 있었다. 진수의 상태를 파악하고 먼저 119나 강율에게 전화를 걸지 않은 건, 그의 예민한 동물적 감각이 제지했기 때문이었다. 휴대전화를 집어 드는 찰나의 순간, 문득 그런 생각이 들었다. 나의 주변을 배회한다. 그리고 나의 지인들을 해하려 한다.

그렇다면 별로 일면식이 없는 사람이 나서 주어야 할 것은 분명했다. 물론 희락도 완전히 창수의 게임 판에서 제외 대상인 것은 아니었지만 그나마 가장 믿을 만한 사람이었다는 건 확실했다. 더욱이 진수가 먼저 의료 기관의 손을 타면 안 될 것 같았다. 엄연히 이건 범죄와 연관성이 깊었다. 다년 동안 범죄물을 그려 온 작가의 감이라면 감이었다.

역시나 그의 감은 맞았고, 희락이 현장에 도착하면서 정리는 한순간에 끝나 버렸다. 지금 작업실과 유진의 집은 특수부 팀원들이 조사를 벌이고 있었고 자신에게도 어딘가에 숨어서 모든 것들을 지키고 있는 세 명의 형사가 함께하고 있었다. 만일의 사태에 대비를 한 것인데, 이게 과연 효과가 있는 방법인가에 대한 물음엔 선뜻 그렇다고 대답하기가 애매했다.

도헌은 휴대전화의 시계를 확인했다. 곧 희락과 만나기로 한 시간이 다 되어 가고 있었다. 딱히 커피숍이나 다른 한적한 곳을 약속 장소로 정하지 않은 건 그가 이곳을 원했기 때문이었다. 아무리 형사들 여럿이 병실을 지키고 있다고 한들 유진과의 거리가 너무 멀어지면 불안했다. 더욱이 엉망이 된 진수의 몰골을 보고 나니 더럭 겁이 안 날 수가 없었다. 오늘은 진수지만, 내일은 유진이 될 수도 있다는 생각에 눈앞이 아찔했다.

깊은숨을 내쉬며 하늘을 올려 보는데, 그동안 잘 보이지 않던 별들이 드문드문 모습을 드러내고 있었다. 저게 진짜 별인지 아니면 인공위성인지는 모르겠지만 그래도 조금은 마음의 위안이 되는 것 같다. 꽤 다부진 눈에 박히는 아련한 빛들이 알게 모르게 힘이 되는 것 같았다.

282

"춥다……."

코를 훌쩍이며 몸을 웅크리는데 저 멀리서 희락의 차가 거칠게 주차장을 향해, 아니 정확히는 도헌을 향해 돌진했다. 그 바람에 소스라치게 놀란 도헌은 으악! 소리를 내지르며 뒤로 넘어졌고, 그 모습을 발견한 희락은 너털웃음을 터트리며 운전석에서 내렸다.

"아이고. 미안합니다. 운전이 아주 그냥 드리프트 수준이라."

목젖까지 보이며 크게 웃어 젖히던 그는 근처에 숨어 있다가 도헌의 짧은 비명에 놀라 뛰쳐나온 후배들을 보며 혀를 끌끌 찼다.

"야! 너는 아주 그냥 잠복근무라고 광고를 해라! 앙? 그래서 용의자가 잘도 기어 오겠다. 아주?"

"아하하하. 선배님도 참."

어리숙하게 웃으며 쭈뼛거리던 사내는 희락의 '이쪽으로 오라'는 손가락질에 어쩔 줄 몰라 하며 눈만 굴려 댔다. 그러자 느릿느릿한 몸짓에 답답함을 느낀 희락이 빠르게 다가가며 사내의 정강이를 걷어찼다.

"인마! 좀 빨리빨리 못 움직이냐? 그래서 범인은 어떻게 잡을래? 그리고 이건 위장용이냐? 왜, 얼굴에 초록색 검은색 사이좋게 반반 위장 크림도 바르지?"

사내의 머리에 붙은 나뭇잎을 떼어 내며 투덜거리던 그는 턱짓으로 다시 숨어 있을 것을 지시하고는 다시금 도헌에게 다가갔다.

"이거 미안하게 됐다. 워낙에 인력이 부족하다 보니."

도헌은 굼뜬 움직임의 사내를 곁눈질로 한 번 훑고는 이내 고개를 저으며 입을 달싹였다.

"아뇨. 어차피 별로 이 방법이 효과가 있을 거란 생각은 안 했으니까요."

"그래도 없는 거 보단 낫잖아. 그나저나 여기가 병원 정문이라 듣는 귀가 많을 것 같은데."

주변을 두리번거리며 말하는 희락을 보던 도헌이 주차장의 한적한 구석을 가리키며 대답했다.

"저기. 흡연 구역이긴 한데, 자판기도 있고 날이 추워서 그런지 사람도 안 다니더라고요."

"아, 저기 괜찮겠네. 가자."

몇 걸음 가지 않아 도착한 그곳은 바닥에 몇 개의 담배꽁초가 떨어져 있었다. 벤치라기엔 애매한 작은 턱을 바라보며 둘은 캔 커피를 하나씩 나눠 들었다.

서로 커피를 한 모금 입에 머금자, 몇 초의 정적이 찾아왔다. 딱히 이런저런 이야기를 하며 수다를 떨 사이도 아니었고, 그렇다고 아예 친분이 없지는 않은 그런 관계이다 보니 사생활을 인사치레로 묻기도 뭐하고 안 하자니 어색한 그런 분위기의 담담한 침묵이 이어졌다.

한 모금, 두 모금 이어지다 다섯 번째 입안에 머물던 커피를 넘기려던 찰나였다. 생각보다 길었던 어색한 고요를 깨며 희락이 입을 열었다.

"지문 감식 결과는 전화로 들었지?"

"네."

고개를 끄덕이며 손에 들려 있던 캔을 바라보던 도헌이 희락에게 시선을 옮겼다. 그러자 희락이 아까의 장난기 어린 표정을 지우곤 감정이 드러나지 않는 얼굴을 마주하며 입을 달싹였다.

"어떻게 생각할지는 모르겠어. 나도 지금 많이 혼란스럽거든. 그래도 말을 하는 게 나을 것 같다."

흔들림 없는 시선으로 그를 직시했다. 그러자 그게 긍정이라 생각한 희락은 고개를 한 번 바닥에 떨구곤 품에 들려 있는 서류를 꺼내 내밀었다. 그것을 받아 든 도헌은 의아함에 다시금 서류에 있던 시선을 옮겨 그를 바라봤다. 그의 손엔 복사된 창수의 부검 기록이 들려 있었다.

"이건 강율 형한테 받아서 이미 가지고 있는 건데요."

"알아. 그런데 여기."

이번엔 또 다른 서류가 희락의 품에서 나왔다. 같은 복사본인데도 내용은 전혀 달랐다.

"이건……."

도헌이 당황함에 말끝을 흐리자 희락이 그 공백을 메우려 입을 열었다.

"그건 실제 법의관이 우리에게 보낸 부검서야. 용케도 서울 지검 강진성 검사가 가지고 있더라고. 무슨 이유에선지는 모르겠지만 그저 개인 취미라는 이유로 나한테 이걸 넘겨주더라. 물론 강율에게는 말하지 않는 조건으로."

"왜 형에게는……."

"거기에 나와 있는 그대로 한 가지 빠진 부분 때문인 것 같아."

도헌은 자신의 손에 들려 있는 서류를 번갈아 바라봤다. 정말이지 강율에게 넘겨받았던 서류와는 차이가 있었다. 서에 보관 중이라던 서류엔 몇 가지 증거물이 빠진 채 기록되어 있었다. 그중 한 가지가 눈에 띄었다.

니트로셀룰로오스, 에나멜……. 복합 화학 성분의 안쪽에 지문 채취.

창수의 위장된 사체에 지문이 있었다? 그것도 매니큐어에? 뭔가가 이상해도 너무 이상했다. 그런데 더 놀라운 건 지문의 주인이었다.

"강율 형의 지문이 왜 여기에……."

"증거물 보존을 위해 장갑을 끼지만 그래도 간혹 형사들의 지문이 남는 경우가 있어. 그런 건 알아서 거르는데 이건 좀 이상하더라고. 손가락에 매니큐어를 발랐다는 것도 이상하고 또 보통 형사들이 직접 사체를 만지는 일은 없거든. 감식반이 와서 가져가니까. 그런데 사체의 가장 안쪽에 남아 있었다는 게……. 더욱이 당시 직접 강율이 부검서를 가지러 갔었는데 그때 법의관에게 알아보니 자신의 실수로 지문이 남은 거 같다고 삭제를 요청했다더라. 그래서 수정한 결과지를 다시 넘겼고. 오늘 서에 들러서 다시 확인을 했는데 역시나 이 부분이 빠진 서류가 꽂혀 있었어."

끓는 물이 넘치듯 과부화가 걸린 머리는 정지해 버렸다. 모든 사고 회로가 끊겨 버려 사건들의 연결 고리가 풀려 버린 느낌이었다.

예상치도 못한 창수의 등장. 그리고 갑자기 어디선가 튀어나온 강율의 지문. 이 둘의 연결 고리는 대체 무엇일까. 머리를 굴려 봐도 접점이 떠오르진 않았다.

복잡함에 나른한 숨을 내뱉었다. 일단은 희락의 생각이 궁금했다. 그는 어느 쪽으로 가닥을 잡고 움직이는지 그것을 먼저 파악하는 게 순서일 듯했다.

"이 형사님의 생각은 어떻습니까?"

묘하게 긴장이 되었다. 유독 감이 좋기로 유명한 그다. 그런 그가 미심쩍어 하는 부분이 있다면 어느 정도는 타당함이 있을 것이었다.

날카로운 시선으로 그를 보는데 잠시 자신을 바라보는 눈이 흔들린다 싶더니 이내 참담한 표정이 되어 한 손으로 얼굴을 쓸어내리는 모습에 어떤 간절함이 스쳤다.

"그러고 싶진 않지만, 자꾸만 한쪽으로 기우는 감을 어쩌지 못하고 있어. 이걸 팀장님께 얘길 했더니 미친놈 취급 하더라고. 나도 내가 미친놈 같고. 그래서 이번엔 예감이 틀렸다는 걸 증명하려고 혼자 더 열심히 뛰어다니고 있는 중이다. 틀릴 거야. 분명히. 그럴 리가 없어."

"강율 형을…… 의심하고 계시는군요."

잠시 도헌에게 시선을 두던 희락의 입꼬리가 미세하게 떨렸다. 그리고 이내 바닥으로 고개를 떨구며 작게 끄덕였다.

"……응."

마치 울먹이는 듯한 착각이 들었다. 그의 대답에 물기가 어려 있었다. 아마 본인도 이런 생각을 하는 자신이 몸서리치게 싫었을 거다. 파출소에 경장으로 있던 강율을 발굴해 강력계로 들여온 것도 희락이고 늘 둘이 파트너로서 붙어 다니며 용의자들에게 칼도 맞고 서로를 의지하며 생활해 온 것만도 십여 년이 넘었다.

우정을 넘어선 끈끈한 무언가가 둘 사이에 존재했다. 그런데 자신의 반쪽과도 같은 존재를 이젠 의심해야 했다. 그를 떠보고 관찰하고 뒷조사를 한다. 어쩌면 형사가 된 것에 후회를 하며 그 무엇보다 싫은 일을 힘겹게 해 나가고 있는 희락이, 지금 상황에선 피해자가 된 것일지도 몰랐다.

말없이 하늘을 올려 보는 도헌의 입에서 깊은 탄식이 터졌다. 아마도 아닐 것이다. 희락의 말대로 그가 강율의 혐의를 깨끗하게 벗겨 줄 것이었다. 분명, 그렇게 할 것이다. 자신 또한 누구보다 믿고 의지했던 소중한 존재를 한순간에 배신의 이름으로 잃고 싶지 않았으니까.

□ ◆ □

너무나 많은 일이 지나가서인지 유진은 아까부터 쏟아지는 졸음과 힘겨운 사투를 벌이고 있었다. 보통은 이런 일이 일어나면 불안함에 잠을 이루지 못하는 게 정상이 아니던가. 이상하게 평소보다 더욱 무거운 눈꺼풀이 오늘따라 야속했다.

투욱. 저도 모르게 떨어진 고개 때문에 놀란 것도 잠시, 또다시 아래로 곤두박질치는 몸과 머리가 기우뚱 베드가 있는 쪽으로 기울었다. 쿵. 이번엔 링거대에 머리를 박고는 눈물을 찔끔 흘리며 그녀가 게슴츠레 눈을 떴다.

"아야……."

정수리를 부여잡으며 곡소리를 내는데 어디선가 쿡, 하는 웃음소리가 들려왔다. 놀란 그녀는 빠르게 고개를 돌려 소리가 나는 쪽을 바라봤다.

"진수 씨?"

놀란 마음에 몸을 일으켜 그의 엉망인 얼굴을 훑었다. 작업실 앞에서 결국은 혼절한 그와 구급차를 타고 같이 이동했다. 그리고 다른 환자들의 편의를 생각해 응급처치 후 1인실로 옮겨 와 병실 안은 그녀가, 밖은 형사들이 돌아가며 지키고 있는 상황이었다.

스트레스를 이기지 못한 몸이 자신을 보호하기 위해 수면 상태에 빠진 거라는 의사의 설명은 들었지만 그래도 병원에 온 뒤로 계속 잠만 자고 있는 그가 왠지 안쓰럽고 가슴 아파 속이 탔다. 그렇게 깊은 밤이 되고서야 처음으로 진수의 음성을 듣게 되니 이렇게 반가울 수가 없었다. 그것도 그렇게 원하던 그만의 밝은 웃음소리를 말이다.

"좀 괜찮아요? 어디 아픈 거예요? 그래서 깼어요? 뭐라도 줄까요? 목말라요? 주스라도 사 올까요?"

"누, 누님…….. 한 번에 한 가지만 물어봐요."

"아! 미안!"

"아이고. 눈 뜨자마자 정신이 하나도 없네. 나 어떻게 된 거예요?"

"음. 일단은 정신을 잃고 쓰러졌어요. 다행이 뇌엔 아무런 이상이 없대요. 가벼운 뇌진탕이라네요. 뼈에 손상도 없고. 며칠 여기서 푹 쉬고 나가면 괜찮대요."

"이야. 자유 시간이네? 여기서 형님이 일 시키지도 않을 거고."

나직하지만 여전히 장난기 가득한 진수의 음성이 병실 안을 메우는데 갑자기 문이 벌컥 열리더니 도헌이 안으로 쓰윽 들어왔다.

"누가 그러디? 내가 일 안 시킬 거라고."

"네에? 지금 병가 중인데 일하라고요?"

"야. 손가락만 멀쩡하면 할 수 있거든? 이게 마감이 코앞인데 또 농땡이 피우려고 그러지?"

"형! 너무해요! 아야……."

갑자기 버럭 소리를 지른 탓에 머리가 울렸던지 진수는 머리에 뚤뚤 감긴 하얀 붕대에 손을 올리곤 앓는 소릴 씹어뱉었다. 그런 그가 안타까웠던 유진은 새파랗게 질리며 그가 앉아 있는 침대에 걸터앉아 요리조리 살폈다.

"괜찮아요? 아파요? 어디가?"

"요기 요기."

최대한 귀여운 표정을 지으며 어리광을 부리는 진수를 죽일 듯이 노려보던 도헌이 가까이 다가가 유진의 손을 덥석 잡아끌었다.

"이 여자가. 어디 남의 남자 침대에 함부로 막 올라가고 그래? 자각이 없어 진짜."

"아프잖아요! 환자한테 너무하시네요."

"누가, 내가?"

자신을 향해 손가락을 들어 보이는 도헌을 얄밉게 노려보던 유진이 휙! 소리가 날 정도로 세게 돌아서며 다시금 진수에게 시선을 고정했다. 어떨 땐 한없이 어른스럽다가도 이럴 때 보면 영락없이 어린애였다.

그런데 그때. 갑자기 주머니에서 사인펜을 꺼내 든 그가 진수의 붕대 감긴 머리 위에 손을 올렸다. 그 모습을 의아한 눈으로 바라보던 유진이 이내 입을 달싹였다.

"뭐 하는 거예요?"

"원래 뼈 부러진 데는 낙서가 최고거든."

장난기 가득한 얼굴로 집중해서 뭔가를 그려 넣고 있는 도헌과 그런 그를 저리 가라며 밀쳐 내는 진수 사이에 몸싸움이 계속됐다. 뭐, 그래 봤자 결국은 진수가 질 게 불 보듯 뻔했지만 행여나 투닥거리다 그가 또 다치게 될까 봐 유진은 한동안 전전긍긍해야 했다.

그리고 도헌의 인생 최고의 역작이라 불리는 장대한 예술의 혼은 진수의 머리 위에서 꽃이 피었다. 죽을상을 하고 있는 진수는 뼈가 부러지지도 않았는데 이따위 낙서 때문에 간호사 보기가 부끄럽다고 눈물지었고, 그런 그의 옆에서 의기양양하게 그 모습을 바라보고 있는 도헌의 얼굴은 자신만만했다.

유진은 그것들을 지켜보는 것만으로도 편두통이 밀려오는 것 같았다. 한두 살 먹은 어린애도 아니고 저따위 저질 낙서가 웬 말이냐 말이다. 알 거 다 알 만한 성인들이 저지른 짓이라기엔 너무 터무니없이 유치했다.

웅담을 씹은 곰이 제 몸보다 큰 가운뎃다리를 들어 보이며 호탕하게 웃고 있었고 그의 옆에서 마늘을 씹어 먹는 호랑이의 저 가슴 설레는 표정이란. 단군 신화를 저렇게 모독해도 되는가 이 말이다. 그것도 한국에서 손꼽히는 천재라 불리는 유명한 웹툰 작가라는 사람이!

아이고 내 팔자야. 끄응. 속으로 앓는 소릴 삼키던 그녀의 얼굴이 파리하게 말라 갔다.

7화

늦은 저녁이라선지 길거리엔 차들이 별로 보이지 않았다. 그 덕에 마음껏 속도를 올려 목적지를 향해 빠르게 내달렸다. 빌딩에서 주택가로, 그리고 한적한 논과 밭으로 풍경이 변화할수록 핸들을 잡고 있는 손은 초조하게 떨렸다.

강율은 목적지에 다다랐다는 음성을 들으며 내비게이션에 시선을 옮겼다. 아무것도 없는 허허벌판에 화살표 하나가 깜박이고 있었다. 그곳엔 영면 납골당이라는 문구만이 초록색의 화면 가운데에 점처럼 자리하고 있었다.

주차장에 아무렇게나 차를 세운 그는 서둘러 납골당 내부로 발걸음을 옮겼다. 주변을 둘러볼 것도 없이 단숨에 복층으로 올라간 뒤, 제일 구석진 자리로 서둘러 다가가니 시야에 창수의 영정 사진이 들어왔다. 그 앞에 선 강율은 꽤나 거친 숨을 몰아쉬며 날카로운 눈을 빛냈다.

"너. 뭘 어쩌잔 거야?"

바드득. 거칠게 악다문 잇새에서 찢어지는 파열음이 새어 나왔다. 강한 힘에 턱은 꿈틀거렸고 입가엔 비릿한 미소가 감돌았다. 번득이는 눈동자가 소름 끼치게 매섭다. 평소에 서글서글하던 웃음은 온데간데없는 음침하기만 한 얼굴이었다.

그런데 아무도 없던 주변에서 인기척이 들려왔다. 빛이 잘 닿지 않는 구석 어딘가에서 검은 그림자가 휘청거렸다.

"그러게. 그때 죽여 버리지 그랬어? 그랬으면 깨끗했잖아."

"뭐?"

고개를 반쯤 돌려 등 뒤로 시선을 두던 강율의 이마에 빠직 힘줄이 솟았다.

"이게 살려 준 은혜도 모르고……."

"은혜? 아, 이런 걸 은혜라고 하는군. 십여 년을 남들 속에 숨어 사느라 멍청해졌나 봐. 은혜도 모르고, 그렇지?"

달빛 아래로 모습을 드러낸 사내의 얼굴은 말 그대로 광기에 사로잡혀 있었다. 들끓는 증오를 넘어선 응축된 분노의 파장이 그대로 그의 눈을 통해 적나라하게 자신의 존재를 내보였다.

사내, 아니 창수는 군데군데 피가 튀어 있는 자신의 빨간 후드 티에 시선을 내렸다. 벽에 기대어 선 채로 그것들을 훑는 얼굴에 조금씩 희열이 덧입혀졌다.

"나는 그날 날 살려 준 것에 대해 너무 고마워하고 있어. 그래서 이렇게 볼 꼴, 못 볼 꼴 다 봐 버려서 얼마나 감사한지 몰라. 당신에게 말이야."

"잠자코 찌그러져 있어. 자꾸 나대면 나만 피곤해져. 알아?"

강율이 낮게 으르렁거렸다. 어차피 아무것도 하지 못하는 죽은 자였다. 이미 이 나라 국민으로서의 의무는 끝났다는 말이다. 그런 주제에 잘도 돌아다니며 자신을 위협하는 그가 자꾸만 거슬렸다. 그런데, 창수는 그렇게 생각하지 않는 것 같았다. 입을 우물거리는 그에게서 역겨운 피비린내가 진동했다.

"어미……."

검붉은 핏자국들을 즐겁게 바라보던 창수가 말을 하다 말고 강율을 바라봤다. 부드럽게 휘어진 눈매에 서슬 퍼런 칼날이 숨어 있었다. 그리고 그를 향해 한 발자국 다가서며 말을 이었다.

"새로이 존재를 낳고 길러 주는 걸 어미라고 하지. 나에게 당신은 그래. 새로운 세상을 보여 줬으니까. 그런데 이걸 어쩌지? 내 본능은 말이야, 지금도 당신의 심장을 움켜쥐고 싶어서 안달이 났어. 언제 어느 때 내 욕구를 이기지 못하고 당신의 숨통을 끊어 버릴지 몰라. 참고 참다 못 참겠으면 나도 어떻게 변할지 장담을 못 하겠거든."

"미친 새끼. 네가 그럴 수 있을까?"

"그럼 지켜봐. 진정한 그림자가 누군지. 그 썩은 동태 눈깔로 잘 헤아려 보라고."

저벅저벅. 사라지는 창수의 그림자가 길게 드리웠다. 자신의 몸을 가리고, 눈을 가린다. 이윽고 심장을 옥죄는 답답함이 전신을 타고 흘렀다. 어디선가 진득한 죽음의 냄새가 온몸을 꽁꽁 에워싸, 움직이는 것조차 버겁게 만들었다.

강율은 관자놀이를 타고 흐르는 식은땀을 손으로 훔쳐 냈다. 그러곤 혼잣말을 웅얼거렸다.

"그래, 그럼. 어디 한번 놀아 볼까? 네가 이기는지 내가 이기는지."

비릿한 미소만큼이나 그에게서도 끈적거리는 피비린내가 진동했다. 역겨운 죽음의 냄새. 그것에 찌든 몰골이 회색의 빛에 물들어 갔다.

□ ◆ □

주홍빛의 가로등이 골목 어귀를 비추고 있었다. 억수 같은 장대비가 세차게 쏟아지는 터라 바람마저도 차디찬 한기만이 가득했다. 굵은 빗줄기가 퍼부어 대는 늦은 밤의 골목길은 그 흔한 길고양이조차 제 모습을 감추고 숨어 있었다. 이런 길에 사람이 돌아다닌다는 건 어찌 보면 스스로가 표적이 되고자 하는 자살행위나 다름없었다.

차 안, 운전석에서 전방을 계속 주시하던 강율은 뻐근해진 목을 풀며 주변을 둘러봤다. 얼마나 이렇게 있었던 건지 여기저기서 으드득거리는 뼈 소리가 허공을 가르고 울렸다. 미동도 없던 그가 움직이니 다들 긴장과 피로로 찌든 몸들을 하나둘 늘이며 몸에 활력을 넣고자 했다.

주변이 이렇게 갑작스러운 소란으로 요란한데도 조수석에서 입까지 헤, 벌리고 단잠에 빠져 있는 희락은 눈을 뜰 생각조차 없어 보였다. 요즘 어딜 그렇게 혼자 싸돌아다니는지 이렇게 잠복근무를 하고 있지 않으면 코빼기조차 보기 힘들었다. 거의 대화다운 대화도 하지 못했을뿐더러 이렇게 외근을 나와 있을 때면 늘 자고 있는 일이 다반사라 뭘 하고 다니는지 몹시 궁금했다.

잠시 그에게 시선을 두다 이내 커피가 간절해졌다. 이기지 못할 피로에는 달달한 커피만 한 명약이 없었다. 몸도 그걸 원했고 그의 몽롱한 머릿속도 강하게 카페인을 끌어당겼다.

"나, 잠깐 요 앞 편의점 좀 다녀올게."

후배 형사들에게 얘기를 한 뒤, 차 밖으로 발걸음을 옮겼다. 그러자 세찬 비바람이 그를 강타하며 불어닥쳤다. 아직은 겨울이라기엔 이른 감이 없지 않았는데, 이렇게 얼음장같이 차가운 칼바람을 맞닥뜨리니 절로 입가에 김이 서리는 것 같았다.

잰걸음으로 서둘러 편의점 앞으로 향했다. 우산도 없이 세찬 폭우 속을 헤쳐 온지라 옷은 금세 빗물에 젖어 있었다. 이대로 그냥 매장 안으로 들어갈 수도 있었지만 그는 잠시 문 앞에 서서 여기저기 물방울들을 손으로 털어 냈다.

몸에 배어 있는 습관 자체가 그랬다. 어딜 가도 자신의 흔적을 흘리는 것을 극도로 꺼려했다. 그것은 어렸을 때부터 늘 그래 왔던 당연하고, 자연스러운 행동이었다.

부산스럽게 움직이던 모든 것들을 멈추고 잠시 우르릉, 울어 대는 하늘을 바라봤다. 이런 날, 이렇게 비가 많이 오는 날을 그림자는 좋아했다. 혹여나 남아 있는 모든 흔적들이 세찬 빗줄기에 씻겨 내려가 버렸으니까. 그로서는 이런 장대비가 더할 나위 없이 반갑고 좋았으리라.

잠시 멍한 시선을 내려 주머니에서 휴대전화를 꺼내 들었다. 문득 도헌의 목소리가 듣고 싶어졌기 때문이다.

길게 이어지던 착신음이 끊기고 이윽고 익숙한 사내의 음성이 수화기 너머로 울렸다.

— 어, 형.

"뭐 하고 있었나?"

— 그냥. 원고 작업 하고 있었어. 형은?

296

"나도 잠복근무 중이다. 그나저나 진수는 어때?"

— 뭐 다 나았어. 자꾸만 엄살떨어서 그렇지. 내가 보기엔 퇴원해도 될 것 같은데, 짜식이 아직도 머리가 어지럽네, 어쩌네 하면서 미루는 중이야.

"다행이네. 유진 씨는?"

유진이란 이름을 입에 담는 게 조금 껄끄러웠다. 그래서인지 목소리가 날카롭게 흘러나왔다. 다행이 빗소리에 가려 제대로 들리진 않았는지 수화기 너머에 있는 도헌의 목소리는 차분했다.

— 진수랑 병실에. 아무래도 형사들이 진을 치고 있는 곳이 더 안전할 것 같아서.

"잘했다. 저…… 도헌아."

잠시 말을 끊고 말라 버린 입술을 혀로 축였다. 긴장을 한 건 아니었다. 다만, 예전의 사건에 대해 진실을 말해도 좋을지 고민이 앞섰다. 십여 년을 묵혀 온 이야기를 이제는 꺼낼 때가 온 걸까, 너무 이른 건 아닐까, 하는 고민들이 자꾸만 그를 망설이게 했다.

그런데 어디선가 찰박이는 소리가 가까이 들려오는 것 같았다. 거센 빗소리에 누군가가 지척에 다가왔음에도 전혀 눈치채지 못했다. 순간 등 뒤로 식은땀 한 줄기가 흘러내리는 오싹한 기분에 사로잡혔다.

천천히 뒤를 돌아보려는데, 갑자기 음산한 음성이 흘러나왔다.

"박강율."

코를 찌르는 죽음의 냄새. 절로 미간이 좁혀지는 피비린내에 강율은 느릿한 움직임으로 몸을 돌려 검은 그림자와 마주했다.

깊게 쓴 우비의 후드 때문에 얼굴 전체가 보이지는 않았다. 하지만 눈앞에 서 있는 사내가 이창수라는 것쯤은 알고 있었다. 이런 지독한 살기를 내뿜는 건 그의 주변에 그 말고는 없었으니까. 더욱이 얼마 전 보았던 섬뜩한 미소가 그와 똑같았다.

"너 뭐 하는 놈이야?"

묻는 목소리에 짜증이 묻어났다. 여기까지 찾아오다니, 제정신이 아닌 게 분명했다. 곁눈질로 옆을 보니 이 상황을 아무것도 모르는 동료들이 저들끼리 두런두런 이야기하고 있는 모습이 보였다.

순간 눈앞에 아찔한 피로감이 밀려들었다. 그의 의중은 너무나 잘 알겠지만 그걸 넋 놓고 전부 들어줄 만큼 자신은 만만한 상대가 아니었다. 그런데 분수도 모르고 날뛰는 저 망아지 같은 놈을 어떻게 떼어 놓을지 생각하는 것만으로도 절로 한숨이 쉬어졌다.

그런데 그 순간. 둔탁한 파열음과 함께 아득한 시야가 점점 어두워졌다. 숨이 가쁘고 이마 위로 뜨거운 무언가가 흘러내렸다. 투두둑 떨어지는 미끈한 그것은 이내 눈을 뒤덮어 가뜩이나 어둡게 내려앉은 풍경이 붉게 물들었다.

갑자기 온몸에서 힘이 빠지고 후들거리는 다리는 제 기능을 상실한 채 바닥에 고꾸라졌다. 마지막 남은 한 줄기 의식으로 서 있는 창수를 올려 보니 그는 여전히 즐거운 미소를 그리고 있었다. 어색하게 굳어 있는 왼쪽 손에 흐르는 물줄기가 마치 검은빛의 핏줄기처럼 진득하게 흘러내렸다.

고요한 차 안에 도로의 가로등 불빛이 비쳤다가 사라졌다. 기록적인 폭우로 차도 위에 서 있는 차들은 없었건만 핸들을 틀어쥐고 이리저리 꺾는 도헌의 움직임은 과격했다.

조금이라도 빨리. 다급하게 읊조리던 그는 서둘러 휴대전화를 집어 들었다. 그러곤 강율의 후배라는 형사의 번호를 눌러 전화를 걸었다. 이윽고 수화기 너머로 '네.' 라는 짤막한 대답이 울렸고 도헌은 지체 없이 자신의 말을 쏟아 냈다.

"정확히 어디 병원이라고요?"

— 경찰 병원 응급실입니다.

"알았어요."

신경질적으로 전화를 끊은 그는 조수석에 휴대전화를 거칠게 집어 던졌다. 도대체 갑자기 왜 이런 일들이 연속적으로 일어나는지 모르겠다. 진수는 일반인이었고 술을 마셨다고 치자. 하지만 적어도 강력계 형사라는 사람이 뒤에 누가 서 있는지도 모르고 갑작스럽게 펀치기를 당하다니. 이게 말이나 되느냐 말이다. 정말 매일이 요즘 같은 일들만 일어난다면 아마 제명에 못 살지 싶었다.

저도 모르게 폐부 깊숙이에서 밀려 나오는 숨을 내뱉었다. 속이 답답하고 가슴이 쓰려 가만히 있을 수가 없었다. 아까 강율과의 통화가 자꾸만 뇌리 속에 박혀서 끊임없이 반복되는 영상처럼 귓가를 울려 댔다.

— 한 사람의 인생을 망가트리는 것도 가지가지야. 아니다. 셀수 없이 많으려나? 네가 망가트린 인생들이? 원래 형사란 것들은 믿을 수 없는 종자라서 말이지.

분명 창수의 음성이었다. 창수는 왜 자꾸 이런 일들을 벌이는 걸까. 적어도 자신이 아는 그라면 누구보다 선량하고 마음씨가 착했던 사람이다. 이런 짓을 할 거라곤 절대 상상도 할 수 없는 인물이었다. 그랬던 그가 자신의 주변 사람들을 하나씩 해치고 다녔다.

이젠 유진밖에 남아 있지 않았다.

진수도, 강율도 모두 그의 앞에서 쓰러져 나갔다. 도헌은 바싹 타들어 가는 입술에 주먹을 올렸다. 도저히 이대로 가만히 버티고 만 있을 순 없었다. 정말 뭔가를 말하고 싶어 이러는 거라면 들어 주면 그만이었다.

하지만 어떻게? 그의 연락처를 알지도 그렇다고 그가 사는 곳을 아는 것도 아니었다. 그를 만날 방법이란 게 공교롭게도 가만히 앉아서 그가 찾아오길 기다리는 것밖에는 없다는 사실에 울화가 치밀었다.

"젠장."

입 밖으로 거친 욕지거리가 흘러나왔다. 주먹으로 핸들을 내려친 그는 복잡한 감정이 고스란히 드러나는 얼굴로 병원 입구를 향해 핸들을 틀었다.

주차 라인에 대충 차를 박아 넣은 그는 이런저런 상념을 뒤로하고 서둘러 응급실로 향했다. 의료진들과 덩치가 큰 몇몇 형사들이 뒤엉켜 있었고, 분위기는 굉장히 험악했다. 건물에 경찰 병원이라고 쓰여 있지 않았다면 아마도 깍두기 형님들의 전용 의료 시설이라 착각할 정도였다.

주변을 흐르듯 둘러보던 그는 이내 익숙한 희락의 모습을 발견하고 그곳으로 발걸음을 옮겼다. 희락도 누군가와 열띠게 이야기를 하다 다가오는 도헌을 발견하곤 그를 향해 손을 들어 보였다. 상황과 어울리지 않는 해맑은 미소와 함께.

마뜩지 않은 얼굴로 가볍게 묵례하곤 베드 옆으로 다가가니 머리에 붕대를 감고 누워 있는 강율의 모습이 들어왔다. 진수와 같은 모습에 분통이 터지기 일보 직전이다.

"아니, 우리나라 형사들은 합기도 이런 것도 안 배웁니까?"

저도 모르게 새된 소리가 입 밖으로 터져 나왔다. 매번 뭐만 했다 하면 인권 인권 들먹이면서 정작 본인들 인권은 안중에도 없나 보다. 가뜩이나 열 오르는데 강율과 비슷한 처지의 다른 환자들의 모습이 보였다. 다들 어디 하나 성한 곳이 없어 보였다. 답답한 마음에 한숨을 내쉰 그는 다가오는 희락을 바라보며 입을 열었다.

"도대체 뭡니까. 어떻게 된 거예요. 분명 잠복근무 중이랬는데, 형 혼자서 서고 있었던 건 아닐 거 아니에요."

"잠시 커피 사러 편의점에 간 사이에 당한 거라서."

"정말 갑갑합니다. 일 자체가 워낙에 위험에 노출된 건 아는데 기본적으로 너무하지 않습니까. 본인 안전은 고려도 안 하고 일해요?"

그의 힐난에 여러 무리에 섞여 보이지 않던 계식이 도헌에게 다가와 명함을 건넸다.

"특수부 팀장 김계식입니다."

"네."

떨떠름한 표정으로 명함을 집어 드는데 그가 잠시 나가서 이야기할 것을 부탁했다.

그를 따라나서자 후문 어귀에 인적이 드문 복도가 하나 나왔다. 구석에 설치된 재떨이를 보니 병원 내 금연이라는 문구가 무색했다. 계식은 금연이라는 빨간 표지판을 등지고 서서 품에서 담뱃갑을 하나 꺼내 들었다. 그리고 그것을 도헌에게도 내밀었다. '한 대 필래?' 하는 눈치였지만 도헌은 정중히 그것을 거절했다. 공중도덕을 철저히 지키라는 유진의 엄포가 있었기 때문이다.

허공에 부옇게 차오르는 담배 연기 너머 작은 창문이 보였다.

창밖은 여전히 거센 폭우가 쏟아지고 있었고, 구급차의 경광등으로 인해 빗물에 젖은 도로는 붉게 변했다가 초록색으로 반짝이고 있었다.

말없이 앞만을 응시하고 있는데 빗소리를 뚫고 계식의 음성이 빈 복도를 메우며 울렸다.

"이 형사에게 이야긴 들으셨죠?"

"어떤……."

"강율이 얘기요."

"아……."

잠시 말끝을 흐렸다. 얼마 전 진수의 병원 앞에서 들었던 희락의 말이 떠올랐다. 하지만 별로 믿고 싶지 않았다. 아니 믿을 수 없었다. 만약에 희락의 말대로 강율이 그림자라면 오늘처럼 이렇게 당하는 일은 없었을 것이다. 더욱이 창수가 살아 있는 게 확실해진 이상, 더는 강율을 의심하고 싶지 않았다. 그런데 이런 마음은 계식도 마찬가지였는지 입을 달싹이는 그의 얼굴에 짙은 그림자가 드리워져 있었다.

"저도 처음에 이 형사 이야기를 듣고는 미친놈이라고 욕을 퍼부었습니다. 솔직히 강율이는 제 자식과 다름없는 놈이거든요. 아, 뭐 이런 이야긴 원래 일반인들에겐 하지 않지만 어디까지나 김 작가는 고아인 강율에겐 가족이나 마찬가지니까 이렇게 말씀드리는 겁니다."

'고아'라는 말이 왜 이렇게 가슴에 사무칠까. 가족의 울타리가 없다고 해서 그 사람에게 문제가 있거나 성격이 모났다거나 하지도 않는데 이상하게 사람들은 색안경을 끼고 봤다. 당신들과 다를 바가 없다고 따져 묻고 싶었지만 그러질 못했다. 사람들 앞에 서기가 늘 무서웠기 때문에.

어쩌면 자신도 그들과 다를 바가 없는 모순 덩어리일지도 몰랐다. 겉으론 성인군자처럼 행동해도 결국엔 자신이 욕했던 그들과 별반 다를 바 없는, 그저 그런 인간.

도헌은 어딘지 아련한 눈을 들어 먼발치를 훑었다. 그리고 떠올렸다. 언젠가 강율이 했던 말을.

'부모가 있기에 내가 세상에 나올 수 있었던 거지만, 솔직히 그들에게 고마움 따윈 없어. 부모라고 다 똑같은 부모는 아니니까. 어쩌면 날 버리고 동반 자살 해 준 것에 대해 감사해.'

마치 기계음 같았다. 그 말을 내뱉던 그는 사람이라고 믿기지 않을 정도로 싸늘했다. 그랬기에 더 마음이 아팠다. 그만큼 그가 받은 상처가 커서, 온몸으로 거부하고 있는 그의 모습이 더없이 공허했다.

그 뒤였다. 강율과 도헌이 절친한 사이로 변해 버린 계기가 바로 이 이야기를 듣고부터였다. 어딘지 자신의 상처와 닮은 강율이 그에겐 조금 더 편하고 듬직하게 느껴졌다. 같은 상처를 안고 사는 이의 동질감이 전혀 다르게 살아왔던 둘의 연결 고리가 돼 주었던 셈이다.

어찌 보면 그래서 더욱 확신할 수 있는 걸지도 몰랐다. 그를 누구보다 더 잘 이해하고 잘 알았으며 같은 곳을 바라보고 있다고 생각했다. 내 생각이 그의 것이고, 그의 생각이 내 것이다. 그렇게 십여 년을 그와 형제처럼 지내 왔기에 가능한 믿음이었다.

절대로 강율은 그림자가 아니다. 그럴 수가 없었다. 누구보다 형사라는 직업에 자부심을 가지고 있는 그가, 그 이름에 먹칠을 할 리 없을 터였다. 도헌은 앞만을 응시하던 고개를 돌려 옆에서 부연 담배 연기를 내뿜어 대는 계식에게 고정했다. 무슨 말을 하려는지 그의 얼굴은 방금 전보다 더욱 어둡게 가라앉아 있었다.

"그래서……."

계식은 입에 물고 있던 담배꽁초를 집어 옆에 놓인 재떨이에 재를 털고는 다시 입에 문 채 말을 이었다.

"결론부터 말하자면 강율의 혐의가 거의 확실하다는 결론이에요. 어디까지나 이건 나와 이 형사만 알고 있는 사실이지만 그래도 김 작가에게만은 얘기하는 게 옳다고 생각했어요."

뭐?

도헌은 할 말을 잃었다. 이 미친 노인네가 도대체 뭐라고 지껄이는 건가. 특수부 팀장이란 사람이 자각도 없이 일을 한단 말인가.

기가 막혔다. 당연히 혐의가 없다고 해야 정상인데 뜬금없이 혐의가 확실하단다. 그것도 저렇게 병상에 누워 있는 사람에게 죄가 있다고 덮어씌우는 꼴에 도헌의 미간이 험악하게 구겨졌다.

"지금 그걸 말이라고……."

악에 바친 목에서 굵은 핏발이 일었다. 곧이어 큰 소리로 소리치려던 찰나 갑자기 자신의 앞으로 손을 들어 보이며 제지하는 계식의 행동에 거친 악다구니가 속으로 흩어져 버렸다. 계식이 품에서 새로운 담배 개비를 들어 입에 물고 라이터를 꺼내 들었다. 치익, 소리와 함께 푸른 불빛이 그의 주름진 얼굴에 음영을 드리우다 이내 사라졌다.

"지금 소리치고 싶은 건 김 작가가 아니고 나예요. 다시 말해

난 아들을 잃은 것과 같은 충격입니다. 내가 그놈을 얼마나 아꼈는지 아십니까?"

어딘지 모르게 울분 섞인 물음이었다. 중년의 사내는 지금 자욱한 담배 연기에 숨어 눈물짓고 있었다. 황망한 눈동자가 어지럽게 흔들린다. 그리고 곧 무너지는 눈꺼풀에 가려 자취를 감추었다. 그의 눈동자를 다시 마주했을 땐, 차갑고 올곧은 그것만이 아까의 자리를 대신해 빛나고 있을 뿐이었다.

"나는 백 명이 맞다 해도 한 명이 아니라면 그를 위해 움직이는 게 형사라고 생각해요. 지금까지 그래 왔고, 앞으로도 그럴 거고. 그래서 더 강율의 혐의 입증에 사력을 다할 생각입니다. 잡아도 내가 잡고 풀어 줘도 내가 풀어 줘요. 그게 내 새끼를 위하는 길이니까. 난 모든 걸 내 손으로 직접 할 겁니다."

도저히 납득이 되질 않았다. 지금 그의 말을 하나도 알아듣지 못하고 있었다. 무엇을 입증하고 무엇을 해결한다는 소리인가. 지금 그는 어떤 걸 말하고 싶어 하는 걸까. 도헌은 어지러운 머릿속을 정리하듯 계식을 향해 말을 씹어뱉었다.

"그 혐의라는 게 도대체 뭡니까?"

"이창수."

너무나 간결한 대답에 도헌의 눈이 흔들림 없이 계식을 직시했다.

"지금 이창수라고……."

순간 헛웃음이 터지려는 걸 간신히 참은 도헌이 되물었다. 그러나 아무런 감정의 동요가 없는 계식의 얼굴은 평온하기만 했다. 이렇게 서로 눈을 마주치고 있음에도 그의 속이 까만 장막에 가려 보이지 않는 기분이다.

계식은 오른쪽 턱에 나 있는 길고 곧은 상처를 무의식적으로 어루만지며 입을 달싹였다.

"김 작가도 잘 알 겁니다. 얼마 전에 수정되지 않은 부검서도 봤다고 하더군요. 그렇다면 이상한 점도 알고 있겠네요."

"네. 매니큐어가 있었다고."

"정확히는 지문이죠. 그것도 사람이라고 생각되어지질 않을 정도로 까맣게 타 버린 시신에서 발견된 지문."

계식은 입에 물고 있던 담배를 재떨이에 비벼 끄며 경광등 불빛이 어른거리는 조그만 창가를 바라봤다. 그러곤 복잡한 심경을 대변하듯 깊은 한숨과 함께 무겁디무거운 입을 열었다.

"김나리의 시신이 발견되고 삼 일 후에 발견된 또 다른 시신으로 인해 팀원들은 뿔뿔이 흩어져 수사를 하고 있었죠. 다들 2인 1조로 움직였지만 강율은 예외적으로 혼자 움직였습니다. 그런데 갑자기 모르는 전화가 걸려 왔고, 그게 이창수라는 것도 알게 됐습니다. 구속된 그가 어떤 경로로 외부에 나가 있는 건지는 아직도 미스터리지만 우연찮게도 이창수가 있는 곳과 강율이 있는 곳이 불과 2km 떨어진 지역에 있어 가장 먼저 현장에 도착한 건 그놈이었어요."

말을 하다 말고 잠시 발 언저리를 내려 보던 그가 앞으로 오른발을 뻗어 문턱을 한 번 툭, 쳤다. 그러곤 힘이 실리지 않는 미소를 지으며 말을 이었다.

"그리고 정확히 한 시간 뒤, 서둘러 팀원들을 보내고 저도 하고 있던 현장 조사를 대충 정리하고서 이창수에게로 건너가려던 참이었죠. 그런데 그 녀석한테 전화가 온 겁니다. 이창수가 분신자살을 했다고. 말릴 새도 없이 온몸에 시너를 뿌려 불을 붙였다더군요.

저는 최대한 증거물 확보를 우선시하라고 지시를 내린 뒤 한달음에 뛰어갔습니다. 그런데."

마른세수를 하는 그의 얼굴이 삽시간에 늙어 버렸다. 형사를 지운 그의 모습은 그저 일반인과 다를 바 없는 중후한 사내였다.

"현장은 처참했습니다. 뭐라 말할 수 없이. 살갗이 타는 냄새가 진동하고 역겨운 피비린내로 가득했죠. 그야말로 지옥을 눈앞에서 보는 기분이었어요. 기본 증거조차도 남아 있지 않을 것 같아 낙담하고 있는데 강율이 유일하게 건진 증거라며 제게 뭔가를 건네더군요. 그것은 사람 손이었습니다. 정확히는 손가락이었죠. 새끼손가락."

"손……가락이요?"

도헌의 물음에 계식은 고개를 끄덕이며 말했다.

"유전자 분석 결과 손가락은 이창수의 것으로 확인이 되었고, 불에 탄 시신에서 겨우 건질 수 있었던 왼쪽 손도 새끼손가락이 잘려 있었어요. 그래서 그것도 유전자 감식을 하니 이창수의 손으로 확인이 되었고요."

"그런데 그게 강율 형의 혐의와 무슨 연관이 있다는 거죠?"

"잘린 손이었으니까요."

"네?"

"당시 부검했던 부검의가 그러더군요. 잘린 손이라고. 손목과도 잘린 단면이 일치하지 않았고요. 그거야 뭐 불에 타서 손상을 입었다고 치지만 남은 혈흔으로 확인한 결과 이창수의 손과 팔의 혈액형이 달랐답니다."

도헌은 이해가 가지 않았다. 이런 중대한 일이 어떻게 덮여져서 지금까지 왔단 말인가. 그러나 그 의문은 얼마 가지 않아 명료한

답으로 되돌아왔다. 귓가에 선명히 들려오는 계식의 음성이 여느 때보다 크게 들렸다.

"강율이 창수를 말리려다 팔에 깊은 상처를 입었고, 사후에 모든 일을 일단락하면서 증거물 채취를 하다가 자신의 혈흔이 사체에 묻었다고 했다는군요. 그게 공교롭게도 잘린 손목에 떨어져서 정확한 증거물로 확정이 되지 않았고, 이미 이 사건은 그림자 모방 범죄로 일단락이 되었기 때문에 그렇게 사람들에게도 잊히게 됐고요. 따지고 보면 이것도 엄연히 미제 사건인데 말이죠. 아무래도 그림자 사건의 피해자가 계속 나오고 있던 상황이라 다들 정신이 없던 탓이 크겠죠."

"그렇다면 다른 부위에서 시료를 채취할 수는 없었던 겁니까?"

"네. 없었습니다. 워낙에 손상 정도가 커서요. 지금이라면 기술이 발달해서 가능하겠지만 그 당시엔 어림도 없었습니다."

"하……."

작은 탄식이 터졌다. 도대체 뭐가 뭔지 하나도 정리되지 않았다. 도헌은 고개를 들어 다시금 계식을 바라보며 입을 달싹였다.

"그런데 그게 왜 강율 형이 그림자라는 혐의를 입증한다는 말이 됩니까?"

"거의 모든 그림자 사건에서 빠지지 않고 강율의 흔적이 나오니까요. 그리고 그것을 덮은 것도 전부 그놈이었고. 마치 수사 팀을 가지고 장난치듯이 말이죠."

아무런 말도 할 수 없었다. 아무런 생각도 할 수 없었다. 아무런 움직임도 보일 수 없었다.

도헌은 그렇게 홀로 혼란 속에 버려졌다. 누군가가 옆에서 낄낄 웃어 대다가도 멍청하다고 타박을 한다. 툭 치고 지나가다 비웃으며 일으켜 준다. 모두가 자신을 향해 무어라 소리치는데 섞여 버린 소음 속에 알아들을 수 있는 말은 아무것도 없었다. 귀를 막고 몸을 웅크려 봐도 자신을 향해 던져 대는 수많은 돌들과 뭐라 외치는지 들을 수 없는 소음들은 더욱더 그를 파고들어 그의 모든 것들을 흔들었다.

갑자기 눈앞의 세상이 뒤틀리는 것만 같았다. 숨 쉬는 공기마저 가짜처럼 느껴졌다. 망연한 눈으로 바라보는 세상엔 진짜는 없었다.

진수의 병원으로 가는 길은 예상보다 훨씬 붐볐다. 퇴근 시간이 한참이나 지난 시간임에도 주말이 끼어 있어선지 차도 위엔 차들로 가득했다. 강율의 병원으로 가는 길은 한적했던 데 반해, 정반대인 그곳은 북적였다.

빨간 신호로 바뀐 탓에, 핸들을 잡고 있던 도헌은 차를 멈추고 잠시 생각에 잠겼다.

'거의 모든 그림자 사건에서 빠지지 않고 강율의 흔적이 나오니까요. 그리고 그것을 덮은 것도 전부 그놈이었고. 마치 수사팀을 가지고 장난치듯이 말이죠.'

아까 계식이 했던 말이 자꾸만 머릿속을 맴돌았다. 창수라면 몰라도 강율이 그림자라는 모든 말들이 너무나 터무니없었다. 굳이 형사까지 하고 있는 사람이 왜? 누구보다 자신과 가까웠던 사람이 도대체 왜? 핸들을 잡은 손에 힘이 들어갔다.

머리는 강율이 아닐 거라고 단정 지었다. 하지만 어딘지 찜찜한 마음은 그의 혐의에 대해 조금씩 납득하고 있었다.

"하아……."

깊은숨과 함께 기어를 바꾼 그는 천천히 차를 출발시켰다.

가끔 강율의 눈에서 날카로움을 느끼긴 했었다. 하지만 사람은 누구나 가슴속에 칼날을 품고 살지 않던가. 더욱이 형사까지 하고 있는 사람이라면 그 정도의 매서운 눈빛은 기본으로 가지고 있어야 한다고 생각했다.

그러나 뭔가가 자꾸만 걸렸다. 근래 들어 그를 만나는 것이 조금 껄끄럽게 느껴졌던 건 그저 단순한 우연이었을까. 자신의 안에 내재되어 있는 동물적 감각이 뭔가를 감지한 것은 아니었을까. 굳이 유진의 일을 들먹이지 않더라도 그녀를 알기 전부터 이상하게 강율을 마주하는 것이 피곤했던 그였다. 자꾸만 과거를 들춰내는 그가 짜증 났고, 만나기만 하면 예전 이야기를 꺼내 사람을 피곤하게 했다. 그의 그런 모습은 요즘 들어서 더욱 심해졌다. 마치, 자신이 과거를 잊을까 두려워하고 있는 사람처럼 말이다.

말로는 어서 나리를 잊으라고 종용하지만, 실제로 그녀를 잊길 바라는 사람이라면 적어도 자신의 앞에서 자꾸만 그때의 그 일을 입 밖에 꺼내 놓는다는 것 자체가 말이 되지 않았다. 도리어 반대로 회피를 하면 모를까.

"뭐냐고 대체."

짜증스러운 마음이 울컥 치밀었다. 그림자의 혐의가 있다는데 퍽치기 당해서 누워 있는 건 뭐고, 살아 있는 창수는 또 뭐란 말인가. 더욱이 왜 자신의 주변 사람들만을 골라서 해치고 다니는 건지 그것이 가장 의문스러웠다. 그러다 문득 이런 생각이 들었다.

만약, 창수와 강율 사이에 어떤 연관성이 있다면.

도헌은 떨리는 손을 말아 쥐었다. 이 가정이 사실이라면 어쩌면 모든 일들이 이해가 될 것도 같았다. 무슨 의도인진 모르겠으나 강율이 창수를 숨기고 보호하려고 벌인 일들이라면 가능하다. 그러나 이런 그의 태도가 싫었던 창수는 반항을 목적으로 자꾸만 사건 사고를 만들고 다닌다.

그로 인해 점차 일은 꼬여 가고, 결국 억지로 덮었던 것들이 곪아 터지면서 강율까지 당하는 사태가 벌어진 것이다. 그렇다면 그림자의 혐의는 강율이 아니고 창수에게로 향해야 했다. 자신의 생각이 맞는다면 말이다. 그럼 왜 창수는 자신의 주변 사람들을 해하려 하는 걸까.

그런데 문득 유진이 떠올랐다. 창수가 그녀를 만나고 싶어 한다던 말이 뇌리를 스치고 지나갔다.

안 된다. 유진마저 잃을 순 없다.

서둘러 액셀러레이터를 밟는 다리에 힘이 가해졌다.

"저기요. 누님."

하얀 베드 위에 앉아 멍하니 까만 밤하늘을 바라보던 진수가 나직이 입을 열었다. 유진은 하얀 입김을 뿜어내는 가습기를 바라보다 그의 음성에 고개를 돌려 벌써 어두워진 하늘에 시선을 두며 입을 우물거렸다.

"네."

"만약에요. 형이 사라진다면 어쩌시겠어요?"

"그게 무슨 말이에요? 사라진다니요?"

"그러니까 만약에요. 만약에."

이상했다. 머리를 얻어맞으며 뇌 주름이 꼬인 건지 무표정하게 자신을 바라보는 진수의 얼굴이 낯설었다. 거기다 갑자기 물어 오는 저 질문은 뭐란 말인가. 유진은 깊은 고민으로 미간이 가늘어졌다.

"그럴 리가 있겠어요? 갑자기 어떻게 사라져요. 원고 그려야 하는 사람이, 매일을 시간과 전쟁을 벌여야 하는데 사라질 시간이 어디에 있어요."

"저는요."

말을 하다 말고 다시금 창가로 시선을 돌린 진수가 조금은 몽롱한 목소리로 말을 이었다.

"불안해요. 이렇게 있으면 갑자기 불안해져요. 모든 게 틀어져 버릴까 봐. 이것들이 전부 꿈일까 봐. 지금이 너무 좋은데 그래서 잃고 싶지 않은데 그 모든 게 한순간에 없었던 일이 돼 버리면 어떡해요?"

다시금 고개를 돌려 유진을 바라보는 진수의 눈가가 촉촉이 젖어 있었다. 가엽다. 안쓰러웠다. 꼭 비에 젖은 새끼 고양이가 도와 달라고 가르릉거리는 것 같았다.

유진은 조용히 자리에서 일어나 그에게 다가갔다. 천천히 손을 뻗어 이미 붕대를 풀어 노랗게 반짝이는 머리칼을 가만히 쓰다듬었다. 생각보다 부드러운 촉감이 힘없이 그녀의 손가락 사이를 빠져나갔다. 그녀는 그것을 가만히 바라보다 조심스레 그의 어깨를 안아 등을 토닥였다.

"괜찮아요. 걱정 말아요. 다쳤던 후유증에 잠시 불안한 것뿐이에요. 모든 게 제자리예요. 봐요. 아무것도 바뀐 건 없잖아요."

"하아……."

자신의 어깨에 진수의 따뜻한 숨이 닿았다. 정말로 무서웠던 건지 온몸이 가늘게 떨리고 있었다. 그럴수록 그녀는 더욱 안타까운 마음에 그를 품 깊숙이 안아 다독였다.

그런데 그때였다. 갑자기 병실 문이 벌컥 열리더니 우다다다, 뛰어오는 거친 발걸음 소리가 들려왔다. 그리고 그와 동시에 따뜻했던 온기가 그녀의 품에서 사라졌다. 이윽고 귓가를 울리는 쩌렁쩌렁한 음성.

"야 이 미친놈아! 어디다 손을 대!"

도헌이었다. 다급하게 외치는 그의 벌게진 얼굴에 돌연 험악한 빛이 어른거렸다. 어안이 벙벙한 유진은 침대에서 떨어져 대자로 뻗어 있는 진수를 보다가 도헌을 번갈아 바라보며 입을 달싹였다.

"뭐, 뭐예요? 갑자기?"

뒤를 돌아 문을 살펴봤다. 아무래도 뭔가가 이상했다.

"진짜 신기해. 아닐 땐 마감 때문에 바빠서 잘 보이지도 않더니만 꼭 동료님하고 뭐 하고 있음 득달같이 달려온단 말이야? 도대체 뭐예요? 여기에 뭐 달아 놨어요?"

눈을 동그랗게 뜨며 도헌에게 묻던 유진은 옆에서 다 죽어 가는 소리로 끄응거리는 진수의 인기척에 그에게 다가가 일어나는 것을 도왔다.

"동료님 괜찮아요?"

"네. 아이고오, 패도 정도가 있지 다 죽어 가는 사람을 더 죽으라고 패고 앉아 있네."

진수의 비난에 발끈한 도헌이 금방이라도 또다시 주먹을 날릴 듯한 기세로 그를 향해 으르렁거렸다.

"그러게 왜 가슴을 만져 만지길! 미쳤냐? 진짜 죽고 싶냐?"

뭐시라? 순간 눈이 화등잔만 해진 유진이 부축하고 있던 자세 그대로 진수를 바라봤다. 그러자 금방 헤헤, 하며 웃던 그가 머쓱

313

하게 머리를 긁적였다.

"아니, 병실에만 있으니 갑갑하기도 하고. 또 죽을 뻔한 건 사실이잖아요. 이렇게 잘생기게 태어나서 비명횡사해 봐요. 아직 천 번 채우려면 멀었는데. 그래서 손의 감각도 풀어 줄 겸, 겸사겸사. 하하하. 그런데 누님 B컵이었어요?"

허공에서 손을 오므렸다 펴던 진수가 진지한 눈으로 유진을 향해 묻자 도헌이 거칠게 다가서서 다시금 주먹을 그의 어깨에 내리 꽂았다.

"뭐 인마? 네가 지금 제명대로 살고 싶지 않지? 이게 진짜 머리 맞더니 뇌가 이상해진 거 아냐?"

허공에 주먹을 위협적으로 흔드는 도헌의 팔을 잡으며 유진이 천천히 고개를 저었다. 그러곤 나직한 음성으로 입을 열었다.

"처음부터, 이상했어요."

"아, 누님!"

"씨꺼! 이 호랑말코 같은 놈아!"

버럭 소리를 질렀더니 속이 다 시원했다. 그 바람에 적잖이 충격을 받았는지 하얗게 굳어 버린 진수의 모습이 마치 석고 동상 같았다.

하얀 석고가 눈을 굴린다. 잘 벌어지지 않는 입술을 우물거려 힘겹게 말을 내뱉었다.

"저, 저런 영감탱이 같은 말을……. 부부는 닮는다더니 벌써 형님에게 누님도 옮은 건가."

무슨 커다란 깨우침을 얻은 사람처럼 고개까지 진지하게 끄덕이며 말하는 진수를 어이없이 바라보던 유진은 뒤이어 잠시 나갔다 오자는 도헌의 말에 밖으로 향했다. 여전히 진수는 혼자만의 세계에 갇혀 두 사람이 병실을 벗어나는 것조차 알아차리지 못했지만 말이다.

잘 꾸며진 병원의 옥상 정원은 생각보다 근사했다. 아예 혼자 움직이는 짓은 하지 말라고 단단히 일러둔 도헌 때문에 이런 곳이 있다는 것조차 지금 처음 알았다. 바닥 전체가 녹색 잔디로 덮여 있어 걸을 때마다 폭신한 감촉이 발끝을 타고 흘렀다. 군데군데 벤치 위에 드리운 커다란 나무들은 낮 동안의 따가운 가을볕을 저들만의 싱그러움으로 잘 막아 줄 것처럼 듬직하게 서 있었다.

유진은 위에 걸친 카디건의 옷깃을 여미며 바닥 조명이 은은하게 비추고 있는 벤치로 향했다. 저녁인데다 옥상이다 보니 쌀쌀한 바람이 살갗을 파고드는 느낌에 절로 어깨가 움츠러들었다. 후, 하고 입김을 불면 당장이라도 하얀 김이 몽글몽글 피어날 것 같은 그런 칼날 같은 바람이었다.

도헌은 그런 그녀를 보며 재킷 주머니에 있던 따뜻한 캔 커피를 건넸다. 그리고 자신의 온기가 남아 있는 겉옷을 벗어 유진의 어깨 위를 덮어 주었다.

"미안. 여기밖에 마땅한 장소가 없었어."

"괜찮아요. 바람이 차긴 해도 상쾌해요."

그렇잖아도 따뜻한 병실 안에만 있으려니 갑갑하던 차였다. 추운 건 사실이었지만 온몸을 찌뿌듯하게 만드는 뻐근함이 사라지니 살 것 같았다. 꽤나 넓은 공간에 속까지 탁 트이는 기분이다. 청량음료를 페트병째로 들이켠 기분. 내일 진수와 다시 와 봐도 좋을 듯했다. 망아지처럼 날뛰고 싶어 견디기 힘들어하던 진수 모습이 떠오르자 푸읍, 웃음이 터져 나올 것 같았다.

그렇게 갑갑하면 퇴원을 하라고 권유도 해 봤지만 유독 겁이 많은 그는 갖가지 이유를 대 가며 언제 또 이런 일이 일어날지 모른다고 정색을 했다. 퍽치기의 진범이 잡힐 때까진 절대로 퇴원을 하지 않겠다고 우기는 통에 애먼 자신만 고생 중이었다. 당분간은 진수 옆에 붙어 있으라고 협박 같은 부탁을 했던 도헌의 마음을 알기에 꾸욱 참고 있는 이유가 가장 컸지만 말이다.

만면에 미소 짓고 커피를 한 모금 홀짝이며 고개를 들어 난간에 기대어 있는 도헌을 바라봤다. 요즘 들어 부쩍 심적으로 힘들어하는 그에게 조금이나마 작은 위로가 되고 싶었다. 그가 병원에 오지 못하는 날은 전화로라도 늘 다이내믹하게 살아가는 진수가 오늘은 무슨 사고를 쳤는지 이야기하며 웃곤 했다. 그래서 오늘도 여지없이 대문자 S라인의 간호사 엉덩이를 만져 보려다 복도 바닥에 슬라이딩한 이야기를 하려고 입을 떼었다.

그런데 작은 웃음소리가 속으로 사그라졌다. 어딘지 불안한 그의 얼굴에서 심상치 않은 기운이 흘러나오고 있었기 때문이다. 평소와는 분위기부터가 다른 그 모습에 가슴이 발 아래로 철렁, 내려앉았다. 묻는 것조차 더럭 겁이 날 정도로 도헌은 절벽 끝에 내몰린 사람 같았다. 작은 충격에도 힘없이 나락으로 떨어져 버릴 것만 같은 위태로움이 그에게서 뚝뚝 흘러넘쳐 났다.

유진은 바싹 타들어 가는 입술을 혀로 축이며 조심스레 입을 달싹였다.

"저……. 왜 그러고 있어요. 여기로 와요. 거긴 난간이라 바람이 세잖아요."

자신의 옆자리를 손으로 살포시 두드리며 말했다. 그러자 도헌이 양손에 얼굴을 묻으며 작게 고개 저었다.

"아니. 잠시만 기다려 줘. 지금은 이렇게 먼발치에서 보고 싶어. 가까이 다가가면…… 깨질 것만 같아."

토해 내듯 씹어뱉는 그의 말에 유진은 숨을 들이켰다. 도대체 무슨 일이 일어났던 거지. 낮에 통화를 할 때만 해도 그의 목소린 평소와 다름이 없었다. 그런데 잠깐의 사이에 저 정도의 타격을 입을 정도로 커다란 사건이 생겼단 말인가. 유진은 천천히 자리에서 일어났다.

아무래도 자신이 가서 사시나무 떨듯 떨고 있는 그의 어깨를 안아 줘야만 할 것 같았다. 그런데 그녀의 인기척을 느낀 도헌이 손을 들어 다가오는 발걸음을 제지했다.

"아니야. 너도 사라질 거야. 지금까지 모두가 그랬듯이 너마저도 잃어버릴 거야. 그러니까 다가오지 마. 그냥 이렇게…… 이렇게 보는 것만이라도 허락해 줘. 오지 말았어야 하는데, 그래야 하는데 도저히 견딜 수가 없었어. 네가 무사한 모습을 꼭 보고 싶었어."

내뱉는 말에 상처가 가득했다. 난간에 기댄 채 쓰러지듯 주저앉는 모습에 참담함이 짙게 드리웠다.

도대체 어떻게 해야 하지. 유진은 아랫입술을 깨물었다. 저렇게도 불안에 떠는데, 다가갈 수도 없게 울부짖는데, 정작 자신은 어찌할 바를 몰라 발만 동동 구르고 있는 모습이 한심했다. 사랑하는 사람이 울부짖는데도 아무것도 못 하고 바라보고만 있는 멍청이가 또 있을까.

다급하게 도헌을 향해 한 발을 내디뎠다. 아무래도 안 될 것 같다. 그를 다독여야만 했다. 그런데 그 순간. 갑작스럽게 도헌의 자조 섞인 목소리가 날아들었다.

"나는 말이야. 평범한 직장인이 되는 게 싫었어. 남들과 똑같은 회색을 뒤집어쓰고 살아가는 게 너무 숨이 막히고 빛나 보이지 않는 거야. 꿈도 없지, 미래도 없지, 희망도 없지. 그런 삶을 왜 굳이 살아가야만 하는지 이해가 되지 않았어."

양손에 얼굴을 묻은 도헌은 손을 내려 가만히 잔디 속에서 초록색의 빛을 내뿜는 조명을 바라보며 말을 이었다.

"그런데, 지금 와서 생각해 보니까 남들처럼 평범하게 살아간다는 것이 얼마나 힘겨운 일인지 알 것 같아. 가족을 위해 회사를 나가고, 토끼 같은 자식들 간식을 퇴근길에 사 가지고 들어가는 그런 소소한 일상이 이젠 내게는 없어. 꿈을 꿀 수 있는 기회조차 사라졌어."

한쪽 입꼬리를 말아 올리며 한숨처럼 미소 짓던 도헌이 돌연 고개를 들어 멍하니 서 있는 유진을 향해 시선을 던졌다. 그리고 두 눈에 가득 찬 눈물을 떨어트렸다.

"나는…… 네 옆에 있고 싶어. 처음으로. 십 년 만에 처음으로 미래를 꿈꿨어. 앞으로 달라질 내 삶을 기대했고 행복했어."

'나도 그렇다.' 라고 말하고 싶었다. 그의 애처로운 눈빛을 바라보고 그의 너른 품에 안겨, 둘이 같이 만들어 갈 미래를 그리고 싶었다. 하지만 마음을 배반한 입술은 움직이질 않았다. 그 자리에 딱 붙어 떨어질 생각을 하지 않았다. 그저 불안한 눈으로 그를 훑는 것밖에는 할 수 있는 것이 없었다.

그것은 비단 유진뿐만이 아닌 듯 한동안 가만히 그녀를 바라보던 도헌이 작게 미소 지었다. 그 어느 때보다 밝고 환하게.

"우리 그만하자. 아니, 나 혼자 시작했던 거니까, 나만 정리하면 되겠네. 이제 더 이상 너한테 다가가지 않을게."

아니. 그러지 마. 그런 말 하지 마.

이번에도 입술은 열리지 않았다. 망부석처럼 그 자리에 오롯이 서 있는 다리가 덜덜 떨렸다. 그의 목소리를, 아니 그의 거짓말을 더는 듣고 싶지 않았다. 귀를 틀어막고 싶은데 빌어먹을 몸뚱이는 말을 듣질 않았다. 제발, 제발 그만하라고 사정하고 싶어도 도무지 굳어 버린 몸을 움직일 방법은 없었다.

허망하게 서 있는 유진을 보며 도헌이 천천히 자리에서 일어났다.

"작업실 옮길 거야. 박기량 팀장한테 이야기해 놨으니 다시 출판사 일 시작할 수 있어. 이번 주는 쉬고, 다음 주부터 출근하면 돼."

그가 다가온다. 천천히 자신을 향해 걸어왔다. 마치 꿈처럼 눈물로 얼룩진 얼굴에 찢어지는 비명이 새어 나오는 것만 같았다. 십 년 전. 기사 속에서 오열하는 그의 모습처럼.

"자, 잠깐!"

드디어 힘겹게 입이 열렸다. 자신을 지나쳐 문을 열고 사라지려는 그의 모습이 꼭 마지막인 것 같아 저도 모르게 그를 붙잡아 버렸다.

"이유라도…… 지금 이러는 이유라도 말해 줘요."

그는 돌아보지 않았다. 작게 떨리는 어깨 너머로 힘겨운 말들이 간헐적으로 새어 나왔다.

"죽어."

"……?"

"내 옆에 있으면 너도 죽게 될 거야."

8화

유독 이번 가을은 비가 많이 오는 것 같다. 얼마 전엔 세차게 장대비가 쏟아지더니 지금은 보기에도 처량한 가랑비가 내리고 있었다.

도심을 벗어나 한적한 마을에 작업실을 구했다. 그래선지 화창한 날엔 창가로 비치는 푸른 녹음이 꽤나 근사해 가만히 넋을 놓고 바라보고 있을 때가 많았다. 주변이 여유로워서 그런지 요즘은 부쩍 멍하니 있는 시간이 많아졌다. 아무런 생각 없이 그저 초점 없는 눈으로 주변의 사물을 바라보고 있는 경우가 허다했다.

그중에 가장 좋은 건 창가에 비치는 햇살에 멍하니 앉아 있는 것이다. 따뜻한 햇볕 아래 가만히 있으면 그나마 좀 살 것 같았다. 아무도 없는 텅 빈 공간이 때로는 너무 시리도록 차서 난방을 올려도 전혀 따뜻하지가 않았기 때문이다.

예전엔 정신없이 일에만 몰두했었다. 미친 사람처럼 잠시도 쉬지 않고 일만 했었다. 세이브 원고가 많았음에도 원고를 손에서 놓질 않았다. 멍하니 있는 공백이 몸서리치게 싫고 무서워서 그것을 피해 도망치듯 늘 컴퓨터 앞에 앉아만 있었다.

하지만 지금은 달랐다. 별로 일에 몰입하지 못했다. 하얀 화면을 보고 있으면 유진이 떠오르고 그러다 보면 원고가 아닌 그녀의 초상화를 그리고 있는 자신을 발견한다. 그러다 저도 모르게 피식 웃어 버린 뒤 지금처럼 또 넋을 놓고 멍하니 창가에 서 있었다.

이상하게도 그렇게나 싫고 무섭던 공백이 오히려 그를 위로하고 다독이는, 다시 말해 힐링의 시간이 되고 있었다. 본인 스스로도 놀랄 만큼 유진을 알게 된 몇 달의 시간 동안 많이도 변해 있었다. 그 변화 덕에 어찌 보면 지금까지 숨 쉬며 살아가고 있는 것일 테지만 말이다.

아직도 옥상에서의 일이 바로 어제 일처럼 생생했다. 그녀를 위해 자신이 사라져야만 한다는 사실을 깨닫고, 병실을 찾았을 때만 해도 과연 할 수 있을까, 그렇게 독하게 돌아설 수 있을까, 반신반의했었다. 그러나 이런 상황에도 유진의 가슴에 손을 얹고 있는 진수를 보자 속에서 치미는 화를 못 이기는 자신을 보며 어설프게나마 납득해 버렸다.

온 마음에 들어찬 유진을, 그녀를 살려야 한다는 사실을. 죽음 앞에 못 할 것이 뭐가 있겠는가. 표적이 자신임에도 주변만을 건드는 하나의 존재에게서 그녀를 지킬 방법은 이것이 전부인 것을.

창가에 맺힌 작은 물방울 속 풍경이 뒤집어져 있었다. 하늘이 아래, 초록의 잔디가 위에. 도헌은 그것을 가만히 바라봤다. 그런데 그때, 휴대전화 벨소리가 요란스레 울렸다. 발신인은 희락이였다.

"네."

— 몸은 좀 어때?

얼마 전에 앓았던 지독한 몸살감기를 용케도 알아내고 안부부터 묻는 그의 세심함에 저도 모르게 입가에 작은 미소가 걸렸다.

"다 나아서 이젠 말짱합니다."

— 그거 다행이네. 하필이면 이사를 가도 시골로 가서 병원도 제대로 못 가고. 그르게 왜 고생을 사서 하냐.

"그래도 도시보단 나아요."

— 생긴 거랑은 다르게 촌티가 나네.

수화기 너머로 크흠, 헛기침 소리가 들렸다. 도헌은 고개를 돌려 달력을 확인했다. 희락이 약속했던 날짜가 오늘이었다.

"오늘……이죠? 결과가 명확히 나오는 날이."

계식이 도헌에게 강율의 혐의를 이야기하고 난 뒤 얼마 지나지 않아, 대대적으로 특수부 팀원들이 움직였다. 그리고 여러 사실들이 속속들이 밝혀졌다. 수사의 진행 상황은 간간이 희락으로부터 듣고 있어서 알고는 있었지만 아직 마음 한구석에선 강율의 혐의가 단순한 오해이길 바라는 마음이 컸다. 만약에 강율이 진범이라면 자신을 용서하기가 힘이 들 것 같았다.

더욱이 그의 혐의가 팀원들에게 알려지면서 본격적인 수사가 시작된 이후로 종적을 감춰 버린 탓에 강율에게 어떤 것도 묻지 못하고 있었다. 한 가지 신기한 점은 그렇게 사라지고 난 뒤로 늘 자신을 따라다니는 창수의 서슬 퍼런 시선도 걷혔다는 점이었다.

어쩌면 이렇게 여유를 되찾은 것도 유진의 크나큰 도움과 더불어 주변을 맴도는 창수의 기운이 사라진 탓도 있었을 것이다.

잠시 정적을 가졌던 희락의 음성이 귓가를 울렸다. 그로 인해 도헌도 잠깐의 상념에서 벗어나 귀를 기울였다.

— 가장 이해하기 어려웠던 부분이 바로 부검서였어. 아무리 담당 형사가 자신의 실수라고 삭제를 요청한다 하더라도 그렇게 막 함부로 손대서는 안 되는 거거든. 그런데 그림자의 피해자들마다 하나씩은 꼭 강율의 흔적이 발견이 되었고, 그게 우리에게 넘어올 땐 아예 흔적조차 없이 왔다는 게 정말 기이했지.

"저도 그 부분이 이상하긴 했어요. 그래서 아직까지도 형은 아닐 거라는 마음이 남아 있는 걸지도 모르고요."

— 그런데 그 이유가 오늘 나왔어. 바로 내연이야.

"네?"

— 담당 부검의가 남자로 되어 있었지만 사실은 여자였어. 그것도 강율을 사랑하는. 그래서 가능했던 거였더라. 아무래도 이 사건에 꽤나 많은 사람들이 맞물려 있는 것 같다.

"그렇다는 건 아예 형이 맞다는⋯⋯."

— 일단 우리는 확정을 지었어. 아직 언론에 밝히지는 않았지만, 강율도 그 부분에 있어 반박은 하지 않고 있고. 또 도주할 생각조차 없어 보이고.

도주할 생각이 없다? 도헌은 뭔가가 이상했다.

"도주할 생각이 없다뇨? 종적을 감춘 거 아니었습니까?"

— 김 작가에겐 연락을 두절했지만 나와 팀장님하고는 계속 연락을 주고받고 있어.

도헌은 할 말을 잃었다. 강율의 의도가 납득이 되지 않는 건 아니지만, 그래도 가장 먼저 자신에게 이렇다 할 변명이라도 해야 하는 게 아닌가. 적어도 왜 일이 이렇게 되어 버린 건지 정도는 말을 해 줘야 하는 거 아니냔 말이다.

아무런 대답이 없는 도헌의 마음을 어느 정도 눈치챈 희락이 조심히 운을 뗐다.

— 저……. 너무 상심은 마. 아마 그놈도 머리가 복잡할 거야. 적어도 양심은 있는 놈이라고 믿으니까.

"형사님의 말대로라면 명백한 증거도 있고, 혐의도 있는데 왜 잡아들이지 않는 거죠? 보통은 그렇게 하지 않나요?"

— 잠시만 시간을 달라더군. 주변을 정리하고 돌아오겠다고. 도망갈 일 없을 테니. 그때까지 증거물이나 두둑이 챙겨 두라고. 그 뒤에 자신이 알아서 오겠대. 사실은 아예 말이 안 되는 거지만, 그러고 싶었어. 난 아직도 그 녀석이 그림자가 아니길 바라니까.

희락의 말도 이해는 됐다. 하지만 강율은 어디까지나 연쇄 살인 혐의를 가지고 있었다. 그것도 세간을 떠들썩하게 만든 그림자. 그런 그를 사회에 아무런 장치 없이 풀어 놓는다는 게 상식적으로 가능한 일인가. 도대체 다들 무슨 생각들인 건지 갑갑했다.

더욱이 그가 말했다는 '주변 정리'가 계속해서 마음에 걸렸다.

□ ◆ □

병실 창가가 회색으로 물들었다. 아침부터 좋지 않은 날씨는 금방이라도 비를 쏟아 낼 듯 어둡게 가라앉아 있었다.

유진은 하늘을 한 번 올려 봤다. 맑은 하늘을 보고 싶었지만 구름에 가려진 태양은 쉽사리 자신의 모습을 내보이길 원하지 않는 것 같았다. 마치 도헌처럼.

그는 자신을 내버려 두고 도망갔다. 보호라는 명백한 목적에 따라 너무나 잘 들어맞는 이유를 가지고 떠나 버렸다. 자신이 걱정되고, 같이 있고 싶고, 보고 싶었으면 무슨 일이 있어도 옆에 있어 주는 게 맞는 건데, 그는 그러질 못했다. 그래서 더 밉고, 더 그리웠다.

무슨 비련의 여주인공 같았다. 사랑해서 떠난다는 남자를 더는 붙잡지 못하고 이렇게 사무치는 미련에 혼자 청승을 떨고 있었다. 그가 없으니 휴대전화가 조용했고, 그가 없으니 하루가 심심했다. 매일 버라이어티하게 살아가는 진수의 모든 것들을 조잘조잘 얘기할 사람이 사라지니 누구와 수다 떨 마음도 생기기 않아 이렇게 창밖을 내다보는 것으로 만족하고 있는 중이었다. 물론 이것도 진수가 옆에 있다면 가능하지 않긴 했지만 말이다.

창가에 의자를 가져가 아예 자리를 잡고 앉아 한 손에 턱을 괴고 우중충한 하늘을 올려 보는데 등 뒤로 거칠게 문을 열어젖히는 소리가 들렸다. 그리고 새된 음성이 뒤를 이어 허공을 가르며 병실 안을 가득 메웠다.

"누님! 그래선 안 돼요!"

또 시작이다. 유진은 짜증스레 미간을 좁히며 휙, 진수를 노려봤다.

"내 맘대로 창밖도 못 봐요?"

"자살 같은 건 하는 게 아니에요! 한 번뿐인 인생, 못생기고 남자 구실도 못 하는 사람 하나 때문에 버릴 거예요?"

어라? 요놈 봐라. 당사자가 없다고 태연히 험담을 늘어놓는 그를 보며 유진이 삐딱한 자세를 고쳐 잡고는 입을 달싹였다.

"누가 못생겨요? 누가 남자 구실을 못 한대요?"

"누구긴 누구예요. 김도헌이라고 까칠한 영감탱이지."

"하. 이제 막말하기로 한 거예요?"

"억울하면 오라고 해요. 언제든지 받아 줄 테니까. 그나저나 누님. 창가에서 좀 떨어지죠. 불안해서 살 수가 없네."

가슴을 쓸어내리는 진수를 보며 유진이 고개를 절레절레 저었다. 그리고 한심한 얼굴로 그를 바라봤다.

"동료님. 이제 영화는 그만 찍어요. 누가 보면 내가 툭하면 자살 기도 하는 줄 알아요."

그녀의 말에 돌연 진수의 눈빛이 진지하게 변했다. 성큼성큼 다가오는 그의 기세가 심상치 않았다. 기어이 그는 눈에 가득 찬 물기를 흩날리며 거칠게 유진의 어깨를 잡아 흔들었다. 그러곤 소리쳤다.

"도대체 언제까지 그 자식 때문에 이럴 거야! 네 옆에 있는 난 안 보이니? 그까짓 사랑, 난 얼마든지 줄 수 있어! 그놈보다 내가 널 더 사랑하니까! 그놈보다 내가 널 더 아끼니까!"

째앵. 귓전을 울리는 목소리에 고막이 터져 나갈 뻔한 유진은 짜증스레 귀를 틀어막으며 그 자리에서 일어섰다.

"아 진짜! 영화 좀 그만 찍으라고요! 그건 또 어느 영화 패러디예요?"

요즘 진수는 심심함을 참지 못하고 배우 따라 하기 삼매경에 빠져 있었다. 어디서 이상한 건 봐 와 가지고 혼자 작가와 배우와 감독까지 일인 삼역을 소화했다. 도헌의 어시를 그만두게 되면 배우가 되었든, 시나리오 작가가 되었든, 그것도 아니라면 영화감독이 되겠다고 이렇게 하루에도 열두 번씩 모노드라마를 찍고 있었다.

하아. 그냥 박기량 팀장한테 가라고 할 때 갈걸 그랬나. 이제 와서 다시 출판사로 들어가지 않은 걸 후회한들 무슨 소용이 있겠나 싶지만 에너지가 넘치는 진수를 상대하기가 버거울 땐 한 번씩 아쉬움이 쓰나미처럼 몰려왔다.

그런 그녀의 마음을 아는지 모르는지 진수는 벽에 걸린 거울을 바라보며 만족스러운 웃음을 지었다.

"아 정말. 난 못하는 게 뭐지? 세상에 눈물 연기는 또 왜 이렇게 자연스러워?"

얼씨구. 팔짱을 끼고 헛웃음을 흘리던 유진은 뒤이어 들리는 그의 혼잣말에 뒷목 잡고 쓰러질 뻔했다.

"진짜 너무 잘생겼다. 이 조각 외모. 하. 역시 신은 불공평해. 나를 너무 사랑하나 봐."

"허허허허허허."

어이없어 가슴을 탕탕 치며 웃음인지 울음인지 모를 흐느낌을 흘리는데 갑자기 진수가 그녀를 향해 빠르게 다가왔다. 그러곤 어딘지 희열에 들뜬 눈을 빛내며 씨익 웃었다.

"누님!"

"뭐, 뭐예요, 갑자기……. 저리 떨어져서 말해요. 하도 당해서 이젠 무서우니까."

"대문자 S라인!"

이건 또 무슨 소리야. 알아듣지 못할 말에 미간을 구기는데 또다시 진수의 목소리가 울렸다.

"간호사요! 대문자 S라인!"

아. 이제 알았다는 듯 작게 탄식을 내뱉자 진수가 빠르게 다음 말을 이으려 입을 달싹였다.

"오늘 만나기로 했어요! 드디어! 나의 노력이 빛을 발했어요!"

"당신의 집념에 박수를 보냅니다. 짝짝짝."

무미건조하게 손을 들어 박수를 쳐 주자 진수는 정말 감격했다는 얼굴로 와락, 그녀를 껴안았다.

"정말 감사해요! 오늘 그래서 저 안 들어와요. 제 침대 누님이 쓰세요."

"에? 불안해서 밖에 못 나가겠다면서요."

"에이. 이 정도는 괜찮아요."

'도대체 집에 가는 것과 이렇게 밖에 나가서 노는 것의 차이점이 뭐냐.' 라고 묻고 싶은 걸 간신히 참아 낸 유진은 알아서 하란 뜻으로 고개를 두어 번 끄덕였다. 어차피 자신도 집에 가고 싶은 마음이 싹 사라진 터였다. 혼자 덩그러니 있어 봐야 도헌을 생각하며 축 처져 있을 게 불 보듯 뻔했다. 그나마 여기에 진수라도 있으니 정신없이 하루를 보내고 있는 거였다. 그랑 있으면 제정신을 부여잡고 있기에도 벅찼기 때문이다.

좁고 불편한 보호자 침대와는 달리 환자용 침대는 그에 비하면 호텔급이었다. 늘 쪼그려 자다가 오랜만에 두 다리 쭉 뻗고 잠을 잤더니 한결 몸과 마음이 개운해지는 기분이었다. 가뿐하게 일어나 기지개를 켜는데 어느새 밝아 온 하늘에 따뜻한 햇볕이 드리웠다. 어제 그렇게나 원하던 맑은 하늘을 오늘은 원 없이 볼 수 있겠다고 생각하니 저절로 콧노래가 나올 것만 같다. 도헌이 떠나가고 나서 오랜만에 느끼는 기분 좋은 아침이었다.

그런데 그때였다. 갑자기 벌컥 열려 버린 문을 비집고 검은 항공점퍼를 걸친 덩치 큰 사내가 불쑥 안으로 들어왔다. 너무나 놀란 유진은 눈을 동그랗게 뜬 채 아무 말도 못 하고 허공에 입만 벙긋거렸다. 무시무시한 얼굴로 빠르게 자신이 있는 침대로 다가오는 사내를 보며 위협을 느낀 그녀는 서둘러 인터폰을 향해 손을 뻗었다. 그러나 다 부질없는 행동이었다. 이미 옆으로 다가온 사내는 주머니에서 손바닥만 한 수첩을 꺼내 들며 빠르게 자신의 말을 쏟아 냈다.

"안녕하십니까. 경찰입니다."

경찰? 아. 그래서 쉽게 병실에 들어온 거구나. 유진은 곁눈질로 아직도 문 앞에서 대기 중인 세 남자의 실루엣을 확인했다. 그러곤 거구의 사내를 올려 보며 입을 달싹였다.

"네. 그런데 무슨 일로……."

"강진수 씨. 어제 안 들어온 걸로 아는데요. 연락 온 거 없습니까?"

순간 심장이 덜컹, 아래로 곤두박질쳤다. 그녀는 떨리는 손을 마주 잡고 사내를 바라봤다.

"어, 없는데요. 무슨 일이 생긴 건가요?"

사내는 수첩에 뭘 끄적거리며 입을 열었다.

"네. 어제 클럽 앞에서 누군가에게 끌려가는 걸 옆에 계신 여자분이 신고했습니다. 여기 간호사로 근무하고 계시던데."

"끄, 끌려가요?"

"네. 아무래도 일전에 펀치기 사건도 있고 해서 단순 범죄는 아닌 걸로 판단하고 있어요. 그래서 가족에게 연락을 해야 하는데, 보호자가…… 없네요."

수첩을 자세히 들여다보며 이야기하던 사내는 이윽고 시선을 하얗게 질려 있는 유진에게 던졌다.

"아무래도 김 작가님에게 연락을 드려야겠어요. 아, 이미 드렸을지도 모르지만요. 일단은 이곳에 연락이 닿은 건 없는지 확인하러 온 거니까요. 너무 걱정은 마시고."

걱정을 하란 건지 말란 건지 너무나 태연한 사내의 행동에 순간 유진은 울컥, 화가 치밀었다.

"자기 일 아니라고 너무 막말하시는 거 아니에요? 지금 저보고 걱정을 하지 말란 사람 태도로 보이진 않네요. 아닌가요?"

"아, 이거 언짢으셨다면 죄송합니다. 제가 좀 섬세하지가 못해서요. 기분 나쁘셨다면 사과하겠습니다. 악의는 전혀 없었습니다."

"아니에요."

유진은 멋쩍게 머리를 긁적이는 사내에게서 시선을 떼어 내며 고개를 돌려 창밖을 바라봤다. 방금 전까진 예쁘기만 하던 날씨가 갑자기 빛바랜 사진처럼 생기라곤 찾을 수 없는 삭막한 느낌으로 변해 버렸다.

김도헌. 너 어디 있어. 당장 달려와. 이 나쁜 놈아.

그렁그렁 차오르는 눈물을 뚝뚝 흘리며 유진은 이불을 부여잡고 흐느꼈다.

□ ◆ □

유난히 맑은 하늘에 눈이 시렸다. 그래서인지 일도 손에 잡히질 않고 몸은 자꾸만 일어나라고 닦달하듯 뻐근했다. 결국 참지 못한 도헌은 냉장고로 다가가 문을 열었다. 언제나 그렇듯 냉장고 안은 텅텅 비어 있었다. 유일하게 자리를 차지하고 있는 건 역시나 생수 뿐이다.

그는 그것을 들어 자연스레 뚜껑을 열고는 입에 가져갔다. 그 순간, 어디선가 짜증 섞인 유진의 음성이 그의 귓가를 파고드는 것 같았다.

'아 정말. 물 마실 때 병째로 먹지 말라니까요. 컵에 따라 마셔요 좀.'

물을 마시려다 말고 행동을 멈춘 그는 이내 싱크대로 다가가 건조대에 걸린 컵을 집어 들었다. 그런데 그때. 그의 손을 벗어난 컵이 바닥에 곤두박질치며 산산이 부서져 버렸다. 가만히 그것을 바라보던 도헌은 엄습하는 불길한 기운에 망부석처럼 꼼짝 않고 그 자리에서 굳어 버렸다. 이윽고 휴대전화가 요란스레 울렸다. 발신자는 희락이었다.

"네."

— 저……. 면목이 없다.

다짜고짜 사과부터 하는 그의 태도에 도헌의 얼굴이 순식간에 백지장처럼 하얘졌다.

"무슨 일이……."

차마 말을 잇지 못하고 가만히 있자, 이내 수화기 너머로 착 가라앉은 희락의 음성이 낮게 울렸다.

— 오유진 씨가…… 사라졌어.

휘청. 갑자기 눈앞이 아찔해졌다. 그는 서둘러 컴퓨터가 있는 방으로 달려가 책상 위에 놓인 차 키를 집어 들었다. 그리고 다소 험악한 얼굴로 입을 달싹였다.

"병원에 있었던 거 아니었습니까? 어제만 해도 병원에 있다는 얘길 들었던 거 같은데요."

— 그랬지. 그런데 어제저녁에 강진수 씨가 괴한에게 납치가 되었다는 사실을 유진 씨가 전해 듣고는…….

울컥 화가 치민 도헌은 바삐 차를 향해 내달리던 걸음을 우뚝 멈춰 서곤 휴대전화를 향해 버럭 소리를 질렀다.

"진수가 납치를 당했다고요? 그런데 그걸 나한테도 아닌 오유진 씨에게 먼저 말했다는 겁니까? 도대체 제정신이에요? 일을 어떻게 이따위로 합니까!"

— 미안하다. 이번에 들어온 신입이 혼자 열정이 과하다 보니 실수를 한 것 같아.

"사람이 죽어도 유가족 앞에서 자신의 실수로 범인을 일찍 검거하지 않았으니 죄송합니다, 라고 하실 생각입니까? 뭔가 대책은 없어요?"

— 지금 전 인력이 총동원돼서 수색하고 있어.

"도대체 병원은 어떻게 빠져나갔습니까? 형사들이 보호하고 있었던 거 아니었어요?"

— 그게……. 잠시 친구를 만나고 와야겠다고…….

갑자기 숨이 쉬어지질 않았다. 지금 희락이 말하는 친구와 자신이 생각하는 친구가 상당히 거리가 있음을 그는 바로 알아차릴 수 있었다.

이창수였다. 분명 그가 유진을 불러낸 것이리라. 그것도 진수를 이용해서 말이다.

도헌은 다급히 오른손에 들려 있던 휴대전화를 왼손으로 고쳐 잡으며 차에 몸을 실었다.

"이창수입니다. 국과수 앞에서 마주쳤을 때 유진에게 따로 할 말이 있다고 했었어요. 그 녀석이 불러낸 걸 겁니다. 아마 진수를 납치했다는 괴한도 창수일 가능성이 클 거예요."

— 카페에서……. 아! 알겠어.

도헌은 끊어진 전화를 거칠게 조수석 바닥으로 집어 던졌다. 그러곤 욕지거리를 씹어뱉었다.

"제길. 만약 무슨 일이라도 생기면 가만 안 둬."

낮게 으르렁거리는 그에게서 참을 수 없는 분노가 일렁였다. 거칠게 핸들을 움켜쥐고 시동을 걸었다. 기어를 드라이브에 넣고 차를 출발시키려던 찰나, 갑자기 벌컥 조수석의 문이 열렸다.

빠르게 옆을 돌아보니 어느새 자리를 잡고 앉아 있는 창수의 옆얼굴이 보였다. 아주 해사하게 웃고 있는 그의 미소가 섬뜩했다.

"안녕? 우리 얼마 만이지? 한…… 십 년 됐나? 나리가 죽은 지 십 년째니까."

마치 꿈을 꾸고 있는 것처럼 창수는 너무나 아무렇지 않게 말을 걸어왔다. 늘 서로 같이 붙어 다니던 예전의 그때처럼.

그때보다 많이 야윈 얼굴에 광대뼈가 툭 튀어나와 있었다. 그로 인해 그의 부드럽던 인상에 굴곡이 지며 전혀 다른 사람처럼 날카롭게 변해 있었다. 아니, 그의 눈동자에 번득이는 살기가 전혀 다른 사람 같은 착각을 일으켰다. 아마 길거리에서 마주쳤다면 알아보지 못하고 지나쳤을 만큼, 십 년의 세월이 할퀴고 간 흔적은 비단 도헌만 바꿔 놓은 것이 아니었다.

누가 널 이렇게 만든 거냐.

묻고 싶었다. 선량하던 그의 눈이 저렇게 표독스럽게 변해 버릴 만큼의 일이 무엇이었는지.

애석하게도 창수가 살아 있는 것을 몰랐을 땐 늘 이런 상상을 했었다. 만약 그를 만나게 된다면 나리를 죽일 수밖에 없었던 이유를 가장 먼저 묻고 싶었다. 하지만 현실에서 직접 살아 있는 그와 마주하니 먼저 속에서 튀어나온 물음은 그에 관한 가장 기본적인 질문이었다.

가장 먼저 주먹이 나가지도, 그렇다고 가장 먼저 욕설이 튀어 나가지도 않았다. 그저 이렇게 변할 수밖에 없었던 그의 모습에 가슴이 먹먹해졌다. 더 이상은 따뜻한 미소를 볼 수 없단 생각에, 더 이상은 하나뿐인 친구를 볼 수 없단 생각에, 뜻 모를 복잡한 감정이 속에서 치밀었다.

오늘로써 친구 이창수가 죽었다. 비로소 그의 죽음이 실감 나는 순간이었다. 시신의 사진을 보고도 닫히지 않았던 마음이 살아 있는 그의 존재를 확인하자 닫혀 버렸다. 이제 더는 그가 살아 있지 않다는 사실을 지금은 받아들일 수 있을 것 같았다. 이제야 놓아줄 수 있었다.

아무런 말도 없이 가만히 자신을 바라보고만 있는 도헌을 심드렁하게 마주 보던 창수가 미소를 그리며 입을 달싹였다.

"뭐 해? 출발 안 하고."

꽤 오래 달린 것 같다. 자신의 작업실에서 출발해 거의 한 시간 가량이나 넘게 비포장도로를 달리고 있었다. 산길도 아닌 것이 그렇다고 한적한 시골길도 아니었다.

도헌은 자꾸만 이마 위로 배어 나오는 식은땀을 손등으로 훔치며 핸들을 손에서 놓지 않았다. 손끝이 덜덜 떨릴 정도로 긴장한 탓에 온몸이 차가웠지만 이상하게도 땀은 비 오듯 쏟아졌다. 그런 그를 가만히 바라보고 있던 창수의 입꼬리가 피식, 말려 올라갔다.

"뭘 그렇게 긴장하고 있어? 서운하게."

"……뭐?"

높낮이가 없는 단조로운 음성에 도헌의 입술은 긴장으로 바싹 말라 갔다. 살아 있는 사람에게서 나오는 생명력이라곤 전혀 없는 무미건조한 목소리가 옆에서 울릴 때마다 마치 죽은 송장과 대화를 나누는 것 같아 긴장은 더욱 고조되어 갔다.

하지만 창수는 이 상황이 굉장히 즐거운 듯 보였다. 아까부터 말려 올라간 입꼬리는 내려올 줄 모르고 기분 좋은 곡선을 그리고 있었다. 같은 공간에 있지만 상당히 대조되는 모습이었다. 마치 다른 세계에 살고 있는 사람들처럼 말이다.

지옥에서 올라온 사자와 대화를 나누는 기분이 이런 걸까. 마른 침을 넘기는 도헌의 눈썹이 꿈틀거렸다. 차가운 냉기만이 가득해 숨 쉬는 것조차 버거웠다. 깊이 숨을 들이마시면 죽음의 그림자가 온몸을 타고 흐를 것만 같아 더욱 찜찜한 기분이 가시질 않았다.

그런데 그때였다. 지금까지 달려오던 길이 끝나 더 이상 오도 가도 못하는 상황에 이르렀을 때 음산한 창수의 목소리가 울렸다.

"궁금하지?"

아무런 대답도 하지 않은 채 그를 바라봤다. 웃고 있는 얼굴은 이상하게도 찡그리고 있는 것보다 더욱 일그러져 보였다.

무슨 대답을 해야 할까. 창수를 자극해 봐야 좋을 건 없었다. 지금은 유진과 진수의 안위가 제일 중요했다. 하지만 속을 알 수 없는 눈을 보고 있노라니 말문이 턱, 막혀 버려 바보처럼 그를 직시하고만 있었다. 자신이 생각하기에도 정말 멍청하기 짝이 없었다.

그런데 복잡하게 흔들리는 도헌의 눈을 가만히 응시하던 창수가 별안간 배를 부여잡고 웃기 시작했다.

"너 진짜 병신 다 됐구나?"

"뭐?"

영문을 몰라 되묻는 그를 보며 창수가 눈가에 묻은 눈물을 손으로 닦아 냈다. 그러곤 이내 싸늘한 얼굴로 입을 열었다.

"병신이라고 너."

"무슨……."

"나는 적어도 왜 죽어야 하는지 설명은 해 주거든? 그 빌어먹을 새끼 그냥 처죽이기만 바빠도 난 아니야. 적어도 매너는 지키거든."

도대체 무슨 말을 하는 거지. 창수가 외계어를 쓰는 것도 아니건만 그의 입에서 나오는 말이 도무지 이해가 가지 않았다. 당혹감에 미간이 좁아지자 그것을 마주 보고 있던 그의 경멸 어린 시선이 그대로 얼굴에 꽂혔다.

"너는 병신이라서 죽는 거야. 알아듣겠어? 아, 그리고 오유진이랬지?"

유진의 이름이 비릿한 입술을 비집고 흐르자 순간, 정신을 차린 도헌이 그를 돌아봤다. 하지만 그의 시선을 고스란히 받고도 아무런 미동도 없던 창수는 자신에게 고정된 눈동자를 직시하며 말을 이었다.

"걘 너 때문에 죽는 거고."

□ ◆ □

머리가 깨질 것 같은 두통에 절로 입에서 신음이 흘렀다. 떠지지 않는 눈을 들어 억지로 떠 보니 어렴풋이 주변의 사물이 부연 시야에 들어왔다. 가장 먼저 눈에 들어온 건 그리 밝지 않은 조명에 반사되는 얼룩으로 가득한 회색 벽이었다. 붉기도 하고 검기도 한 그 얼룩들은 상당히 끈적여 보였다. 그리고 코를 찌르는 강한 악취는 분명 그것에서 나고 있는 게 틀림없었다.

유진은 차가운 시멘트 바닥에 엎드려 있는 몸을 일으키기 위해 버둥거렸다. 그럴수록 바닥에 고여 있는 비릿한 액체가 온몸에 덕지덕지 달라붙었다. 이미 생명력을 잃고 검게 변해 버린 그것은 지독한 죽음의 냄새를 풍기며 연신 그녀의 속을 뒤집어 놨다. 내뿜는 숨결에 희미하게 섞인 약품 냄새로도 속이 뒤틀리는데 비릿한 철의 냄새를 맡으니 속 안의 내용물이 전부 눈앞에 쏟아져 나올 정도로 고통스러웠다.

잔뜩 미간을 구기며 끄응, 신음을 내뱉는데 옆에서 바르작거리는 인기척이 느껴졌다. 소스라치게 놀란 유진은 금방이라도 비명을 지를 태세로 눈을 동그랗게 떠 앞을 주시했다.

"누, 누구?"

"아이고. 여긴 또 어디야. 모텔? 여관? 민박? 인테리어 참 버라이어티하네."

익숙한 음성이었다. 왠지 안정이 되는……. 긴장을 늦출 수는 없지만 그의 앓는 소리에 유진은 안도의 숨을 내쉬었다.

"진수 씨! 맞죠?"

"응? 누님?"

자신을 향해 고개를 돌려 돌아보는 진수를 확인한 순간, 그녀는 할 말을 잃어버릴 수밖에 없었다. 얼굴에 성한 곳이라곤 눈을 씻고 찾아봐도 없을 정도로 곤죽이 되어 있는 그의 모습은 사람의 얼굴이라기엔 무리가 있을 정도로 엉망이었다. 기본적인 이목구비마저 엉겨 붙은 핏덩어리에 가려 제대로 분간이 되지 않았다.

아마 장난기 어린 말투나 목소리가 아니었다면 저 사내가 진수라는 것도 알아보지 못할 뻔했다. 이 와중에도 태연히 볼을 씰룩이며 씨익 웃는 그가 대단하게 느껴졌지만 말이다.

유진은 그렁그렁 눈물이 차오르는 눈을 들어 입을 달싹였다.

"우리 어떻게 된 거예요?"

그런데 그때였다. 갑자기 어디선가 콜록거리는 기침 소리가 나더니 이윽고 욕설이 튀어나왔다.

"아……. 씨발. 뭐 같네."

이번에도 익숙한 저음이었다. 하지만 그게 누구의 것인지는 선뜻 알 수 없었다. 유진은 소리가 나는 방향으로 고개를 돌려 조금씩 움직이는 그림자를 향해 입을 열었다.

"누, 누구세요?"

"조용히 해. 네가 떠들 때마다 골이 울려. 한 번 더 지껄이면 그 아가리 찢어 버리는 수가 있어."

섬뜩한 느낌에 유진은 저도 모르게 숨 쉬는 것도 잊고서 입을 다물었다. 그러자 옆에서 가만히 앉아 앞을 응시하던 진수가 바람 빠지는 소리를 내며 방금 전의 사내를 향해 나직이 말문을 열었다.

"거참. 말 한번 더럽게 무시무시하네. 숙녀분한테 예의가 없네요."

"너도 닥쳐 새끼야. 뭐 잘한 게 있다고."

"그러는 그쪽은 퍽이나 잘해서 나랑 같은 꼴로 있어요?"

"아하하하하. 그건 그렇네. 뭐냐 이 꼴이. 보기 좋게 당했다."

등 돌려 누워 있던 사내가 천천히 몸을 일으켜 유진 쪽으로 고개를 들었다. 그 역시 손은 뒤로 묶여 있었지만 꽤나 이런 상황이 익숙한 듯 움직임에 전혀 어색함이 없었다. 그러곤 천천히 빛의 굴곡에 드리워진 사내의 얼굴을 확인한 눈동자가 놀라움으로 커다래졌다. 늘 상냥하다고 생각했던 사람의 얼굴에 가식이란 껍데기가 사라지고 온전히 남은 민낯은 보기에도 소름 끼치도록 매서웠다.

유진은 떨어지지 않는 입을 달싹였다. 자신이 지금 말을 내뱉고 있는 것조차 인지하지 못한 채.

"박……강율 형사님."

처음 봤을 때의 몸서리쳐지도록 소름 돋는 감각이 다시금 그녀의 등줄기를 타고 흘러내렸다. 그저 형사로서의 날카로운 눈빛 때문일 거라 생각했는데, 방금 전의 행동들이 어딘가 혼란을 불러일으켰다.

도대체 뭘까. 자신에게 쏟아 내던 난폭한 말투와 그동안 보여 왔던 부드럽고 선량한 이미지가 팽팽히 대립을 하며 마주 서 있었다. 무엇이 진짜 그의 모습인 건지 헷갈렸다. 아니, 지금 이 상황이 현실인지조차 자각이 없었다. 혹시나 악몽을 꾸고 있는 건 아닐까, 그래서 이렇게 정신이 몽롱하고 몸의 감각이 어색한 걸까, 생각하고 또 생각했다.

그런데 그때였다. 갑자기 귀청을 찢을 듯 울려 대는 쇳소리에 유진의 상념이 산산이 부서졌다. 소리가 나는 방향으로 고개를 돌리니 거대한 철제문이 힘없이 밀려나고 있었다.

그곳에, 도헌이 있었다. 정확히 말하자면 처음 보는 사내의 어깨에 힘없이 축 처진 채로 들려 있었다. 유진은 갑자기 다급해졌다. 다들 아무렇지 않은데 자신만 전전긍긍하고 있는 것만 같았다. 홀로 아무것도 모르는 미지의 세계에 떨어진 느낌이다. 마른침을 삼키는 그녀의 입에서 성마른 목소리가 터져 나왔다.

"도헌 씨!"

"……."

사내의 어깨에 들려 있는 사이로 그의 감긴 눈이 보였다. 어떤 미동도 없이 사내의 움직임에 맞춰 흔들리는 손이 기괴했다. 마치 죽은 사람처럼 반응 없는 모습에 더럭 겁이 났다.

"아아아⋯⋯!"

어찌할 바를 몰라 허공에 머리를 휘저었다. 아직도 지금의 상황이 이해가 가지 않는데, 다른 사람들은 태평하기만 했다. 도대체가 뭐가 뭔지. 혼란스러운 머릿속은 기본적인 사고력마저 앗아가 버렸다. 그런데 갑자기 옆에서 진수의 작은 속삭임이 울려왔다.

"누님!"

최대한 목소리를 낮춰 부르는 그의 음성에 유진은 안도했다. 그래, 진수가 있었다. 이곳에 홀로 버려진 게 아니라 그와 함께 있었다. 그렇다면 적어도 아예 방법이 없는 건 아니었다. 정신을 잃어버린 도헌을 진수가 들쳐 업고 이곳을 벗어나기만 하면 될 것 같았다. 우선은 가장 먼저 이 지독한 냄새가 진동하는 공간에서 빠져나가야 했다.

유진은 다급함이 담긴 얼굴로 진수를 바라봤다.

"네."

"손이 뒤로 묶여 있으니까 누님이 뒤로 해서 먼저 제 손 좀 풀어 줄래요?"

"알았어요."

고개를 끄덕이곤 뒤로 돌았다. 그녀 또한 손이 뒤로 묶여 있어서 오로지 손의 감각만으로 꽁꽁 묶인 밧줄을 풀어내야 했다. 그런데, 그 순간. 어디선가 음산한 사내의 울림이 귓가에 내리꽂혔다.

"아주 지랄들을 하세요."

가슴이 철렁 내려앉은 그녀는 뒤를 돌아 음성의 진원지를 향해 고개를 들었다. 그곳엔 한눈에 보기에도 비웃음을 잔뜩 담은 창수가 서 있었다.

"어차피 죽을 거 뭐 그리 힘들을 빼시나."

죽는다. 저자는 이곳에 우리들을 죽이려고 데려왔다.

이마에 땀이 송골송골 맺혔다. 긴장으로 경직된 눈은 미동도 없이 비릿하게 말려 올라간 그의 입술에 머물렀다. 간헐적인 숨이 입술을 덮고 빳빳해진 몸은 작은 추위에도 사시나무 떨듯 떨렸다. 따닥따닥 부딪히는 잇새로 볼을 타고 흐른 눈물이 스며들었다. 짭조름한 맛 속에 비릿한 피비린내가 진동했다. 자신의 것인지 이곳에 흩뿌려진 이름 모를 사람들의 것인지 알 수 없는 생경한 감각에 더욱더 거센 공포가 밀려들었다.

뭐라도 해야 했다. 그의 바짓가랑이를 붙잡고 늘어지는 한이 있더라도 이곳을 벗어날 수만 있다면, 아니 도헌과 자신 그리고 이곳에 있는 진수와 강율까지 모두가 살아서 빠져나올 수 있다면 그것이 무엇이 되었든 해야만 했다.

유진은 기어가다 싶게 창수에게 다가가 머리를 조아렸다.

"살려 주세요. 제발, 이렇게 빌게요. 하라는 대로 전부 할 테니까 살려 주세요."

간절한 외침 끝자락에 공포가 묻어 나왔다. 그런 그녀를 물끄러미 내려다보던 창수는 몸을 낮춰 덜덜 떨고 있는 유진과 눈을 맞췄다.

"나리도 그랬어."

잠시 말을 멈춘 그는 뒤에 앉아서 이 상황을 흥미로운 눈으로 바라보고 있던 강율을 돌아보곤 말을 이었다.

"저 새끼 앞에서 네가 하던 그대로 개처럼 빌었어."

창수는 강율에게 머물던 시선을 돌려 다시금 유진을 바라보며 입을 열었다.

"그런데 돌아온 건 뭐야? 결국 죽었잖아. 그러니까 너도 힘 빼지 마. 솔직히 너까지 해칠 생각은 없었는데 별수 없잖아. 김도헌, 저 병신을 믿은 걸 탓할 수밖에. 나리도 저 물건 믿었다 죽었듯이."

후련한 듯 일어서며 그가 천천히 주변을 둘러봤다.

"우린 다 죽어야 해. 그래야 끝나. 이 지긋지긋한 인연이."

유진은 두 눈을 질끈 감았다. 호랑이 굴에 들어가도 정신만 똑바로 차리면 살 수 있다고 했다. 제발, 생각을 해 보자. 살 수 있는 방법을.

처절하게 생각하고 또 생각하고 있던 그녀의 귓가에 나른한 진수의 음성이 흘러든 것은 얼마 지나지 않아서였다.

"아 진짜 짜증 나."

멍한 시선으로 진수를 돌아보니 그는 강율을 바라보며 입을 달싹이고 있었다.

"그러게 내가 진즉에 죽이자고 했을 때 죽였어야지. 왜 일을 이렇게 복잡하게 만들어요."

뭐? 잘못 들은 건가 싶어 뚫어지게 그를 바라보는데 진수가 그런 유진의 시선을 느꼈는지 이내 그녀를 향해 시선을 던졌다.

"뭘 봐. 괜히 네가 끼어들어서 일만 복잡해져서 짜증 나 죽겠는데. 아오. 넌 내 손만 풀려 있었으면 바로 아웃이야. 아, 그냥 둘이 있을 때 소리 소문 없이 죽여 버렸어야 했는데. 괜히 여유 부렸어."

갑자기 머릿속에서 펑, 소리와 함께 모든 움직임들이 멈췄다. 부지런히 생각해 내려 했던 것들은 일순간 사라져 버렸고, 이 일에 대해 실마리를 풀어 보려 과거를 더듬던 모든 것들마저 정지했다.

여기가 어디고 벗어나려면 어떻게 해야 할지 계산하던, 살고자 했던 기본적인 것들이 진수의 말 한마디에 전부 씻겨 내려가 없어져 버렸다. 마치 처음부터 이렇게 죽음이 예견된 것처럼. 이렇게 허망하게 이 세상에서 사라져 버릴 것이 정해진 것처럼.

□　◆　□

누군가의 웅얼거림에 멀어져 가던 의식이 점차 선명해졌다. 살며시 떠지는 눈꺼풀에 밝은 빛이 들어오며 나른한 숨이 입술을 비집고 흘러나왔다. 물먹은 솜처럼 묵직하게 가라앉는 몸의 감각에 미간을 구기곤 부연 시야를 또렷하게 하려는데 어디선가 코를 찌르는 악취에 절로 숨이 막혔다.

눈을 번쩍 뜨니 회색의 천장이 제일 먼저 눈에 들어왔다. 밝은 전구가 매달린 그것엔 낡은 벽지조차 붙어 있지 않았다. 보는 것만으로도 차갑고 시린 그저 맨살의 건물이었다.

도헌은 희미하게 남은 약기운에 자꾸만 이중으로 보이는 사물을 애써 온전히 보려고 눈을 깜박였다. 그런데 그 순간. 사내의 웃음소리가 빈 공간을 메우며 울렸다. 어딘지 낯이 익은 목소리가 그의 신경을 긁어 댔다.

"그러게 김나리 죽일 때 같이 죽였어야 했다니까? 내 말대로 했어 봐요. 지금 이창수가 저렇게 미쳐서 날뛰었겠냐고. 진짜 이 상황이 어이가 없어서 웃음밖에 안 나오네."

이건 분명 진수의 목소리였다. 그런데 목소리만 같은 다른 사람인 건가. 그의 입에서 흘러나오는 이야기는 가히 충격적이었다. 도헌은 간헐적으로 숨을 내뱉으며 뒤이어 들리는 또 다른 사내의 목소리에 귀를 기울였다.

"그거 알아? 사람을 계속해서 죽이다 보면 어느 순간 허망해지거든? 내가 무엇을 위해 이러고 있나 싶은 생각이 들 때가 있어. 과연 누구 하나 내가 이 세상에 존재했었다는 걸 뼈저리게 기억해 줄 이가 없겠구나, 싶은 거. 내 얼굴을 아는 자들은 모조리 죽어 없어져 버리니까. 그때, 저 녀석을 보게 됐지. 정확히는 행복에 가득 찬 얼굴이랄까."

또 다른 사내의 말이 끝나자 순간의 고요가 찾아왔다. 아무래도 그가 지칭한 '저 녀석'은 자신을 가리키는 말인 것 같았다.

천천히 목 뒤로 마른침을 넘겼다. 그리고 긴장으로 경직된 몸을 들썩이다 느릿한 움직임으로 상체를 일으켜 앉았다. 다행이 깨질 것 같은 두통 외엔 별다른 상처는 없는 것 같았다. 두 손 또한 자유로웠고, 어디 하나 붙잡혀 묶여 있는 곳도 없어 보였다. 일단은 그 사실에 만족하며 그제야 주변을 둘러보기 시작했다.

환한 빛 아래에 있는 내부는 그야말로 참혹했다. 여기저기 얼룩진 핏자국들에선 썩은 내가 진동했고, 바닥에 흥건히 고여 있는 붉은 물웅덩이에는 구더기들이 득실거렸다. 황망한 직사각형의 내부 공간은 그 흔한 창문 하나 없어 지금이 낮인지 밤인지 구분이 되지 않아 시간 감각이 흐릿했다.

그러다 시선이 멈춘 곳은 구석에 유일하게 자리를 지키고 있는 수술용 베드였다. 무슨 용도인지는 모르겠지만 쇠로 된 다리 곳곳에 눌러 붙은 피딱지들이 원래의 용도로 사용되었다고 생각하게 만들진 않았다.

도헌은 빠르게 주변을 두리번거렸다. 아무리 둘러봐도 유진은 보이지 않았다. 그는 미간을 구기며 아까부터 자신을 뚫어지게 바라보고 있는 세 명의 사내에게 시선을 던졌다. 그녀의 부재를 묻는 무언의 물음이었다. 그러자 멀뚱히 눈만 껌벅이던 진수가 환하게 웃으며 입을 달싹였다.

"어? 일어났다. 형님 이제 정신이 드세요?"

"……."

너무나 엉망으로 망가진 얼굴 탓에 하마터면 그가 진수인 줄 못 알아볼 뻔했다. 아마 순진한 저 웃음과 장난기 어린 목소리가 아니었다면 끝까지 그가 자신이 아는 그 김진수라는 것을 알아차리지 못했을 것이다.

아무런 대답도 없이 경계 가득한 눈으로 바라보는데 뒤이어 창수가 뒤돌아 마주 서며 한쪽 입꼬리를 비틀어 올렸다.

"자, 이제 시작할 때가 온 건가."

그의 혼잣말에 진수 옆에 앉아 있던 강율이 미간을 구기며 입을 열었다.

"미친놈. 네가 뭘 모르네. 자고로 죽는 게 무서워서 벌벌 떠는 것들의 숨통을 끊어 놔야 진짜 재밌는 거거든. 우리처럼 죽든 안 죽든 그런 거에 관심 없는 것들 말고."

"닥쳐. 그래서 날 살렸냐?"

"아니. 죽이려고 했어. 그게 뜻대로 잘되지 않아서 그랬지."

강율은 잠시 도헌을 바라봤다. 그러곤 말을 이었다.

"모든 게 틀어졌어. 끝까지 이것들을 잘 포장할 수 있었는데. 그랬다면 적어도 김도헌 하나는 그림자를 증오하면서 살 거고, 그것 또한 내가 바라는 거였고. 단 한 사람이라도 내가 이 세상에서 했던 일을 끝까지 기억해 주는 것만큼 원하는 건 없었으니까. 오유진이 나타나기 전까지만 해도 딱 좋았지."

강율의 입에서 흐른 유진이란 이름에 도헌의 눈썹이 꿈틀거렸다. 그것을 눈치라도 챈 건지 창수가 씨익 웃으며 손으로 천장을 가리켰다.

그의 손짓을 따라 고개를 위로 들었다. 그 순간, 눈앞이 아득해지며 아무것도 눈에 들어오지 않았다. 천장에 매달려 있는 유진의 파리한 모습에 맑은 정신을 유지하기도 힘겨웠다.

"허, 허!"

거칠게 터져 나오는 기침과도 같은 호흡 때문에 말이 나오질 않았다. 그러자 창수가 그의 질문을 대신해 던졌다.

"죽었냐고?"

해맑게 웃어 보인 그는 고개를 가로 저으며 말을 이었다.

"아니. 아직은. 하지만 곧 그렇게 되겠지. 너도, 얘도, 얘도."

순서대로 자신과 진수, 그리고 강율을 집으며 말하는 그를 빤히 바라봤다. 도대체 왜 이런 짓을 벌이는 거냐고 따져 묻고 싶었다. 이렇게 해서 남는 게 무엇인지, 얻고자 하는 게 도대체 뭔지 악다구니를 쓰고 싶었다. 숨쉬기도 버겁게 쏟아 내는 불규칙한 호흡만 아니었다면, 적어도 제대로 숨이라도 쉬어졌다면 이렇게 바보처럼 멍청하게 있진 않았을 것이다. 그 사실이 미치도록 답답하고 분했다.

다시 한 번 위를 올려다봤다. 자꾸만 차오르는 눈물 탓에 시야가 혼탁해졌지만 그래도 흐릿한 모습이나마 유진을 눈에 담고 싶었다.

그녀의 손목에 묶인 밧줄은 천장에 매달린 줄과 연결되어 있었다. 그로 인해 하얗던 손이 검붉은 빛으로 물들어 있었다. 숨을 쉬긴 하는 건지 미동도 없는 그녀의 발이 허공에 힘없이 흔들렸다. 긴 머리칼에 엉겨 붙은 핏덩어리들이 몸서리치게 소름 끼치고 무서웠다. 이대로 영영 못 볼 것만 같아서. 그녀의 존재가 사라져 버릴 것만 같아서.

도헌은 두 눈을 질끈 감았다.

어떻게든 살려야 한다. 위태롭게 매달린 저기서 끌어 내려야만 한다.

"설명해."

거친 호흡 너머 싸늘한 음성이 도헌의 입을 타고 새어 나왔다. 일단 뭐라도 해 봐야 했다. 무언가를 분주히 준비하고 있는 창수의 움직임도 막아야 했고, 흥미로운 눈으로 장난감 바라보듯 자신을 보고 있는 강율과 진수에게도 들을 만한 뭔가가 있을 터였다. 당장에 이곳을 벗어나는 게 급선무였지만 그것이 가능하지 않다면 최대한 시간을 끌어 보는 것도 방법 중의 하나일 것이다.

얼핏 듣기로 강율은 매일 자신의 하루를 보고하듯 계식과 희락에게 전화를 넣고 있는 것 같았다. 그렇다면 그 전화가 오지 않을 시에 아마 특수부 팀원들이 움직일 가능성이 컸다. 그들이 무슨 생각인지는 모르겠으나, 연쇄 살인의 혐의가 있는 자를 그냥 풀어 두진 않았을 터다.

비록 자신의 예상이 빗나간다 해도 무엇이 되었든 일말의 가능성이라도 보인다면 잡아야 했다. 그것이 썩은 동아줄이라 하더라도 유진을 살릴 수만 있다면 온전히 자신을 내던질 각오 정돈 되어 있었다.

달그락거리는 쇠붙이의 마찰음을 뒤로하고 창수가 도헌을 향해 돌아섰다. 그러곤 아무런 감정이 실리지 않은 얼굴로 차분하게 말을 씹어뱉었다.

"너부터 설명해."

도헌의 눈썹이 위로 치켜졌다. 도대체 이 상황에서 뭘 설명하란 말인가. 의문을 담아 노려보자, 창수가 덧붙여 설명을 이었다.

"왜 그랬는지. 왜 저 새끼랑 짝짜꿍하고 있었는지 말해."

창수가 손짓하는 방향엔 강율이 있었다. 그는 이 빌어먹을 상황이 퍽이나 재미있는지 연신 웃는 얼굴이었다. 도헌의 시선이 닿자 어깨를 으쓱여 보이는 몸짓엔 장난기가 가득했다.

기가 막혔다. 어떻게 자신을 보며 저렇게 아무렇지 않게 웃을 수 있는 것인지 납득이 되지 않았다. 형사로서 사건을 해결할 생각은 않고 장난질이라니. 제정신이 맞나 싶을 정도로 그의 행동은 터무니없었다.

도헌은 긴장으로 쩍쩍 갈라진 입술을 혀로 축이며 천천히 입을 열었다.

"나리의 사건 담당 형사였어. 그래서 자주 부딪혔고 그러다 친해지게 됐어. 여러모로 도움도 많이 줬고."

"그럼, 얜?"

창수가 또다시 손짓하는 곳엔 진수가 있었다. 마찬가지로 엉망이 된 얼굴이 씰룩이는 것을 보니 그 또한 웃고 있는 게 틀림없어 보였다. 도헌은 작은 숨을 내뱉었다. 지금 상황에 왜 그런 것들이 궁금한 건지 창수의 의중이 또렷이 보이지가 않아 답답했다.

도헌은 잡생각을 털어 버리려 눈을 질끈 감았다가 떴다. 그러곤 흔들림 없는 눈으로 창수를 올려 보며 말했다.

"대학 후배였는데, 내가 웹툰 시작하고서 자기도 이쪽에 관심이 많다고 내 어시를 자처해서 들어왔어. 그러다 어영부영 시간이 흘렸고, 여전히 내 보조로 있는 중이야."

도헌의 대답에 갑자기 실소를 터트리던 창수가 이내 싸늘한 눈으로 그를 바라봤다.

"병신이다, 너. 아니, 등신인가."

"뭐?"

"한 번도 이 새끼들 본 적 없어? 나리 살아 있을 때."

나리가 살아 있을 때 본 적이 없냐고? 도헌은 옛 기억을 되짚어 봐도 딱히 떠오르는 게 없었다. 망연한 얼굴로 고개를 젓는데 이윽고 서늘한 창수의 음성이 귓가에 내리꽂혔다.

"나는 널 위해 나리를 포기했어. 내가 먼저 나리를 좋아했지만 나리도 너도, 서로만을 보느라 나는 안중에도 없었잖아. 그래도 내가 너무나 좋아하는 둘이라서 깨끗이 물러날 생각이었어. 하지만 머리로는 이해가 돼도 마음은 그러질 못해서 한동안 나리 주변만 맴돌았어. 진짜 멍청하게도. 그러다 나리 주변에서 자꾸만 낯선 남자 둘을 마주치게 되는 거야."

창수는 당장이라도 달려가 찢어 죽일 기세로 강율과 진수를 노려봤다. 그러곤 분노로 떨리는 주먹을 말아 쥐며 말을 이었다.

"그러다 나리가 사라진 날이 왔지. 아마 너도 기억할 거야. 그날 교수님 부탁으로 너는 학교로 돌아갔고 나리 혼자 집에 들어가던 날이었어. 나는 걱정이 돼서 데려다주려고 했지만 부담스러워하는 나리 때문에 그냥 멀찍이 따라갔지. 그런데 강진수…… 저 새끼가 나리 앞을 막아서더라. 나는 당장에 달려가려고 했는데 뒤에서 박강율, 저 새끼가 둔기로 머리를 치는 바람에 따라나서질 못했어."

혼란스러웠다. 눈앞의 창수는 그때의 일이 생생하게 되살아나는지 분노로 떨리는 몸을 주체하지 못하고 있었고, 강율과 진수는 너무나 태연한 얼굴을 하고 있었다. 그래서였는지도 몰랐다. 이렇게 현실 감각이 없는 건.

도통 그의 말을 이해할 수가 없었다. 왜 진수가 나리를 납치하고, 그 자리에 강율이 나서서 창수까지 끌고 갔을까. 아무런 접점도 없던 네 사람이 그렇게 어그러진 이유가 뭐였을까. 도대체 그는 무엇을 말하고 싶은 걸까.

어지러운 머릿속이 빙글빙글 도는 것 같았다. 약 기운이 남아 있는 몸은 마비가 된 듯 별다른 감각을 곧추세우지 못했고, 그로 인해 공중으로 붕, 떠 버리는 착각을 일으켰다.

몽롱한 시선 속에 세 사람이 엉켜들었다. 지금 자신이 깨어 있다고 자각할 수 있게 하는 건 계속해서 귓가를 울리는 창수의 참담한 목소리뿐이었다.

"정신을 차리고 보니 여기더라. 여기서 십 년 전 그림자 사건의 피해자들이 죽어 나갔지. 물론 그 속에 나리도 있었고. 내가 눈을 뜨고 가장 먼저 본 게 뭔지 알아?"

그의 시선을 따라 움직이니 허공에 매달린 유진이 들어왔다. 그리고 뒤이어 그의 울림이 낮게 흘러들었다.

"방금 전 오유진이 그랬듯, 개처럼 빌고 있는 김나리. 살려 달라고 한 번만 봐 달라고 애원하고 매달리는 나리가, 온몸이 피투성이가 돼서는 박강율에게 매달리는 그 간절한 얼굴이 잊히지가 않아. 여기……."

창수는 자신의 손에 들린 칼로 왼쪽 가슴을 가리키며 말을 이었다.

"여기에 새겨졌나 봐. 그 얼굴이. 나리가 저 자식들 손에서 죽어 가는 모습이 아니라 살고 싶어서 매달리는 그 모습이 선명하게 남아서 자꾸만 괴롭혀. 그래서 살아남았어. 너한테 이 자식들이 한 행동들을 다 말하고 세상에 까발리려고 했어. 그런데 난 이미 나리를 죽이고 자살한 살해범에 어렵게 찾아간 너는 저것들이랑 붙어서 실실거리고 있더라. 그때의 참담함을 어떻게 설명할 수 있을까."

허공을 배회하던 눈동자가 도헌에게 날아들었다.

"너는, 설명할 수 있겠냐?"

자신의 모습이 비춰지는 그의 눈에 증오가 일렁였다. 도헌은 이제야 알 수 있었다. 뜻 모를 그의 분노를. 그의 분노는 진수와 강율에게 향한 것이 아니었다. 그 자리에 있었음에도 나리를 구하지 못한 자신에게 향한 증오였다. 그래서 이런 식으로라도 자신을 망가트리고 싶은 걸지도 모른다. 처절하게 자신을 파괴하면서 나리에 대한 죄책감을 달래려 하는 거였는지도.

도헌은 문득 진수와 강율을 바라봤다. 지난 십여 년을 함께해 오며 저들은 무슨 생각을 했을까. 나리 때문에 힘들어하는 자신을 보며 즐거웠을까. 바보 같다고 비웃었을까. 그것도 아니라면 아예 그런 감정조차 없이 그저 장난감 보듯 즐겼을까. 모두가 해당이 되어도, 반대로 해당이 되지 않더라도 그들을 용서하기란 쉽지 않을 것 같았다. 지금에 와서야 모든 것들이 짝을 맞춘 퍼즐처럼 이해가 되기 시작했다.

힘겨움에, 미련스러움에 나리를 잊어 가려 하면 꼭 진수나 강율이 나서서 그녀를 끄집어내곤 했다. 혹시라도 잊을까, 혹시라도 털어 버릴까, 전전긍긍하는 사람들처럼. 그렇다면 그들은 왜 그렇게까지 해서 자신을 옥죄고 싶어 했던 걸까. 도헌은 계속해서 드는 궁금증에 천천히 입을 열었다.

"나 또한 편하게 살아온 건 아니야. 물론 너만큼은 아니었지만. 모든 일들의 전말에 대해서 몰랐다는 변명은 하지 않을게. 나도 저들과 똑같은 인간이니까. 힘들고 지친다는 이유로 나리고 뭐고, 다 내려놓고 싶어 했어. 어디론가 떠나서 다른 사람으로 살고 싶었어. 그러니 나도 저 괴물들과 다를 바 없다. 그래도 한 가지 궁금한 건 있어. 저들한테 왜 내 주변을 맴돌았는지, 그 이유는 들어야 할 것 같아."

내뱉는 단어마다 울분이 섞여 나왔다. 너무나 소중한 인연이라 생각했기에, 목숨과 맞바꿔도 아깝지 않을 그런 존재로 여겼었기에 돌아오는 배신감 또한 감당할 수 없을 만큼의 크기로 되돌아왔다. 무지가 안겨 주는 고통이 이렇게 커다랄 줄은 꿈에도 생각하지 못했다.

그렇게 증오하고 원망했던 상대는 자신보다 더한 상처에 아파하고 있었고, 누구보다 믿고 의지해 왔던 상대는 크나큰 절망감에 몸서리치게 만들었다.

진실과 거짓. 그 종이 한 장의 차이로 한순간에 나락으로 추락했다. 아니, 어쩌면 처음부터 자신에겐 천국 따윈 없었는지도 모른다. 애당초 자신에게 행복이란 게 허락되지 않았던 걸지도 몰랐다.

배신감에 손끝이 덜덜 떨렸다. 정확히 말하자면 아무것도 알아차리지 못한 자기 자신에 대한 분노로 온몸의 피가 빠져나가는 기분이었다. 멍청하고 한심하고 미련하다. 창수가 말한 병신이란 말이 이제야 확실히 공감되었다. 그렇다. 자신은 병신이다. 얻어맞고도 좋다고 실실 쪼개는 병신.

그때, 느릿하게 강율의 입이 열렸다. 입가에 걸린 미소만큼은 그대로인 채.

"작품이니까."

작품? 알아듣지 못할 말에 도헌의 미간이 좁아졌다. 그건 창수
도 마찬가지였다. 뭔 해괴한 소리인가 싶어 그를 노려보는 시선에
독기가 가득 차올랐다. 또다시 자신을 놀리려 하는 거라면 이번엔
봐주지 않을 생각이다. 그런데 이런 반응에도 별다른 동요가 없던
강율은 여전히 부드러운 미소를 지으며 말을 이었다.

"너도 알다시피 그림자…… 아니, 내가 만든 작품들을 잘 알잖
아. 다들 항상 화장을 하고 나신엔 그 어떤 상처조차 없고 말이야.
거기다 손발을 리본으로 묶어 그녀들의 아름다움을 배가시켰지.
그게 너무나 즐거웠어. 내가 작품을 내놓을 때마다 세상은 발칵 뒤
집혔고, 매스컴에서 나를 가지고 저들끼리 열띠게 토론을 하며 입
방정 떠는 게 어찌나 배꼽 빠지게 웃기던지. 그래서 형사가 됐어.
그들이 믿어 의심치 않는 사람이 되어 뒤통수를 친다. 생각만으로
도 유쾌하지 않아? 내가 그동안 무수히도 많은 흔적들을 흘렸는데
도 누구 하나 의심하는 사람도 없었어. 진짜 머저리들이지."

그 어느 때보다 편안한 얼굴로 호쾌하게 웃어 젖힌 그는 허공에
매달린 유진의 발 언저리에 시선을 던지며 말했다.

"그런데 말이야. 문득 이런 생각이 들더라. 만약에 내가 잡힌다
면 아니, 끝까지 잡히지 않고 이대로 죽음을 맞이한다면 과연 내가
이 세상에 내놓았던 수많은 작품을 기억해 줄 사람이 누가 있을까.
사람들은 자신들이 직접 겪지 않는 일은 금방 잊어버리곤 하잖아.
그걸 깨우치고 나니 너무 허망한 거야. 그러다 우연히 지나치는 널
봤는데."

강율의 시선이 금방이라도 찢어 죽일 듯 노려보는 도헌에게로

향했다.

"나는 한 번도 지어 본 적 없는 얼굴을 하고 있는 거야. 그때 그런 생각이 들더라. 저 사람도 나랑 같은 표정으로 살아가게 한다면, 그렇다면 이 세상에 저 사람만큼은 뼈저리게 날 생각하지 않을까, 하고. 그래서 시작했어. 물론, 십 년이란 시간이 흐르고 네가 차츰 무뎌지는 게 보이니까 조급한 마음에 다시 예술 활동을 이어 가긴 했지만, 근본적으로 저 오유진 때문에 점점 치유되는 널 보니까 미치겠더라고. 이내 반대로 생각해서 저년마저 잃는다면 넌 진짜 아예 회복 불능이 되겠구나 싶어서 전화위복으로 삼은 건 맞아. 곧 김나리처럼 내 컬렉션에 추가할 계획이었으니까."

너무나 담담한 그의 태도에 마치 '어제 저녁은 이걸 했고, 밥은 이렇게 먹었고, TV 프로 이것저것 보다가 잠들었어.' 라고 말하는 착각이 일었다. 그의 손에서 떠나간 생명만 스무 명 남짓이다. 그런데 그는 그런 행위 자체를 정당한 예술 활동이라 칭하고 있었다. 아무런 죄책감이나 연민도 느껴지지 않는 그의 눈빛에 이루 말할 수 없는 허무가 밀려들었다.

고작 이런 이야길 듣자고 지난 시간을 그렇게 그림자 사건에 매달리며 살았던가. 자신은 끝까지 그들의 장난감이고, 노리개였다. 그들의 사과를 바란 건 아니지만 적어도 일말의 죄책감은 가지고 있길 바랐다.

하지만 그것은 너무나 터무니없는 소망에 지나지 않았다. 자신들의 잘못조차 제대로 인지하고 있지 않은 그들에게 무엇을 더 바라고 원한단 말인가. 앙다물린 도헌의 입술 끝이 울컥 치밀어 오르는 감정들로 인해 파르르 경련을 일으켰다.

그런 그를 멍한 시선으로 바라보던 진수가 마뜩잖은 표정으로 강율에게 시선을 던지며 이내 작은 숨을 내뱉고는 입을 열었다.

"그러게. 그런 거 자체가 판타지라니까요. 이거 봐요. 이렇게 비비 꼬여서는 이제 어쩌려고 그래요? 그 좋아하는 작품 활동도 못하게 돼 버렸잖아요. 쯧. 나는 또 어떻고? 이제 무슨 낙으로 사냐고. 그냥 처음부터 다 죽여 버렸으면 적어도 이렇게 엉키진 않았을 거예요."

그때 창수가 손에 들린 칼을 진수의 목 언저리에다 가져다 대며 음산하게 비웃었다.

"그런 걱정은 안 해도 돼. 어차피 여기서 살아 나가지 못해. 죽은 송장이면 모를까. 여기 있는 사람들 전부 두 발로 걸어서 나가진 못할 거야. 물론 나도 그렇고."

그의 대꾸에 진수가 배를 부여잡고 웃기 시작했다. 그러다 찢어진 입술이 터져 꽤나 아팠던지 인상을 구겼다.

"아씨. 더럽게 따갑네. 야. 사람은 아무나 죽이냐? 퍽치기를 해도 제대로 죽이지도 못한 주제에 입 열렸다고 막 나불거리지? 칼로 아무 데나 쑤시면 죽을 거 같아? 천만에. 아, 너 피부는 뚫을 수 있겠냐? 너 살아 있는 사람 피부가 얼마나 질긴지는 알아? 병신아 정도껏 해. 봐주는 것도 한계가 있는 거야."

"이……!"

창수가 무어라 소리치려는 찰나였다. 갑자기 밖이 작은 소란으로 들썩였다. 뭔가 이상함을 감지한 도헌은 두터운 철제문으로 시선을 던졌고, 이미 이 상황들을 예상이라도 한 듯 강율은 입가에 여전히 여유로운 미소를 걸고 있었다.

부드러운 곡선을 그리고 있던 입술이 열린 것은 바로 그때였다.

"강진수."

갑작스레 자신을 부르는 강율을 멀뚱히 바라보던 진수가 되물으려는데 이내 또다시 울리는 그의 음성에 막혀 속으로 사그라졌다.

"강진성."

"……?"

순간 진수의 얼굴이 딱딱하게 굳었다. 하지만 그러거나 말거나 입을 달싹이는 그의 표정엔 아무런 변화가 없었다.

"너야말로 네 형 하나 처리 못 해서 일을 이 꼴로 만들었어."

"무슨……."

진수의 혼란스러움이 그대로 투영되는 눈동자는 정처 없이 허공을 떠돌았다. 도헌은 왜 강율이 이토록 여유로운 모습이었는지 이제야 알 것 같았다. 그는 경찰들이 이곳에 쳐들어올 것을 미리 예상하고 있던 거였다. 비록 진수에게 형이 있다는 사실은 지금 처음 알게 됐지만 왜인지 그동안의 긴장이 풀리며 안도감이 밀려들었다.

살았다. 적어도 더 이상의 피해는 막을 수 있다. 시선을 들어 파리한 안색의 유진을 올려다보는 그의 얼굴이 차분하게 가라앉았다.

덜커덩거리는 굉음과 함께 두터운 철제문이 쓰러졌다. 그리고 눈을 찌르는 라이트 불빛이 자신들을 향하고 이내 검은 옷으로 무장한 경찰들이 무더기로 쏟아져 들어왔다. 뒤이어 희락과 계식이 빠르게 그들을 헤치고 걸어 나오며 뒤를 돌아 무어라 소리쳤다.

"검사님!"

계식의 외침에 기다란 그림자가 내부로 드리웠다. 도헌은 미간을 구겼다. 너무나 밝게 쬐는 빛에 사람의 형상이 제대로 구분되지 않았기 때문이다. 특수부는 오롯이 경찰들만이 움직이고 있는 줄 알았는데, 아니었나 보다. 얼마 전 희락이 도움을 받았다는 검사가 바로 저자인 듯싶었다.

기다란 그림자의 사내가 무심한 고갯짓으로 주변을 두리번거리다 이내 움직임이 진수에게로 고정되었다.

"잘…… 있었냐?"

빛에 익숙해진 시야에 그제야 사내의 얼굴이 제대로 들어왔다. 한눈에 보기에도 진수와 많이 닮은 외모가 둘이 형제라는 것을 말해 주고 있었다.

진수는 아까의 여유롭던 모습과는 달리 강진성이라는 사내를 발견하자마자 크게 동요하는 듯 얼굴이 심하게 일그러졌다. 이내 부들거리는 다리로 일어서는 모습에 조급함이 묻어났다.

"이게 무슨 짓이야! 내가 이러라고 살려 준 줄 알아! 이렇게 뒤통수를 쳐! 왜! 도대체 왜! 빌어먹을, 쥐 죽은 듯이 어디에 짱박혀 살라니까 왜 나와서 설치냐고!"

우악스레 내지르는 소리로 귓가가 먹먹했다. 도헌은 처음 보는 그의 광분한 모습에 적잖이 놀라지 않을 수 없었다. 이런 면도 있었나. 늘 슬렁거리는 모습만 보아 왔던 지난날이 떠오르며 그동안 눈뜬장님으로 살아왔다는 것이 또 한 번 뼈저리게 실감이 되었다.

멍한 시선으로 그를 보는데 갑자기 희락과 계식의 다급한 외침이 울리며 일제히 시선이 그들에게 쏠렸다.

"그만! 그러지 마! 흥분을 가라앉혀!"

희락이 창수에게 소리쳤다. 도헌은 그의 시선을 따라 창수에게로 고개를 돌렸다. 그러자 눈이 벌겋게 충혈된 그가 손에 들린 칼을 들어 강율을 위협하고 있는 모습이 들어왔다. 자신의 앞에 그를 세우고 날카로운 칼날에 조금씩 배어 나오는 강율의 핏줄기를 바라보며 미소 짓는 얼굴은 광기에 사로잡혀 있었다.

혀를 날름거리며 자신의 손을 따라 흐르는 강율의 그것을 맛본 창수의 얼굴이 기괴하게 일그러졌다.

"절대 용서하지 않아. 이런다고 달라질 게 뭐가 있어. 사형? 하하하. 말뿐인 사형받으면 죽었던 사람들이 살아 돌아오나? 난 윤리 원칙 따위 몰라. 그냥 내 식으로 처단할 거야. 다들 죽이고 싶었지만 별수 없지. 이 새끼라도 데리고 황천길 가는 수밖에."

여러 사람의 고함 소리로 고요하던 이곳이 아수라장이 되었다. 여기저기서 내질러 대는 소음으로 인해 천지 분간이 되지 않는 그 순간, 진성이 손을 들어 무리 지어 외쳐 대는 그들의 입을 막아섰다. 그러곤 차분하지만 강단 있는 말투로 조용히 입을 열었다.

"그렇게 하세요, 원하는 게 그거라면. 상관하지도 말리지도 않겠습니다."

그의 평온한 어투에 다들 경악했다. 그러지 말라고 애원해도 모자를 판국에 도리어 부추기는 꼴이라니. 특수부 팀원들의 눈초리가 매서워졌다. 하지만 진성은 아랑곳하지 않는 것 같았다. 말을 잇는 그의 모습에서 한 치의 흔들림도 보이지 않았다.

"저는 박 형사를 오래전부터 알아 왔습니다. 그를 잡기 위해 검사가 됐죠. 원체 개인적인 원한이 깊어서 그런지 그가 죽어도 나쁠 건 없겠네요. 살아도 그 나름대로 좋겠지만요. 하지만."

차분하던 얼굴이 돌연 싸늘하게 변했다.

"가장 고통스럽게 죽이셔야 합니다. 생지옥이 이것이구나. 절규하게끔 말입니다. 그게 자신 없다면 저에게 넘기시죠. 평생을 빛도 들지 않는 골방에 처박혀 살게 할 생각이거든요. 애당초 본인 스스로도 선처를 바랄 생각은 없겠지만요."

피식, 옅게 웃음 짓는 진성의 얼굴에 소름이 끼쳤다. 그는 창수를 향해 한 발자국 앞으로 다가서며 말을 이었다.

"제가 꽤 많은 공을 들여서 이번 작전을 준비했습니다. 이렇게 현장에서 덮치는 것도 모자라 숨어 있던 공범인 강진수까지 잡아들이게 됐으니 이제 두 다리 쭉 뻗고 잠을 잘 수 있겠네요. 아, 그리고."

진성은 고개만 뒤로 돌려 희락을 향해 웅얼거렸다.

"먼저 위에 매달린 오유진 씨부터 내리세요. 그리고 바로 구급차에 실어서 보내시고요. 저기에 멀뚱히 서 있는 김도헌 씨도 같이 구급차에 실어 보내세요."

도헌은 눈앞에 모든 움직임이 마치 슬로 모션처럼 느릿하게 움직이는 것 같았다. 다급해 보이는 창수와 하늘이 무너져 내린 듯한 얼굴로 바닥에 주저앉은 진수, 가만히 눈을 감고 서선 창수의 움직임에 힘없이 흔들리는 강율까지. 진성의 말대로 생지옥이 이런 모습이 아닐까, 문득 그런 생각이 들었다.

적어도 눈앞에서 사람이 죽어 나가진 않았으니 다행이란 생각은 들었지만 그래도 가슴 한구석에 남은 일말의 감정은 꽤나 오랫동안 자신을 괴롭힐 것 같았다. 절대로 치유되지 않을 그런 상처로 말이다.

에필로그 1

번쩍. 눈이 뜨였다. 고개를 돌려 보니 창밖은 어느새 짙푸른 어둠에 점령당해 있었다. 천천히 몸을 일으키는데, 깨질 듯 옥죄는 두통이 따라왔다. 끄응, 신음을 삼키며 주변을 둘러보자 정신을 잃기 직전의 모습과 별반 달라지지 않은 참혹한 광경이 고스란히 들어왔다.

강율은 가만히 두 손을 그러쥐었다가 폈다. 하도 머리를 얻어맞아선지 부쩍 손의 감각이 어색하게 느껴질 때가 많았다. 그럴 때마다 물밀듯 밀려드는 공포에 덜컥, 심장이 내려앉는 것 같지만, 그래도 계속되는 매질에 온몸이 성할 날 없는 엄마보단 자신의 형편이 더 나은 것 같아 마음이 다시 무겁게 내려앉았다.

어두워 앞이 잘 보이지 않는 주변을 조심스러운 몸짓으로 샅샅이 살폈다. 혹여나 아직 술에서 덜 깬 아버지에게 발각이라도 되었다간 또다시 끝없는 매질에 혼절을 하고 말게 분명했기 때문이다.

강율은 천천히 바닥을 되짚으며 의식을 잃기 직전까지 어리고 작은 제 몸으로 막아서던 어머니의 모습을 찾았다. 도망을 가기 위해서라면 지금이 가장 좋은 때다. 자신들에게 매질을 가하고 나간 아버지는 만 하루를 꼬박 지새우고 돌아오곤 했으니까.

늘 얼마 가지 못하고 아버지에게 잡혀 다시 이 지옥 같은 집으로 돌아오긴 했지만 그럼에도 탈출을 위한 시도는 끊이지 않고 해 왔다. 이대로 가다간 곧 아버지 손에 엄마와 자신의 목숨 줄이 끊어질 것만 같았다. 아무것도 모르는 열두 살의 어린 나이지만 이상하게도 그런 생각들이 계속해서 그를 공포로 몰아넣었다.

살아야 했다. 어떻게든 살아남아 자유라는 것을 만끽하고 싶었다. 엄마와 함께라면 그 무엇이 되었든 헤쳐 나갈 자신이 있었다.

그런데 그 순간. 바닥을 더듬거리며 조금씩 앞으로 나아가던 그의 얼굴에 무언가가 터억, 날아와 부딪쳤다. 소스라치게 놀란 그는 뒤로 엉덩방아를 찧으며 소리쳤다.

"누, 누구야!"

황망한 정적에 대답은 돌아오지 않았다. 그런데 다시금 아까와 같은 그것이 그의 머리를 투욱, 치고 사라졌다. 간담이 서늘해진 그는 천천히 몸을 들어 벽에 달린 전등 스위치를 올렸다.

파앗. 갑자기 밝아진 내부에 눈이 시렸다. 질끈 감긴 눈꺼풀을 여러 번 깜박이며 게슴츠레하게 떠, 주변을 둘러봤다. 그러곤 그대로 바닥에 주저앉았다.

자신의 머리를 치고 지나갔던 건 다름 아닌 허공에 매달린 발이었다. 생명력을 잃은 피부엔 군데군데 노랗고 검푸른 자국이 자리 잡혀 있었고, 기괴하게 일그러진 입가를 비집고 길게 뻗어 나온 혀는 보랏빛으로 물들어 있었다. 빛을 잃고 혼탁해진 눈동자는 위를 향해 있어, 마치 누군가에게 도와 달라고 간절히 울부짖는 것만 같았다.

강율은 천천히 두 팔로 기어갔다. 불과 몇 시간 전만 해도 살아 있었던 그 존재에게 다가가 허공에 붕 떠 있는 다리를 품에 껴안고 소리쳤다.

"어, 엄마! 엄마!"

역시나 돌아오는 대답은 없었다. 강율은 소리를 내지 않으려 앙다문 잇새로 흐느낌을 터트렸다. 결국 오지 않기를 바랐던 그날이 오고야 말았다. 이렇게 멍청하게 있는 사이 엄마를 잃었다. 이젠 한 가닥의 희망이자, 이유였던 모든 것이 송두리째 흩날리는 바람처럼 사라졌다. 무엇을 위해 참고 무엇을 위해 견디며 무엇을 위해 살아간단 말인가.

늘 올곧게 살아야 한다고 입버릇처럼 되뇌던 울타리가 사라진 지금, 더 이상 돌아갈 곳은 없었다.

그는 그렇게 그날, 엄마와 함께 죽어 갔다. 참담한 마음만큼이나 뚝 잘려 나간 이성은 그의 모든 것을 샅샅이 증오라는 이름으로 불태워 버렸다. 이제 그에게 따뜻한 마음 따위, 어설픈 동정 따위, 그리고 구석에 웅크려 떨어야 했던 공포 따위는 존재하지 않았다. 그저 뻥 뚫려 버린 가슴에 이는 공허하고 시린 바람밖에는 남은 것이라곤 찾을 수 없었다.

얼마나 구석에 쪼그리고 앉아 있었던 건지 모르겠다. 여전히 눈앞에 떠 있는 엄마라는 사람을 바라보며 그는 품에 날카로운 유리 조각을 숨기고 있었다. 이대로 그냥 떠나기엔 억울했다. 지긋지긋한 고통을 끝내고 비로소 진짜 자유를 찾고 싶었다.

공포가 떠난 자리는 놀랍도록 차가운 냉기만이 가득했다. 그럴수록 혼란스럽던 머리가 깨끗하게 정리되었다. 진즉에 이럴 것을. 그랬다면 예전에 이런 고생은 끝이 났을지도 몰랐는데 말이다.

한 번 밝은 대낮이 찾아오고 이내 칠흑처럼 검은 어둠이 덮쳐 왔다. 그리고 그렇게나 기다리던 존재가 끼익, 소름 끼치는 대문 소리와 함께 모습을 드러냈다.

사내는 툴툴거리며 안으로 발을 성큼 내디뎠다.

"뭐야. 집 안도 하나 치워 놓지도 않고. 이 여편네가 아직 덜 맞았지?"

신경질적인 그의 음성 너머 방 안에 불이 켜졌다. 갑작스러운 불빛으로 잠시 눈앞이 아찔했지만 상관없었다. 눈으로 봐야만 모든 일이 가능한 건 아니었으니까. 강율은 잠시 실루엣만 흐릿하게 보이는 비쩍 마른 사내를 향해 고개를 들었다.

아직 그에게 일말의 여지는 줄 생각이었다. 본인으로 인해 싸늘히 식어 간 엄마를 향해 작은 반성의 기미라도 보이길 바랐다. 이 마음은 그에게 바라는 마지막 인내심이기도 했다. 조그만 사과라도, 그것이라도 자유롭게 세상을 등지고 떠날 엄마에게 전해 주고 싶었다.

하지만 무엇 하나 자신의 뜻대로 되는 게 없듯 이것 또한 마찬가지인 것 같았다. 히스테릭한 음성이 사내의 입가를 비집고 흐른 뒤 좀 전의 마음이 눈 녹듯 깨끗이 사라져 버리고 말았으니까.

"뭐, 뭐야. 죽었어? 나 원 참, 재수가 없으려니까. 죽지도 않은 애새끼 죽었다고 살려 내라고 지랄을 떨더니만 결국엔 지도 따라간 거야? 이래서 멍청한 것들은 안 돼. 제길, 귀찮은 일만 생겨 버렸네."

오히려 잘된 일인지도 몰랐다. 차라리 속 편하게 끝까지 이기적인 모습으로 남아 있는 게 더 나았을지도 모르겠다. 강율은 저도 모르게 입가를 비틀며 피식 웃었다. 그리고 열리지 않을 것 같은 입을 열어 우물거렸다.

"이봐요."

그는 언젠가부터 아버지를 제대로 부르지 않았다. 이봐요, 혹은 저기요, 라며 뭉뚱그려 부르곤 했다. 아마 그때부터였을 것이다. 그가 아버지라고 부르지 않은 그 순간부터 자신에게 아버지는 존재하지 않는 사람이었다. 그것을 이제야 깨닫다니. 어차피 진즉에 자신과는 아무 상관이 없는 사람을 가지고 이렇게나 마음먹는 게 어려웠단 사실에 강율은 저도 모르게 실소가 터져 나왔다.

뭉그적거린 자신 때문에 엄마를 잃었듯 이번에도 우물거리다간 또 다른 사람을 잃게 될 것만 같았다. 어차피 이제 남아 있는 소중한 사람이라곤 이 세상에 존재하지 않았지만 말이다.

그런 그를 못마땅한 시선으로 쏘아보던 사내가 거칠게 소리쳤다.

"이, 이게 미쳤나. 아주 곤죽이 되도록……!"

자신을 향해 솥뚜껑만 한 손을 치켜드는 순간, 강율이 품에 숨기고 있던 유리 조각을 사내의 복부에 찔러 넣었다. 생각보다 한 번에 들어가지 않아 있는 힘껏 비틀고 눌러 아예 조각이 속으로 사라질 때까지 이를 악다물고 사력을 다해 밀어붙였다. 자신의 손바닥도 날카로운 날에 같이 베었는지 따끔거렸지만, 절대 넘어트릴 수 없는 상대를 제압했다는 사실에 희열을 느낀 그에게 그 정도 아픔쯤은 상관없었다.

자신의 정수리에서 느껴지는 간헐적인 숨소리가 마음에 들었다.

사내의 오른쪽 옆구리에선 검붉은 핏줄기가 솟구치고 그것이 자신의 온몸을 적시는데도 미소는 입가를 떠날 줄 몰랐다.

바로 이거다. 살아 있다고 느껴지는 지금 이 순간. 손 아래에 퍼덕이는 이 감촉. 열려 버린 동공에 가득 들어찬 자신의 미소까지.

늘 남들의 뒤에 숨어 그림자처럼 살아왔던 그에게 처음으로 세상의 모든 것들이 자신을 중심으로 돌아가고 있다는 느낌을 지울 수 없었다. 그 짜릿한 희열을, 감동을, 벅차오르도록 기쁜 이 감정을 태어나서 처음으로 느끼고 있었다.

그렇게 박강율이란 아이는 감정이 없는 허울뿐인 인형으로 다시 태어났다.

에필로그 2

사물들이 거칠게 부서지는 파열음과 함께 소리의 진원지에서 어린아이가 빠르게 뛰쳐나왔다. 한눈에 보기에도 여섯 살 남짓밖에 되지 않은 아이는 온몸이 멍에 물들어 있었고 얼굴은 여기저기 찢어져 있었다. 멍이 사라질 때쯤 새로운 멍이 그 위를 덮어 버려서인지 깡마른 앙상한 몸은 두 발을 딛고 서 있는 게 기적이라 여겨질 정도로 위태로웠다.

하루가 멀다 하고 벌어지는 소란에 이미 동네 사람들도 무관심으로 대처한 지 오래였다. 이 가정 문제에 잘못 끼어들었다간 피곤한 일을 계속 겪어야 할지도 모른다는 불안도 잠잠한 분위기에 한몫했다.

얼마 전, 대신 경찰에 신고해 주었다가 이곳의 가장 골칫거리인 강 씨가 행패를 부려 결국 가게를 내놓을 수밖에 없었던 세탁소 일이 본보기가 된 탓이다. 그러나 이곳에 터를 잡은 지 얼마 되지 않은 옆집의 새댁은 달랐다.

배 속에 아이를 품고 있어선지 한바탕 소란이 일 때마다 거친 사내의 화풀이가 되고 있을 어린 형제에게 마음이 쓰였다. 너무나 안타깝고 마음이 아파 이렇게 불안한 걸음걸이로 골목을 서성이며 소란스러운 집 내부를 곁눈질하고 있었으니 말이다.

결국 그녀는 모른 척하라는 남편의 말을 듣지 않고 쓰러질 듯 서 있는 아이에게 다가가 말을 걸었다.

"얘, 너 이름이 뭐니? 괜찮은 거야?"

자신을 걱정 어린 얼굴로 바라보며 묻는데도 아이는 아무런 대답 없이 그저 공허한 두 눈만을 껌벅이며 바라보고 있었다. 이런 관심이 애당초 처음이라는 듯 어떻게 반응을 해야 할지 고민하는 기색에선 얼핏 애잔함마저 감돌았다.

그런데 그때, 거친 욕설과 함께 아이 아빠로 보이는 사내가 뒤따라 나오며 멀뚱히 서 있는 아들에게 집기를 집어 던지기 시작했다.

"야, 강진수! 이 새끼야! 공연히 태어나서 사람 피 말리고 지랄이야! 나가 뒈져 버리라고 좀! 씨가 어딘지도 모르는 더러운 새끼."

늘 그래 왔다. 어린아이에게 던져지는 욕설은 성인들이 감당하기에도 벅찬, 입에 담기도 힘든 그런 말들이었다. 그런 모진 말을 조그만 몸으로 다 받아 내던 진수는 이내 도망치듯 골목을 벗어나 마을 뒷산으로 빠르게 내달렸다.

얼마나 달린 건지 모르겠다. 자신은 다행히 도망치는 것에 성공했지만 아직 집 안에 남아 있을 형을 생각하니 다시금 속에서 눈물이 울컥하고 차올랐다. 얻어맞으면서도 끝까지 자신을 감싸 안

으며 밖으로 나갈 수 있게 도와준 형을 떠올리자 멈출 줄 모르고
달려 나가던 다리에 힘이 풀렸다.

"혀, 혀엉."

으앙, 하고 울음이 터져 나왔다. 독하게 윽박지르는 아버지 앞
에서도 눈물 한 방울 나지 않았는데 자신 때문에 이마에 피가 터
진 형을 생각하니 마음 언저리가 뻐근해지는 것만 같았다.

친구들은 서러워 울 때면 늘 '엄마'라고 목 놓아 울부짖지만 자
신은 달랐다. 그의 입에서 가장 먼저 튀어나오는 건 역시나 '형아'
였다.

할머니에게 듣기로 술집에 다니던 엄마는 자신과 형을 낳아 놓
고 어디론가 훌쩍 떠나 버렸다고 한다. 정확히 엄마가 떠나고 난
뒤로 아버지의 지독한 매질은 시작되었고, 술을 먹으나, 먹지 않으
나 자신과 형에게 가해지는 폭력은 하루도 빠지지 않고 매일 이뤄
졌다. 그 바람에 원래의 피부색이 무엇인지조차 생각나지 않을 만
큼 온몸엔 피멍이 가실 줄 몰랐다.

진수는 검붉은 자국이 선명한 자신의 팔을 가만히 내려다봤다.
그러곤 늘 그렇듯 마을 뒷산에 자리한 커다란 아름드리나무 아래
에 털썩, 주저앉았다. 혹여나 이곳에서 내려다보면 집을 빠져나온
형이 보이지 않을까 보고 또 살펴봤지만 그 어디에도 형의 모습은
찾을 수 없었다.

결국 또다시 조그만 입술을 비집고 울음이 새어 나왔다.

"흐흑……."

꼭 형이 죽을 것만 같았다. 자신의 전부이자, 모든 것인 형이 한
순간에 영영 돌아오지 않을 길로 떠나 버릴 것만 같았다. 두려움에
온몸이 덜덜 떨렸고, 한번 터진 눈물은 쉬지 않고 두 볼을 타고 흘

러내렸다.

그런데 그때였다. 작은 인기척이 뒤에서 울렸다. 순간 반가운 마음이 들던 진수는 빠르게 뒤돌며 소리쳤다.

"형! 형이야?"

눈물로 엉망이 된 얼굴 위로 미소가 번졌다. 하지만 그것도 얼마 가지 않아 싸늘히 식어 버렸다. 나무 뒤로 천천히 모습을 드러낸 건, 그렇게 바라던 자신의 형이 아니었기 때문이다.

그러나 온몸이 검은, 얼굴마저도 시커먼 무언가가 잔뜩 엉겨 붙은 아이는 그런 진수가 퍽이나 마음에 들었던지, 실망한 빛이 역력한 얼굴로 뒤돌아서 발걸음을 옮기려는 그에게 나직이 웃으며 입을 열었다.

"내가 도와줄까?"

진수는 다시금 뒤를 돌아 그 아이를 바라봤다. 여전히 눈엔 그렁그렁 눈물이 맺혀 있었다.

"어떻게?"

"널 그렇게 힘들게 하는 거 내가 없애 줄 수도 있는데, 어때?"

진수는 아이에게 고개를 저어 보였다. 짐짓 단호한 얼굴엔 절대 가능하지 않다는 속마음이 고스란히 투영되어 흘러나왔다.

"날 도울 수 없을 거야. 우리 아빠 힘이 무척 세거든."

"상관없다면?"

"……뭐?"

멍하니 되묻는 진수를 향해 해맑게 웃어 보이던 아이가 다시금 입을 달싹였다.

"네 형, 죽을지도 몰라. 네 아버지란 사람이 계속 살아 있다면."

파리하게 변해 가는 진수의 안색을 바라보던 아이가 비릿한 미소를 머금고는 다시 말을 이었다.

"내가 그걸 해결해 줄 수 있어. 내가 네 아버지를 없애 주면 넌 나한테 뭘 해 줄래?"

"뭐, 뭘 원하는데?"

"너."

자신을 손가락으로 가리키며 웃는 아이를 멍하니 바라봤다. 형을 구해 주고 자신을 괴롭히는 아버지를 없애 준단다. 그렇다면 눈앞의 저 아이는 천사일까? 아니면 악마일까? 자신이 배운 대로라면 천사는 하얗고 악마는 까맣다. 하지만 이렇게까지 도와주는 것은 분명 천사일 것이다. 그렇지 않고서야 아무도 도와주려 하지 않는 이곳에서 자신에게 유일하게 손길을 내밀진 않았을 테니까.

진수는 흔들리지 않는 눈으로 눈앞의 아이를 바라봤다. 그러곤 천천히 입을 우물거렸다.

"형……은 이름이 뭐야?"

자신보다 키도 크고 덩치도 크다. 그러니 당연히 형일 것이다. 물론 우리 진성 형아가 더 멋있지만.

눈앞의 천사가 환하게 웃어 보였다. 그러곤 천천히 입을 열어 자신의 존재를 말했다.

"박강율."

에필로그 3

   황망한 공간이 역한 피비린내로 가득했다. 하지만 이 냄새에 이골이 났는지 가만히 망연한 얼굴로 서 있는 진수에겐 아무렇지 않은 듯 보였다.

   그는 아무런 감정이 실리지 않은 얼굴로 자신을 향해 있는 혼탁한 눈동자를 내려 봤다. 어제저녁 클럽에서 사냥감을 물색하던 중 찾은 이 여자는 강율이 원하는 작품의 조건에 딱 들어맞았다.

   하얀 속살에 뚜렷한 이목구비, 거기다 군살 없는 몸매까지. 뭐, 단점이 하나 있다면 너무 싸 보이는 옷차림새랄까.

   바닥에 널브러진 여자의 옷가지들을 발로 짓이기며 벽에 붙어 있는 거울 앞으로 발걸음을 옮겼다. 꽤나 미인으로 소문이 난 엄마의 유전자를 전부 물려받아 다행히 모든 이들의 호감을 사는 호남으로 성장했다.

   참으로 다행스러운 일이었다. 비슷한 상황에 처해 있던 덕분에 강율과 함께하게 됐지만, 힘도 약하고 의지력도 없어서 거의 얹혀 사는 객식구에 지나지 않았다. 그런 점이 늘 마음에 걸렸는데, 시간이 흐르고 성인이 되어 갈수록 얼굴만 보고 꼬이는 여자들까지 늘어나 미안함의 무게는 배로 늘어났다.

한창 예민한 사춘기에 밥만 축내는 짐짝이라는 사실은 더욱 깊은 자괴감으로 돌아왔다. 어려서나 지금이나 도움만 받는 존재라는 걸 인정하는 게 힘겨웠다. 만약 그때 강율이 제안을 하지 않았다면 스스로 목숨을 끊었을지도 모른다. '네 얼굴을 미끼로 삼아서 대상을 물어 오는 건 어때?' 그 순간, 자신은 강율에게서 또 한 번의 구원을 받은 셈이었다.

그 뒤로는 모든 것들이 쉬웠다. 시선을 사로잡는 외모 때문에 피해자를 물색하는 것엔 그다지 어려움이 없었다. 다들 그의 간택을 간절히 바라며 제 발로 걸어왔으니 말이다.

콧노래를 흥얼거리며 얼굴 곳곳을 살펴보던 진수는 문득 달력을 올려 봤다. 지금 베드 위에 죽어 있는 여자까지 총 세 명의 여자를 자신들의 '작품'으로 만드는 것에 성공했다. 처음엔 뒤에서 말로만 지시하는 강율 때문에 긴장이 돼서 헛손질을 하곤 했지만 그것도 한 번, 두 번 늘어나니 점점 자신감이 붙는 것 같았다. 오늘 저 여자는 생각보다 많이 떨지 않고 일을 처리할 수 있었으니까.

한껏 신이 난 모습으로 발을 굴러 스텝까지 밟으려는데 주머니에 넣어 두었던 휴대전화에서 웅웅거리는 진동이 울리기 시작했다. 그는 발신자도 확인하지 않고는 대충 통화키를 눌러 귓가에 가져가며 여자의 사체를 물끄러미 바라봤다.

"네."

— 나야.

미간을 확 구긴 진수는 신나 까불거리던 표정을 지우곤 싸늘한 얼굴로 입을 열었다.

"어. 형. 갑자기 웬일이야."

— 너 혹시…… 아직도 그 박강율이라는 사람하고 다니는 건 아니겠지?

짐짓 나무라는 투의 진성에게 짜증이 솟은 진수는 거칠게 머리를 헝클이며 작게 욕지거리를 씹어뱉었다.

"무슨 상관이야. 내 일에 신경 꺼."

— 나, 그때 그 일 알아. 네가 무슨 짓을 했는지. 일단은 좀 만나서 이야기하자.

"뭘 안다는 건데? 그리고 지금까진 가만히 있다가 왜 이제 와서 옛날 일을 들춰?"

조금은 히스테릭한 음성이 입을 타고 튀어나왔다. 그때의 그 일. 정확히는 강율을 마을 뒷산에서 처음 만난 날이었다.

해가 완전히 떨어지기를 기다렸다가 강율과 함께 집이 있는 곳으로 향했다. 그가 어떤 식으로 아버지를 없애 준다는 것인지는 모르겠지만 언젠가 아버지가 형을 죽일지도 모른다는 말은 정말 사실일지도 몰랐다. 그 어린 나이에도 그것을 어렴풋이 느끼고 불안감에 떨어야 했으니 말이다. 그래서 더욱 그가 내미는 손을 거부할 수 없었다. 그때의 자신은 아버지 없인 살아도 형 없인 하루도 살아갈 수가 없었기 때문에.

고요한 집 주변의 분위기에 안도했었다. 더 이상 아버지의 욕설도, 집기들을 깨부수는 소리도 들리지 않아 어찌나 다행스럽던지. 지금에 와서 생각해 봐도 실없이 웃음이 날 만큼 그 당시 자신은 많이도 떨었다.

쥐 죽은 듯 고요한 내부에 침을 꼴깍 삼키며 천천히 발걸음을 옮겼다. 강율이 여전히 자신의 뒤를 잘 따라오고 있는지 확인하는 것도 잊지 않으며 차분하게 방이 있는 곳으로 다가갔다. 그리고 가만히 기대어 문가에 귀를 대 보자 드렁드렁, 아버지의 코 고는 소리만이 문틈을 비집고 흘러나왔다.

아버지란 사람의 숨소리만으로도 심장이 철렁 내려앉았던 어린 시절의 자신은 금방이라도 터지려는 울음을 가득 담고 뒤를 돌아 담담히 서 있는 강율을 바라봤다. 그러자 그는 집게손가락을 들어 입가에 가져가며 '쉿.' 이라는 행동으로 조금이나마 불안한 마음을 다독여 주었던 거 같다. 그 작은 행동에 용기를 얻어 안심하며 천천히 문을 열어 볼 수 있었다.

가장 먼저 그의 시선을 잡아 끌었던 것은 구석에 웅크리고 앉아 작은 신음을 흘리는 진성의 모습이었다. 어린 새처럼 작게 떨던 형의 그 몸짓이 아직도 상처로 남아 가슴을 후볐다.

진수는 짜증스레 머리를 헝클었다. 그때의 그 일이 다시금 떠오르자 미간이 거칠게 구겨졌다. 그 뒤의 일들은 선명하게 기억나지 않았다. 너무 놀라 공포에 질린 얼굴로 계속 무어라 웅얼거리는 진성을 꼬옥 껴안고 엉엉 울다가 시간이 지나 뒤를 돌아보니 피투성이로 미소 짓고 있는 강율, 그리고 피에 젖어 축 늘어진 덩치 큰 사내의 널브러진 모습 말고는 딱히 뇌리에 떠오르는 것은 없었다.

그때부터였다. 진성의 뒤를 졸졸 따르던 자신이, 강율과 모든 것을 함께하기 시작한 게. 아버지란 사람의 갑작스러운 죽음은 미심쩍은 게 많았지만 동네 주민들의 말뿐인 증언으로 사고사로 가볍게 처리되었다.

그리고 자신과 진성은 보육원으로 넘어가게 됐지만 강율에 의해 따로 빠져나와 밖에서 생활했다. 그 뒤로 진성과는 간간이 통화로 서로의 소식을 주고받는 게 다였다. 왠지 강율과 함께 있는 자신을 진성이 피하는 느낌이랄까, 그런 것들을 느끼고 나서부터 돈독했던 형제의 거리가 점점 더 멀어져만 갔다.

하지만 아무리 그래도 이건 아니었다. 거의 석 달만의 전화에서 진성은 늘 그렇듯 자신의 안부를 묻는 것이 아닌 힐난의 감정을 섞어 비판하려 들고 있었다. 진수는 절로 코웃음이 흘렀다. 이렇게 자유롭게 살 수 있게 해 준 게 누구 덕인데 이제 와 자신의 행동에 부당함이란 잣대를 들이미는가. 이를 악다문 탓에 그의 턱이 꿈틀거렸다.

"그런 소리 할 거면 이제 전화도 하지 마."

가끔씩 아버지의 폭력적인 성향이 고스란히 자신에게서 배어 나올 때마다 역겨움에 욕지기가 치밀었지만 이토록 알 수 없는 분노에 휩싸인 적은 없었다. 주체 못 할 화로 온몸이 덜덜 떨리는데, 그의 등 뒤로 갑작스러운 강율의 음성이 나직이 흘러들었다.

"처리해."

처리하라고? 뭘? 혼란스러운 눈으로 귓가에 가져갔던 휴대전화를 내려 이제 막 모습을 드러낸 강율을 향해 뒤돌아섰다. 그러자 비릿하게 입꼬리가 말려 올라간 그의 입이 또다시 달싹였다.

"강진성. 이번에 사시 패스 했더라. 잘 컸어, 아주. 통화 내용을 얼핏 들어 보니 그때의 그 일을 아직도 기억하고 있는 거 같은데, 살아 있어 봤자 걸림돌이 될 게 뻔해. 같잖은 정의감으로 설치기 전에 네 선에서 해결하고 와."

"지금…… 우리 형을 죽이라는……."

"머저리처럼 왜 이리 말귀를 못 알아들어. 같은 말 자꾸 반복하

375

게 할래? 그냥 살려 두면 언젠가 네가 당해. 그러고 싶어? 언제까지 여섯 살 꼬마로 살 생각이야."

"그, 그래도 형은……."

"하나밖에 안 남은 가족이다?"

진수의 뒷말을 자신이 내뱉으며 강율이 피식, 웃었다. 소름 끼치도록 무서운 살기가 까만 동공에 그대로 일렁였다.

"서로 안 보고 산 지 꽤 오래되지 않았나? 그럼 남인 거야. 어설픈 정으로 일 그르치지 말고 처리하고 와."

ㅁ ◆ ㅁ

칠흑처럼 검은 하늘이 우르릉, 울었다. 세찬 장대비가 쏟아져서인지 거리에 돌아다니는 사람은 없었다. 진수는 손목을 들어 시간을 확인했다. 이제 막 자정을 지난 시간은 새벽을 향해 째각이고 있었다.

망연한 눈으로 눈앞의 낡은 건물을 쓸었다. 진성이 거주하고 있는 오래된 고시원이었다. 그가 어디에 사는지까지 강율은 훤히 꿰고 있었다. 동생인 자신조차 모르고 있던 것을 모조리 알고 있다. 정말이지 박강율이란 자는 알아 갈수록 무서운 사람인 것 같았다.

천천히 건물 안으로 한 걸음을 떼자, 철벅이는 마찰음이 허공을 가르고 울렸다. 그 소리가 마치 14년 전 그때로 되돌아간 기분을 느끼게 해 절로 미간이 구겨졌다. 주머니에 손을 찔러 넣고 천천히 계단을 올라 주변을 두리번거렸다. 다행히 그리 멀지 않은 곳에 강율이 알려 준 대로 401호가 시야에 들어왔다.

"흐음."

아무것도 하지 못하고 주머니 속에 넣어 둔 작은 흉기만 만지작 거리며 우물거리고 있었다. 가만히 문을 바라보고 있으니 겨우 다 잡았던 마음이 자꾸 흔들렸다.

이곳에 서기까지 많은 생각을 했다. 과연 할 수 있을까, 굳이 이렇게까지 할 필요가 있을까, 다른 방법은 없는 걸까. 고민에 고민을 거듭하고 나서 깨달은 사실은 형인 진성과 타협하는 것밖에는 달리 방법이 없다는 것이었다.

아마 강율도 알고 있을 거였다. 자신은 절대 형을 죽일 수 없다는 것을. 정말 형을 해칠 생각이었다면 자신을 보내는 것이 아니라 본인이 직접 움직였을 것이다. 그는 단지 확실히 입막음을 하고 오라는 뜻을 그렇게 에둘러 표현한 것일지도 몰랐다. 그래, 그렇게 믿고 싶었다.

불안한 듯 몸을 달싹이며 애꿎은 문만 노려보는데 달각 소리와 함께 천천히 문이 열렸다. 그 사이를 비집고 조금은 어색한, 사내의 목소리가 새어 나왔다.

"들어와."

자신이 올 것을 미리 예상이라도 한 것인지, 오랜만에 보는 진성은 의외로 담담했다. 예나 지금이나 깡마른 몸은 변함이 없었지만 군데군데 잔근육이 붙어 있는 걸로 봐선 운동도 열심히 하는 것 같았다.

단정한 스포츠머리 아래로 길게 뻗은 콧날에선 우직함마저 감돌았다. 특히나 자신을 올곧게 바라보는 눈동자가 싸늘하기보단 애잔했다. 무능력해서 동생을 망치고 말았다는 자괴감이 깊이 자리한 참담한 얼굴은 맑게 빛나는 눈동자와는 대조적으로 딱딱하게 굳어 있었다.

진수는 바닥에 앉은 그를 지나쳐 침대 가장자리에 걸터앉았다. 성인 남자 둘이 들어가니 꽉 차 버린 좁은 공간엔 책상과 지금 자신이 앉은 침대가 전부였다.

"좋은 머리로 공부를 할 시간에 일해서 돈이나 벌지. 이게 뭐냐?"

조금은 속상한 마음이 들었다. 자신은 강율 덕에 풍족하게 살아왔는데 형은 이렇게 초라하게 살고 있었다고 생각하니 마음 한구석이 욱신거렸다. 하지만 진성은 그리 개의치 않다는 듯 어깨를 으쓱이며 담담한 어조로 말했다.

"별로. 사람을 죽여서 번 돈으로 편하게 사느니 이렇게 사는 게 더 행복해."

진성의 말을 듣던 진수의 눈썹이 꿈틀거렸다. 말속에 숨은 가시가 그를 베고 지나가는 기분이었다. 또다시 불같은 분노가 속에서 일렁인다. 저도 모르게 입술을 비집고 낮게 으르렁거렸다.

"내 덕에 두 다리 쭉 뻗고 살았다는 거 명심해."

"아니. 네 덕에 두려움에 떨면서 살았지. 정확히는 그 박강율 때문에."

"뭐?"

"단 하루도 빼놓지 않고 매일 날 감시했었어. 내가 누구한테 입이라도 벙긋할까 봐 두려웠던 거겠지. 넌 나를 보고 있느라 그날 아무것도 보지 못했겠지만 난 아니거든. 아버지가 어떻게 죽어 갔는지 두 눈으로 똑똑히 목격했어. 하지만."

말을 하다 말고 진성은 눈앞의 진수를 빤히 바라봤다. 그리고 여전히 주머니에 꽂혀 있는 그의 손에 시선을 던지며 말을 이었다.

"나도 겁쟁이였는지 나서서 그날의 일을 꺼내기가 힘들더라. 아니, 무서웠지. 그런데 이젠 겁내지 않기로 했어. 이제 나에게 지난 날의 일들을 해결할 힘이 생겼으니까."

"왜 그렇게까지 아버지를 옹호해? 매일 우리를 개 패듯 패던 인 간이야. 그런 인간을 처리해 줬으면 우리한텐 은인 아닌가?"

"아니."

단호한 눈동자가 불안하게 흔들리는 진수의 눈에 박혔다.

"넌 너무 어려서 기억하지 못하겠지만, 아버지는 누구보다 널 사랑했어. 어머니가 그렇게 가출을 하고 나서 비록 변해 버리긴 했 지만 그 전까지 너는 아버지 품에서 벗어나 커 보지 않았어. 누구 보다 엄마를 빼닮은 널 아버진 사랑했으니까."

"그럴 거면 끝까지 사랑해 줬어야지! 자신의 상처 따위 때문에 그 어린아이에게 폭력을 휘두르는 게 맞아?"

"그건 잘못됐어. 하지만 아버지 본인도 모르셨을 거야. 그날도 아버진 통제가 되지 않는 자신의 분노로 널 다치게 한 것에 죄책 감을 느끼고 종일 울다 잠드셨어. 그걸 넌 뒤늦게야 와서 그냥 잠 든 모습만 봤겠지만."

진성은 진수의 앞에 무릎을 꿇고 앉아 애달픈 얼굴로 그를 올려 보며 입을 열었다.

"진수야. 아버진 자신의 상처를 어쩌지 못한 그저 미련하고 명 청했던 사람인 거야. 잘했다고 하진 못해. 하지만 그렇게 잔인하게 가실 만한 분도 아니었어. 우리가 시간을 가지고 기다려 줬다면 분 명, 변했을 거야."

진수는 떨리는 손을 그러쥐었다. 이제 와서 그 괴물 같던 존재 를 인정하라고? 밤마다 그가 깨어나지 않기를 바라는 게 일이었는 데 지금에서야 그를 용서하라고? 아니, 절대로 그렇겐 못 한다. 자신은 그렇게 약하지 않았다. 용서는 약한 자들이 만들어 낸 허세에 불과했으니까.

악다문 잇새로 욕지거리가 낮게 새어 나왔다. 그리고 곧이어 서슬 퍼런 울림이 흘렀다.

"어디 조용한 곳에 가서 얌전히 찌그러져 살아. 그러지 않으면 형도 똑같이 죽어. 못할 거 같지? 못 믿겠으면 날뛰어 봐, 어떻게 되는지. 옛정을 생각해서 형 숨통마저 끊는 일이 생기는 불상사는 피하고 싶어서 찾아온 거야. 그러니 사라져."

차갑게 뒤돌아서는 몸짓에 짙은 슬픔이 배어 나왔다. 진수는 눈앞을 부옇게 흐려 놓는 그것을 손등으로 훔치며 생각했다. 후회가 아니라 미련이라고. 그때의 일이 후회로 다가오는 게 아니라, 그저 단란했던 때가 그리워 이러는 거라고. 속으로 되뇌고 되뇌었다.

□ ◆ □

밤거리엔 기이하게도 낮보다 사람들이 넘쳐 났다. 밝은 햇살이 드리우던 고즈넉한 거리는 어둠이 내려앉자 이내 화려하게 변모했다. 낮과 같은 거리라는 게 믿기지 않을 정도로 소란스럽고 천박했다.

차가운 건물에 기대어 이 광경을 망연한 눈으로 훑던 강율의 미간이 거칠게 구겨졌다. 조용한 거리를 싸구려 소음들로 가득 메우는 게 마음에 들지 않았다. 그저 조용히, 여유롭게 하루의 모든 시간을 쏟고 싶었다. 그러나 셀 수 없이 많은 사람들이 밤만 되면 날뛰어 대는 망아지들처럼 거리로 쏟아져 나와 울어 대는 통에 그런 작은 바람이 매번 무참히 짓밟히고 있었다.

차라리 이 세상에 혼자 남고 싶었을 정도로 자신의 앞을 빠르게 지나치는 사람들이 싫었다. 아니, 경멸했다. 더럽고 할 줄 아는 것이라곤 소리 지르고 배설하는 것뿐이 모르는 짐승과 별반 달라 보이지 않았다. 저마다의 눈에 가득 들어찬 욕망들, 이성을 보는 얼굴에 드리우는 본능들에 욕지기가 치밀었다.

"……더러워."

기어이 비틀린 입술을 비집고 혼잣말이 튀어나왔다. 그는 분노로 일렁이는 눈을 들어 앞을 직시하며 다시 우물거렸다.

"다 죽여 버리고 싶어."

자신의 손에 총이 들려 있었으면 좋겠다고 간절히 소망했다. 아니, 폭탄이 들려 있었다면 그대로 사람들을 향해 내던져 버리고 싶었다.

여기저기 피가 튀고, 공포에 질려 울어 대는 사람들의 곡소리 사이로 외부의 충격으로 인해 잘려 나간 타인의 팔다리가 튀어 오른다. 팡팡, 터지는 화염 속에 거리는 아수라장이 되며 피로 물든 그곳엔 이내 향긋한 죽음의 냄새와 함께 어둠과 닮은 고요가 찾아들 것이다.

생각만으로도 즐거웠다. 여기 있는 모든 사람들을 다 죽여 버릴 수만 있다면 더할 나위 없이 만족스러울 것 같았다. 하지만 현실은 그렇지 못했다. 걸리는 것도 많았고 혼자의 힘으론 부딪히는 한계가 끝도 없었기 때문이다.

그리고, 이 모든 것들이 문득 허망해졌다. 공식적으론 그림자라는 이름 뒤에 숨어 사람의 생명을 앗아 간 것이 세 명에 불과했지만, 실제는 그렇지 않았다. 자신의 손으로 행해진 것만 스무 명이 넘었다. 정확히 말하자면 자신이 구제해 준 이들이 스물두 명이었다.

이렇게 거리를 활개 치고 다니는 추악한 모습들을 지우고 아름다운 모습으로 영원히 남을 수 있게 자신이 도와준 것이었다. 더 이상 추해지지 않도록 늘 봉사를 해 왔다. 그들을 위해, 더 나아가 자신을 위해.

사람들은 자신의 선의를 살인이라는 이름으로 정의하며 경악했지만 그것은 미련하고 멍청한 머저리들이 지껄이는 허언에 불과했다. 아마 시간이 지난 뒤, 사람들은 알게 될 것이다. 자신의 위대한 업적을.

대개 이렇게 밤거리를 거닐며 운 좋은 대상자를 물색하기도 하지만, 그림자라는 예술적 감각이 필요한 일엔 진수가 직접 다니며 표적을 구해 왔다. 아무래도 큰 사건으로 부풀려 대중의 관심을 받아야 하는 그림자는 예술적 가치를 그만큼 높여야 했다. 그래서 더욱 아름다운 신체를 가지고 있는 그 '대상자'가 절실히 필요했다.

하지만, 얼마 전 세 번째 공식적 피해자를 사람들이 많이 다니는 등산로에 내려놓고 돌아오며 그런 생각을 했다.

죽음으로써 미적 가치를 올리는 것이 아니라 살아 있는 존재에게도 그것이 가능하지 않을까.

죽으면 말 그대로 끝이었다. 죽은 자가 자신을 기억할 리도 없거니와 수많은 사람들이 이렇게 스쳐 지나가면서도 정작 이 손에 몇 명의 피를 묻혔는지 아는 이는 한 명도 없었다. 누군가가 알아주길 바란 건 아니지만 그렇다고 이렇게 뒤에 숨어만 있자니 그것 또한 짙은 허무함에 점점 흥미가 떨어지고 있었다.

강율은 주먹을 말아 쥐며 무감각한 얼굴로 하늘을 올려 봤다. 자신의 마음만큼이나 빛 한 점 없이 검게 일렁이는 그것에 조금이나마 위안을 얻고 싶었다.

그런데 그때였다. 갑자기 작은 충격에 흔들린 몸이 미세하게 휘청거리며 귓가로 낯선 사내의 울림이 꽂혔다.

"죄송합니다."

짜증스러운 눈으로 앞을 직시하자 허여멀건 미소가 두둥실 떠올랐다. 뭔가 바보 같기도 하고 놀리는 것 같기도 한 웃음에 하마터면 눈앞의 사내의 목을 조를 뻔했다. 그는 욱하고 치받는 짜증을 애써 내리누르며 좀 전의 사내에게서 눈을 떼지 않았다.

그 사내는 뭐가 그리도 좋은지 연신 입가에 멍청한 미소가 떠날 줄을 몰랐다. 그래도 비주얼은 생각보다 괜찮아서 아마 여자였다면 이번 그림자의 네 번째 작품으로 고려해 볼 만은 했을 것이다.

뽀얀 피부에 쌍꺼풀은 없지만 커다란 눈매가 시원스럽고 도톰한 입술은 연신 생기 있게 반짝였다. 앞을 보며 발걸음을 재촉하는 눈망울은 자신이 한 번도 가져 보지 못한 감정으로 가득 차 있었다.

정말 엿 같은 하루였다. 상대방의 감정을 보며 이렇게 기분이 더럽긴 처음이었다. 저자는 도대체 어떤 삶을 살아왔길래 저렇게 진심을 다해 웃을 수 있는 걸까. 무슨 생각을 가지고 있으면 저런 편안한 미소를 지을 수 있는 걸까. 도통 그 느낌에 다가설 수 없는 자신이 패배자 같아 그의 짜증은 극에 달해 갔다.

그런데 그 사내가 어딘가를 향해 뛰어가더니 크게 소리쳤다.

"나리야!"

더욱더 환한 미소로 보잘 것 없는 여자의 두 손을 움켜쥔 그가 또다시 입을 달싹였다.

"많이 기다렸어? 미안. 배고프지? 네가 좋아하는 파스타 먹으러 갈까?"

갑자기 무언가에 얻어맞은 듯 아무런 생각도 할 수 없었다. 처음이었다. 타인의 미소를 보며 아름답다고 생각한 순간이. 자꾸만 시선을 잡아 끄는 저 사내가 여자가 아닌 것이 몸서리쳐지도록 아쉽고 분했다. 여자의 둥근 곡선이 작품으로 걸맞고 아름답다는 그 사실에 울화가 치밀 것만 같았다.

하지만 그 순간. 갑자기 뇌리를 스치는 한 가지의 생각에 강율의 얼굴에 비릿한 미소가 서리기 시작했다. 생각으로만 가지고 있던 살아 있는 작품. 그것이 있었다. 저렇게 근사한 웃음을 다시는 짓지 못하게 된다면 어떨까. 생기로 반짝이는 얼굴에 짙은 그림자가 드리운다면 과연 어떠할까. 그 모습을 바로 옆에서 지켜보는 희열은 또 얼마나 짜릿할까.

나란히 걸어 나가는 두 남녀의 뒤를 천천히 따라가는 강율의 얼굴에 설렘의 감정이 피어올랐다.

□ ◆ □

"으으아아악!"

조용하던 영안실이 사내의 거친 울부짖음에 요동쳤다. 강율은 그런 사내를 물끄러미 내려 보며 감정 없이 가라앉았던 눈을 빛냈다. 그러곤 천천히 사체 옆에 주저앉아 흐느끼는 그에게 다가가 가늘게 떨리는 어깨에 살며시 손을 올리며 입을 열었다.

"김나리 씨의 친구분이라 하셨죠? 보호자나 다름없는. 성함이 김……도헌 씨라고요."

황망한 눈을 들어 자신을 직시하는 도헌의 얼굴이 마음에 들었다. 생기 넘치고 반짝이던 얼굴에선 미소가 사라지고, 창백한 피부는 짙은 음영에 잠겨 있었다. 바로 이거다. 이 얼굴, 이 표정, 이 눈빛.

사람을 죽일 때와는 다른 쾌감이 등줄기를 타고 서서히 번져 갔다. 강율은 자꾸 늘어지려는 입매에 힘을 주며 나직이 도헌을 향해 손을 뻗었다.

"이번 사건 담당 형사 박강율입니다. 잠시 마음 좀 추스를 겸 나가서 이야기하시죠."

냉기가 가득하던 영안실을 빠져나오자 선선한 초가을의 바람이 덮쳐 왔다. 전에 같았으면 더디게 오는 겨울에 울컥 짜증이 치밀었 겠지만 지금은 그렇지 않았다. 그의 기분만큼은 보송보송한 이불 속에 누워 있는 듯 편안하고 상쾌했다. 그 모든 것들이 힘없이 자 신의 뒤를 따르는 도헌 덕분이라는 사실에 나른한 미소가 더욱 깊 어졌다.

사람이 잘 드나들지 않는 병원 후문을 나서자 짙은 녹음이 시야 에 가득 들어찼다. 티 없이 맑은 하늘에서 내리쬐는 햇빛에 반사되 어 반짝이는 나뭇잎들이 마치 그에게 오케스트라 연주를 들려주는 듯한 착각이 일었다. 성공을 축하하며, 죽음이 아니라 삶까지도 작 품으로 승화시킨 놀라운 자신의 재능에 모두 감탄하는 것만 같았 다.

절로 콧노래가 흘러나오려는 것을 헛기침으로 가린 그는 망연한 얼굴로 바닥을 내려 보며 주저앉아 있는 도헌에게 시선을 던졌다.

"삶과 죽음의 차이가 뭘까요?"

갑작스러운 자신의 질문에 도헌의 멍한 시선이 날아들었다. 무 슨 소리를 하려는 거냐고 대신해 묻고 있는 눈동자가 햇빛에 찌푸 려졌다. 강율은 그것을 마주 보며 담담한 얼굴로 말을 이었다.

"그런 말이 있죠. 개똥밭에 굴러도 이승이 났다. 하지만 전 그 말에 동의하지 못하겠습니다. 죽어야만 하는 사람들이 엄연히 존재하니까요."

"지금 무슨 말을……!"

분노로 일렁이는 눈을 들어 도헌이 벌떡 일어섰다. 말아 쥔 주먹은 주체할 수 없는 감정에 부들부들 떨리고 있었다. 강율은 그런 그에게 다가가며 덜덜 떨리는 어깨에 손을 올렸다.

"내가 나이가 더 많으니 연장자의 입장에서 편하게 말 놓죠. 방금 말한 죽어야만 하는 사람, 그런 사람들을 위해 내가 있는 거야. 알아들어? 네 친구 나리가 죽어야만 하는 사람이 아니란 말이야. 오히려 그녀는 죽을 사람이 아니었어. 타인에 의해, 어쩌면 사랑한 누군가 때문에 죽었을 수도 있다는 말이야."

도헌의 눈동자가 거칠게 흔들렸다. 그는 쩍쩍 갈라지는 입술을 혀로 축이며 혼잣말하듯 웅얼거렸다.

"그렇다면 범인은 가까운 사람이라는…….."

"맞아. 난 이창수가 용의자라고 단정하고 있어."

도헌의 말을 자르며 강율이 짐짓 단호하게 말을 내뱉었다. 말의 뉘앙스에 따라 그 뜻이 천차만별이었다. 정말 재미있게도, 도헌은 자신이 읊조리는 말 한 마디마다 크게 휘청거리고 있었다.

또다시 짜릿한 전류가 등줄기를 타고 흐르는 기분이었다. 주체하지 못할 쾌락이 엄습하며 온몸을 휘감아 아드레날린이 솟구치는 것만 같았다. 그는 빛나는 눈을 도헌과 마주치며 말을 이었다.

"조사해 본 결과, 이창수는 나리를 사랑했어. 그런데 널 선택한 그녀에게 증오를 느꼈던 거 같아. 일단은 내가 내린 결론은 그래."

"하! 하…… 어, 어떻게."

쓰러지듯 털썩 주저앉으며 어찌할 바를 모르는 도헌 옆에 살며시 앉은 강율이 자신의 손을 깍지 껴 무릎 위에 얹으며 푸르게 일렁이는 앞을 바라봤다.

"너에게만 이런 일이 일어나고 너만 이런 감당하기 버거운 상처를 안고 살아가는 건 아니야. 그러니 세상을 원망하지 말고, 넌 너대로의 삶을 살아가면 되는 거야. 물론 이 일이 일어나기 전으론 돌아갈 수 없겠지만 그렇다고 해서 너 자신을 해치려 하지는 마."

"형사님이······ 뭘 안다고 그러세요? 제가 지금 어떤 심정인지 알기는 하세요? 함부로 남의 감정에 대해 이러쿵저러쿵 아는 척하지 마세요."

강율은 더없이 따뜻한 시선으로 도헌을 바라봤다. 잔잔히 서리는 미소가 상처받은 하나의 영혼을 감싸 안는 것만 같았다. 그에게 도헌은 가장 공을 들여야 하고 가장 지켜야 하는 작품이었다. 그가 충격을 못 이겨 극단적 선택이나 자해를 해서 신체를 훼손하는 일이 벌어지는 사태는 막고 싶었다. 어디까지나 하나의 작품으로 온전한 아름다움을 뿜어내길 원했다. 그래서 더욱 그의 마음 깊숙이 자신이 들어가야 했다. 그거야 어려운 일도 아니었지만.

상처가 큰 사람일수록 그것의 내면은 얇디얇아 오히려 파고들기가 쉬운 법이었다. 강율은 천천히 도헌을 향해 입을 열었다.

"상처가 없는 사람은 없어. 적어도 너는 친구를 잃었지만 너의 가족은 온전하잖아. 하지만 그렇지 못한 사람도 많아. 설마 부모보다 친구가 중요하진 않을 거야. 그렇지?"

"······."

아무런 대답도 하지 않는 그를 보며 강율은 작게 미소 지었다.

"난 잘 모르겠어. 부모가 있기에 내가 세상에 나올 수 있었던 거지만, 솔직히 그들에게 고마움 따윈 없어. 부모라고 다 똑같은 부모는 아니니까. 어쩌면 날 버리고 동반 자살 해 준 것에 대해 감사해."

도헌의 눈동자가 크게 떠지며 강율을 직시했다. 그의 눈에 피어나는 새로운 감정은 동질감이었다. 똑같이 소중한 존재를 잃은 자들만이 공유하는 그런 깊은 유대감. 그 속에 차곡차곡 신뢰를 쌓으면 끝이었다.

이제 김도헌이란 새로운 작품은 자신의 가장 위대한 업적이 될 것이다. 가슴을 시리게 만드는 허무도, 그리고 공허도 이젠 그로 인해 지워 낼 수 있었다.

도헌을 마주 보는 강율의 얼굴에 작은 기쁨이 피어올랐다.

에필로그 4

찌를 듯 쏟아지는 밝은 빛에 푸스스, 몸을 일으키자 타는 듯한 갈증이 뒤따랐다. 짜증스레 머리를 헝클이며 바닥에 아무렇게나 나뒹구는 생수병을 집어 들고 벌컥벌컥 소리가 나게 들이켜는데 갑자기 어딘가에 처박혀 있던 휴대전화에서 벨소리가 요란스레 울려 댔다.

"여보세요."

지독한 갈증을 해갈했는데도 입을 비집고 새어 나오는 목소리에선 쇳소리가 섞여 거칠기만 했다. 창수는 자신의 걸걸한 목소리에 미간을 구기며 시계를 바라봤다. 시간은 벌써 정오가 지나 오후로 접어들고 있었다.

— 이제 정신이 좀 드냐?

언제나처럼 밝고 유쾌한 도헌의 목소리가 수화기 너머로 울렸다. 늘 생각하던 거지만 그는 멋진 녀석이었다. 같이 있으면 시간이 어떻게 흐르는지도 짐작이 되지 않을 만큼 그와 나누는 시간은 즐거웠다.

하지만 얼마 전 그의 여자 친구라며 수줍게 인사를 한 나리의 모습을 떠올리자 저절로 입안이 쓰게 느껴졌다. 나리는 그가 중학교에 다닐 때부터 짝사랑하던 여자였다. 그녀 때문에 대학마저도 같은 학교를 지원했을 정도로 마음은 걷잡을 수 없이 깊어져만 갔다. 늘 멀리서 지켜보는 게 전부였다. 그저 바라보고만 있어도 가슴이 벅차오르고 더없이 행복했었다. 그러나 작은 행복도 곧 끝이 나고 말았다.

자신만의 그녀는 대학에서 만난 절친한 친구 도헌의 여자 친구라며 갑작스레 눈앞에 불쑥 나타났다. 그녀의 기억 속에 이창수란 남자는 없었다. 올곧은 시선 속에서 전혀 기억하지 못하는 모습을 발견했을 땐 그야말로 끝이 보이지 않는 터널 속에 홀로 버려진 기분마저 들었다.

용기를 내서 먼저 다가갔다면 지금 그녀의 옆자리엔 도헌이 아닌 자신이 자리하고 있지 않을까.

아직도 떨쳐 내지 못한 미련에 힘겨웠다. 아름답기만 하던 추억과 기억들이 후회로 빛바래져 갔다. 아쉽고 허무해서 견딜 수가 없었다. 도헌에게도 말하지 못했던 첫사랑을 바로 눈앞에서 놓아주어야 한다는 사실에 자꾸만 가슴 언저리가 뻐근하게 아파 왔다.

누구보다 나리가 소중했지만, 그에 못지않게 도헌도 소중했다. 그래서 더욱 이렇게 가슴이 아픈 걸지도 몰랐다. 그래서 요 며칠 자신을 학대하려고 작정한 사람처럼 매일매일을 술과 씨름하며 보내는 중이었다. 이렇게라도 하지 않으면 자꾸만 떠오르는 상념에 견딜 수가 없을 것 같았다.

두 사람이 상처받지 않는 길은 확실했다. 혼자서 지독한 감정을 정리하면 되는 거였다. 그렇게만 된다면 아무도 상처받지 않고 끝낼 수 있었다.

그렇게 그는 누구에게도 털어놓지 못할 고민을 떠안은 채 혼자만의 이별을 맞고 있었다. 그에게는 떨림으로 가득했던 무려 6년의 시간이 허망하게 사라져 버리는 순간이었다.

창수는 칼칼하게 잠긴 목을 풀기 위해 몇 번 헛기침을 했다. 그러나 입술을 비집고 흐르는 목소리는 아까와 별반 달라지지 않았다.

"어. 그런데 무슨 일이냐?"

— 나와. 해장시켜 줄게.

"그럴 거 없어. 바쁘기도 하고. 내가 알아서 챙겨 먹을게."

— ……너 진짜 별일 없는 거지? 어제……. 아, 아니다. 됐다. 그럼 쉬어라.

어제? 고개를 갸웃거리던 창수는 휴대전화의 통화 목록을 확인했다. 그러곤 작은 탄식을 쏟아 냈다. 거기엔 새벽 3시경부터 도헌에게 수차례 전화를 걸었던 목록이 들어 있었기 때문이다. 지금에 와서 곰곰이 생각해 보니 전화통을 붙잡고 펑펑 울었었던 것도 같았다.

"젠장."

낮게 욕지거리를 내뱉은 그는 거칠게 머리를 헝클이곤 그대로 자취방을 빠져나갔다.

전날 지독히도 쏟아지던 빗줄기 덕에 한낮의 하늘은 맑았다. 부옇게 보이던 저 멀리 자리한 산도 뚜렷하게 제 모습을 드러내는 것을 보니 숨을 쉬고 내뱉는 것마저 상쾌했다.

창수는 아직도 남은 숙취로 머리가 어질어질한 것을 겨우 털어내며 발걸음을 재촉했다. 머리 위에서 뜨겁게 일렁이는 태양이 오늘따라 야속하다.

하지만 그래도 이렇게 맑은 날을 나리는 좋아했었다. 하얀 구름을 감싸고 있는 파란 하늘을 보고 있으면 마음이 편안해진다나. 그렇게 넋을 놓고 하염없이 올려 보다 방긋 웃는 그 웃음이 뇌리에서 지워지질 않아 쓰게 웃었다.

그 청아한 모습에 6년이란 시간을 바라보며 살아왔던 것이기도 했고. 그 생각에 또다시 입가에 절로 미소가 그려졌지만 억지로 그것을 지워 내려 하지는 않았다. 오늘이 마지막이었으니까.

오늘 이렇게 먼발치서 그녀를 바라보는 것을 끝으로 나리를 찾아가던 습관을 정리하기로 했다. 마음과 기억까지 칼로 도려내듯 깨끗하게 잘라 버릴 순 없으니 우선은 멀리서 지켜보던 행동들을 전부 끊어 버릴 생각이었다. 몸에서 멀어지면 마음에서도 멀어진다는 말이 제발 사실이길 간절히 바라며 늘 그녀를 보기 위해 타던 버스에 몸을 실었다.

창문을 열고 제법 선선해진 바람을 쐬다 이내 그마저도 실내에서 팽글팽글 돌아가는 에어컨으로 인해 창문을 닫아야 했다. 그러곤 물처럼 흐르는 밖의 풍경에 멍한 시선을 던졌다. 이윽고 익숙한 풍경들이 시야에 들어왔고, 시간을 확인하니 나리가 집을 나서는 시간보다 대략 1시간 남짓이나 먼저 도착해 버렸다.

창수는 좀 걸어 볼 요량으로 두 정거장 전에서 내렸다. 그러곤 아직 여름의 열기가 남아 있는 길거리를 터벅터벅 걷기 시작했다.

멍하니 상념에 잠기니 그를 괴롭히던 두통도, 숙취에 절은 몸도,

늘어지는 무거운 발걸음도 전부 저 멀리 사라져 버린 것만 같았다. 오늘이 마지막이라고 생각하자 길가에 나뒹구는 흔한 돌멩이도 특별하게만 느껴져 내딛는 발걸음은 더욱더 느려졌다.

얼마나 걸었는지, 시간은 또 얼마나 흘렀는지는 모르겠다. 하지만 자각하지 못하는 사이 그는 나리의 집 앞에 서 있었다. 창수는 물끄러미 그녀의 집 대문에 시선을 고정하고 있다가 안에서 어떤 인기척이 들리자 재빠르게 앞 건물에 몸을 숨기고 그녀가 나오는 모습을 지켜봤다.

하늘하늘한 하얀 원피스가 그녀의 발걸음에 맞춰 살랑였다. 방긋 웃는 미소 또한 환하게 빛이 나는 것만 같았다. 멍하니 지켜보는 것만으로도 주변이 밝아지고 저절로 입가에 미소가 따라 그려졌다.

그녀의 모습이 더 이상 보이지 않을 때쯤, 창수는 우두커니 서 있던 발걸음을 돌리려고 했다. 자꾸만 길게 늘어지는 미련을 애써 외면하며 올 때와는 달리, 힘없는 다리에 생기를 불어넣으려 억지로 걸음을 떼려 했다.

그런데 그 순간이었다. 처음 보는 낯선 사내 둘이 자신과 똑같은 자세로 나리의 뒷모습을 바라보고 있었다. 그들의 얼굴은 보이지 않아 표정까지 살피진 못했지만 썩 기분이 유쾌하진 않았다. 기어이 거북한 감정이 입술을 비집고 짜증 섞인 욕지거리로 대신해 흘러나왔다. 갑자기 치미는 참을 수 없는 불쾌함에 미간이 거칠게 구겨졌다.

그녀는 뭇 사내들의 조롱거리가 아니었다. 더욱이 누군가의 욕망의 대상이 될 거라 생각해 본 적 없다. 누구보다 깨끗하고 순수한 나리를 저런 더러운 눈으로 훑는 건 용납이 되지 않았다.

창수의 악다물린 입에서 경고 조의 낮은 울림이 새어 나왔다.

"저기요."

그의 부름에 두 사내가 뒤돌았다. 한 명은 기생오라비처럼 곱상하게 생긴 게 여자들이 꽤나 좋아할 상이었고, 다른 한 명은 선이 굵고 남자답게 생겼다. 특히나 붉은 눈동자가 조금은 소름 끼친다 싶을 정도로 차갑고 매서워 느낌이 좋지 않은 눈빛이었다.

하지만 고등학교 때까지 유도 선수로 활동해 온 자신도 인상이 그리 부드럽진 않았다. 그래서 더욱 이런 용기가 흘러나온 걸지도 몰랐다.

그들을 향해 한 걸음 다가서며 잔뜩 눈에 힘을 주었다. 그러곤 한쪽으로 비스듬히 비틀린 입가에 자조적인 웃음을 걸며 천천히 입술을 열었다.

"그렇게 여자가 좋아요? 모르는 여자 뒤꽁무니만 바라볼 만큼?"

웬만한 남자라면 가만히 있지 않을 비웃음을 섞어 비아냥거렸다. 하지만 눈앞의 두 사내는 덤덤한 표정 그대로였다. 동요나 감정의 기복이 전혀 느껴지지 않아 자신이 마네킹을 사람으로 착각했나 싶을 정도로 당황스럽게 만들었다. 상대에게 수치심을 주겠다는 계획이 한순간에 어그러질 만큼 그들은 자신의 존재를 전혀 개의치 않아 하는 것 같았다.

그것이 마뜩잖은 창수가 또 입을 달싹이려는 찰나, 아까의 기생오라비 같았던 사내가 서글서글하게 웃으며 머리를 긁적였다. 같은 남자가 봐도 넋을 놓을 만한 매력적인 웃음이었다.

"아, 죄송합니다. 워낙에 청순가련한 스타일이라 저도 모르게 시선이 갔나 봅니다. 그래도 그만큼 여자분이 아름다웠다는 거니 기분 나빠하지 마세요. 그런데 혹시 저 여자분하고 아시는 사이인

가요? 그러면 무척이나 초면에 실례를 저지른 거네요."

머쓱해하는 그에게 되려 한 대 얻어맞은 표정을 지은 창수가 조금은 당혹스러운 얼굴로 그를 바라봤다. 한눈에 보기에도 차가워 보이는 그들이 이렇게 쉽게 물러나며 사과를 할 줄은 전혀 예상하지 못했기 때문이다.

"아, 네. 저도 초면에 말이 좀 험했습니다. 아무래도 친구다 보니까요. 조금 감정이 격앙됐었나 봅니다."

"아……. 친구요."

잠시 말끝을 흐리던 사내의 서글서글한 웃음이 돌연 섬뜩하게 느껴진 건 단순히 기분 탓이었을까. 어딘지 모르게 등골이 오싹해져 오는 기운에 애써 어색한 웃음으로 넘어가던 그는 경직되는 입꼬리를 말아 올리느라 힘겨운 사투를 벌여야 했다.

□ ◆ □

우연도 반복이 되면 필연이라고 했다. 하지만 이건 도무지 이해가 되지 않는 경우였다. 그때의 우연히 마주쳤던 두 사내는 그로부터 2주가 지난 지금까지 종종 나리의 주변에서 목격되었다. 좋지 않은 느낌에 도헌에게 나리를 절대 혼자 두지 말라며 단단히 일러두었지만, 그럼에도 불안한 마음은 가시지 않았다.

그런데 결국 사고는 터지고야 말았다. 도헌이 급한 일이 생겨 나리가 혼자 집에 들어가게 되는 일이 생겼고, 이상한 예감에 무작정 그녀의 뒤를 따랐다. 그런데 인적이 드문 골목길에서 갑자기 자신의 앞을 가로막는 붉은 눈동자를 마주한 뒤론 기억이 없었다.

그리고 눈을 떴을 땐 차가운 시멘트 바닥에 엎드려 있는 자신과 눈앞에서 서글서글하게 웃어 보이는 사내의 앞에 무릎을 꿇고 앉아 애원하는 나리의 모습이 제일 먼저 보였다. 이 상황이 어떻게 된 건지 생각하기도 전에 나리의 울부짖는 목소리가 귓가를 찢을 듯이 울렸다.

"제발. 제발 살려 주세요. 시키는 대로 하라는 대로 전부 다 할게요. 돈이라면 드리고 신고도 하지 않을게요. 제발 살려 주세요."

두 손을 모으고 머리까지 조아리며 울먹이는 그녀의 모습이 어딘가 이상했다. 찰랑거리던 긴 머리는 검붉은 덩어리에 범벅이 되어 있었고, 손이며 팔이며 할 것 없이 온몸이 죄다 머리칼에 묻은 그것과 같은 자국에 젖어 있었다. 그리고 이제야 후각에 느껴지는 비릿한 냄새는 상당히 비위에 거슬렸다.

그런데 더욱 이상한 건 붉은 눈동자를 가늘게 뜨며 불쾌한 듯 미간을 구기고 서서 서글서글한 인상의 사내에게 윽박지르는 그녀석의 목소리였다.

"이게 지금 무슨 짓이야!"

거칠게 악다구니를 쓰는 그 붉은 눈동자는 목에 핏대까지 세워 가며 곱상한 인상의 남자에게 소리쳤다. 그러자 맞은편에 있던 그 노란 머리가 대수롭잖다는 듯 어깨를 으쓱이며 입을 달싹였다.

"뭐 어때요. 어차피 그림자로 처리할 것도 아닌데. 몸에 흠집 좀 내서 문제 될 거 있어요? 어차피 저 새끼가 죽인 건데."

자신을 가리키며 비릿하게 웃던 노란 머리는 그제야 눈을 뜨고 바라보고 있는 시선을 발견하곤 천천히 다가왔다.

"이제 정신이 들었냐? 웰컴이다."

뭐라 묻고 싶은데 목소리가 도통 나오지 않았다. 지금 무슨 일이 벌어지고 있는 건지 물어야 했지만 쉽사리 입술이 떼어지지 않았다.

그런데 그 순간. 붉은 눈동자의 거친 욕설이 노란 머리의 뒤로 터져 나왔다.

"그렇다고 해서 상처를 내도 된다고 하지 않았어! 알아? 어쨌거나 너는 내가 하라는 대로만 하면 돼. 네 멋대로 행동하지 말란 소리야. 너도 죽여 줘? 원한다면 갈기갈기 찢어서 죽여 줄 수도 있어."

"에헤이. 우리가 함께한 세월이 얼만데, 너무하시네. 미안해요. 안 그럴게요. 죽나 안 죽나 얼마나 깊게 잘라야 죽을지 궁금해서 손목 한번 그어 봤네요. 거참. 아무리 여자들 몸에 나 있는 상처만 보면 죽은 엄마가 떠올라도 그렇지 너무 파트너한테 매정하시네."

손목을 그었다. 그럼 아까 나리의 온몸을 뒤덮고 있던 건 피였던 건가.

갑자기 눈앞이 아찔해졌다. 저들은 분명 나리를 죽인다고 했다. 아니, 정확히 말하자면 '내가' 그녀를 죽일 것이라 했다. 도대체 일이 어떻게 돌아가고 있는 건지, 관자놀이에서 시작된 두통은 곧이어 머리 전체로 퍼지며 사고력까지 마비시켜 버리는 것만 같았다.

아무것도 생각해 낼 수 없는 머리는 지독하도록 답답하게 모든 걸 옭아매고 있었다. 힘으론 남들에게 뒤지지 않는다고 자부했던 자신이건만 지금은 한없이 무기력하기만 했다.

"아아……."

꽉 잠긴 목에서 겨우 조금의 소리가 터져 나왔다. 아직 완전히 시원하게 내뱉는 것까진 못하지만 그래도 그들의 시선을 잡아 끌기엔 충분했던 것 같았다. 껄렁껄렁하게 서 있던 노란 머리가 뒤돌아 자신에게 다가왔으니 말이다.

"왜? 심심해? 기다려. 곧 재미있는 거 보여 줄게."

"건들……지 마……."

"뭐?"

살짝 미간을 찌푸리며 고개를 갸웃거리던 노란 머리가 이내 자리에서 일어서더니 크게 웃어 젖혔다. 뭐가 그리도 웃긴지 그는 눈가에 맺힌 눈물까지 닦아 내 가며 입을 달싹였다.

"뭐래니. 이 병신이."

언제 웃었냐는 듯 싸늘한 눈으로 다시금 자신을 내려 보던 그는 발로 엎드려 있는 이마를 톡톡 치며 말을 씹어뱉었다.

"그래 봤자, 세상은 저년을 네가 죽인 걸로 알 거야. 이 미친 살인자 새끼야. 알아들었음 가만히 찌그러져서 내가 하는 놀라운 예술이나 감상해."

그의 비릿한 비웃음을 끝으로 지옥은 시작되었다.

깜박거리는 전등의 불빛 때문에 잠시 잃었던 정신을 가다듬은 창수는 주변을 둘러봤다. 이상하게 고요한 주변에 소름이 끼쳤다. 연신 인간 이하의 짓거리를 저지르던 사내들은 온데간데없이 모습을 감추고 난 뒤였다.

그리고 문득 자신의 눈앞에서 처참히 꺼져 가던 나리가 떠올라 왈칵 눈물이 쏟아졌다. 구해 달라고, 제발 살려 달라고 간절히 자신을 바라보며 외치던 그녀의 비명이 아직도 생생하게 귓가를 가르며 울리는 것 같았다.

구하지 못했다는 자책감에, 묶여 있는 손과 발 때문에 지켜볼 수밖에 없었던 자신이 비참했다. 이대로 죽고 싶었다. 차라리 그 편이 더 나을지도 몰랐다. 쓸모없는 몸뚱이 따위 어떻게 되든 상관

없었다.

간헐적인 울음을 쏟아 내는데, 옆에서 인기척이 들렸다. 얼핏 봐선 나리와 모든 것이 비슷해 보이는 선이 가는 실루엣이었다. 순간, 이 모든 게 꿈인 것만 같았다. 어디까지가 현실이고 어디까지가 꿈인 줄은 모르겠지만 나리는 죽지 않았다. 그래. 그녀는 아직 살아 있다. 너무나 반가운 마음에 저도 모르게 제법 큰 소리가 입가에서 새어 나왔다.

"나리야! 나리야!"

반갑게 부르짖는데 어디선가 투욱, 손이 눈앞에 떨어졌다. 손목에 작은 나비 문신이 새겨진 그것은 검은 매니큐어가 군데군데 벗겨져 있는 채로 파르르 떨었다. 그리고 마치 자신에게 애원하듯 간절한 목소리가 흘러나왔다.

"사, 살려 주세요."

순간 창수의 얼굴에 실망의 빛이 드리웠다. 손만 봐도 알 수 있었다. 자신의 옆에 있는 저 여자는 나리가 아니라는 것을. 그렇다면 도대체 나리는 어디로 사라져 버린 걸까.

그녀의 온몸에 힘이 빠져 축 늘어지는 것을 끝으로 자신도 악에 받쳐 소리 지르다 혼절해 버렸다. 그리고 다시 눈을 떴을 땐, 아까의 참혹한 광경이 모두 지워지고 말끔한 상태의 맨바닥과 내부가 자리하고 있을 뿐이었다.

갑자기 밀어닥치는 절망감에 모든 세상이 암전된 듯 까매졌다. 참을 수 없는 자괴감과 분노로 파르르 떨리는 입술을 거칠게 이로 질겅거리던 그는 이내 바닥에 이마를 찧으며 울부짖었다.

주변을 감도는 죽음의 냄새. 그리고 허망한 기억 너머 줄이 끊어진 인형처럼 축 처진 나리의 손. 아마 자신의 기억이 꿈이 아닌 현실이 맞는다면 그녀는 살아 있을 가능성이 극히 적었다. 바람과는 반대로 이미 이 세상 사람이 아닐 것이다.

만약, 잔인하게 세상을 등진 거라면 그것은 자기가 죽인 거였다. 아무것도 하지 못하는 주제에 마음만 간절한 것만큼 무능력한 것도 없었으니까.

거칠게 악다구니를 쓰며 울부짖는데 횅한 벽에 유일하게 한자리를 차지하고 있는 목재 문이 열리더니 아까의 두 사내가 커다란 비닐을 들고 나왔다. 그들은 창수의 울분을 멍하니 보다 이내 피식 웃었다. 물론 붉은 눈동자는 여전히 무감각한 얼굴로 서 있을 뿐이었지만 말이다.

노란 머리가 얇은 유리판을 들고 성큼성큼 다가와 눈앞에 무릎을 구부리고 앉아 시선을 맞추며 서글서글하게 웃었다.

"손."

마치 어린아이 달래듯 하는 행동을 물끄러미 보고 있자 그가 답답했던지 장갑 낀 손을 들어 창수의 몸을 휙 돌리며 말을 이었다.

"이제 손은 뒤로 묶지 말죠? 귀찮은데."

그러자 내내 열리지 않을 것 같던 붉은 눈동자가 입을 열었다.

"이제 이럴 일 없어. 이번이 마지막이야."

좀 전에 새하얗게 질려서 소리치던 사람이라곤 생각되어지질 않을 정도로 차분하고 평온한 모습이었다. 단 하나, 눈동자에 서린 거친 감정을 제외한다면.

붉은 눈동자에게 어른거리는 분노가 노란 머리를 지나쳐 겹겹이 비닐에 싸여 있는 무언가에 꽂혀 있었다. 그게 무엇인지는 모르겠지만 꽤나 무게감 있어 보이는 그것에 자꾸만 신경이 쓰였다.

창수는 불안했다. 왠지 저기에 나리가 있을 것만 같아서 겁이 났다. 노란 머리가 등 뒤에서 무슨 짓을 하든 그런 건 상관없었다. 그저 자신의 예감이 틀렸기를 바라며 보이지 않는 그녀가 무사히 도망쳐 이곳을 벗어났길 소망하는 수밖에는 달리 바라는 거라곤 아무것도 남아 있지 않았다.

등 뒤에서 노란 머리가 엄지손가락을 붙잡는 느낌이 들었다. 밧줄에 꽁꽁 묶여 있는 사이로 낑낑거리며 힘겹게도 손가락 하나를 빼 들었다. 뒤이어 구시렁거리는 음성이 울려왔다.

"아씨. 더럽게 세게도 묶어 놨네."

이윽고 차가운 감촉이 손가락으로 전해졌다. 평평하고 매끄러운 감촉이 아마도 그가 들고 있던 유리판에 닿은 것 같았다. 무엇을 하려고 저러는지는 모르겠지만 지금 창수의 눈은 등 뒤에서 뭔가를 하고 있는 노란 머리가 아니라, 붉은 눈동자의 발 아래 있는 두터운 비닐에 고정되어 있었다.

몹시도 시선을 잡아 끄는 물체, 붉은빛은 보이지 않지만 차갑고도 물컹거릴 것 같은 질감에, 무게도 꽤 나가 보이는 그것이 도저히 눈길을 뗄 수 없게 만들었다.

부스럭거리는 소리와 함께 노란 머리가 앞으로 나오며 붉은 눈동자를 향해 걸어갔다. 손에는 아까의 유리판이 그대로 들려 있고, 그것을 비닐에 싸인 무언가에 가져갔다. 정확히 말하자면 여러 장의 비닐을 들춰 이미 생명력을 잃은 사람의 다리 하나를 들어 허벅지 안쪽에 유리판을 가져다 대고 있었다.

창수는 온몸이 덜덜 떨렸다. 한눈에 보기에도 남자의 다리로는 보이지 않았다. 기절하기 직전에 이곳에 있던 사람 중 여자라곤 나리 하나였기에 불안감은 삽시간에 온몸으로 퍼져 나갔다.

어디에서 이런 힘이 솟아났는지는 모르겠지만 갑자기 몸을 들어 일어섰다. 그러곤 무작정 비닐이 있는 곳으로 내달렸다. 한 걸음, 두 걸음. 걸음이 빨라질수록 눈앞의 그것은 더욱더 크고 가깝게 다가왔다.

"헉헉."

꽤 거친 숨이 입가를 타고 드나들었다. 체력적으로 그리 힘든 건 아니었지만, 긴장으로 인해 호흡은 점점 더 가빠지고 있었다. 곧이어 바로 눈앞에 노란 머리가 자리했고, 어깨로 밀쳐 그를 밀어내고 그 자리에 섰다.

그리고 힘없이 바닥에 고꾸라졌다. 귓가를 울려 대는 노란 머리의 고함 소리조차 물속의 파장처럼 왕왕 울릴 뿐이었다.

"뭐야! 지문 뭉개진 거 아니야? 아, 젠장!"

길길이 날뛰어 대는 그의 발 너머로 싸늘하게 식은 나리가 보였다. 기괴하게 일그러진 눈동자에 가득 들어찬 공포가, 그리고 파리하게 물든 입술이 이제는 그녀에게 남은 삶이 없다는 것을 단적으로 보여 주고 있었다.

"으으아아아아아아악!"

너무나 혼란스러웠다. 지금 자신이 광분해 소리 지르고 있다는 자각마저 하지 못할 정도로 감정의 폭우에 휩쓸렸다.

결국 나리는 죽었다. 자신의 무능력 때문에 괴물의 손에 처참히 꺼져 갔다. 두 손을 풀어 버릴 힘이 있었다면, 적어도 그것을 풀수 있을 만한 기질이 있었다면 그녀는 죽지 않았을지도 몰랐다.

힘이 강하거나 침착한 대처만 했었어도 결과는 달라질 수도 있던 거였다. 멍청하게 기절할 것이 아니라 그럴 만한 강단이 조금이라도 존재했다면 이렇게 허망하게 잃는 일 따윈 없었을 것이다.

길다면 길고 짧다면 짧은 6년의 시간을 온 마음 다해 사랑했던 여자 하나 지키지 못하고 무능력과 무지로 영영 볼 수 없게 되었다.

그래. 나리는 내가 죽인 것이다.

소중한 것을 잃은 마음에 시린 바람이 불어닥쳤다. 그리고 그 자리에 이내 복수라는 감정과 파괴라는 글씨가 덧입혀졌다. 푸스스 꺼져 가던 눈동자가 이내 광기에 사로잡혀 번득인다. 늘 순진하게 웃던 눈꼬리가 이젠 분노로 구겨지고 있었다.

그것이 자신에 대한 흉포한 감정인지, 무감각한 얼굴로 내려 보고 있는 저 두 사내에 대한 것인지는 모르겠지만 적어도 지금 저들 손에 죽지는 않을 것이란 건 확실했다. 나리를 잃었으니 남은 것은 복수였다. 가만두지 않을 힘, 그것이 속 깊은 어딘가에서 거칠게 요동치는 것만 같았다.

부서질 듯 떨려 오는 온몸에 갑작스러운 낮은 저음이 내리꽂혔다. 그것은 붉은 눈동자의 입에서 흐르고 있었다.

"진수야. 아직은 아니야. 이 여자 먼저 세상에 내어놓고 그다음에 처리해야 돼. 여기 이 미친놈 먼저 끝내고 그다음이 저기, 저 여자야. 그래야 수사 방향이 뒤바뀔 테니까."

뒤통수에서 퍼지는 강렬한 충격과 함께 둔탁한 소음이 허공을 갈랐다. 그러곤 이내 시야는 까맣게 어두워졌다.

□ ◆ □

그리고 다음 날.

도심 한복판에 위치한 한강 공원에서 여대생의 시신이 발견되었다는 속보가 뜨고, 용의자는 김도헌, 이창수라는 것이 연일 보도된다. 세상은 금세 떠들썩해지며 강력 사건에 대한 제재가 강화되어야 한다는 목소리가 전국 곳곳에서 울려 퍼졌다.

TV만 틀면 온통 그림자 모방 사건과 자세한 보도의 단면이란 방송들이 채널을 가득 메웠고, 폐쇄적인 한국 사회의 모순이란 특집 방송이 주를 이뤘다. 이렇게 대한민국이 공포에 잠식되어 갈 무렵, 창수는 어느 허름한 폐가에 갇혀 있었다. 정확히 말하자면 용의자로 구속된 곳에서 강율에 의해 이곳으로 옮겨지게 되었다.

눈을 뜨면 낡아서 곧 쓰러져도 이상할 것 없는 주변 환경이 고스란히 시야에 들어왔다. 때때로 쥐들이 튀어나오고 이름 모를 벌레들이 바닥에 즐비했다. 그나마 망가진 천장에서 새어 들어오는 빛 덕분에 낮과 밤을 구분 지을 수 있는 대충의 시간 감각은 잃지 않고 있었다. 이것을 고마워해야 할지 아닐지는 모르겠지만 말이다.

창수는 이곳에 와서 정신을 차린 뒤로 계속 생각하고 있었다. 어떻게 빠져나가면 좋을지, 또 어떻게 두 남자를 처리하면 좋을지. 아직까지 자신에겐 그 어떠한 힘도 없기에 철저한 계획이 필요했다. 동기만으로 사람을 죽일 수는 없었으니까.

더욱이 연쇄 살인마라면 그 사정은 더욱 특별해졌다. 우선은 묶여 있는 손과 발부터 풀어야 했지만 아무리 주위를 둘러봐도 딱히 날카로운 물건은 보이지 않아 멍하니 앉아 생각만 하고 있을 뿐이었다.

그런데 그때, 끼이익거리는 스산한 울림과 함께 낯선 인기척이 들려왔다. 그는 소리가 나는 방향으로 고개를 돌려 자신에게 다가오는 긴 그림자를 바라봤다.

천천히 거리를 좁혀 오는 그것엔 별다른 동요가 보이지 않았다.

차분하고 고요했으며 한 치의 거리낌도 자리하지 않았다. 그래서 길게 늘어진 그림자의 주인이 누군지 바로 알아차릴 수 있었다. 그것은 마치 밀랍 인형처럼 아예 감정을 배제해 왔던 붉은 눈동자였다.

창수는 회심의 미소를 지었다. 천둥벌거숭이처럼 날뛰어 대는 노란 머리보다 무서운 것은 붉은 눈동자였다. 잠깐의 행동과 모습으로 유추해 봐도 실질적 리더는 역시나 그라는 결론이 내려졌다. 그렇담 리더를 먼저 치는 것이 순서에 맞았다. 과연 그가 어떻게 나올지는 모르겠지만 적어도 시도는 해 봐야 했다. 아무런 시도도 해 보지 못하고 당하는 건 너무나 억울했다.

천천히 입을 여는 창수의 입가에 설핏 미소가 걸렸다. 모든 것을 체념한 담담한 웃음이었다.

"저기요."

흔들림 없는 부름에 발소리가 우뚝 멈춰 서더니 이내 평온한 얼굴이 드리웠다. 창수는 그 모습을 지켜보며 말을 이었다.

"나…… 죽는 겁니까?"

"……아마도."

바지 주머니에 두 손을 찔러 넣은 붉은 눈동자가 고개를 끄덕이며 무심하게 내뱉었다. 창수는 고개를 들어 그와 눈을 맞췄다. 몇 번 보진 않았지만 볼 때마다 신기한 눈동자 색이라고 생각했다. 가만히 바라보고 있으면 검게 일렁이는 핏빛 웅덩이가 생각난달까.

붉은 눈동자를 직시하며 창수가 입을 달싹였다.

"그럼 왜 죽어야 하는지 이유라도 들을 수 있을까요."

"……그냥."

정말 힘이 빠지는 대답이었다. 이유도 없고 원인도 없단다. 그저 저들은 자신들의 욕구 해소를 위해 힘없는 사람들을 괴롭히는 인간 말종이었다. 그 이상도 그 이하도 아무 필요가 없었다. 그 사실에 문득 떠오른 나리의 미소가 더욱 서글프게 가슴을 후벼 댔다.

잠시 숨을 고른 창수는 조금은 굳은 얼굴로 눈앞의 붉은 눈동자에 시선을 고정했다.

"살 수 있는 방법은 없습니까? 제가 도움이 될지는 아무도 모르는 거니까요."

"없어. 네 도움 따위 별로 필요도 없고. 넌 죽는 게……."

잠시 말을 멈춘 붉은 눈동자가 옆에 놓인 하얀 통을 들어 그 안의 내용물을 창수에게 쏟아부으며 말을 이었다.

"도와주는 거야."

역한 기름 냄새가 코를 찔렀다. 맑고 투명한 액체에서 내뿜는 고약한 휘발성 냄새에 창수의 입에서 거친 기침 소리가 터져 나왔다.

"콜록 콜록! 자, 잠깐만요!"

다급한 외침에도 붉은 눈동자는 잠깐의 미동도 보이지 않았다.

지독한 새끼. 쯧. 혀를 내찬 창수는 이내 당황스러운 표정을 지우곤 평온하고 담담하게 앉아 있었다. 그러자 거짓말처럼 미동도 보이지 않던 붉은 눈동자의 행동이 그 순간 딱, 멈췄다. 그리고 내내 감정의 별다른 기척이 내비쳐지지 않던 그것에 의아함과 호기심의 빛이 어른거리는 것 같았다.

그때였다. 굳게 다물려 다시는 열리지 않을 것 같던 붉은 눈동자의 입술이 열린 것은.

"……살려 주면 뭘 해 줄래?"

강한 호기심, 그리고 강한 소유욕. 그 두 가지의 감정이 붉은 빛에 가득 차 번득였다. 창수는 그의 눈을 바라보며 생각했다. 채워도, 채워도 채워지지 않는 그의 욕망에 가득 들어찬 허무를. 그는 뭔가 아련하고 간절해 보였다. 마치 이 지긋지긋한 일상에서 해방되고 싶어 하는 것처럼 보였다. 자신만의 착각일지도 몰랐지만 이상하게도 그의 마음이 그렇게 느껴졌다.

어쩌면 자신이 그에게 있어서 유일한 약점을 봐 버렸는지도 몰랐다. 불리하게 돌아가고 있는 게임판을 유일하게 역전시킬 수 있는 패가 쥐어진 것이다.

창수는 뒤로 묶여 있는 손에 힘을 주었다. 마지막일지도 모르는 이 기회를 놓쳐 버린다면 먼저 하늘로 올라가 버린 나리의 얼굴을 볼 면이 서질 않았다. 그녀가 원하든 원하지 않든 간에 자신은 이대로 순순히 붉은 눈동자의 손에 사그라지고 싶지 않았다. 달리 생각해 보면 살고 싶었는지도 모르겠다. 그것도 아주 간절히.

입을 달싹이는데 어디선가 비열한 열기가 피어오르는 기분이었다. 자신을 감싸는 모든 것이 일순간 살육의 냄새로 가득 차오르는 게임 속 허상 같았다.

"내가 새로운 재미가 될지도 모르겠죠."

"재미?"

"네. 재미."

쭉 펴고 앉은 발끝을 바라보다 비릿하게 말려 올라간 입꼬리를 들어 붉은 눈동자를 직시했다. 그리고 천천히 씹어뱉듯 말을 이었다.

"사람을 죽인다는 거, 허무하지 않나요? 상대가 죽어 버리면 재미도 끝나는 거 아닌가?"

"……."

더 해 보라는 듯 붉은 눈동자는 가만히 응시하고 있을 뿐이었다. 아무런 반응도 없는 것처럼 보이지만 그의 눈에 서린 광기가 서서히 짙어지는 것을 느끼며 다시금 입을 달싹였다.

"그게 왜 그런 줄 아세요?"

"글쎄."

"다 가졌으니까."

창수의 말에 작게 미간을 구긴 붉은 눈동자가 턱을 긁적이며 입을 열었다.

"그게 무슨 뜻이지?"

"당신은 모든 걸 가졌잖아요. 힘도 선택권도……. 그런데 말이죠. 그게 바뀐다면 어떨 거 같아요?"

"바뀐다, 라."

"네. 말 그대로 바뀌는 거예요. 누군가에게 쫓겨 본 적 없죠? 위협받은 적도. 제가 그 긴장감을 줄 수도 있을 거 같은데."

미쳐 버린 건지도 모르겠다. 불과 하루 전날만 하더라도 증오하고 몸서리쳤던 그들의 본능을 이제는 이해할 수 있을 것 같았다. 남들 머리 위에 서 있는 기분, 그리고 그것이 주는 희열과 짜릿한 쾌감을 느끼고 싶었다.

나 또한 본능의 우월함을 가져 보고 싶다. 그 첫 시작이자 끝을 붉은 눈동자와 노란 머리의 숨통을 끊는 것으로 대신해 느끼고자 하는 열망이, 눈앞의 사내와 대화를 나눌수록 커져 갔다.

그런데 방금까지 호기심에 번득이던 그의 눈이 거칠게 요동치기 시작했다. 아니, 분노에 파르르 떨리고 있다는 게 맞을 것이다. 이유를 찾기 위해 사내의 안색을 살피는 눈꼬리에 경련이 이는 것도 모르는 채, 한동안 감정을 읽으려 애썼다.

하지만 이런 노력에도 싸늘히 식어 버린 붉은 눈동자에게선 조금의 틈도 보이지 않았다. 그의 입이 열릴 때까지 말이다.

"아니. 그따위 건 필요 없어. 하지만 날 자극하려 벌인 시도라면 보기 좋게 맞았으니 너무 상심은 마. 잠시나마 호기심이 들었고, 오랜만에 기분이 더러워졌으니까. 그것도 아주 치가 떨리도록."

끝이었다. 멍청한 자신의 머리로 계획이란 걸 짜 봤자 보기 좋게 빗나갈 뿐이었다. 그러나 포기하기엔 아직은 일렀다. 모든 걸 내려놓기엔 무한한 가능성이 남아 있었기 때문이다.

창수는 눈앞에서 번쩍이는 라이터 불빛을 바라봤다. 그리고 그것이 바닥에 떨어지는 장면을 눈 한 번 깜빡이지 않고 좇았다.

퍼엉. 굉음과 함께 불길이 치솟았다. 거대한 그것은 자신을 잡아먹을 듯 위협적인 모습으로 번져 왔다. 공기 중에 가득한 휘발성 가스와 순식간에 불길이 번질 수 있도록 넓게 흩뿌려진 투명한 액체의 조화가 삽시간에 커다란 용광로를 연상하게 하듯 모든 것을 집어삼키려 하고 있었다.

뜨겁고 숨이 막혔다. 갑자기 호흡을 타고 들어온 화기에 목이 데인 듯 뜨거웠다. 눈앞이 붉게 물들고 온몸은 오그라들 듯 찢기는 고통에 사로잡혔다. 창수는 무의식적으로 발버둥을 쳤다. 살기 위한 마지막 발악과도 같은 움직임이었다. 여기서 벗어나야만 한다는 기본적인 생존 욕구가 그를 계속해서 미쳐 날뛰도록 만들었다.

그런데 그때였다. 꽁꽁 묶여 풀릴 줄 모르던 손목의 밧줄이 뜨거운 불길에 녹아 흐느적거리기 시작했다. 예민한 감각 속에 헐거워진 손의 움직임이 느껴지자 지체하지 않고 있는 힘을 다해 그것을 끊어 냈다. 그리고 허망한 시선으로 치솟는 붉은 일렁임을 바라보는 사내를 향해 몸을 날렸다.

순간 간헐적인 호흡 너머 놀란 듯 크게 떠진 사내의 동공을 바라봤다. 처음부터 놓치지 않고 응시해 왔던 그것에 눈을 떼지 않으며 천천히 바닥에 고꾸라지는 와중에도 그의 품속에 들어 있는 단단한 무언가를 빼내 들었다.

눈가에 어른거리는 영롱한 푸른빛. 섬뜩한 기운이 서린 단도를 바라보는 손끝이 미세하게 떨렸다. 겁이 난다거나 이제 와서 망설여지는 것은 아니었다. 단지 이제 어느 정도는 동등해져 있는 이 상황에 대한 일말의 기대와 희열 때문에 선뜩한 감각이 심장을 두근거리게 했다.

검을 바라보는 멍한 표정 이면엔 설렘이 자리하고 있었다. 그 사실을 맞은편에서 쓰러진 몸을 일으키던 사내도 눈치챘는지, 말려 간 입꼬리에서 비릿한 기운이 새어 나왔다.

"좋지? 그걸로 날 가를 생각을 하니까."

"……."

뭔가에 홀린 눈으로 단도를 바라보던 눈이 주변에 타들어 가는 불길과 닮은 눈동자를 바라봤다. 아무런 말도 하지 않고 우두커니 서 있는데 또다시 사내의 입이 달싹이며 음산한 목소리를 흘렸다.

"너도 똑같은 놈이야. 복수 따위 한다고 정당화하려고 하지 마. 나와는 다를 것 같지? 넌 성인군자인 줄 알아? 천만에. 넌 나로 인해 괴물이 된 거야. 나와 같은 더러운 괴물. 내 아버지가 날 이렇게 만들었듯이 너도 나로 인해 그렇게 된 거야. 알겠냐?"

옷에 묻은 먼지를 털어 내던 사내는 언제부터 있었는지 벽에 비스듬히 기대어 있는 낫을 손에 들며 말을 이었다.

"그래서 죽어야 돼. 나처럼 더러운 새끼는 하나로 족하니까."

410

순간 눈앞이 아찔할 정도로 강한 빛이 번쩍였다. 저도 모르게 눈을 질끈 감는데 어디선가 귓가를 찢을 듯 날카롭게 울리는 쇳소리가 허공을 갈랐다.

슬쩍 눈을 떠 보니 허공에 멈춰 부들거리는 낫이 시야에 들어왔다. 그것을 막은 것은 대견하게도 살고자 하는 무의식의 산물인 단도였다. 왼손에 들려 있는 단도를 바라보며 안도의 숨을 내쉬는데 이윽고 팔에 가해진 무게가 가벼워진다 싶더니 가슴께로 얕게 들어오는 낫을 피해 또다시 바닥에 뒹굴고 말았다.

"헉헉……."

입술을 비집고 거친 숨이 드나들었다. 한때 유도를 했던 터라 체력 하나는 자신 있었는데, 이제 보니 그것도 전부 허세에 지나지 않았나 보다. 쉴 틈 없이 몰아치는 사내의 기백에 아슬아슬하게 피하는 것만으로도 이미 몸은 지쳐 가고 있었으니 말이다.

부딪치는 칼날 사이로 스파크가 튀었다. 그리고 광기에 사로잡힌 사내의 얼굴이 적나라하게 드리웠다. 그는 무언갈 웅얼거리며 계속해서 손에 든 무기를 내려찍고 있었다.

"나는 똑같아지기 싫어. 내 안에 아버지가 있다는 게 싫어. 그래서 죽일 거야. 내가 아버지랑 같다는 걸 지워 버릴 거야. 너만 없으면, 너만 죽으면 돼. 절대 난 아버지처럼은 되지 않을 테니까. 쫓긴 적이 없냐고? 위협받은 적 없냐고? 왜 없겠어. 삶 자체가 도망가고 겁에 질려 벌벌 떨어야 했는데! 왜 없겠냐고! 다 죽여 버릴 거야! 나를 괴롭게 하는 것들, 내 엄마를 궁지로 몰아넣은 것들 하나도 빼놓지 않고 전부 죽여 버릴 거야. 엄마는 싸늘히 죽어 갔는데 왜 니들은 잘만 살아! 왜 같은 여자인데도 행복하게 살아야 하는 건데! 인정할 수 없어. 다 똑같이 죽어야 공평하잖아! 안 그래?

내가 그렇게 만들 거야. 공평하게, 아름답게. 그 누구도 눈물짓지 않도록."

광분한 모습에 그제야 그가 인간처럼 느껴졌다. 자신과 별반 다를 것 없는 그저 그런 인간 말이다. 너무나 차갑고 주변의 변화에 무덤덤해서 다른 사람과는 차원이 다른 존재로 느껴졌었다. 그것이 주는 괴리감 때문에 붉은 눈동자에 대해 과대평가를 했는지도 모른다.

막연히 느껴지던 공포가 조금씩 걷혀 갔다. 그러자 크게만 보이던 그가 점차 작아지는 기분이었다. 절대 이기지 못할 것 같던, 그래서 더욱 움츠러들었던 행동이 점점 더 대범해지는 것도 어찌 보면 그도 평범한 인간이라는 아주 당연한 사실을 깨우치고 난 것이 클 터였다.

창수는 단도를 쥐고 있는 손에 힘을 주었다. 그러곤 거칠게 뛰어 광분해 날뛰어 대는 사내를 향해 그것을 높이 치켜들었다.

이윽고, 붉은 선혈이 일렁이는 불길들 사이로 흩뿌려졌다. 아직 생명력을 품고 있어 따뜻한 온기가 남은 핏줄기들이 사방으로 튀며 여기저기로 뻗어 나갔다.

두근, 두근, 두근……

대략 한 뼘 정도의 사이를 두고 마주 선 얼굴에 피가 튀어 있었다. 아니, 범벅이라 하는 게 맞을 것이다. 입술을 말아 올리며 비릿하게 미소 짓는 사내의 얼굴이 섬뜩했다. 보란 듯이 혀를 내밀어 입가에 난자한 선혈을 핥아 먹던 턱이 조금씩 다가오더니 이내 귓가에 다가와 작게 속삭였다. 마치 연인 간의 밀어를 주고받듯이.

"맛없어……."

사내의 숨결이 멀어지는 것이 느껴졌다. 그러나 이내 살기 가득한 눈동자가 빤히 속을 꿰뚫듯 바로 앞에서 일렁였다.

"네 피."

내 피라고? 경악에 찬 동공이 거칠게 흔들렸다. 벌써 생기를 잃어 기분 나쁘게 끈적이는 저것이 방금 전까지 몸속에 돌고 있던 자신의 피라는 것이 믿기지 않았다. 그럴 리가 없었다. 먼저 공격한 것은 어디까지나 자신이었다.

몸이 빠르게 반응한 것도, 공격할 대상에게서 시선을 떼지 않은 것도 그가 아닌 자신이 맞았다. 그런데 계속해서 손을 적셔 대는 따뜻하고 미끄덩한 무언가가 내 것이란다. 믿을 수 없다. 사실이 아니다. 저 미친놈이 드디어 맛이 간 것이었다. 절대 공격당했을 리 없었다. 절대로.

가늘게 떨리는 미간을 내려 손을 바라봤다. 이물감을 지워 버릴 수 없었기에 경계를 늦추지 않으며 그것을 확인하려 고개를 숙였다.

"아……. 이, 이건……."

아프지 않았다. 전혀 알지 못했다. 사내의 손에 들려 있는 낫이 정확히 자신의 왼쪽 손목에 박혀 있다는 사실을 눈치채지 못하고 있었다.

풀썩. 갑자기 다리에 힘이 풀려 그대로 바닥에 주저앉고 말았다. 이대로 끝이었다. 살고자 하던 희망이 목을 조르고 급기야 숨통을 끊어 버리려 하고 있었다. 애당초 이따위 헛된 기대를 품고 있지 않았다면 이렇게 큰 좌절을 맛보지 않아도 됐을지 모른다. 이런 더러운 기분을 끌어안고 최후를 맞이하지는 않았을 거였다.

어디까지나 멍청했던 자신은 끝까지 미련한 채 잔인하게 죽음을 맞이해야 했다. 똑똑한 척 허세 떨어 시간을 끌어 봐야 좋을 건 눈앞의 영리한 존재였다. 사력을 다해도 결국은 머리 좋은 것들의 손바닥 안이었다. 뭘 해도 그들을 이길 수 없었다. 그것이 어리석은 자의 말로였다.

천천히 감은 눈꺼풀 위로 사내의 바르작거리는 소리가 들렸다. 과연 어떤 죽음을 맛보게 될까. 그런 생각이 뇌리를 스치며 지나갔다. 죽는 방법은 세상에 살아가는 인구의 수만큼 존재할 터였다.

어느 뉴스에서 보았듯이, 아니 영화에서 보았듯이 그렇게 잔인한 죽음을 목전에 두고 초연해지기란 쉽지 않았다. 덜덜 떨리는 온몸의 떨림이 죽음의 공포인지 아니면 과다 출혈에 의한 것인지 그런 것조차 분간할 수 없었다.

그런데 예상외의 날벼락은 몸의 고통이 아닌 귓전에서 울려왔다.

"꺼져."

"……."

영문을 몰라 감았던 눈을 들어 사내를 올려 봤다. 그러자 조금은 귀찮은 듯 입을 달싹이는 그의 미간이 꿈틀거렸다.

"재미없다. 가라."

□ ◆ □

"재미없다. 가라."

허세 부리듯 읊조렸다. 당연히 그를 죽이는 게 맞는 일이었다. 하지만 선뜻 몸이 움직여지지 않았다. 공포에 잠식당한 채 반쯤 잘려 나간 손목을 그러쥐고 덜덜 떨고 있는 모습에서 어릴 적 자신의 모습을 봐 버린 탓일까. 아니면 살고자 하는 일념 하나로 겁 없이 덤벼드는 그 간절함 때문이었을까.

뭐가 됐건 간에 순식간에 끓어오르던 마음이 식어 버린 건 사실이었다. 그와 함께 밀려드는 무기력증도 눈앞의 사내에게 흥미를 잃게 만든 커다란 요인으로 작용했다.

천천히 다리를 구부려 떨고 있는 사내와 눈높이를 맞췄다. 그러곤 말했다.

"그 전에, 이건 주고 가."

거침없는 손길로 사내의 손목에 꽂혀 있는 낫을 움켜잡고 그대로 내리눌렀다. 그러자 찢어질 듯 허공을 가르는 거친 비명 소리가 주변을 가득 메웠다.

투욱, 하고 발밑에 낯선 이의 손이 떨어진 것을 무심한 눈으로 바라보다 이내 울부짖는 그에게 나직이 말을 내뱉었다.

"살든지 죽어 버리든지 그건 내 알 바가 아니긴 한데, 적어도 나처럼은 되지 말아라. 그것만큼 서글픈 것도 없다. 오늘 일을 잊으면 좋은데 그건 내가 봐도 어려울 거 같고. 어쭙잖게 복수 따위 한다고 설치지 말고 가만히, 조용히, 있는 듯 없는 듯 그렇게 살아. 알겠냐? 그래야 너를 살려 준 은인인 나에게 보답하는 길이니까."

몸을 깊이 숙여 손목을 부여잡고 흐느끼는 그의 눈을 바라보며 한 번 더 읊조렸다.

"이창수. 내 말 알아들었냐?"

가볍게 훌훌 털어 버리듯 몸을 일으킨 강율은 이내 못 쓰게 되어 버린 자신의 무대를 망연한 눈으로 훑었다.

"씁. 다시 구해야겠네."

머리를 거칠게 헝클다 이내 귀찮은 듯 한숨을 길게 내쉬고는 주머니에 들어 있던 휴대전화를 꺼내 들어 단축 번호를 길게 눌렀다. 그러자 액정에 김계식 반장님이라는 글귀가 뜨며 수화음이 울리기 시작했다. 곧이어 다급한 사내의 음성이 귓가를 타고 흘렀다.

— 이창수는?

"죽었습니다."

— 뭐야? 죽어?

"네. 저를 발견하곤 분신자살했습니다. 아, 그리고 알려 주신 장소가 아닙니다. 제가 상세한 주소는 문자로 보내 드리겠습니다."

— 그래. 알았다.

"넵. 이따 뵙겠습니다."

끊어진 전화를 물끄러미 바라보며 피식, 헛웃음을 흘렸다. 아버지에게 그렇게 학대를 받아도 가정사엔 자신들이 끼어들기 곤란하다며 도움의 손길을 내밀지 않은 종속들이 바로 경찰이었다.

엄마가 죽어도, 그리고 자신의 손으로 아버지를 해쳤을 때도 그들은 어린 자신의 말만을 그대로 듣고는 따로 수사조차 행하지 않았다. 그런 그들을 보며 일말의 희망도, 의지도, 갈망도 그 무엇도 생기지 않았다. 모든 감정이 죽어 버린 빈자리엔 처절한 복수심만이 가득했다.

아버지에 대한 복수는 끝이 났지만, 경찰, 더 나아가 엄마를 죽음으로 내몰아 버린 모든 것들에게 남은 복수는 이제 시작이었다.

그래서 경찰이 되었다. 민중의 지팡이라는 경찰이 되어 세상에게 뒤통수를 치고 싶었다. 그들의 신임을 얻기 위해 누구보다 열심히 일했고, 발로 뛰며 용의자들을 검거했다. 범인들의 심리야 훤히 꿰고 있었으니 그리 어려울 것도 없었다.

멍청한 것들은 서류에 집착하며 무엇이 되었든 분석하려 난리

법석이었지만 약자로 살아온 자신에게 강력 범죄, 특히나 살인은 손쉬운 분야였다. 이 일을 하며 얻은 정의감은 단 한 톨도 없었다. 그저 그림자의 증거에 장난을 쳐, 나중에 그들에게 향할 잣대가 매서워지기만을 바랄 뿐이었다.

더욱이, 이젠 자신의 자식과도 같은 도헌이 있었다. 뼛속까지 그림자의 생각으로 물들어 숨이 멎는 순간까지도 세상에 대해 복수를 하려 했던 흔적을 남겨 놓을 것이다.

강율은 잠시 혼이 빠져나간 듯 널브러져 눈만 깜빡이고 있는 창수를 내려 보다 뒤돌아서서 밖으로 나왔다. 그러곤 앞에 세워져 있는 자동차 트렁크를 열어 안의 내용물을 빤히 바라보았다.

만약의 상황에 대비해 창수와 같은 연령대, 비슷한 체격의 부랑자를 데려오길 잘했다 싶은 생각에 절로 미소가 그려졌다. 이내 비닐에 겹겹이 싸인 시신에 고정된 시선을 돌리며 아까 들고나온 창수의 왼손을 옆에 있던 봉투에 집어넣곤 트렁크를 닫았다. 그리고 혹시나 남을 지문을 대비해 손끝에 바른 투명색 매니큐어가 반쯤 벗겨진 엄지를 들어 보다 운전석에 몸을 싣고는 그 자리를 빠져나왔다.

원망이 가득한 창수의 눈에 어떤 감정이 새겨지는지도 모르는 채, 십 년 뒤에 그로 인해 모든 게 어그러질 미래도 짐작하지 못하고 그렇게 그 자리를 벗어나고 있었다.

에필로그 5

어제까지만 해도 화창한 날씨였는데, 오늘은 해가 구름 뒤에 가려 나올 줄 모르더니 급기야 늦겨울에 함박눈을 펑펑 쏟아 내고 있었다. 그로 인해 신부 대기실에 앉아 사람들 속에서 고운 자태로 있던 유진은 근심 어린 얼굴로 한숨만 푹푹 내쉬어 댔다.

인생에 가장 중요하다면 중요한 결혼식이었다. 새로운 마음으로 새 출발 하려는 자신을 축복해 주기 위해 모여든 하객들이 궂은 날씨로 인해 불편을 겪을까 봐 계속 마음이 쓰였다. 친정 부모님과 단란한 사진을 찍는 와중에도 그녀의 온 신경은 밖의 날씨에 쏠려 있을 정도였으니 말이다.

그런데 그때였다. 무심히 젖혀진 커튼 사이로 기량의 모습이 불쑥 들어왔다. 유진은 그런 그녀를 보며 마른침을 꿀꺽 삼켰다. 아무리 보아도 적응되지 않는 칼 같은 일자 단발과 날카로운 눈매는 여전히 얼음장처럼 매섭기만 했다.

"아……. 티, 팀장님 오셨어요? 날씨가 많이 궂어서 오시기 힘드셨죠?"

그녀의 어색한 미소를 흘겨보며 기량이 천천히 다가와 입을 열었다.

"우리가 남인가? 이제 한 가족이잖아. 그런 걸로 마음 쓸 거 없어. 어디 보자."

기량은 한 걸음 물러서서 단아하게 앉아 있는 유진을 천천히 훑었다. 그러곤 만족스러운 미소를 입가에 걸며 말을 이었다.

"우리 올케 너무 예쁘다."

"아하하하……. 감사합니다."

아무리 그래도 기량의 입에서 나오는 올케라는 단어는 도통 적응이 되지 않았다. 다른 건 전부 원래 제 것인 양 입에 착착 감기는데 이상하게도 기량의 올케와, 그녀에게 형님이라고 부르는 것만은 입안을 구르는 모래알처럼 서걱거리기만 했다. 그 이유가 뭔지, 머리 싸매고 드러누워도 짐작조차 가지 않지만 말이다.

그런데 이런 유진의 마음을 아는지 모르는지 갈 생각 않고 계속 조잘거리던 기량은 또다시 입술을 달싹이며 자신의 속마음을 드러내려 하고 있었다. 불편한 자세로 억지웃음을 지으며 어색하게 앉아 있는 신부의 안색이 파리해져 가는 것도 모르는 채로.

아닐 땐 눈치도 빠르더니만 갑자기 왜 저런대.

꿈틀거리는 미간으로 불편한 심기를 살짝 흘리는데 이런 간절한 바람을 무시한 하이톤의 목소리는 여지없이 귓가에 날아와 박혔다.

"유진아."

"……네, 예?"

갑작스레 다정히 자신의 이름을 읊는 기량을 놀라 커다래진 눈으로 바라보며 되물었다. 훤히 드러난 어깨에 손을 올려 토닥이던 눈가에 설핏 물기가 어려 있는 것 같았다. 도대체 무슨 이유인지 영문을 몰라 애먼 입만 벙끗거리는데 가늘게 떨리는 그녀의 목소리가 말문을 막고 허공에 잔잔히 내려앉았다.

"……고맙다."

"무, 무슨……."

"도헌이……."

파르르 떨리는 입매를 부드럽게 위로 휘며 자신을 바라보는 기량의 눈을 바라봤다. 투욱, 그렁그렁 차오르던 눈물은 기어이 하얀 장갑을 끼고 있는 손등 위로 떨어져 내렸다. 그것을 뚫어지게 바라봤다. 곧이어 작게 울리는 기량의 음성이 들렸다.

"살려 줘서."

순간 가슴이 발 아래로 쿵, 떨어졌다. 기량에게서 이런 말을 들을 줄 몰랐을뿐더러, 그녀가 이렇듯 자신 앞에서 무너지리란 생각을 꿈에도 해 본 적이 없었다. 더욱이 차갑다 못해 얼음장 같아서 아무도 주변에 두려 하지 않는 성품 탓에 여태껏 그녀는 홀로 독신 생활을 이어 가고 있었다.

그렇기에 더더욱 차갑게 두 뺨을 적시며 흐르고 있는 눈물을 보자 말문이 막힐 수밖에 없었다. 자신이 생각한 그녀는 눈물 따위, 상처 따위 모르는 사람이었으니까. 남의 눈에 눈물을 흘리게 할지언정, 남의 가슴에 비수를 꽂을지언정, 자신만 고고하게 살아가면 되는, 그런 냉혈한 사람이라 생각했었다.

그런데, 아니었다. 자신이 단단히 오해를 하고 있었던 것 같았다. 처음 도헌의 집에 인사를 가게 되었을 때, 그의 사촌 누나라는 사실을 알았을 때보다 심적인 충격이 더 크게 다가왔다.

그동안 사람들의 편견과 무관심 속에 홀로 외로움을 삭이며 살아왔던 자신이, 도리어 누군가를 편견이란 잣대에 밀어 넣어 무시하고 있었단 생각에 좀처럼 가슴에 무겁게 내려앉은 바윗돌을 밀어 내지 못하게 만들고 있었다.

아무런 말도 못 하고 어안이 벙벙한 얼굴로 기량을 바라보는데 그녀는 뭐가 그리도 좋은지, 배시시 웃는 눈을 들어 자신의 손을 덥석 잡아 올렸다. 그러곤 손등을 토닥이며 천천히 입을 열었다.

"도헌이랑 나는 사촌지간이라고 믿기지 않을 만큼 사이가 좋았어. 마치 친남매 같았지. 왕래가 자주 있었던 탓도 크지만, 우린 진짜 죽이 잘 맞았거든. 늘 그 애하고 있으면 즐거웠던 거 같아. 나보다 다섯 살이나 어린데도 도헌이가 고등학교에 들어갈 무렵엔 제법 속내를 털어놓고 고민을 나눌 수 있는 유일한 상대였기도 했어."

작은 미소를 짓던 입술이 딱딱하게 굳은 건 말을 마친 뒤였다. 유진은 다정하던 손길이 이내 긴장으로 떨리는 것을 느끼며 뒤이어 들리는 기량의 목소리에 귀 기울였다.

"그런데 도헌이가 대학을 들어가고 얼마 후에 행복하던 나날도 끝이 난 거야."

말을 하다 말고 기량이 유진을 바라봤다. 그러곤 깊은숨을 내쉬다 이내 마음을 다잡았는지 처연한 얼굴로 입을 우물거렸다.

"좋아하는 아이가, 죽었다고 하더라고. 차라리 자살이나 사고사나 지병으로 인해 죽었다면 이렇게 아프지 않을 거라고 어느 날 도헌이 술 취해서 말하더라. 갑자기 한밤중에 찾아온 것도 놀랐는데, 힘겨운 내 동생의 모습을 보는 순간 가슴이 찢어지는 게 이거

구나 싶더라고. 그래서 아마 부둥켜안고 울었던 거 같아. 올케한테
이런 말 실례인 건 알지만 그래도 과거가 있기에 현재도 있는 거
니까 이해해 줘."

유진은 아무 말도 할 수 없었다. 마주 잡은 손에서 느껴지는 그
날의 고통이 너무 시리고 쓸쓸해서 그저 묵묵히 듣는 것만으로 모
든 대답을 대신하고 싶었다. 다행히 이런 마음을 그녀도 느꼈는지
살며시 고개 숙여 미소 짓는 기량의 얼굴이 조금씩 부드럽게 풀려
갔다.

"그 뒤로 도헌이는 내게 찾아오지 않았어. 가족 모임에서 겨우
마주쳐도 말없이 자리만 지키다 일어섰고, 더는 웃질 않더라. 이렇
게 내 하나뿐인 동생을 잃어야 하나, 하고 망연히 시간만 흘려보냈
어. 대책 없이 들릴지도 모르겠지만 바쁘기도 했고."

기량의 말은 사실이었다. 실제로 그녀는 뭇 여성들의 롤모델이
었다. 국내 최고의 출판사에 들어가 가장 빠르고 가장 확실하게 능
력을 인정받으며 위로 치고 올라갔다. 입사한 지 5년, 즉 서른세
살에 편집장의 직함을 달았고, 현재 나이 서른여덟 살에 부사장의
자리에 올랐다.

물론 편집장의 일도 같이 겸해서 하고 있는 상황이었다. 이런
초고속 승진 뒤엔 뒤늦게 사회에 나와 쓴물 찬물 마셔 가며 고군
분투해 온 그녀의 악바리 근성이 크게 자리했다. 그래서 그렇게 사
람들에게 매섭게 대해도 누구 하나 그녀에게 반대 의사를 내비치
는 자가 없었다. 옳은 말만 하는 부분도 있지만 이런 그녀에게 존
경을 내보이는 사람들 나름의 방법이기도 했다.

잠시나마 기량의 밑에서 일을 했던 유진은 조금은 다른 눈으로
그녀를 바라봤다. 그런 마음을 어느 정도 눈치를 챘던지 기량은 쑥

스럽게 미소 지으며 눈이 쏟아지는 창밖에 시선을 던졌다.

"어떻게 하면 원래대로 되돌릴 수 있을까 수없이 생각했던 거 같아. 내 일의 특성상 각자의 자리에서 최선을 다해 성공을 이룬 사람들을 많이 만나게 되다 보니 그런 분들에게 조언도 구해 봤고, 유명한 정신과에 가서 상담도 받아 봤지. 하지만 번번이 내 시도는 실패했고 그게 쌓이다 보니 어느새 십 년이 훌쩍 지나 있더라. 그러다 유진이, 아니 올케의 이력서가 눈에 들어온 거야. 딱 봐도 눈앞이 밝아지는 것 같았어. 성격도 시원해 보이고, 뒤끝 없어 보이는 게 '이 사람이다!' 싶었지. 원래 여러 사람을 겪다 보면 자연히 통찰력 같은 게 생기는 법이거든."

유진도 기량도 서로 마주 보며 소리 내어 웃었다. 자신의 입사에 그런 수많은 의도가 깔려 있었다는 걸 이제야 알게 되다니, 세상 오래 살고 볼 일이었다. 그저 제 맘대로 부려 먹어도 탈 안 나는 자신을 쓰는 것이라 오해했던 일이 순간이나마 미안했다.

"그래서 일부러 책잡아서 도헌 씨 작업실에 절 보내신 거예요?"

"응. 솔직히 미안하긴 했는데, 그래도 팔은 안으로 굽는다고 내 동생 살리는 게 먼저였어. 지금에 와서야 말하지만 그땐 정말 미안해. 너무너무, 간절했거든."

"하, 그럼 미리 좀 말해 주시지. 저 방금 전까지도 팀장님 보면 그때처럼 가슴부터 철렁 내려앉고 봤어요. 여기서까지 날벼락 맞는 줄 알고요."

"어머. 그랬어? 미안 미안. 내가 좀 별나긴 해. 일에만 몰두하면 왜 그렇게 괴짜가 되는지 몰라. 나도 여린 솜털 같은 여자인데."

눈까지 찡긋거리며 소곤거리는 기량이 편해졌다. 불편하고 어렵기만 하던 예전과는 판이하게 달랐다. 그런 그녀를 물끄러미 바라보다 이내 장난기가 발동한 유진이 갑자기 눈을 빛내며 조용히 기량을 불렀다.

"팀장님, 아니 형님."

"응?"

의미심장하게 웃어 보인 유진은 살그머니 그녀의 귓가에 입술을 가져가 속삭였다.

"그거 아세요? 팀장님 별명."

"아니? 나 별명 있었니?"

"네."

"어머. 뭔데?"

"메두사."

"응? 뭐어?"

"팀장님 눈만 마주쳐도 온몸이 돌덩이처럼 굳는다고 사람들이 메두사라고 그랬어요. 모르셨죠?"

갑자기 자리에서 벌떡 일어선 기량을 유진은 웃음기 가득한 눈으로 바라봤다. 이내 기량이 팔을 거칠게 위로 치켜들며 고래고래 소리 지르기 시작했다.

"내, 이 인간들을 그냥!"

언젠가 기량의 밑에서 눈칫밥 먹을 때 그녀를 향해 저주를 퍼부으며 소리 지르던 자신의 모습이 오버랩 되어 보이는 것 같았다. 똑같은 사람이고 똑같은 시대를 살아가는 마당에 뭐가 그리 무섭고 어렵고 그랬던지, 이제는 지금의 현재를 즐기며 행복을 만끽할 수 있을 것 같았다. 그저 다가올 미래를 위해 지금을 헌신하며 아등바등 살고 싶지 않았다. 이제라도 눈앞에 놓인 진정한 행복을 밟으며 그렇게 웃고 싶었다.

오랜만에 온 마음을 다해 웃는데 살며시 예식장 직원이 들어오며 입을 열었다.

"신부님. 이제 식장에 입장하실 시간이에요."

천천히 버진 로드에 다가가니 멀끔하게 빼입은 도헌이 서 있었다. 환하게 웃는 그의 얼굴에서 앞으로 그려 갈 미래가 행복하게 다가오는 것만 같았다. 더 이상 울 일도, 상처받을 일도 없는 그런 곳에서 둘이 만들어 갈 시간이 벌써부터 기대되었다.

그의 손을 마주 잡고 앞으로 걸어갔다. 그런데 그때, 작게 소곤거리는 도헌의 목소리가 들려왔다.

"앞으로 행복하자. 지금처럼. 사랑해."

고개를 끄덕이며 미소 짓는 유진의 얼굴이 찬란하게 빛났다. 그 어느 때보다 밝고 아름답게.

□ ◆ □

근래 들어 많이 수척해져 뭉툭한 턱 선이 예리하게 살아난 희락은 행복하게 웃으며 하얀 길을 걸어가는 선남선녀를 향해 박수갈채를 보내고 있었다. 늘 느끼는 거지만 왜 이리 결혼식은 마음이 먹먹한지 알다가도 모를 일이었다.

두툼한 손을 들어 눈가에 맺힌 눈물을 털어 내는데, 그 순간 계식이 다가와 어깨를 툭 치며 말을 걸었다.

"건빵 주랴?"

"예?"

"곰이 재주 부리잖아. 건빵 달라고."

"아! 반장님!"

산만 한 덩치가 곰 같다고 매번 놀려 대는 계식의 농담에 희락은 발끈해서 버럭 소리를 지르고 말았다. 그러다 이내 이곳이 결혼식장임을 인지한 그가 목소리를 낮춰 으름장을 놓듯 낮게 속삭였다.

"이런 곳 와서까지 장난이 치고 싶습니까? 나 원 참."

"너라도 놀려 먹어야지. 내가 이제 누굴 더 놀려 먹냐?"

"왜, 아주 애틋해서 병나기 일보 직전인 예쁘장한 아들 있잖습니까? 그놈한테나 갈 것이지 곰처럼 미련한 큰아들한테 이러십니까? 못생겨서 놀리는 재미도 없다면서."

"어쭈. 요놈 봐라. 질투하냐?"

"그럴 리가요."

"그렇잖아도. 이제 간다, 인마."

"어? 저도 같이 가요."

후다닥, 덩치와는 다르게 기민한 몸놀림으로 계식의 뒤를 따르는 희락의 뒷모습에서 묘한 설렘이 묻어 나왔다.

그림자 사건의 용의자들을 현장에서 검거하며 연쇄 살인의 종지부를 찍은 그날. 용의자 강진수의 친형이었던 담당 검사 진성은 냉혹하게도 동생과 강율을 절대적 종신형에 처하게 했다. 그 자리에서 자살을 한 창수는 법의 테두리에서 벗어났지만 경찰의 미흡한 수사망에 대한 질타는 매섭게 쏟아졌다.

같은 종신형이라도 가석방이 가능한 상대적 종신형도 아닌 아예 세상 밖으로 얼굴을 들이밀 수조차 없는 절대적 종신형을 선고받게 함으로써 영원히 골방에서 썩게 하겠다는 제 의사를, 강진성 검사는 확실하고 분명하게 전달한 셈이었다. 더욱이 사형을 선고해야 한다는 여론 앞에 그는 당당히 나서며 이렇게 이야기했다.

'부녀자를 무려 서른둘이나 해친 극악무도한 범죄자입니다. 그
것도 살아 있는 상태에서 공포에 질려 죽음을 맞이하게 했죠. 이
런 그들에게 손쉬운 죽음 따위 줄 생각 없습니다. 왜 편안하게
죽음을 맞이하게 해야 합니까? 또한 사형을 집행할 교도관들은
무슨 잘못입니까. 이들은 빛도 들지 않는 골방에 혼자 틀어박혀
서 지금이 낮인지 밤인지, 시간은 얼마나 흘렀는지조차 모르고
살아가게 해야 합니다. 그렇게 해서라도 자신들이 행한 죗값을
받아야 마땅합니다. 물론 이들이 축낼 밥값이 아깝긴 하죠. 하지
만 그렇다고 해서 절대로 손쉬운 죽음을 선사하진 못합니다. 그
렇게 둘 수 없습니다.'

맞는 말이었다. 그러나 마음이 편하진 않았다. 자신이 물러 터
진 걸지라도 강율에 대한 애잔한 마음이 남아 있었다. 얼굴이라도
보며 생활은 어떤지, 잠은 제대로 자고 있는지, 어디 불편한 점은
없는지, 이런 물음이 가능하지 않다면 파트너로서 마음을 제대로
헤아려 주지 못한 사과라도 하고 싶었다.

그러나 강진성 검사는 끝까지 냉혹했다. 면회조차 가능할 수 없
게 막아 놓은 것이다.

그런데 그것이 오늘 하루 가능해졌다. 강 검사가 자신과 함께
그들을 볼 것을 권했기 때문이다. 그래서 계식과 이 순간이 오길
얼마나 고대하고 기다렸는지 모른다.

물론 친한 교도관에게 전해 들은 말에 의하면 아직도 자신들의
죄에 대한 반성의 기미는 전혀 없다고 했다. 의연했고, 당당하다.

이런 고자세를 유지하며 끼니도 잘 챙겨 먹고 그저 조용히 그리고 덤덤하게 생활하고 있다고 했다.

딱히 만나고 싶은 사람이나 하고 싶은 말은 없다는 그 말에 조금 낙담을 하긴 했었다. 하지만 그것이 오히려 더욱 나은 결과를 가져왔다. 적어도 일말의 기대를 품고 만났다가 커다란 실망을 안고 돌아오진 않을 것이기 때문이다.

왜 이렇게 강율에 대한 정을 끊어 내지 못하는지는 반장님도, 자신도 선뜻 무어라 대답할 수 없었다. 그냥 마음이 쓰였다. 마치 친형제, 가족처럼 말이다. 그래서 끝까지 그의 손을 놓지 않을 생각이었다. 강율이 자신을 무시해도, 없는 사람 대하듯 하더라도 상관없었다. 그에게 남은 것은 이제 오롯이 자신과 반장님이 전부라는 걸 잘 알고 있기에.

더 이상은 무관심 속에 그를 방치하지 않을 생각이다. 상대에 대해 아무런 관심도 없는 것만큼 냉혹하고 처절히 사람을 망가트리는 것도 없다는 것을 이번 일을 계기로 뼈저리게 느끼고 깨달았다. 그래서 더욱 그들에게 다가갈 것이다. 비록 누군가의 허락이 떨어져야만 마주할 수 있고, 그마저도 10분 남짓밖에 되지 않는 시간이지만 얼마나 알차게 보내느냐에 따라 체감 시간은 달라지게 마련이니까.

밖을 향해 내딛는 계식과 희락의 위로 커다란 함박눈이 쉼 없이 쏟아져 내렸다. 마치 그들을 응원이라도 하듯이.

—*The end*

428

작가 후기

처음엔 후기 쓸 생각을 전혀 하지 못했어요. 이 글을 끝내는 것만으로도 벅찼고, 힘들었거든요. 모든 게 처음이라 낯설고 서툴러서 자책도 많이 하고 심적으로 지쳐 있었나 봐요.

그러다가 문득 한 가지 생각이 들더군요.

제가 자괴에 찌들어 있을 때, 묵묵히 채근도 하지 않고 기다려준 뽈미디어 관계자분들에게 꼭 감사의 인사를 드리자! 라고요.

이 글을 처음 계약할 당시에 첫째 아이가 배 속에 있을 때였어요. 회사 다니다가 집에만 틀어박혀 있으니 자꾸만 처지는 것 같아서 뭣도 모르고 시작한 이 글이 둘째가 태어나서야 끝이 났네요. 그때까지 화 한 번 안 내고 기다려 주셔서 몸 둘 바를 모르겠습니다. 지금도 눈물이 앞을 가리네요. 고개 숙여 감사의 인사를 드립니다.

결혼을 하고 육아를 하면서 소원해진 제 인간관계가 '그림자'의

첫 시작이었어요. 보이고 생각하는 사람들과의 관계가 정말 딱 그만큼일까, 이런 궁금증에서 장대하게 시작을 했는데, 그것들을 전부 담아내기에 저의 능력이 많이 부족하다는 것을 여실히 느끼고 자각하는 계기가 됐습니다.

앞으로 더욱 발전하는 제가 되기를 바라 봅니다.

끝으로 뽈미디어 이영은 편집자님! 미천한 저를 끌고 오시느라 정말 고생 많으셨습니다!

외출중 드림.

초판 1쇄 찍음 2016년 11월 18일
초판 1쇄 펴냄 2016년 11월 25일

지은이 | 외출중
펴낸이 | 정 필
펴낸곳 | (주)뿔미디어

기획·편집 | 심은지, 이영은

출판등록 | 2002년 9월 11일 (제1081-1-132호)
주소 | 경기도 부천시 원미구 소향로 17, 303(두성프라자)
전화 | 032)651-6513 / 팩스 | 032)651-6094
E-mail | dahyangs@naver.com
블로그 | http://blog.naver.com/dahyangs
비북스 | http://b-books.co.kr

값 9,000원

ISBN 979-11-315-7554-3 03810

www.bbulmedia.com